Kamila Shamsie

Verbrannte Verse

Roman

Aus dem Englischen
von Anette Grube

BLOOMSBURY BERLIN

Für Herman Fong und Elizabeth Porto

Die Originalausgabe erschien 2005
unter dem Titel *Broken Verses*
bei Bloomsbury Publishing Plc, London

Umschlaggestaltung:
Nina Rothfos und Patrick Gabler, Hamburg
Gesetzt aus der Stempel Garamond
durch deutsch-türkischer fotosatz, Berlin
Druck und Bindung: Clausen & Bosse, Leck
Printed in Germany 2005
ISBN 3-8270-0593-0

***

Die Speichellecker kamen heute wieder.

Das klingt wie ein Anfang.

Was gibt es sonst noch zu sagen?

Bist du das, dort draußen, die diese Worte liest?

I

Wieder einmal der alte Traum.

Ich befinde mich in einer Hütte am Strand, schaue hinaus. Der Fensterrahmen vor mir reduziert die Welt auf ein Quadrat aus Sonne und Meer. In dieses Quadrat fällt eine Frau, die sich den Arm vors Gesicht hält. Sie plumpst ins Wasser. Ich renne hinaus. Ihr Körper treibt in der Brandung, eine dunkle, hin und her geworfene Gestalt. Darüber nichts als Himmel. Die Wellen ziehen sich zurück, sie bleibt am Strand liegen. Ich laufe zu ihr, entdecke Schuppen, wo ich Beine erwartet habe. Ich habe schon einmal eine Meerjungfrau gesehen, sie stundenlang mit Wasser benetzt, um sie vor dem Austrocknen zu bewahren. Ich erinnere mich, dass mein Arm vor Anstrengung schmerzte, aber nicht, ob ich das Geschöpf retten konnte. Es ist offensichtlich, dass ich diese nicht werde retten können. Ich drehe mich zur Hütte um, weil die Leute schreien, und als ich mich wieder umwende, ist sie verschwunden, nur ihr Abdruck im Sand ist noch da. Ich weiß, was zu tun ist. Ich muss den Sandabdruck ihres Körpers ausstechen, forttragen und begraben. Aber das Meer kehrt zurück, und die Wellen werden die Kontur ihres Körpers, die elegante Linie ihres Schwanzes wegwaschen, bevor ich etwas unternehmen kann.

Als ich erwachte, fiel mir diese Zeile ein: Träume sind bisweilen eine Probe fürs Leben.

Ich setzte mich im Bett auf, kratzte die verblasste Narbe,

die quer über meine Handfläche verläuft, und ein Hai schnappte nach meiner Schulter. Ich sollte wirklich etwas gegen diese Wände unternehmen. Meine Vormieter hatten das Zimmer als Kinderzimmer benutzt, und die Wände waren bedeckt mit Malereien von Meerestieren: Quallen, Schildkröten, Barrakudas, Fliegende Fische, Tintenfische, Schwertfische, Engelhaie, weiße Haie, Seepferdchen und auf dem Rücken eines Mantas saß eine Meerjungfrau. Ich konnte nicht in den großen Spiegel schauen, ohne dass irgendeine Kreatur Tentakeln, Flossen, Maul oder Schwanz nach meinem Spiegelbild ausstreckte. Wenn es ein feststehendes Bild gewesen wäre, hätte ich mich leicht daran gewöhnen können, aber der Spiegel befand sich an der Schranktür, die sich mit jedem Windhauch öffnete und schloss, und das Zimmer bewegte sich, während ich reglos dastand und in den Spiegel schaute. Dennoch zog ich diesen Raum dem Elternschlafzimmer vor, das sich direkt gegenüber einer Moschee befand. Meine Schwester hatte mich gewarnt, dass vor dem ersten Gebet von dort eine wütende Predigt herüberschallte. »Wenn du in dem Zimmer schläfst, wirst du jeden Morgen zornig aufwachen«, hatte Rabia gesagt.

Ich stand nackt aus dem Bett auf und zog meinen Morgenmantel an. Dann fiel mir ein: Ich lebe allein. Ich ließ den Morgenmantel wieder von den Schultern gleiten, und einen Augenblick lang wurde mir ganz schwindlig von der Vorstellung, dass in allen Wohnungen um mich herum allein stehende Personen lebten, die nackt durch die Zimmer wanderten. Aber nackte Personen kann man sich nicht allzu lange vorstellen, ohne dass der innere Zensor in Aktion tritt und einen von den Bildern befreit. Das Bild des Verrückten von 3B, der auf seinem hässlichen beigefarbenen Teppich

Liegestützen machte, veranlasste mich, nach anderen Dingen Ausschau zu halten, mit denen ich mich beschäftigen könnte.

Aber womit?

Ich betrat die Küche, duckte mich und verließ sie sofort wieder. Die Jalousie vor dem Küchenfenster war nicht heruntergelassen. So viel zu meiner Einpersonen-Nudisten-Kolonie.

Minuten später trug ich wieder den Morgenmantel, nippte an einer Tasse Tee und überlegte, ob ich nach nebenan gehen und meiner Schwester Rabia und ihrem Mann Shakeel die Morgenzeitung klauen sollte. Ich wollte kein Abonnement – was gab es dieser Tage an Neuigkeiten, die zu wissen sich lohnte? –, aber mit der fürchterlichen Langeweile, allein in einer leeren Wohnung aufzuwachen, wurde ich noch nicht fertig. Wenn es so weiterginge, müsste ich mit Yoga anfangen oder mit Frühstücksfernsehen. Oder mit beidem. Simultan. Ich müsste Sendungen über Yoga im Frühstücksfernsehen anschauen.

Schlaue Beema, dachte ich.

Mein Vater und meine Stiefmutter würden erst am Abend nach Islamabad fliegen, aber meine Stiefmutter Beema hatte darauf bestanden, dass ich einen Tag, bevor sie »auswanderten«, diese Wohnung bezog, statt eine letzte Nacht in dem Zimmer zu verbringen, in dem ich mein Leben lang geschlafen hatte. »Weil ein großes Durcheinander herrschen wird, wenn wir packen«, hatte Beema erklärt, aber jetzt wusste ich, dass sie hoffte, ich würde es mir in letzter Minute anders überlegen, wenn ich in dieser Stille erwachte, und sie begleiten, statt in Karatschi zu bleiben.

Als ich mich in der Leere umsah, musste ich zugeben, dass ihre Hoffnung nicht unbegründet war.

Du bist eine erwachsene Frau, sagte ich mir. Verhalte dich wie eine!

Unterstützung erhielt ich durch das Klingeln des Telefons. Ich nahm dankbar ab, und am anderen Ende sagte eine unbekannte Stimme: »Aasmaani Inqalab?«

Aasmaani Inqalab – mein erster und mein zweiter Name, wichtigtuerische zweimal drei Silben, die vor langer Zeit meinen kürzeren Familiennamen ersetzt hatten, außer auf wichtigen offiziellen Dokumenten. Den Namen hatte meine Mutter ausgewählt. Sie hatte in meiner Kindheit alle vordringlichen Entscheidungen getroffen; Dad und Beema überließ sie nur, mich tatsächlich großzuziehen. Aasmaani Inqalab: Himmlische Revolution. So ein Name passt nicht wirklich zu einem Kind. Aber Beema flüsterte mir immer ins Ohr: »Azur.« Aasmaani kann auch »azur« bedeuten. Eine blaue Revolution. Wie Picassos Blaue Periode, sagte sie, nur nicht so düster.

Picasso hatte nie eine Periode, entgegnete meine Mutter einmal, als sie es hörte. Männer haben keine Ahnung von unausweichlichen Schmerzen.

Ich wünschte, sie hätte es in einem humorvollen Tonfall gesagt.

Die unbekannte Stimme sprach im Auftrag der Save-the-Date-Studios – auch unter dem Namen STD bekannt –, um mir mitzuteilen, dass mein für den Nachmittag geplantes Vorstellungsgespräch mit dem Direktor auf den Vormittag vorverlegt war; ich möge mich also sofort zum Studio begeben.

»Na klar«, sagte ich.

»Nakla?«, sagte die Stimme ein klein wenig panisch. »Soweit ich weiß, sollen Sie allein kommen.«

Eine der wenigen positiven Eigenschaften, die ich von

meiner Mutter geerbt hatte, war die Fähigkeit, mich über mediokre Scherze sehr lange zu amüsieren. Ich kicherte immer noch über Nakla, als ich in mein Auto stieg, um zum nahe gelegenen STD zu fahren. Und als ich vor dem auffällig gelben Haus hielt, das ein paar Monate zuvor in das STD-Studio umgebaut worden war, brachte mich der Gedanke, der Stimme hinter dem Witz zu begegnen, erneut zum Lachen. Ich unterdrückte es, als ich auf der Beifahrerseite ausstieg, um das klaffende Loch zu vermeiden, neben dem ich parkte, dann die palmengesäumte Einfahrt entlangging, dem bewaffneten Wachmann, der auf einem Klappstuhl neben dem Eingang saß, meinen Namen nannte und in den Empfangsbereich vorgelassen wurde.

Der Empfang bestand aus einem Schreibtisch und einem nicht besetzten Stuhl am Anfang eines langen, frisch gestrichenen weißen Korridors, von dem zu beiden Seiten Büros und kleinere Flure abgingen. Am anderen Ende führte eine imposante Treppe mit einem Geländer aus Rosenholz nach unten und nach oben. Zwei Frauen Anfang zwanzig in Jeans und kurzen Kurtas kamen auf mich zu. Die eine sagte: »Was, soll das heißen, sie wollen immer nur allein im Bild sein?« Und die andere schüttelte den Kopf. »Yaar, Promis, yaar.«

Während ich dastand – gesehen, aber nicht wahrgenommen – in einem Shalwar-kameez, eine Dupata über der Schulter, kam ich mir sofort alt vor. Sie hatten dieses Strahlen in den Augen, diese Mädchen, weil sie überzeugt waren, Teil von etwas zu sein, was größer war als ihr eigenes Leben. In einem Land, das bis vor kurzem nur die Stimme der Regierung gekannt hatte, verkörperten sie Jugendkultur, progressives Gedankengut, unkonventionelle Standpunkte und Hintergrundberichte. 2002 würde als das Jahr der Kabelsender-Explosion in Pakistans Geschichte eingehen, und diese

Mädchen waren dabei, machten Geschichte. Einen Augenblick lang versuchte ich, mich in sie hineinzuversetzen, mich daran zu erinnern, wie es war, so hoffnungsvoll zu sein.

Arme, beneidenswerte Tröpfe.

Ich sah mich um nach etwas, was nicht jünger und gestylter war als ich, und entdeckte eine auf die Wand in meinem Rücken gemalte arabische Zeile. فبأيِّ آلاءِ ربِّكما تُكذّبان Die mehrmals wiederholte Zeile aus der Sure al-Rahman, Der Erbarmer, die aufgrund ihres Abwechslungsreichtums und ihrer Ausgeglichenheit von Kalligraphen geliebt wird. فبأيِّ آلاءِ ربِّكما تُكذّبان Und welche der Wohltaten eures Herrn wollt ihr beide wohl leugnen?

Als meine Mutter – in einem ihrer Versuche, mir Ratschläge für eine Karriere zu geben – meinte, ich solle Arabisch lernen, um den Koran sowohl ins Englische als auch ins Urdu zu übersetzen, in einer von patriarchalischen Interpretationen freien Version, sagte der Dichter: »Und übersetz die Sure al-Rahman speziell für mich.«

»Weil du alles über die jungfräulichen Houris wissen willst, die dic Gläubigen im Himmel erwarten?«, sagte meine Mutter scherzhaft. »Weil du wissen willst, was dir entgehen wird?«

Der Dichter schüttelte den Kopf. »Nein, nicht diesen Teil. ›Er schuf den Menschen, er lehrte ihn deutliche Sprache. Die Sonne und der Mond sind Gesetzen unterworfen. Und die Pflanzen und Bäume werfen sich anbetend nieder.‹ Ich möchte sehen, wie Aasmaani das in ihrer Übersetzung übertrifft.«

»Das ist wunderschön«, räumte meine Mutter ein. »Aber vergiss nicht die Warnungen vor dem Jüngsten Gericht, die folgen. Es geht nicht nur um Gesetze und Anbetung.«

Der Dichter hob die Hände, wie er es immer tat, wenn er

Worte zitierte, die ihn rührten – als wollte er sie mit den Händen abwägen. »›Und wenn der Himmel sich spaltet und rosig wird gleich rotem Leder? Und welche der Wohltaten eures Herrn wollt ihr beide wohl leugnen?‹«

Ein Himmel wie rotes Leder. Man könnte sich fast das Ende der Welt herbeiwünschen.

Eine Frau in mittleren Jahren, deren Nase auf halber Länge die Richtung änderte, trat aus einem der Büros und lächelte mich an. »Sind Sie wegen *Boond* hier?«

Ich schüttelte den Kopf, mehr als nur ein wenig bedauernd.

Boond war eine hochgejubelte Fernsehserie, die in der Vorwoche in eine tiefe Krise gestürzt war, als eine der Hauptdarstellerinnen sechs Wochen vor Sendestart gefeuert wurde, weil ihre neu erworbene Aversion gegen Bougainvillea Außenaufnahmen verhinderte. Es wurde davon gesprochen, dass die Serie eingestellt werden müsste, und spekuliert, wie viel Geld STD dadurch verloren ginge, aber dann verkündete ein STD-Nachrichtensprecher in den Einundzwanzig-Uhr-Nachrichten, dass Shehnaz Saeed die Rolle der Hauptdarstellerin übernehmen würde – ein erstaunlicher Coup.

Ich sah die Nachrichten, und ich schwöre, ich schnappte laut nach Luft. Shehnaz Saeed! Wenn der Geist von Marlene Dietrich die Rolle übernommen hätte, wäre ich vermutlich noch ein wenig überraschter gewesen, aber nur, weil die Dietrich kein Urdu sprach.

Shehnaz Saeed war der Liebling des Theaters und des Fernsehens gewesen, eine Schauspielerin von erstaunlicher Bandbreite, die sich fünfzehn Jahre zuvor, auf dem Höhepunkt ihrer Karriere, von der Bühne zurückgezogen hatte, um sich auf die Kinder, die sie mit ihrem kürzlich geehelichten Mann haben wollte, »vorzubereiten und sie großzuziehen«. Ihr Sohn aus erster Ehe sorgte damals für Unruhe an der Universität, erzählte allen, die es hören wollten, dass Mütter zu Hause bei ihren Kindern bleiben sollten, sonst würden sie so aufwachsen wie er. Ich hatte ihren Sohn nie kennen gelernt, aber ich mochte ihn schon deshalb nicht, weil er die Person war, die Shehnaz Saeed davon überzeugt hatte, dass sie zwischen Schauspielerei und Mutterschaft wählen musste. Zum ersten Mal hatte ich sie auf der Bühne gesehen, als ich elf war, in einer – vom Dichter übersetzten – Urdu-Version von *Macbeth*, und ich schwöre, im Publikum befand sich niemand, weder Mann, noch Frau, noch Kind, der dem König für sie nicht den Dolch ins Herz gestoßen hätte. Mit ihrem zweiten Mann bekam sie keine Kinder – gerüchteweise hieß es, dass er seine häufigen Geschäftsreisen ins Ausland auf ihren Eisprung abstimmte –, aber obwohl regelmäßig verlautete, dass sie daran dachte, ihre Karriere wieder aufzunehmen, hatte sie noch nicht einmal eine Minirolle übernommen seit ihrem letzten Auftritt – eine Ein-Frau-Show, in der sie sechs verschiedene Rollen spielte; eine einmalige Aufführung, die ausverkauft war, noch bevor die Kartenschalter öffneten (in führenden Zeitungen erschienen Kommentare, die dagegen protestierten).

Um sich zu vergewissern, dass der Nachrichtensprecher nicht unter Drogen stand, rief Beema eine alte Schulfreundin an, deren Schwager der Geschäftsführer von STD war (dass er ein stadtbekannter Schürzenjäger war, machte den Studionamen in Rabias und meinen Augen noch lächerlicher); am Ende des Gesprächs hatte sie nicht nur die Bestätigung der Meldung erhalten, sondern auch ein Vorstellungsgespräch für mich bei STD organisiert. Ich hatte gerade meinen Job bei einem Ölkonzern aufgegeben und große

Schwierigkeiten herauszufinden, was ich als Nächstes tun wollte. Deswegen fügte ich mich Beemas Plänen.

Die Frau mit der außergewöhnlichen Nase wandte sich von mir ab und winkte einen Mann mit zurückgegeltem Haar heran. »Es ist eine Katastrophe«, sagte sie. »Wir müssen die ganze Rolle umschreiben.«

»Man sollte nicht so ein Drama draus machen«, sagte er. »Sie ist doch nur eine ehemalige Schauspielerin.«

Die Frau schüttelte angewidert den Kopf und wandte sich wieder mir zu. »Sie. Sagen Sie. Haben Sie vor, sich *Boond* anzusehen?«

»Haben das nicht alle vor?«

»Also gut, Folgendes. Diese Rolle – Shehnaz Saeeds Rolle –, sie spielt die Ex-Frau eines reichen Industriellen. Sie sind seit Jahren geschieden. Jetzt will er wieder heiraten. Die Serie fängt mit seinem Heiratsantrag an. Seine neue, wesentlich jüngere Frau ist vollkommen und grundlos unsicher, was seine Ex-Frau anbelangt. Okay? Folgendes. Die Ex-Frau wird später wichtig, aber in der ersten Folge spielt sie eine völlig untergeordnete Rolle. Wie finden Sie es, dass Shehnaz Saeed in einer Nebenrolle auf den Bildschirm zurückkehrt? Sagen Sie nichts. Ihr Gesicht sagt alles.« Sie wandte sich an den Mann mit dem Gel im Haar. »Schauen Sie sich das an. Schauen Sie sich ihren Gesichtsausdruck an.« Ich betastete Mund und Stirn, um festzustellen, ob meine Gesichtsmuskeln etwas taten, wovon ich nichts wusste, aber sie schienen vollkommen entspannt. »Ich weiß nicht, ob ich das schaffe. Alles, was mir für ihre erste Szene einfällt, ist unangemessen. Die Erwartungen einer ganzen Nation ruhen auf meinen knochigen schmalen Schultern.«

Die Frau verstummte und drehte sich abrupt zu mir um. »Mir ist gerade klar geworden, wer Sie sind«, sagte sie.

»Macht es Ihnen etwas aus, wenn ...?« Bevor ich antworten konnte, trat sie zu mir und hob die Hand, um die untere Hälfte meines Gesichts zu bedecken, so dass sie nur noch meine Augen – grau, mit grünen Einsprengseln in der Mitte –, meine hohe Stirn und mein glattes schwarzes Haar sah.

»Erstaunlich«, sagte sie. »Ist das nicht erstaunlich?«

Erstaunlich war die Art, wie Frauen mich ansahen und annahmen, sie dürften sofort vertraulich mit mir werden – als wäre ich es gewesen, die mit ihnen in einer Gefängniszelle gesessen oder in einem Zug gekniet und Slogans auf Spruchbänder geschrieben hatte.

In der Nähe wurde eine Bürotür geöffnet, und ein Mann Mitte dreißig kam heraus. Als er mich sah, wurde er blass. Ich wich von der Frau zurück, so dass er meine lange Nase und mein kantiges Kinn sah, und er blinzelte, hob die Hand an die Augen und wippte auf den Füßen vor und zurück.

»Entschuldigen Sie«, sagte die Frau. »Das war unverschämt.«

Aber ich achtete kaum mehr auf sie. Ich kannte den Mann, so wie er mich kannte. Auch wenn mir Beema nicht erzählt hätte, dass er hier arbeitete und der Grund war, warum Shehnaz Saeed zugestimmt hatte, die Rolle zu übernehmen, hätte ich ihn wahrscheinlich sofort erkannt. Die schrägen Augen, die direkt aus einem Miniaturbild der Mogulperiode zu stammen schienen, der sinnliche Mund. Wie merkwürdig, dass sie in seinem Gesicht so männlich wirkten und gleichzeitig verrieten, dass er der Sohn der schönsten Frau des Landes war. Mit der unauffälligen Krawatte und in dem offensichtlich teuren Hemd sah er überhaupt nicht aus wie der Hooligan in meiner Vorstellung, der seine Mutter vor fünfzehn Jahren gezwungen hatte, ihren Beruf aufzugeben.

Ihm war klar, dass ich ihn erkannt hatte, und sein Gesicht

nahm einen Ausdruck an, der mir nur allzu vertraut war – eine Mischung aus Panik und Selbsttadel verbunden mit dem Eingeständnis, versagt zu haben.

Er trat auf mich zu und reichte mir die Hand. »Mir Adnan Akbar Khan«, sagte er in spöttisch großspurigem Tonfall. »Meine Freunde nennen mich Ed.«

»Spitznamen und Freundschaft vertragen sich selten miteinander«, sagte ich und nahm seine Hand. Ich versuchte mein Erstaunen zu verbergen, dass ich bei einem Fremden einen Gesichtsausdruck wiedererkannt hatte, den ich als exklusiv mir zugehörig betrachtete. Er schien meine Hand nicht loslassen zu wollen, und als ich sie ihm entzog, war ich unsicher, ob die Geste für mich schmeichelhaft oder nur abgeschmackt war. Er war einer der Männer an der Grenze zwischen strahlend sexy und etwas abstoßend. Alles dank der schweren Lider seiner Mogulaugen. »Ich heiße Aasmaani Inqalab. Meine Freunde nennen mich Arsch-Manni Inflagrante.«

Er lachte – strahlend – und bat mich in das Büro, aus dem er gerade gekommen war. »Man erwartet dich schon.«

Im Büro saß ein stattlicher Mann an einem großen unaufgeräumten Schreibtisch. Er nickte, als ich eintrat, stemmte beide Hände auf die Armlehnen seines Stuhls und beugte sich gleichzeitig vor. Damit wollte er ganz eindeutig zum Ausdruck bringen, dass er zwar gern aufstehen und mich begrüßen würde, die Anstrengung jedoch zu groß war – und so tat ich, was von mir erwartet wurde, und sagte: »Nein, bitte.« Zugleich machte ich Abwärtsbewegungen mit den Händen, damit er sitzen blieb.

»Also«, sagte er, nachdem wir die Formalitäten – ob ich Tee oder Kaffee wollte und woher genau ich seine Schwägerin kannte und warum das Vorstellungsgespräch ein paar

Stunden vorverlegt worden war – hinter uns gebracht hatten, »also, Sie suchen Arbeit.«

»Ja ...« Und dann wurde mir klar, wie schlecht ich auf dieses Gespräch vorbereitet war. »Tut mir Leid. Ich habe weder einen Lebenslauf noch Zeugnisse dabei.«

Er winkte geringschätzig ab. »Wenn Sie hier einen Job wollen, dann reicht das. Wir sind nicht in der Position, wählerisch zu sein. Und was Ihren Lebenslauf angeht« – er lächelte und steckte die Ecke eines Briefumschlags zwischen zwei Zähne –, »ist Ihr familiärer Hintergrund Lebenslauf genug.« Er beugte sich vor und sagte beflissen: »Wir wollen eine politische Talkshow machen. Aggressiv, Ein-Mann-Interviews mit unseren neu gewählten Ministern. Sie wären die ideale Gastgeberin. Wenn Sie auch nur einen Bruchteil des Feuers Ihrer Mutter haben, wird die Kamera Sie auffressen.«

»Ich bin leider überhaupt nicht feuergefährlich. Und ich möchte während der Arbeit nicht aufgefressen werden, wenn das okay ist.« Der Geschäftsführer von STD hob die Hände, als wollte er einen Vorwurf abwehren. »Gibt es nicht irgendetwas hinter der Kamera, was ich tun könnte? Möglichst etwas, was nichts mit Politik zu tun hat? Ich interessiere mich nicht für Politik.«

Er schien beleidigt, als hätte ich mich unter Vorspiegelung falscher Tatsachen in sein Büro geschlichen. »Ich nehme an, dass Sie sich auch nicht für Lyrik interessieren.« Dann wurde er rot, wie es Fremden oft erging, wenn sie die Stellung des Dichters in meinem Leben erwähnten.

Ich zuckte die Achseln. »Ich schreibe gelegentlich Haikus. In Form von Munchkin-Versen, ergo arbeite ich an einer Serie aus *Der Zauberer von Oz*.«

So hatte ich also vor, meine Medieninkarnation zu gestalten. Als Frau, die verstopfte Verse verfasste und die das Wort

»ergo« morgens vor der ersten Tasse Kaffee benutzen konnte. Das könnte die bislang unerträglichste Version meiner selbst werden.

Die Miene des Geschäftsführers hellte sich auf – nicht aufgrund poetischer Gefühle, dessen war ich sicher, sondern einfach aus Dankbarkeit, dass der peinliche Moment vorüber war. Er machte eine unbeholfene, aufmunternde Geste, und ich dachte angestrengt nach, zählte Silben und entschied mich für den nächstbesten Ausweg.

»Folge dem gelben Steinweg,/folge dem gelben Steinweg, folge ihm.«

Hinter seinem Schreibtisch blickte er mich unsicher an, offenbar unfähig zu entscheiden, ob ich witzig sein wollte oder ob es mir auf erschreckende Weise an Talent mangelte.

Hinter meinem Rücken räusperte sich jemand. Ich drehte mich um und sah Mir Adnan Akbar Khan, von seinen Freunden Ed genannt, in der Tür stehen.

»Es ist Geist im Stroh,/Courage ist in der Angst./Liebe im Zinnmann.«

Während er sprach, schaute er mich unverwandt an. Unter dem Schreibtisch zählte ich heimlich an den Fingern die Silben ab und hoffte unerklärlicherweise, dass er sich vertan hatte.

Der Mann hinter dem Schreibtisch hatte mittlerweile jegliches Interesse an Dichtkunst – und an mir – verloren und tat dies kund, indem er mich von jetzt auf gleich einstellte. »Ed wird Ihnen Ihr Büro zeigen. Warten Sie dort, bis jemand kommt, um mit Ihnen den Vertrag durchzusprechen, dann können Sie gehen. Oder auch bleiben. Wie immer Sie wollen.« Er hievte sich von seinem Stuhl hoch.

»Aber wie sieht meine Arbeitsplatzbeschreibung aus?«, fragte ich.

»Ein bisschen dies, ein bisschen das. Wie bei fast allen hier. Sie wollen doch arbeiten, oder?«

»Wie bitte?«

»Sie sind doch nicht eins dieser Eyeliner-Mädchen? Die hier nur einen Mann finden wollen?«

»Nein, das bin ich nicht.«

»Denn wenn es so wäre, ich habe da einen Neffen …«

Mir Adnan Akbar Khan räusperte sich noch einmal. »Hast du besondere Talente oder Fähigkeiten, die für uns von Nutzen sein könnten?«, fragte er.

»Nicht wirklich. Außer Fakten. Ich habe viele Fakten im Kopf. Alle möglichen Fakten. Ich weiß nicht, ob das nützlich ist. Eigentlich bin ich stolz darauf, nicht nützlich zu sein.«

»Das ist perfekt«, sagte der Geschäftsführer und lächelte ein Goldkronenlächeln. »Wir brauchen jemanden, der für unsere neue Quizshow recherchiert. Sie müssen sich Fragen in verschiedenen Kategorien ausdenken und vier mögliche Antworten auflisten. Recherche für die Quizshow. Das ist Ihre offizielle Aufgabe, aber Sie werden bald merken, dass hier alle alles machen.« Er wandte sich an den Mann hinter mir. »Ich bin jetzt auf dem Golfplatz, Ed. Kümmer dich um alles, was ansteht. Unter anderem, wer die Fünf-Uhr-Nachrichten liest. Amina muss um vier weg – ihre Mutter macht ein Abendessen, bei dem sie die Pakoras servieren muss. Und Sie, Haiku-Mädchen, haben Sie was gegen Kakerlaken?«

»Beim Anblick ihrer Antennen muss ich niesen.«

»Dann können Sie die Nachrichten nicht sprechen«, sagte er und winkte mich hinaus.

Ich folgte Mir Adnan Akbar Khan aus dem Büro und die Treppe am Ende des Korridors hinauf. Die Geschäftigkeit des Erdgeschosses erstarb, kaum betraten wir oben den zitronengelben Flur mit einem Fenster am Ende, das einen Zweig mit rosa Blüten vor einem blassen Himmel einrahmte. »Die Kreativen sitzen im Erdgeschoss«, sagte Mir Adnan Akbar Khan. »Und der Geschäftsführer natürlich, aber nur, weil er zu faul zum Treppensteigen ist. Das Aufnahmestudio ist im Keller. Im Augenblick lebt dort ein einzelner Kakerlak, der allen Versuchen widersteht, ihn tot oder lebendig zu erwischen – wir nennen ihn Osama bin Laken. Er sorgt dafür, dass manche unserer Live-Sendungen wesentlich interessanter sind, als es normalerweise der Fall wäre. In diesem Stock sitzen die Produzenten, die Leute, die recherchieren, Analysten und andere, die es lieber ruhig haben. Mein Büro ist am Ende des Flurs. Das dort ist deins.« Er deutete auf eine Tür auf halber Länge des Gangs.

Ich öffnete die Tür und trat ein. Ein Schreibtisch mit Glasplatte, auf dem ein Computer stand, nahm den meisten Platz in dem kleinen Raum ein. Schwer vorstellbar, dass man sich hier bewegen konnte, ohne gegen etwas zu stoßen – den Schreibtisch, die an den Computer angeschlossenen Geräte, meine eigenen Rippen. Es gab kein Fenster, nur vier blaue Wände und das Rohr für die Klimaanlage, die jedoch nicht eingeschaltet war.

»Zimmer mit Gebläse. Wie reizend.«

»Wenn du auf Luxus aus bist, dann bist du hier am falschen Ort.« Mir Adnan Akbar Khan zwängte sich an mir vorbei, holte unter dem Schreibtisch einen Standventilator hervor und stellte ihn auf den Tisch. Er langte noch einmal hinunter und zog einen Stapel Bücher hervor, den er an die Wand schob. Dann stellte er den Ventilator auf den Bücherstapel. Die Blätter hatten schwarze Ränder. Er wandte sich mir zu und sagte amüsiert: »Meinst du, du schaffst es?«

Ich ging um den Schreibtisch, setzte mich auf den abgewetzten Lederstuhl und stützte die Ellbogen auf die Armlehnen. Meine Mutter hätte mir geraten, mich glücklich zu schätzen. Sie hätte ausgerechnet, wie viele politische Gefangene man wie Brachsen in Gefängniszellen dieser Größe quetschen könnte. Sie hätte nie gesagt: »Wie Sardinen«, weil das ein Überbleibsel aus Kolonialzeiten war.

»Also, Mir Adnan Akbar Khan –«

»Ed. Kurz für Eddy. Wie das englische Wort für Wasserstrudel. Nicht nötig zu lachen – ich wurde als Kind so genannt, und der Name ist hängen geblieben.«

»Nur nicht so defensiv, Eddy.« Da er verärgert dreinblickte, machte ich eine versöhnliche Geste. »Ich bin heute früh aufgewacht und habe an das Meer und an Strömungen gedacht, und jetzt kommst du mit deinem Wasserstrudel.«

»Oh.« Er wurde rot, und das verunsicherte mich. Das Büro war zu klein für zwei Personen, und dass wir beide hier waren, schien mir plötzlich zu intim.

Er stützte die Hand auf die Kante des Schreibtischs und sah mich lächelnd an. Auf der Platte neben seinem Daumen klebte eines dieser winzigen Herzen, wie ich sie als Kind auf mein Federmäppchen geklebt hatte.

»Sag dem Zinnmann, er soll die Suche einstellen«, sagte er.

»Wer hat damit angefangen?«, fragte ich und schob einen Fingernagel zwischen Glas und Aufkleber, um ihn zu entfernen. »Wer hat die Liebe zu einem Herzen ohne Arterien und Kammern gemacht – zu einem kastrierten Organ?«

»Die gleichen Leute, die Engel zu Harfe spielenden, auf Wolken schwebenden, kraftlosen Geschöpfen in Nachthemden gemacht haben. Die das Gefährliche im Leben domestizieren wollen.«

Ich kratzte klebendes Papier von meinem Fingernagel. Die Antwort war zu nahe an meiner eigenen Denkweise, als dass ich darauf etwas hätte sagen können. Ich wusste nicht, worüber ich mit ihm reden sollte – zwischen uns gab es ein Thema – Geschichte, die eine Generation zurückreichte –, und ich konnte mich nicht entscheiden, ob ich darauf anspielen oder es vermeiden sollte.

»Es gibt hier jede Menge Jobs«, sagte er. »Du musst dich nicht mit diesem Quizshow-Unsinn abgeben. Es liegt auf der Hand, dass du das nicht wirklich tun willst.«

Ich schaute auf und schnippte das letzte Stückchen des klebrigen Papiers in die Luft zwischen uns. »Woher weißt du, was ich tun will?«

»Oh, bitte!« Er verdrehte die Augen. »Die Vorstellung der rätselhaften Frau ist schon viel zu oft gegeben worden.«

Trau dich bloß nicht, dachte ich, und dann, fast – fast – ohne zu wissen, was ich tat, legte ich den Kopf so schräg, dass sich die Sehnen in meinem Hals dehnten, biss die Zähne zusammen, kniff die Augen zusammen, bis das Grau nicht mehr zu sehen war und das Grün aufblitzte.

Ed trat einen Schritt zurück, seine Miene verriet mir, in welchem Ausmaß ich gerade meine eigene Haut verlassen und einer anderen Persönlichkeit gestattet hatte, mit der Hand über meine Züge zu streichen und ihren geisterhaften Abdruck darauf zu lassen.

Ich blickte weg und fühlte mich kleiner und nutzloser, kaum war ich wieder ich selbst.

»Was hast du für eine Geschichte, Aasmaani Inqalab?«, fragte er in einem Tonfall, den ich nicht deuten konnte. Er stellte den Ventilator auf den Boden und setzte sich auf den Bücherstapel. »Schau mich nicht so an. Ich hasse diesen Blick.«

»Du hast mich gerade erst kennen gelernt. Du kannst noch gar nicht hassen, wie ich schaue.«

»Du schaust übrigens ganz toll aus«, sagte er. Ich zog eine Augenbraue in die Höhe, und er lachte. »Nur keine Sorge. Ich mach dich nicht an. Ich konstatiere nur eine Tatsache. Du magst doch Fakten. Das hast du gesagt. Und ich habe eine Frage: Warum?«

»Was?«

»Warum magst du Fakten? Oder vielleicht magst du sie ja auch nicht. Vielleicht sammelst du sie bloß. Genau, wir haben uns gerade erst kennen gelernt, und das ist, was ich über dich weiß: Du behauptest, dich nicht für Politik zu interessieren und Haikus zu schreiben, was eindeutig nicht stimmt, was wiederum deine Aussage zweifelhaft erscheinen lässt, dass du Politik nicht magst. Du bist stolz darauf, nutzlose Fakten zu sammeln, du bist heute aufgewacht und hast an Strömungen gedacht, deine Freunde nennen dich Arsch-Manni Inflagrante, und die Antennen von Kakerlaken lassen dich niesen. Du wirst mir zustimmen, dass das eine merkwürdige Sammlung von Informationen ist über jemanden, den man gerade erst kennen gelernt hat. Das ist ... ist das nicht interessant?« Er lehnte sich an die Wand. »Du hast mir eine Menge nutzloser Fakten über dich gegeben. Hm. Schlau. Ich wette, du tust das oft, statt tatsächlich mit Informationen herauszurücken.«

»Du hast etwas wirklich Unheimliches, das weißt du doch, oder?«

»Du bist beunruhigt, weil ich dir auf der Spur bin.« Er stand auf. »Betrachte es als Talent. Ich habe sofort hinter deine Fassade geblickt. Bist du darüber nicht erleichtert?«

»Es ist ein Unterschied, ob man eine Fassade als Fassade erkennt oder dahinter blickt, Eddy. Genieß die Arkaden und Brüstungen, mach Photos, kauf Postkarten. Die Wachhunde am Eingang sind alarmiert.«

»Ich höre den Aufprall eines Fehdehandschuhs«, sagte er und beugte sich vor, als wollte er etwas vom Boden aufheben, bevor er ging.

»Blödmann«, murmelte ich ihm nach.

Lange Zeit saß ich da und wartete, dass jemand käme. Lautlos rezitierte ich den Text von *Song of Myself*, ohne zu wissen, warum er mir durch den Kopf ging, bis ich zu der Zeile über die »eddies of the wind«, die Luftströmungen, kam.

Irgendwann dachte ich über die ersten Augenblicke im STD-Gebäude nach, suchte in den Schreibtischschubladen nach Papier und Stift und begann zu schreiben:

An: die Frau im Flur, die mich gefragt hat, ob ich vorhätte, Boond *zu sehen.*

Jetzt ist es an mir, mich für meine Unverschämtheit zu entschuldigen. Aber ich habe über Ihre Sorgen bez. Shehnaz Saeeds Rolle in Ihrer Serie nachgedacht. Mir scheint, Ihr größtes Problem ist, wie Sie ihren Status als STAR sowohl einsetzen als auch herunterspielen können. Wenn die Kamera zum ersten Mal auf sie hält – wie kann dieser Augenblick funktionieren zum einen auf der Ebene der Fernsehserie, zum anderen auf der Ebene des »richtigen Lebens« von Shehnaz Saeed, die in ein Medium zurückkehrt, das sie mehr beherrschte als jede andere Schauspielerin in der Geschichte Pakistans? Ich habe einen Vorschlag:

Lassen Sie die Serie mit ihrer Rückkehr nach Karatschi beginnen, nachdem sie jahrelang fort war. Diese Jahre sollten geheimnisvoll und unerklärt blei-

ben. Damit wird es ihr möglich, auf dem Bildschirm zu erscheinen als eine Figur, die nach langen Jahren der Abwesenheit zu ihrer Familie zurückkehrt, und als Shehnaz Saeed, die erneut in unser aller Leben tritt. Die ersten Momente des Wiedererkennens der Familienmitglieder, der Schock, die Blicke, die ihre gesamte Erscheinung nach Veränderungen absuchen, spiegeln die Reaktionen der Fernsehzuschauer wider und etablieren die Stellung der Figur als »die vertraute/unvertraute Mutter/Freundin/Feindin/Ex-Frau«. Die Serie beginnt damit, dass ihr Ex-Mann einer anderen Frau einen Heiratsantrag macht. Bedenken Sie, um wie viel dramatischer die Geschichte wird, wenn der Heiratsantrag mit Shehnaz Saeeds Rückkehr in die Stadt zusammenfällt. Ja, das ist gängiger Stoff für anspruchslose Seifenopern – aber nichtsdestoweniger wirkungsvoll.

Während ich schrieb, sah ich es vor mir. Eine Frau steigt in Karatschi aus dem Flugzeug. Auf dem Weg zwischen Landebahn und Flughafengebäude bleibt sie stehen, zündet sich eine Zigarette an und sieht sich um. Dieser Terminal existierte noch nicht, als sie die Stadt verließ, und einen Augenblick lang hat sie Angst vor allem, was sich verändert haben muss und was zwangsläufig gleich geblieben ist in dieser Stadt, aus der sie vor so langer Zeit ohne Erklärung weggegangen ist, in der sie ihr einziges Kind zurückgelassen hat.

Ich legte den Stift weg und verbarg das Gesicht in den Händen.

Oh, Mama.

II

»Willst du nicht wissen, was in dem Wasser ist?«

Mein Vater streckte den gläsernen Krug in seiner Hand in den leeren Raum zwischen uns und hielt ihn schräg; die Flüssigkeit darin floss auf die Tülle des Gefäßes zu – ein gefangener Ozean mit der Erinnerung an Gezeiten.

»Das ist nur Rost.« Meine Schwester Rabia nahm unserem Vater den Krug aus der Hand und schob das Schlafzimmerfenster auf. Nach einer ruckartigen Drehung ihres Handgelenks stürzte ein dicker Strahl orangebraunes Wasser aus dem Krug. Eine Variante der Rapunzelgeschichte schoss mir durch den Kopf, bevor sich das Wasser in tausend Tropfen auflöste, die rasend schnell in den Garten drei Stockwerke unter uns stürzten. »Der Wasserhahn wurde seit Monaten nicht mehr benutzt.« Sie lehnte sich aus dem Fenster. »Schau nur, der Verrückte aus 3B macht einem Blumentopf einen Heiratsantrag.«

Dad fasste nach Rabia und zog sie zurück, ich knallte das Fenster zu. Heute Morgen, als ich zu dem Vorstellungsgespräch bei STD gefahren war, war das Wetter erträglich gewesen, aber jetzt, mitten am Nachmittag, herrschten andere Temperaturen. Die Oktoberhitze lastete als diffuser Dunst auf Karatschi und gelangte durch die kleinste Ritze in jeden Raum. Dad ging zur Klimaanlage und hielt das Gesicht vor das Gebläse. Draußen kreisten Krähen an einem nahezu weißen Himmel. Als ich ein Kind war, erzählte mir der Dichter, dass die Gewerkschaft der Himmelmaler eine kürzere Arbeitszeit für drückend heiße Tage ausgehandelt habe, weshalb die Anstreicher im Schutz der Dunkelheit nur eine Schicht Blau auftrugen, bevor sie die Pinsel wieder einpackten. Als ich Dad davon erzählte, musste ich mich zu ihm setzen, und er erklärte mir etwas von Wellen und Teilchen, das so vollkommen unwirklich klang, dass ich glaubte, er würde eine absurde Geschichte erfinden, die zu verstehen ich zu jung war, so wie ich zu jung war zu verstehen, warum meine Mutter *Die Sturmhöhe* liebte, obwohl es eine so unendlich traurige Geschichte war.

Rabia stützte das Kinn auf meine Schulter und schlang die Arme um meine Taille. »Ich glaube, der Blumentopf gibt ihm einen Korb.«

»Umso besser. Er hatte es nur auf den Judaspfennig darin abgesehen.« Ich lehnte mich an sie und spürte mehr, als dass ich es hörte, wie sie lachte.

Rabia war eigentlich meine Halbschwester, vier Jahre jünger als ich, verheiratet mit einem Künstler und angestellt bei einer NGO. Da, wo ich scharfe Kanten hatte, hatte sie weiche Kurven, und ihr Sinn für Humor beruhte mehr auf Freude als auf Ironie. Das Einzige, was wir gemeinsam hatten, waren der Genpool unseres Vaters – eindeutig voller rezessiver Gene, denn wir sahen ihm beide nicht ähnlich – und unser offensichtlicher Wunsch, uns gegenseitig zu beschützen.

»Passt aufeinander auf, während wir fort sind«, sagte mein Vater, und ich musste lächeln, weil wir beide unerwarteterweise das Gleiche gedacht hatten, was nur selten vorkam. Er trat zu uns. »Und kommt uns oft besuchen.« Das Gebläse hatte seinem Haar eine windschnittige Frisur verpasst, und als Rabia es bemerkte, musste sie lachen und strich es ihm mit den Fingern zurecht, bevor sie aus dem Zimmer ging, um Beema zu suchen – die zuletzt gesehen worden war, als sie mit dem Zollbeamten von unten in ein Gespräch über Shehnaz Saeeds Comeback vertieft gewesen war.

»Bist du sicher, dass du allein zurechtkommen wirst?«

»Dad, ich bin einunddreißig.«

»Ja.« Er schüttelte den Kopf. »Wie konnte das passieren?«

»Linearität?«, schlug ich vor. Er blickte leicht verwirrt drein – wie immer, wenn ich ihm mein Alter nannte –, als könnte er die Spanne zwischen meiner Zeugung und der Gegenwart nicht begreifen.

»Es ist noch nicht zu spät, es dir anders zu überlegen und mit uns zu kommen.«

Ich warf ihm einen ärgerlichen Blick zu. »Willkommen im dritten Jahrtausend, Dad. Ledige Frauen in Karatschi leben gelegentlich allein, ohne dass die Welt untergeht. Außerdem« – ich deutete mit dem Daumen zum Wohnzimmer – »gibt es die Verbindungstür zu Rabias und Shakeels Wohnung. Ich kampiere nicht in der Wildnis. Thema erledigt.«

Er nickte und fuhr mit dem Finger über die Haarrisse im Anstrich der Wand, die der Schildkröte eine gerunzelte Stirn verpassten.

»Ich könnte losziehen, Farbe kaufen und dir beim Streichen helfen, bevor wir fliegen«, sagte mein Vater. »Außer, das Meeresleben wächst dir ans Herz.«

»Das ist ein hübsches Bild. Muscheln auf dem Herzen, Tang um den Hals. Nett von dir, Dad. Ich schaffe das schon. Ich werde mich drum kümmern. Du musst dich nicht die ganze Zeit nützlich machen.«

Er lächelte und kratzte sich am Kinn, wie er es immer tat,

wenn er nicht wusste, was er sagen sollte. Sein Kinn wurde zunehmend kantiger, während sich die Zeit in seine Konturen fräste und langsam alles überflüssige Fleisch auffraß. Sein Gesicht würde plötzlich altern, und zwar bald, aber im Augenblick sah er mit seiner guten körperlichen Verfassung und dem dichten grauen Haar besser aus als seit den Tagen seiner Jugend, gleich nach der Pubertät, als alle seine Züge, wenn man Photos glauben konnte, außergewöhnliche Schönheit versprachen.

»Was soll ich tun, wenn nicht mich nützlich machen?«, sagte er und breitete die Arme aus, als wäre er willens, es mit jeder Möglichkeit aufzunehmen.

»Das ist eine rein akademische Frage. Du kannst nur du selbst sein. Konsequenz, dein Name ist Dad.«

»Liebes, du machst Komplimente, die wie Beleidigungen klingen.«

»Ich weiß. Entschuldige. Ich werde dich vermissen.«

»Du sagst das, als wäre es dir gerade zum ersten Mal eingefallen. Bitte, antworte nicht darauf.«

Jetzt war es an mir zu lächeln und nicht zu wissen, was ich entgegnen sollte. Deswegen sagte ich: »Was wirst du in Islamabad tun? Hätte die Bank dich nicht einfach versetzen können, statt dich zu beurlauben?«

»Das hätten sie. Sie haben es angeboten. Ich habe abgelehnt. Ich dachte, meine Frau würde mich vielleicht brauchen ... Oder vielmehr, es wäre ihr nicht unwillkommen, wenn ich tagsüber bei ihr wäre, statt hinter einem Schreibtisch zu sitzen. Die Finanzwelt wird vermutlich nicht allzu verstört auf meine Abwesenheit reagieren.«

»Weil wir nur für diejenigen nicht zu ersetzen sind, die uns lieben? Das ist doch, was du zu sagen versuchst, oder? Konzentrieren wir uns auf das Nächstliegende und überlassen wir die Welt sich selbst. Gott sei Dank, dass das nicht Louis Pasteurs Standpunkt war. Sonst müssten wir jeden Morgen Kühe melken, bevor wir unseren täglichen Tee trinken.«

Er zog die Augenbrauen in die Höhe. »Was ich eigentlich sagen will, ist, dass ich kein besonders guter Banker bin. Und außerdem hätte irgendwann jemand anders die Pasteurisierung erfunden – es gäbe nur ein anderes Wort dafür.«

»Und wenn Shakespeare bei Anne Hathaway und den Kindern in Stratford geblieben wäre, hätte irgendwann jemand anders *Hamlet* geschrieben.«

Er zuckte kaum merklich die Achseln und fasste damit seine Ansicht zu *Hamlet* und unseren oft getanzten Tanz um unsere Differenzen zusammen, und auf seinem Gesicht zeichnete sich so etwas wie Erleichterung ab, als wir Rabias und Beemas Schritte hörten und sich erregte Stimmen dem Schlafzimmer näherten.

»So eine Aufregung«, erklärte Beema, als sie eintrat, gefolgt von Rabia. Wenn meine Stiefmutter und meine Halbschwester nebeneinander standen, war die Ähnlichkeit zwischen ihnen bemerkenswert. Sie hatte nichts damit zu tun, dass bestimmte Züge von einer Generation zur nächsten weitergegeben werden, sondern damit, wie sich Persönlichkeit im Gesicht ausdrücken kann, vor allem um die Augen und den Mund. »Wegen Shehnaz Saeeds Comeback. Ich habe mit dem Zollfritzen darüber geredet, und im nächsten Augenblick standen wir in einer ganzen Schar und haben über das Große Comeback geplaudert.«

»Ich habe dir gesagt, dass es schließlich so kommen würde«, meinte mein Vater trocken. »Manche Leute brauchen das Scheinwerferlicht.«

»Sei fair zu ihr.« In Beemas Stimme schwang leiser Tadel

mit. »Es waren fünfzehn Jahre, und warum sollte sie nicht im Scheinwerferlicht stehen?«

»Ich habe nie gesagt, dass sie es nicht sollte. Es ist mir vollkommen gleichgültig, ob sie es tut oder nicht. Ich sage nur, was ich immer gesagt habe. Die Menschen ändern sich nicht.«

»Die Menschen ändern sich vollkommen«, sagte ich. »Schau dir nur Narziss an. Er wurde zu einer Blume. Das nenne ich Veränderung.«

»Ja, sogar Metamorphose«, fügte Rabia hinzu. »Ma, du hast Shehnaz Saeed doch gekannt, oder?«

»Ein bisschen.« Beema legte die Hand auf mein Handgelenk. »Sie war eine Freundin deiner Mutter, erinnerst du dich?«

Mein Vater räusperte sich, murmelte, dass irgendetwas repariert werden müsse, und verließ das Zimmer. Das war seine Standardreaktion, wenn die Rede auf meine Mutter kam.

»Ach, alle, die sich Mama bis auf fünf Meter genähert haben, behaupten, irgendwann einmal mit ihr befreundet gewesen zu sein«, sagte ich so leichthin, wie es mir möglich war, obschon ich wusste, dass es mit Shehnaz Saeed anders gewesen war. »Kein Wunder, dass sie ständig wegmusste. So viele Freunde, so viele Geburtstagsgeschenke, die sie kaufen musste.« Eds erste Reaktion auf mich fiel mir ein, der Augenblick, in dem er zurückgewichen war, als hätte er etwas Unmögliches gesehen, und mir wurde nachträglich klar, dass er meine Mutter gekannt haben musste, als sie in Karatschi war – nicht nur von Bildern in der Zeitung oder als Teil eines Publikums, sondern persönlich.

»Ich habe bei der Arbeit ihren Sohn kennen gelernt«, sagte ich, um das Thema zu wechseln. »Shehnaz Saeeds Sohn. Er scheint den Laden zu leiten.«

»Der Verbrecher?«, sagte Rabia.

»Er wirkt weniger wie ein Verbrecher als vielmehr wie ein Esel. Er will Ed genannt werden. Trotzdem hält er sich für unglaublich raffiniert.«

»Aha.« Rabia grinste mich an. »Du magst ihn also?«

»Ach, sei still.«

»Fäll nicht so schnell ein Urteil, Aasmaani.« Zwischen Beemas Augenbrauen tauchte eine Falte auf. »Nur, weil der Name albern ist, heißt das noch lange nicht, dass es der Mann auch ist.«

»Hast du gehört, Himmlische Revolution?« Rabia lachte.

»Beema, warum nimmst du die Göre nicht mit nach Islamabad, damit ich hier Ruhe habe?«

Sie tauschten den kürzesten Blick aus, meine Mutter und meine Schwester (denn das waren sie – ungeachtet von Stief- und Halb-), aber ich sah, wie ein Stab weitergegeben wurde, wie die Verantwortung für mich von Beema auf Rabia überging. Beema bemerkte, dass ich es bemerkt hatte, und redete forsch weiter.

»Wie immer er genannt wird, er wird dir hoffentlich richtige Arbeit geben, eine, die deinen Fähigkeiten entspricht, nicht nur dieser Quizshow-Unsinn, über den du angeblich glücklich bist.«

»Beema, ich habe keine Fähigkeiten. Ich begehe Verzweiflungstaten, die mir Jobs einbringen, an denen mir nichts liegt.« Und dann, weil ich mich über den Blick ärgerte: »Ich habe dir doch gesagt, dass ich ein paar Monate gar nichts machen will. Deswegen habe ich bei der Ölfirma aufgehört. Ich weiß nicht, warum ich überhaupt zugelassen habe, dass du dich einmischst.«

Sie setzte sich auf mein Bett. »Du unternimmst nie etwas. Du grübelst. Und mir gefällt die Vorstellung nicht, dass du allein lebst und grübelst, während Rabia den ganzen Tag bei der Arbeit ist und Shakeel sich in seinem Atelier einschließt.«

»Ich glaube, du überschätzt die Bedeutung deiner Anwesenheit auf meine geistige Gesundheit«, sagte ich und setzte mich neben sie.

Sie strich mir übers Haar. »Ich bemuttere dich. Ich weiß. Ich kann nicht anders. Mütter sind so.«

»Nein, du bist so.« Ich umarmte sie, legte die Stirn auf ihre Schulter. »Bleib nicht allzu lange weg, ja?«

Kaum hatte ich es ausgesprochen, wurde mir bewusst, wie schrecklich diese Bitte war. Beema flog nach Islamabad, weil ihre Mutter im Sterben lag. Sie ging nach Islamabad, um dabei zuzusehen, wie ihre Mutter starb, und zu wissen, dass sie das Sterben weder aufhalten noch verhindern konnte. Keine noch so große Liebe, kein Bitten, kein Versprechen, kein Flehen konnten den Verfall des Körpers verlangsamen, von dem sie einst ein Teil gewesen war.

»Sag jetzt nichts Albernes«, sagte Beema, als ich den Kopf hob, um mich zu entschuldigen. »Ich weiß, was du meinst. Und mach dir keine Sorgen um mich. Für diesen Rollentausch bin ich noch nicht bereit. Hör mal, jaan, schau nicht so traurig. Wenn man jemandem beim Sterben zusieht, lernt man auf neue Weise, ihn zu lieben. Stell dir vor, man kennt jemanden fünfeinhalb Jahrzehnte und findet dann noch einen neuen Weg, ihn zu lieben. Das ist etwas Ungewöhnliches.«

Manchmal kann die Traurigkeit der Welt schön sein. Das wusste Beema, und Rabia glaubte daran, ohne einen schrecklichen Verlust erlitten zu haben. Es verlieh ihnen die Kraft, Schmerz – ihren eigenen und den anderer – anzunehmen.

Möchtest du, dass ich mitkomme? Wird es helfen, wenn ich dabei bin?, hätte ich Beema beinahe gefragt, wie ich sie es während der letzten Tage so oft beinahe gefragt hätte, dass es jetzt schon Gewohnheit schien, es nicht auszusprechen.

Ein paar Stunden später waren sie fort. Dad und Beema waren auf dem Weg zum Flughafen, Rabia war bei ihren Schwiegereltern zum Essen. Es war schlimmer als die Öde am Morgen, die Leere war umfassender, weil drei Menschen, die ich liebte, vor kurzem noch da gewesen waren.

Rabia lebt hinter dieser Tür, musste ich mir ins Gedächtnis rufen.

Ich ging durch die Wohnung, zählte die Schritte vom Ende des Wohnzimmers bis zu einer Ecke des Schlafzimmers, dann von der Küche bis zur Wohnungstür. So eine Stille. In Dads und Beemas Haus war immer etwas zu hören – Beema, die telefonierte; der Koch, der den Gärtner anschrie; der Hund der Nachbarn, der bellte; Männer, die Karren voller alter Dosen und Flaschen durch die Straße schoben und lauthals ihre Anwesenheit kundtaten, ob auf der Suche nach Käufern oder Verkäufern, wusste ich nicht. Aber hier, drei Stockwerke über der Welt, bei geschlossenen Fenstern – nichts. All dieser Raum und nur ich, die ihn ausfüllen konnte.

Ich ging zu den Bücherkisten, die um das leere Regal im Wohnzimmer standen, und öffnete die Kiste, die mit »Lex.« beschriftet war. Ganz oben lag das Lexikon, das ich seit meiner Kindheit hatte. Ich schloss die Augen, schlug das Buch auf und fuhr mit dem Finger auf der Seite hinunter. Öffnete die Augen. Mein Finger befand sich mitten in der Definition von STROBOSKOP. Ich überging STROHWITWER, STROMATOLITHEN und STROMSTÄRKE, bis ich bei STRÖMUNG anlangte.

Ich holte alle meine Lexika heraus, ging zum Beistelltisch, setzte mich auf den Boden, schaltete meinen Laptop an und lud die Enzyklopädie. Strömungen. Ich wusste bereits etwas über Strömungen.

Ich wusste, dass zu den Meeresströmungen der Agulhas-, der Humboldt- und der Benguelastrom gehörten, ich wusste, dass Meeresströmungen sich kreisend bewegen, im Uhrzeigersinn auf der nördlichen und entgegen dem Uhrzeigersinn auf der südlichen Halbkugel. Der Dichter hatte mir vor Jahren erklärt, wenn wir die Bewegung der Strömungen als Metaphern für die Kreise der Geschichte – oder die Kreise der Geschichte als Metaphern für die Bewegungen der Strömungen – betrachteten, dann würden wir begreifen, wie absurd es ist, die Welt in Ost und West einzuteilen. Ich hörte die Stimme meiner Mutter, die mich am Strand vor Unterströmungen warnte.

Ich blickte in die Leere um mich herum und war plötzlich sehr dankbar, dass es ein Büro gab, in das ich jeden Tag gehen konnte.

III

Eine Woche später, lange nach Mitternacht, saß ich im Schneidersitz in meinem Wohnzimmer vor meinem Laptop und betrachtete den Schattentanz von Laub und Zweigen auf den Fensterscheiben. Die Xylem- und Phloem-Truppe.

Das Wohnzimmer war mein Lieblingszimmer in der Wohnung. Nicht wegen der minimalistischen Einrichtung (ein zweisitziges Sofa, ein Sitzsack, ein niedriger Beistelltisch, ein Bücherregal, das sich nach vorn neigte, wenn man zu viele Bücher hineinstellte) oder wegen des großen roten und beigefarbenen Teppichs oder der Vorhänge mit dem Blumenmuster. Es waren Dinge, die ich von den Vormietern übernommen hatte und an denen mir nichts lag. Aber ich liebte das breite Fenster, das eine ganze Wand einnahm und hinausging auf den Balkon mit den üppigen Pflanzen, und jenseits davon, nach zwei weiteren Häuserreihen, die zu niedrig waren, um mir die Sicht zu verstellen, das Meer.

Als die Berührung eines Hibiskuszweiges den Judaspfennig veranlasste, sich in angstvollem Vergnügen nach hinten zu beugen, war mir klar, dass die Vorstellung ihren Höhepunkt erreicht hatte, und ich wandte meine Aufmerksamkeit wieder dem Bildschirm des Laptops zu, der auf dem niedrigen Tisch vor mir stand. Daneben lag eine beim Buchstaben »J« geöffnete Enzyklopädie. Ich schrieb:

Welches ist die älteste Gedichtform, deren Gebrauch heute noch beliebt ist?
a. Haiku
b. Ghasel
c. Sonett
d. Tendi
Antwort: b

Auf diese Frage war ich dank des Eintrags über JAMBISCHER PENTAMETER gekommen, der mir ins Gedächtnis rief, wie sehr sich der Dichter geärgert hatte, als er die Behauptung eines englischen Wissenschaftlers las, das Sonett wäre die älteste bestehende Gedichtform.

Ich blätterte in der Enzyklopädie, weil ich nach einer Frage suchte, deren Antwortalternativen aus meinen vier liebsten mittelalterlichen Ibns bestünden – Ibn Khaldun (welcher mittelalterliche Historiker schrieb *Muqadammah*, in dem viele Gedanken der modernen Soziologie vorweggenommen werden?), Ibn Battutah (welcher mittelalterliche Reisende legte 75 000 Meilen zurück, von Spanien nach China, von Timbuktu nach Russland, und hinterließ uns schriftliche Reiseberichte?), Ibn Sina (welcher mittelalterliche Philosoph und Arzt schrieb *Kitab-ash-Shifa* und behandelte darin alle möglichen Themen, darunter Metaphysik, Aristotelische Logik, Psychologie und Naturwissenschaften?), Ibn-al Nafis (welcher mittelalterliche Arzt erklärte als Erster die Lungenzirkulation in *Sharh Tashrih al-Qanun*?) –, als jemand an die neu eingebaute Tür zwischen Rabias und Shakeels und meiner Wohnung klopfte. Ich betrachtete sie bereits als meine Wohnung, obwohl sie tatsächlich Rabia und Shakeel gehörte; sie hatten sie ein paar Wochen zuvor gekauft, in Erwartung einer Zukunft, in der ihre Familie doppelt so groß und ihre Einschlafzimmerwohnung zu klein wäre. Dass ich gerade jetzt eine Wohnung brauchte, war reiner Zufall gewesen.

Ich warf einen Tennisball gegen die Tür, um zu signalisieren, dass ich nichts gegen Gesellschaft hatte, und Rabia kam gähnend herein.

»Wie geht's?«, fragte sie und setzte sich neben mich.

»Ich habe alle möglichen faszinierenden Dinge über *I Ching* und *Ibibio* entdeckt und wie viele Suffixe man an ›ichthy‹ hängen kann. Willst du es wissen? Ziemlich spannendes Zeug.«

»Du und deine vielen Informationen«, brummte sie und neigte ihre zarte Gestalt von mir weg. »Du hättest Mathematikerin werden sollen – eine, die mit reiner Mathematik zu tun hat, nicht mit der angewandten. Die in einer abstrakten, selbstreferentiellen Welt lebt.«

Das war ein verführerischer Gedanke, ungeachtet meiner Unfähigkeit, über die Grundrechenarten hinaus mit Zahlen zurechtzukommen. Gefragt, welche historische Figur den großartigsten Tod gestorben ist, würde ich alle Märtyrer, Liebenden und Krieger übergehen und Archimedes nennen, der so darin vertieft war, mathematische Figuren in den Sand zu zeichnen, dass er einen römischen Soldaten scharf zurechtwies, weil dieser auf ihn zuging. Störe meine Kreise nicht, waren seine letzten Worte. So will es jedenfalls die Legende. Nicht, dass Archimedes nur Mathematiker gewesen war; unter seinen vielen Erfindungen befindet sich eine überaus machtvolle Waffe – ein Vergrößerungsglas, mit dem man die Sonnenstrahlen auf die Stiefel des Feindes lenken und sie in Brand setzen kann. Wenn alle Kriege nur mit riesigen Vergrößerungsgläsern ausgefochten würden, hätten wir vielleicht schon längst die Absurdität bewaffneter

Kämpfe als Mittel zur Lösung von Konflikten eingesehen. Oh, die Tragik von Stiefeln, die durch Friendly Fire verloren gingen!

»Worüber amüsierst du dich?«, fragte Rabia. »Die Vorstellung von dir als Mathematikerin? Glaub mir, Smaani, als wir aufwuchsen, schien das viel plausibler als die Möglichkeit, dass du als Unterling für eine Quizshow recherchierst, deren Format offenkundig aus dem Ausland gestohlen ist.«

Die Freude meiner Schwester über meinen Abschied von der Welt der multinationalen Konzerne war verebbt, und jetzt hatte sie wieder die gewohnte missbilligende Haltung eingenommen, die mir über die Jahre gefolgt war, als ich an einer Schule die lernunwilligen Kinder der Elite unterrichtete, als Redakteurin für ein monatliches Kricketmagazin arbeitete, für einen anglophonen Historiker die aus dem 19. Jahrhundert stammenden Urdu-Tagebücher eines engstirnigen, kleinlichen Bürokraten aus einem indischen Fürstentum übersetzte und schließlich in der Personalabteilung der Ölfirma landete. »Ich bin kein Unterling«, sagte ich. »Ich bin die einzige Ling.«

Rabia drückte mir mit dem Finger gegen das Schulterblatt – eine Geste aus der Kindheit, mit der sie sich vergewisserte, dass man ihr zuhörte. »Fernsehen ist so ein mächtiges Medium. Denk doch nur, was du alles tun könntest.«

»Was könnte ich tun?«

»Das Denken der Leute beeinflussen.«

»Ah.« Ich lehnte mich gegen den Sitzsack, verschränkte die Finger, um den Kopf darauf zu legen. »Wie kannst du dir deiner Gewissheiten so gewiss sein, Rabia, wo du doch weißt, dass der Glauben, wenn man ihn nur weit genug zurückverfolgt, immer im Nebel endet?«

»Was für ein Nebel?«

»Eigentlich mehrere Nebel. Es gibt so viele. Der Nebel übernommener Weisheiten, der Nebel, der subjektive Erfahrung mit Wahrheit gleichsetzt, der Nebel, der sich fürchtet, etwas anderes zu glauben, der Nebel, der als Wundermittel wirkt.«

Sie nickte, ihre großen Augen fixierten mich. »Sag mir nur eines, Aasmaani. Willst du nicht wie deine Mutter sein oder hast du Angst, elendiglich zu scheitern, wenn du ihr nacheiferst, so dass du es erst gar nicht versuchst?«

Ich richtete mich wieder auf und neigte den Kopf vor ihr; meine Hand, inspiriert von den Schattenblättern, vollführte eine wirbelnde Geste der Unterwerfung. »So oder so, damit beweist du nur, dass ich Recht habe. Alles, was ich bin, alles, was ich glaube oder versuche, nicht zu glauben, hat nichts mit höheren Wahrheiten zu tun, sondern nur damit, dass ich die Tochter von Samina Akram bin.«

Rabia seufzte und schüttelte den Kopf.

Ich beugte mich verschwörerisch vor. »Und außerdem mache ich bei STD noch etwas anderes als die Quizshow.«

Nachdem ich am ersten Tag in meiner Zelle den Vorschlag für *Boond* geschrieben hatte, faltete ich das Papier und legte es in die Schreibtischschublade. Mit dem Schreiben hatte ich die Wartezeit totgeschlagen, bis jemand von der Personalabteilung gekommen war, und was mich betraf, hatte der Entwurf damit seine Funktion erfüllt. Aber vor ein paar Tagen traf ich in der kleinen Küche von STD erneut auf die genervte Drehbuchschreiberin – Ed hatte mir in der Zwischenzeit erzählt, dass es sich um Kiran Hilal handelte, eine der geschätztesten Personen in der Szene –, und während wir beide auf heißes Wasser warteten, erzählte sie, dass sie dabei sei, verrückt zu werden. Sie hatte mit ihrem Team rund um die Uhr gearbeitet, aber letztlich mussten sie das Drehbuch umschreiben, um Shehnaz Saeed unterzubringen. Sie hatten nahezu alles zerrissen, was sie schon geschrieben hatten, und der Regisseurin mussten sie beibringen, dass das bereits gedrehte Material der ersten Folgen weggeworfen werden müsste (mit dem Drehen war aufgehört worden, als die Schauspielerin mit der Bougainvilleaphobie ausschied). Und die Serie sollte in weniger als fünf Wochen starten. Es sei eine Katastrophe, eine totale Katastrophe.

Ihre wahre Sorge bestand darin, dass Shehnaz Saeed mit ihrer Rolle nicht zufrieden wäre und im letzten Moment absagen würde. Ihr Vertrag enthielt eine Rücktrittsklausel, auf die sie sich berufen konnte, wenn die Serie nicht »gewisse kreative Standards« erfüllte. Andererseits war die Aufregung über ihre Rückkehr auf den Bildschirm mittlerweile so außer Kontrolle geraten, dass STD sich nie wieder erholen würde, sollte sie aussteigen. Ich hielt das für übertrieben, aber als Kiran mir erzählte, wie viel Geld Werbekunden für Spots in der Serie zahlten – unter dem Vorbehalt, dass sie ebenfalls vom Vertrag zurücktreten könnten, sollte Shehnaz Saeed nicht mitspielen –, ließ ich beinahe meine Teetasse fallen. (Später am selben Tag erreichte der Wirbel um Shehnaz Saeeds Comeback eine neue Dimension: Es war ungefähr einen Monat nach den Wahlen, und die Koalitionsverhandlungen der politischen Gruppierungen gingen in eine neue Runde. Die Abendzeitungen zitierten einen führenden Politiker. »Natürlich ist unter diesen Umständen die Bildung einer starken handlungsfähigen Regierung möglich. Shehnaz Saeed tritt wieder auf – heißt das nicht, dass es immer Hoffnung gibt?«)

»Haben Sie eine Idee?«, sagte Kiran Hilal zu mir, als der Kessel pfiff und zwei Dampfwolken aus den Löchern in der Tülle schossen. Es war eine rhetorische Frage, aber ich erzählte ihr alles, was ich an jenem ersten Tag im Büro über Shehnaz Saeeds Rückkehr aufgeschrieben hatte. Sie dankte mir, löffelte eine schwindelerregende Menge Zucker in ihren Tee und ging. Ich kam mir bescheuert vor. Aber am nächsten Tag – das heißt vor zwei Tagen – fragte sie mich, ob ich an der nächsten Besprechung ihres Teams teilnehmen und meine Idee vortragen wollte.

»Im Ernst?«, sagte Rabia. »Du wirst bei der Serie mit Shehnaz Saeed mitarbeiten? Warum hast du mir das nicht erzählt?« Hohe politische Ideale standen der Liebe meiner Schwester für Prominente nicht im Weg.

»Wollen wir uns mal nicht davontragen lassen. Ich bin bei einem Treffen von Kirans Team dabei. So nennt sie es – ihr Team. Ich bin wie ein fremder Trainer, der gerufen wird, um eine bestimmte Wurfaktion zu korrigieren, und anschließend wieder weggeschickt wird.«

»Ja, aber wenn sie deinen Wurf sehen, werden sie vielleicht wollen, dass du Mitglied des Teams wirst.«

Da war sie wieder, vor meinen Augen ging sie über die Rollbahn zum Terminal. »Ich will nicht Mitglied des Teams werden.«

»Warum nicht?«

»Es ist kompliziert.«

Meine Schwester legte mir den Arm um die Schulter. »Hin und wieder musst du die Dinge einfach kompliziert sein lassen.«

Ich stand auf, wohlwissend, dass Rabia mich nicht aus den Augen ließ, als ich zur Schiebetür ging, sie aufzog und auf den Balkon trat. Die Luft roch nach einem Gemisch aus Abwässern und Meer, das ich als wesentlich unangenehmer hätte empfinden sollen, als es tatsächlich der Fall war. Nur in diesen frühen Morgenstunden war es still genug, um die

Brandung zu hören, und dann liebte ich diesen Ort, obwohl die Fenstergitter und Antennen schnell rosteten und der Anstrich der Fassaden sofort wieder abblätterte. Die Nähe des Meeres hatte vielleicht etwas mit dem Meerjungfrauentraum zu tun – den ich letzte Nacht wieder geträumt hatte –, ebenso wie die bemalte Wand, aber es fiel mir leichter, die Wandmalerei dafür verantwortlich zu machen, da mir nichts an ihr lag.

Der Dichter sagte immer, dass es eine bestimmte Topographie gibt, in der wir uns beheimatet fühlen, obschon nicht alle von uns das Glück haben, die Landschaft zu finden, die uns dieses Ding zu Bewusstsein bringt, das wir »Seele« nennen. Für manche sind es die Berge, für andere die Wüsten, weite, offene Ebenen für dritte. Aber du und ich, Aasmaani, wir sind Geschöpfe des Wassers.

Ich hörte, wie Rabia aufstand und in ihre Wohnung ging.

Ein paar Minuten später kehrte sie zurück, in den Händen ein Ringbuch mit Zeitungsausschnitten, die ich seit vielen Jahren nicht mehr gesehen hatte, obwohl es mich nicht wunderte, dass sie sie noch besaß.

»Setz dich«, befahl sie, als ich ins Wohnzimmer zurückkehrte. Als ich ihrer Aufforderung nicht nachkam, schnalzte sie mit der Zunge – es gab Augenblicke, in denen man sich erschreckend deutlich vorstellen konnte, wie sie als Großmutter wäre – und blätterte in den Ausschnitten, bis sie den gesuchten fand. »Lies das«, sagte sie und ging in ihre Wohnung zurück.

Ich ignorierte das Ringbuch nahezu eine Stunde, suchte im Internet nach weiteren Informationen über Archimedes und sein Vergrößerungsglas und rief meine E-Mails ab. Es waren nur drei. Eine von meinem Vater, der die letzten Nachrichten aus der Welt des Krickets kommentierte und vorschlug, wir sollten uns in sportlicher Hinsicht von nun an an Curling halten. Eine Ex-Kollegin aus dem multinationalen Konzern brachte mich auf den neuesten Stand der Firmenpolitik und schlug ein baldiges Wiedersehen vor. Ich fragte mich, ob es sie überraschte, wie mühelos ich aus ihrem Leben verschwunden war, so wie ich aus dem Leben aller verschwunden war, mit denen ich jemals zusammengearbeitet hatte. Die dritte Mail war eine Petition, eine Sportart, von der ich noch nie gehört hatte, zu verbieten, weil sie eine bestimmte Tierart gefährdete. Die Petition interessierte mich nicht, da ich in einem Land lebte, dem es vollkommen gleichgültig war, was ich von seinen Gesetzen hielt. Ich schickte sie an Rabia weiter und schrieb dazu: »Die bevorzugte Art der modernen Frau, sich politisch zu engagieren.«

Schließlich ging ich wieder offline und legte mir das grüne Ringbuch auf den Schoß. Sein Inhalt war erheblich angewachsen, seitdem ich es zum letzten Mal gesehen hatte, und das war eine Überraschung.

Der Artikel, den Rabia aufgeschlagen hatte, war ein Interview mit Shehnaz Saeed aus dem Jahr 1982, als sie mit *Macbeth* bei Festivals in der ganzen Welt auftrat. Das Interview war auf Italienisch veröffentlicht worden, und jemand in Mailand hatte den Text an die Adresse meiner Mutter nach Karatschi geschickt. Mama lebte damals gerade wieder einmal im selbst auferlegten Exil, deswegen fand ich den Brief, als ich mit Beema auf der monatlichen Inspektionstour durch das Haus meiner Mutter war. Fasziniert von den ausländischen Briefmarken, öffnete ich den Umschlag, und da ich den Inhalt nicht verstand, brachte ich Beema dazu, mit mir zum italienischen Konsulat zu fahren, wo sich ein junger Beamter mit himmelblauen Augen meiner erbarmte und den Artikel übersetzte. Das war zu einer Zeit, als man ein europäisches Konsulat betreten konnte, ohne sich mit Straßensperren und mehreren Schichten von Wachmännern konfrontiert zu sehen und ohne zuvor einen Termin vereinbart zu haben. Das war zu einer Zeit, als ich, nicht meine Halbschwester, mit nahezu religiösem Eifer diese Akte über meine Mutter führte. Ich schüttelte den Kopf, um die Erinnerung zu verscheuchen, und las die Übersetzung, die ich neben den Originaltext geklebt hatte:

F: Als ich Sie in der Rolle der Lady Macbeth auf dem Festival sah, verstand ich zwar das Urdu nicht, aber es fiel mir ein italienisches Wort ein: sprezzatura. Die Illusion der Mühelosigkeit, mit der die begabtesten Schauspieler ihre komplexesten Rollen ausstatten. Kennen Sie dieses Wort?

A (lachend): Ja, ich kenne es. Danke. Ich bin sehr … Danke.

F: Wenn Sie einen Schauspieler, oder eine Schauspielerin, nennen sollten, der sprezzatura verkörpert, wer wäre das?

A: Mir fallen da mehrere ein. Aber – korrigieren Sie mich, wenn ich mich irre – es gibt ein italienisches Wort, dass auf Darstellungen angewandt wird, die noch über sprezzatura hinausgehen.

F: Sie meinen grazia. Ich bin beeindruckt.

A: Ja, grazia. Göttliche Anmut. Das Gefühl, dass dank des Schauspielers etwas geschieht, was nahezu nicht mehr von dieser Welt ist. Sprezzatura bewundert man, aber durch grazia fühlt man sich geehrt, man spürt, dass man sich verändert. Dass man einen Blick auf unsterbliche Mysterien wirft. Ich wurde

> nur einmal Zeugin von grazia – und das war nicht in einem Theaterstück. Ich war einmal dabei, als die feministische Ikone, Samina Akram, zu einer Menschenmenge in Karatschi sprach. In dem Wechselspiel zwischen ihr und dem Publikum und einer anderen undefinierbaren Präsenz ereignete sich grazia. Ich war im Publikum – und für mich steht ohne Zweifel fest, dass mein wichtigster Auftritt war, Teil des mehrere hundert Personen zählenden Publikums zu sein, das zu der Atmosphäre beitrug, in der sie ganz sie selbst sein konnte. Ich glaube nicht, dass ich so etwas noch einmal erleben werde.

Das war die größte Grausamkeit meiner Mutter. Sie gestand einem genug Zeit zu, um in ihrer grazia zu schwelgen, und dann ging sie fort, nahm sie mit und ließ einen mit dem Wissen zurück, dass man nie wieder so etwas erleben würde und selbstverständlich selbst nie in der Lage wäre, sie selbst hervorzubringen. Kein Wunder, dass mein Vater ihr nach der Scheidung nicht mehr ins Gesicht sehen konnte – wenn die beiden sich gemeinsam in einem Raum befanden, ließ er sich, soweit ich mich erinnere, stets von etwas an ihrer Peripherie ablenken: dem Sonnenuntergang, einem Farbfleck, einer Ameise. Früher dachte ich, er hasste sie zu sehr, um sie anzusehen, aber erst nachdem sie zum letzten Mal gegangen war, fragte ich mich, ob er nicht Angst davor gehabt hatte, erneut grazia in ihr zu entdecken. Sie waren elf Monate verheiratet; sie verließ ihn nach vier Monaten, war jedoch einverstanden, die Scheidung bis nach meiner Geburt hinauszuschieben.

»Was hast du ihr mehr übel genommen«, fragte ich Dad einmal, als einer von uns, was selten vorkam, meine Mutter erwähnte, »dass sie dich verlassen hat oder dass sie dich überhaupt geheiratet hat?«

Er antwortete: »Wenn sie mich nicht geheiratet hätte, hätte ich dich nicht. Wenn sie mich nicht verlassen hätte, hätte ich Rabia nicht.«

Er tat vermutlich recht daran, der Frage auszuweichen. Schon bevor meine Mutter verschwand, sprachen Dad und ich nicht über sie. Dass er sie missbilligte und ich seine Missbilligung missbilligte, verdammte uns, was sie anbetraf, zum Schweigen.

Ich fuhr mit den Fingern über die Plastikhülle, in der der Ausschnitt steckte. Was bezweckte Rabia damit, dass sie mich an diesen Artikel erinnerte? Ein weiterer Grund, nichts mit *Boond* zu tun haben zu wollen, mehr nicht. Und dennoch. Shehnaz Saeed war wirklich eine Freundin meiner Mutter gewesen – nicht auf die Art wie die meisten Leute, die behaupteten, mit ihr befreundet gewesen zu sein, tatsächlich jedoch nur in den Bann geraten waren, in den sie fast alle so schnell und umfassend zog. Wenn ich in den zwei Jahren, bevor sie verschwand, den Telefonhörer in die Hand nahm, um jemanden anzurufen, hörte ich bisweilen meine Mutter am anderen Apparat mit der Stimme sprechen, die ich vom Theater und aus dem Fernsehen so gut kannte. Mama bemerkte stets das Klicken in der Leitung, wenn ich den Hörer abnahm, und fragte: »Wer ist das?«, und ich musste wieder auflegen. Obwohl ich ihre Gespräche nicht belauschte, sprach die Tatsache, dass Mama in den Jahren, als sie kaum mehr etwas sagte, mit Shehnaz Saeed redete, Bände über ihre Vertrautheit in jener Zeit.

Ich hatte Shehnaz Saeed nie kennen gelernt – zum ersten Mal erschien mir das merkwürdig –, obwohl Mama sie im Verlauf dieser zwei Jahre häufig besuchte, bisweilen mehrmals in der Woche, manchmal wochenlang nicht. Nachdem Mama nicht mehr da war, dachte ich gelegentlich daran, Shehnaz Saeed anzurufen, aber ich wusste nie, was ich zu ihr hätte sagen sollen.

Jetzt hatte mir Shehnaz Saeed selbst einen Grund geliefert, mich mit ihr in Verbindung zu setzen. Ich ging zu der übergroßen Handtasche, mit der ich heute im Büro gewesen war, und nahm den an mich adressierten Umschlag heraus, der sich seit dem Morgen ungeöffnet darin befand. Er war von Shehnaz Saeed. »Danke für die Hilfe mit meiner Rolle«, war darauf gekritzelt. Eine der Anfang Zwanzigjährigen bei STD, die am Empfang stand, als der Umschlag eintraf, fiel nahezu in Ohnmacht angesichts dieses Beweises für Shehnaz Saeeds unprätentiöse Haltung »Unterlingen« gegenüber. Ich war nicht ganz davon überzeugt. Ich wusste ein, zwei Dinge über Frauen, die Legenden waren. Ich wusste, wie verzweifelt sie wünschten, nicht wie Legenden behandelt zu werden – aber nur von Menschen, die sie solcher Vermessenheit als würdig erachteten. Ich gehörte in Shehnaz Saeeds Augen zu diesem erlauchten Kreis. Es spielte keine Rolle, dass wir uns nicht persönlich kannten.

Trotz der Bitten der Anfang Zwanzigjährigen hatte ich den Umschlag nicht geöffnet; es zu tun, schien mir wie ein Einverständnis – mit *irgendetwas* –, und ich hielt meine Neugier all diese Stunden im Zaum.

Aber jetzt riss ich den Umschlag auf und holte den Inhalt heraus – ein ordentlich gefaltetes Blatt Papier, an dem ein kleiner gelber Zettel klebte. Ich zog ihn ab und las: »Ich würde dich gern kennen lernen. Bitte ruf mich an. In der Zwischenzeit – kannst du mit dem Schriftstück irgendwas anfangen? Shehnaz.«

Ich faltete das Blatt auseinander, legte es auf den Tisch

und strich es mit der Hand glatt. Eine unverständliche Reihe von Buchstaben, wunderschön geschrieben, stand oben darauf.

Abc Nocbwkcppcwxct xljcf kcevc ybcact.

Das war die erste Zeile. Der Rest ergab ebenso wenig Sinn.

Warum steckte jemand, den ich nicht kannte, so etwas in einen Umschlag und meinte, ich könnte etwas damit anfangen?

Ich betrachtete die Seite erneut, dann schob ich sie beiseite. Zweifellos irgendeine fremde Sprache. Wenn man in einer Hafenstadt lebt, gewöhnt man sich daran, dass Papier mit unentzifferbaren Schriftzügen dafür verwendet wird, Tüten für geröstete Pinienkerne zu formen, oder dass es vom Wind über leere Grundstücke, die als Müllhalden dienen, geweht wird. Hielt Shehnaz Saeed mich für eine Linguistin?

Ich legte das Blatt aus der Hand und war schon im Schlafzimmer, als schlummernde Neuronen in meinem Hirn blitzartig erwachten und zu feuern begannen.

Die Jungen vom Hafen spielen quälende Jazzfugen, und mein myoper Ex nennt den ockerfarbenen Winter »Herbst«.

Ich machte kehrt. Meine Füße hoben sich kaum vom nackten Boden, und mein Körper reagierte im Schneckentempo.

Ich nahm das Papier in die Hand.

Abc Nocbwkcppcwxct xljcf kcevc ybcact.

Die Buchstaben warfen ihre Verkleidung ab – zögerlich zuerst, aber dann in einem hemmungslosen Wirbel – und verwandelten sich in Worte:

Die Speichellecker kamen heute wieder.

IV

Die Kante des niedrigen Tisches schnitt in meine Haut, Zentimeter unterhalb des Ellbogens. Ich hob den Arm und begutachtete die diagonale Druckstelle. Aus der Nähe betrachtet und für sich genommen, konnte diese Furche in der Haut auch ein ausgetrocknetes Flussbett in einer Wüste oder ein Rinnsal aus Saft auf einem Blattnerv sein.

Ich fuhr mit dem Daumen über die Furche und wandte meine Aufmerksamkeit wieder den vier Zeilen auf dem Blatt Papier zu. Es war erstaunlich einfach, den Code nach diesen vielen Jahren zu entziffern, als handelte es sich um eine ganz eigene Sprache – aber es hätte genauso gut Albanisch sein können, so wenig verstand ich das Geschriebene. Ich riss ein Blatt aus einem Schreibblock auf dem Tisch und legte es über den verschlüsselten Text. Die schwarze Kalligraphie schien durch, als wäre sie von nichts Dickerem als einer Zwiebelhaut bedeckt.

Ich nahm einen Filzstift und zog die verschnörkelten Buchstaben auf dem oberen Blatt nach. Jede Linie und Schlinge dieser komplizierten Handschrift nachzufahren, dauerte länger, als ich gedacht hatte. Mit der Zeit schien es mir, als würde ich ein abstraktes Gemälde kopieren, als würde jeder Strich mit der Stiftspitze meine Unfähigkeit dokumentieren, zu verstehen, wie jemand sich diese Formen und Kombinationen hatte ausdenken können. Was erhoffte ich mir, während der Stift die Schnörkel nachfuhr? Dass der Akt des Replizierens mich der Person näher brächte, die diese Zeilen geschrieben hatte, mir gestattete, zwischen die Worte zu schlüpfen und den Geist zu verstehen, der sie zu Papier gebracht hatte?

Was erhoffte ich mir? Das war eine Frage, die mich seit langer Zeit verfolgte.

Ich legte den Stift weg.

Wer außer mir kannte den Code? Nur meine Mutter und der Dichter. Und der Dichter war seit sechzehn Jahren tot. Es hieß, er sei von einer Regierungsstelle umgebracht worden, die die Verbindung seiner nationalen Beliebtheit und seines internationalen Ruhms fürchtete – obschon die damalige Militärregierung diesen Anschuldigungen begegnete, indem sie einen landesweiten Tag der Trauer für diese »Blume unserer Erde« ausrief. Im ganzen Land boykottierten Oppositionsgruppen jeder Schattierung den von der Regierung ausgerufenen Tag der Trauer und verkündeten einen eigenen (am selben Tag) für diese »Stimme des Widerstands«.

Und natürlich gab es diejenigen, die nicht glaubten, dass er tot war. Die Kunst des Geschichtenerzählens, die in unserem Land so tief verwurzelt ist, hatte sich – in all den Jahren der Diktatur und Unterdrückung – in die Kunst verwandelt, Verschwörungstheorien zu entwickeln, die immer elaborierter wurden. Der Dichter war erst ein paar Stunden tot, und schon hatten sich die Geschichtenerfinder ihre eigenen Versionen der Ereignisse zurechtgelegt. Die Versionen hatten trotz aller Unterschiede eines gemeinsam: Die arme gefolterte Leiche, so behaupteten sie, war ein Doppelgänger, ihre Gesichtszüge zerschnitten und zerschlagen, wo sie nicht denen des Dichters glichen. Wo der Dichter tatsächlich war und warum jemand seinen Tod vortäuschen sollte, waren schwieriger zu beantwortende Fragen, aber als die Verschwörungstheoretiker ein paar Wochen nach der Beerdigung allmählich eingestanden, dass es jeglicher Logik entbehrte, einen Tod vorzutäuschen, wenn es wesentlich einfacher war, einen Mann tatsächlich umzubringen, kam der Arzt, der die Leiche identifiziert hatte, bei einem Autounfall ums Leben. Und alle hinter vorgehaltener Hand und mit perverser Schadenfreude geflüsterten Geschichten lebten wieder auf.

Aber meine Mutter nahm die Behauptung eines vorgetäuschten Todes nie ernst, und deswegen glaubte auch ich nicht daran. Warum hätte ausgerechnet sie diese Vorstellung lächerlich machen sollen, wenn sie auch nur einen Funken Wahrheit enthalten hätte?

Wenn sie sie nur geglaubt hätte. Vielleicht hätte ihr die Hoffnung ermöglicht, ihrem Charakter treu zu bleiben, statt ihn aufzugeben wie eine Witwe, die ihre Habseligkeiten im Schlepptau einer Totenbahre auf dem Meer treiben lässt.

Erneut nahm ich das Blatt in die Hand. Aus welchem zeitlichen Abstand betrachtete ich sie? Vor wie langer Zeit waren die Zeilen geschrieben worden?

Vor langer Zeit. Es musste vor langer Zeit gewesen sein. Als sie den Code erfanden. Sie mussten geübt haben. Ich konnte nicht die Einzige gewesen sein, die übte, die Peter Pan in Ocvct Oef und Mama in Jljl umwandelte. Ich nahm noch einmal Rabias Ringbuch und blätterte in den Ausschnitten, bis ich fand, wonach ich suchte. Ein Interview mit dem Dichter, 1971, das Jahr meiner Geburt, zum ersten Mal veröffentlicht und 1996, zu seinem zehnten Todestag, erneut gedruckt:

F: Der berühmte kolumbianische Schriftsteller Rafael Gonzales sagte über Sie: »Er ist wie ein Zwillingsbruder für mich, in seinem politischen und ästhetischen Temperament. Gut, dass er Lyrik schreibt, denn wenn er jemals einen Roman ins Auge fassen würde, schriebe er meine Bücher schneller als ich.« Waren Sie jemals versucht, einen Roman zu schreiben?
A: Ich bin häufig und von vielem versucht. Aber in meinem Leben ist die Versuchung etwas Flüchtiges. Mit zwei Ausnahmen. Zum einen die Versuchung der Dichtkunst. Die zweite Versuchung zu nennen, bin ich zu galant. Oder vielleicht auch zu feige. Frisch verheiratete Männer können in ihrer Eifersucht gewalttätig werden. Aber um Ihre Frage direkter zu beantworten: Rafael und ich spielen oft ein Spiel, bei dem wir in die Haut des anderen schlüpfen. Ich sende ihm das Fragment einer Geschichte auf Englisch, unserer gemeinsamen Sprache, und als Antwort schickt er mir einen dramatischen Monolog, ebenfalls auf Englisch. Dann sage ich zu ihm: Du hast geschummelt. Du hast mir eine Kurzgeschichte in Versform geschickt! Als Nächstes schickt er mir ein perfektes Reimpaar, und ich bin neidisch. Ja, ja, für Rafael habe ich Prosa geschrieben. Und manchmal tue ich das, um mein Handgelenk wieder geschmeidig zu machen, wenn es starr ist, weil ich tagelang um ein einziges Wort in einem Gedicht gerungen habe. Es ist interessant … Immer auf Englisch, meine Prosa. Mittlerweile ist es vermutlich zur Gewohnheit geworden.

Es ist das einzige Interview, das zu seinen Lebzeiten veröffentlicht wurde, in dem sich ein Bezug auf meine Mutter als etwas anderes als seine erste Leserin und einzige Lektorin fand. Wie hatte Mama sich gefühlt, als sie es zum ersten Mal las, ein paar Wochen, nachdem sie geheiratet hatte? Und mein Vater, wie hatte er darauf reagiert? Die zweite Frage war leichter zu beantworten: mit stummem Zorn, nicht so sehr über die fortbestehenden Gefühle des Dichters für meine Mutter, als vielmehr darauf, dass er sie veröffentlichte. Omi musste das natürlich gewusst haben. Er musste gewusst haben, wie sehr mein Vater es hassen würde, dass in einem Druckerzeugnis auf ihn angespielt wurde, in einem so geschmacklosen Zusammenhang wie Eifersucht.

Das war vielleicht der Augenblick, in dem du sie verloren hast, Dad.

Aber ich glaubte es nicht wirklich. Dass sie jemals zusammen gewesen waren, hatte nichts Geheimnisvolles; es war ein Fehltritt gewesen.

Trotzdem. Für heute hatte ich aus dem Interview alles erfahren, was ich wissen wollte. Der Dichter schrieb Prosa. Manchmal für Rafael Gonzales, manchmal nur zur Übung. Die kryptischen Zeilen waren nichts weiter als eine alte Schreibübung, verfasst in einem Code.

All das hatte nichts mehr mit meinem Leben zu tun, und das zumindest war etwas, wofür ich dankbar sein sollte. Der Bedarf an Codes und Geheimnissen, die Verschwörungen und Vertuschungen, das Gewicht der Geschichte auf den Schultern von Menschen, die darauf bestanden, dass sie die Last auf sich nehmen mussten, obwohl die Geschichte sie mit Verachtung strafte. All das war vorbei. Dieser Wahnsinn. Dieses Leben.

Ich berührte mit dem Finger die kalligraphierten Worte. »Omi.«

Dann ging ich auf den Balkon und lehnte mich hinaus in den Geruch der Wellen.

Ich bin so jung, dass ich mein Alter in Vierteljahren zähle. Im Haus meiner Mutter ziehe ich mit ausgestreckten Armen Kreise in ihrem Schlafzimmer. Ich ziehe Kreise und lasse es aussehen wie Freude. Das Zimmer kreist mit mir. Wir drehen uns, das Zimmer und ich, und verschwimmen. Wenn wir so weitermachen, werden wir aus dieser Welt in ein Oz fliegen – wir können uns weiterdrehen, bis wir die Geschwindigkeit eines Zyklons erreichen. Doch ich höre Stimmen auf der Treppe, das Davonfliegen erscheint mir nicht mehr so verlockend, und ich halte an. Aber nicht der Raum. Ich muss mich zum Bett tasten, um mich zu setzen, und mit den Händen am Bettgestell festklammern, damit es still steht. Was wird meine Mutter sagen, wenn sie hereinkommt und feststellt, dass ihr Bett nach Oz geflogen ist? Sie tritt ein, gefolgt vom Dichter, und schaut sofort besorgt.

»Was ist los?«, sagt sie. »Ist dir schlecht?«

»Mir ist windlig«, sage ich und versuche, ihr Gesicht festzuhalten. Sie sieht aus, als wäre sie selbst auf halbem Weg nach Oz.

»Schwindlig«, sagt der Dichter. »Das Wort heißt ›schwindlig‹.«

Mittlerweile ist alles wieder an seinem Platz, das Bett, meine Mutter, die Wände. Es ist schrecklich, Unrecht zu haben. Deswegen sage ich: »Nein, es heißt windlig. Das passiert, wenn einem so schwindlig ist, dass die Buchstaben von schwindlig davonfliegen.« Ich kann kaum fassen, dass ich et-

was so Dummes gesagt habe, aber der Dichter wirft den Kopf zurück und lacht. Er hebt mich hoch.

»Sie wird eine Dichterin, Samina. Sie wird Wörter Purzelbäume durch Ringe aus Feuer schlagen lassen. Du wirst schon sehen.« Er bringt sein Gesicht ganz nahe an meins und flüstert: »Angeblich kann ich das. Vielleicht bist du ein junges Ich.«

»Vielleicht bist du ein olles Mich«, schieße ich zurück. Und es ist geschehen, ein Name ist geprägt. Olles Mich. Omi.

Ich drehte mich um, sah durch die schmutzige Glasscheibe verschwommen das Papier auf dem Tisch liegen, und der Gedanke war da: Konnte meine Mutter die Worte geschrieben haben, vor kurzem?

Ich hörte nahezu, wie die Pflanzen um mich herum Kohlendioxid ausatmeten. Ich lehnte mich wieder über die Balkonbrüstung und schaute nach rechts. Hier und da brannten Straßenlampen und Lichter hinter Fenstern. Die Lichter schienen keiner numerischen Ordnung zu folgen, weder Vielfache noch Primzahlen bildeten die Logik ihrer Verteilung. Aber vielleicht war es eine bildhafte Ordnung und keine numerische. Man verbinde die Punkte, und was kommt heraus?

Als meine Mutter vor vierzehn Jahren verschwand, sah ich überall helle Punkte. Damals rekonfigurierte sich das Universum zu einer massenhaften Ansammlung von Hinweisen und Verschwörungen. Die Hinweise waren: klopfende Geräusche oder aufblitzende Lichter; das Klingeln des Telefons, das aufhörte, wenn ich zum Hörer greifen wollte; Reporter, die in einem ausländischen Nachrichtensender von überraschenden Aufständen berichteten; Fremde, die unverständliche Worte flüsterten, wenn sie auf der Straße an mir vorbeigingen; ein Traum von meiner Mutter an einem Ort, den ich im nächsten Augenblick erkannt hätte, wenn nicht der Wind (wieso konnte ich sicher sein, dass es nur der Wind war?) mein Fenster zugeschlagen und mich geweckt hätte. Die Verschwörungen hatten folgende Formen: ein Gespräch, das in dem Moment verstummte, als ich den Raum betrat; ein Restaurant, das meine Mutter geliebt hatte, ging in Flammen auf; ein Brief, der an unserem Tor abgefangen wurde (ich hatte keine Beweise dafür, aber das machte die Verschwörung nur umso gewaltiger); der Tod von jemandem, den sie gekannt hatte, irgendein Tod, denn ich konnte nicht alle kennen, die sie gekannt hatte. Und ja, ich bemerkte, dass sich inmitten der Hinweise und Verschwörungen Muster herausbildeten. Bis mich eines Tages mein Selbsterhaltungstrieb (aufgrund von Beemas Intervention) zwang einzusehen, dass das einzig deutliche Muster, das sich herausbildete, mein unaufhaltsames Zusteuern auf den Wahnsinn war. Ich war damals siebzehn und unverwüstlich. Ich war in der Lage, den Kurs zu ändern und mich der grausameren Wahrheit zu stellen, dass alles, was geschehen war, Mamas Tun, Mamas Entscheidung gewesen war.

Aber was, wenn ich mich getäuscht hatte? Was, wenn es doch eine Verschwörung gegeben hatte? Ich verschloss die Augen vor den Lichtpunkten und sah eine Ansammlung von Menschen: den Zollbeamten von unten, Beemas alten Schulfreund, den Geschäftsführer von STD, Kiran Hilal und Shehnaz Saeed. Sie besprachen ihre Rollen, diskutierten, wie sie mich von einem zum anderen in der Reihe reichten, so diskret, so scheinbar unverbunden miteinander, dass am Schluss das Eintreffen einer verschlüsselten Botschaft wie purer Zufall erscheinen musste, ein Zusammentreffen zufälliger Ereignisse. Und eine andere Gestalt gehörte zu der

Gruppe: Ed. Der Mann, der seit Beginn des Spiels ein bisschen zu sehr versuchte, sich als mein Verbündeter auszugeben. Aber wozu das Ganze?

Ich öffnete die Augen. Eine Straßenlampe flackerte Morsezeichen. Mit einer wegwerfenden Geste drehte ich mich zur Wohnung um.

Ich ging in die Küche, die mir bei der ersten Besichtigung absurd klein erschienen war, da ich Beemas große Küche gewohnt war. Mittlerweile fand ich sie gemütlich, alle Gewürze und Utensilien in Reichweite, wenn man vor dem Herd stand. Und ich mochte das kleine Fenster rechts vom Herd, das mir zusätzliche Ellbogenfreiheit verschaffte, wenn ich ein Haandi besonders kräftig rühren musste. Rabia meinte, dass es einer der komischen Anblicke war, die unser Wohnblock zu bieten hatte, wenn mein Ellbogen weithin sichtbar aus dem Fenster ragte, ebenso komisch wie die Frau in Nummer 9C, die nach dem Duschen ihr langes Haar über die Balkonbrüstung hängen ließ und über einem Blumenbeet unten ausdrückte und somit dafür sorgte, dass die Löwenmäulchen, die sie gepflanzt hatte, auch während einer Wasserknappheit überlebten.

Ich suchte alle Zutaten für ein Biryani zusammen. Die Gestaltphilosophie musste in einer Küche auf dem Subkontinent erfunden worden sein, sagte der Dichter einmal. In jedem gelungenen Biryani ist das Ganze so viel mehr als die Summe seiner Teile. Ich schaltete das tragbare Radio ein, das auf dem erhöhten Abschluss des Herds stand, und hörte FM 100, während ich den Reis einweichte, die Gewürze zerstieß, die Kartoffeln, Tomaten und Hühnerteile schnitt und über den Zwiebeln weinte. Beemas und Dads Koch Abdul hatte angeboten, für mich zu arbeiten, während sie fort waren, aber ich meinte, er solle kein Dummkopf sein und Dads

Angebot, bezahlten Urlaub zu nehmen, akzeptieren. Tatsächlich war es so, dass mich an einer eigenen Wohnung nichts so sehr begeisterte wie die Freiheit, in einer Küche schalten und walten zu können, ohne dass Abdul die Möglichkeit hatte, sein Territorium zu markieren, sobald ich es betrat.

Im Radio fing es an zu rauschen, und ich wusste, es war vier Uhr. Es wäre nicht sinnvoll, während der Besprechung von Kiran Hilals Team mitten am Nachmittag einzuschlafen, deshalb deckte ich die Zutaten mit Frischhaltefolie ab, ließ die zerstoßenen Gewürze auf der Arbeitsplatte stehen, stellte alles andere in den Kühlschrank und ging ins Bett, wo ich sofort in einen traumlosen Schlaf fiel.

Am nächsten Morgen stand ich gerade in der STD-Küche und schüttete den Rest des Instantkaffeepulvers in meine Tasse, als Ed hereinkam. Ich fragte mich, ob er wusste, dass ich von seiner Mutter einen Brief erhalten hatte, was er bedeutete und wie ich darauf reagieren sollte.

»Was machen die Haikus?«, sagte er und griff an mir vorbei nach einer Tasse auf der Abstellfläche. Seit meinem ersten Tag im Studio hatte ich ihn nicht oft gesehen, und wenn wir uns im Flur über den Weg liefen, verhielt er sich so professionell, dass es schon fast brüsk wirkte. Offiziell war er Produzent, tatsächlich übernahm er alle Aufgaben des Geschäftsführers, die dieser aufgrund seiner Verpflichtungen als Golfspieler und Schürzenjäger nicht erledigen konnte. Während des Ramadans sollte Ed vier Wochen lang ein Kamerateam begleiten, das im ganzen Land die Vorbereitung und den Verzehr des Iftar-Essens für eine Dokumentation der kulinarischen und kulturellen Vielfalt in Pakistan filmen sollte. Offiziell produzierte er den Film, aber alle bei STD wussten, dass die Geliebte des Geschäftsführers ihn moderieren würde und Eds eigentliche Aufgabe darin bestand, dafür zu sorgen, dass sie Urdu sprach. (Bei einem früheren Ausflug ins TV-Geschäft hatte sie hin und wieder englische Phrasen eingestreut, so dass sie vollkommen korrekte Sätze in Urdu mit solchen Juwelen wie »die Frauen hier machen es sehr gut mit der Hand« abwechselte. Dies bezog sich auf das Kunsthandwerk in einem Dorf im Sindh.)

»Punkt, woher kennst du/Gelb, Grün und Rot, wenn deine/Welt immer grau war?«, sagte ich, nahm ein neues Glas Instantkaffee aus dem Regal und schraubte den Deckel ab.

»Ah. *Der Zauberer von Oz* als philosophisches Rätsel.« Er lachte, als er mir das Glas aus der Hand nahm, mit den Zacken einer Gabel die Silberfolie aufriss und sich das Glas dann an die Nase hielt. Seine Augenbrauen schossen in gespieltem Schmerz in die Höhe. »Ed, erinnerst du/dich an echten Kaffee, wenn/du stets nur Instant trinkst?«

»Eine Silbe zu viel«, sagte ich, musste jedoch lachen.

»In New York kannte ich dieses Mädchen – eine Engländerin, die immer auf der Suche war nach einem neuen Ausdruck. Wenn sie sagen wollte, dass bei jemandem eine Schraube locker war, sagte sie: ›Eine Silbe mehr, und es wäre ein Haiku.‹«

Plötzlich schämte ich mich für meine Stachligkeit bei unserer ersten Begegnung. »New York? Bist du dort zum Kaffeesnob geworden?«

»Mhm.« Er griff nach dem Kessel und goss mit einer geschmeidigen Bewegung aus dem Handgelenk Wasser in unsere Tassen. »Bis vor ein paar Monaten war es mein Zuhause. Habe zehn Jahre dort gelebt. Ich liebe die Stadt. An dem Tag, als ich ankam, habe ich gedacht, hier kann ich ich selbst sein. Nicht der Sohn meiner Mutter, einfach ich. Verstehst du, was ich meine?«

»Ich kann es mir vorstellen«, sagte ich, obwohl ich mich normalerweise nicht auf diese Art Gespräch einließ. Aber er hatte heute etwas Leichtes an sich, und er wirkte ... Ich fand das passende Wort nicht. Nicht jungenhaft; Ed hatte nichts Jungenhaftes.

»Ja, natürlich.« Er lächelte. Er streckte die Hand aus, als wollte er meine Schulter berühren, änderte jedoch im letzten Moment die Richtung und nahm die Zuckerdose, die hinter meinem Kopf stand. Dann fiel es mir ein. Das Wort, das ich suchte: unwiderstehlich. Etwas an seiner Leichtigkeit, seiner Selbstsicherheit erinnerte an die Männer in den Screwball-Komödien der dreißiger Jahre. Männer, die einen einzigen Witz machten und ein einziges Lächeln lächelten, und man wusste, dass die Heldinnen mit ihnen glücklich würden, mit einem großartigen Sexleben, jeder Menge Gelächter und einer Party nach der anderen. Auch wenn die Vorstellung von einer Party nach der anderen normalerweise unerträglich ist; diese Männer mit ihrem Lächeln und ihren Witzen ließen es einen vergessen. Wenn du so sein kannst, hätte ich am liebsten gesagt, warum bist du dann jemals anders?

»Und wie findest du es, hier und nicht mehr dort zu sein?« Ich versuchte, jegliche Koketterie aus meinem Tonfall zu verbannen.

»Hast du das gesehen?«, fragte er und hielt mir die Zeitschrift hin, die er in die Küche mitgebracht hatte. Es war die neueste Ausgabe von *Asia Now* mit einem alten Photo von Shehnaz Saeed auf dem Titelbild. Auf ihren Schultern standen die Worte: SIE IST ZURÜCK!

»Ja, der Wachmann draußen hat es angeschaut, als ich gekommen bin. Erstaunlich. Sie war noch nicht einmal hier im Studio, oder?«

»Im Studio? Sie hat noch nicht einmal das Drehbuch gesehen. Und hier ist sie, auf dem Titelbild des meist gelesenen Magazins in ganz Asien. Meine Mutter! Seit fünfzehn Jahren tritt sie nicht mehr öffentlich auf, und hier ist sie auf dem Titelbild. Kann man das noch übertrumpfen?«

»Gratuliere«, sagte ich und gab ihm die Zeitschrift zurück. Seine letzte Frage war rein rhetorisch gewesen, aber ich hörte trotzdem Stolz heraus und wollte etwas Schneidendes sagen.

Er nahm die Zeitschrift und zuckte die Achseln. »Es ist schön für sie. Das warme Licht der Scheinwerfer und so weiter.«

Ich merkte, dass meine Bemerkung ihn in seiner Freude verunsichert hatte. Und obwohl ich mich deswegen ein bisschen schuldig fühlte, ärgerte ich mich unerklärlicherweise doch über die Wolke aus Rauch, in die sich das Versprechen auf eine Party nach der anderen und Gelächter und großartigen Sex aufgelöst hatte. Welche ledige einunddreißigjährige Frau mit einiger Selbstachtung möchte schon, dass der Mann ihr gegenüber von einer Screwball-Komödie aus den dreißiger Jahren in eine Familienserie umzieht.

»Also.« Ich lächelte ihn freundlich an. »New York.«

»New York. Ja.« Er schüttelte den Kopf. »Himmel, ich habe die Stadt geliebt. Wirklich, im Ernst. Ich hatte das beste Leben dort. Ich hatte meine Arbeit, meine Freunde, meine Wohnung mit Mietbindung, mein Fitnessstudio und um die Ecke eine Kneipe für den Brunch am Sonntag, wo es die besten Eier Scandinave der Welt gab.«

»Und dann?«

»Und dann sind die Türme eingestürzt.«

»Und du hast aufgehört, ein einzelner Mensch zu sein, und wurdest eine ganze Religion«, sagte ich in diesem Istes-uns-nicht-allen-so-ergangen-Tonfall, aber er schien ihn nicht zu bemerken.

Er stellte die Zuckerdose zurück, ohne ihren Inhalt berührt zu haben, und machte eine vage Geste der Zustimmung. »Die Sache ist, dass ich mich nie stärker als New Yorker gefühlt habe als an jenem Tag im September. Aber ich habe es auch damals nahezu sofort gewusst. Es gibt Momente« – er hob Daumen und Zeigefinger und drückte sie aneinander, als würde er dazwischen einen Augenblick halten –, »wenn man denkt, jetzt ereignet sich Geschichte, und ich bin daran beteiligt.«

Ungewöhnlich, dass jemand, der in Pakistan aufgewachsen war, so etwas mit vollkommen unbewegter Miene von sich geben konnte, als hätte Geschichte nicht von Anfang an unser Leben bestimmt. Du hast nicht hingesehen, wollte ich zu ihm sagen. Als Geschichte dein Leben weniger augenscheinlich berührte, als sie sich außerhalb deines Gesichtskreises ereignete, als Samen gesät wurden und die Dinge sich noch anders hätten entwickeln können, hast du nicht hingesehen. Als meine Mutter dich warnte, hast du nicht hingehört.

Er war kaum mehr als ein Junge, als meine Mutter verschwand, musste ich mir ins Gedächtnis rufen. Er konnte nichts dafür, dass ihre Worte ungehört verhallt waren.

»Es war kein besonderes Vorkommnis, das mich dazu veranlasst hat, zurückzukehren«, fuhr er fort und wusch seine Kaffeetasse aus. Er war zu sehr in seine eigene Geschichte vertieft, um zu bemerken, dass ich ihm nicht mehr folgte. »Es war einfach alles, alles, was während des letzten Jahres passierte.« Er trocknete sich die Hände an seinen Hemdsärmeln, fuhr mit den Fingern über die blaue Baumwolle und hinterließ nasse Abdrücke, die aussahen wie die Schatten überlanger Finger, die ihn an den Armen hielten. Und dann legte er los. Die Einwanderungsbehörde. Guantanamo. Die nicht-zufälligen zufälligen Sicherheitskontrollen in den Flughäfen. Der Besuch vom FBI.

»Hör mal, du musst nicht alles aufzählen«, unterbrach ich ihn, als er beim Patriot Act angelangt war. »Du kannst mir ruhig sagen, dass dir gekündigt wurde.« Es war der Satz »Es war kein besonderes Vorkommnis«, der ihn verraten hatte. Es war immer ein besonderes Vorkommnis; es gibt immer den einen Augenblick, in dem alles in einem zerbricht.

Der Ausdruck von Zorn in seinem Gesicht war eine speziell männliche Variante, von Generation zu Generation weitergegeben, die ihren Ursprung in dem ersten Mal haben musste, als eine Höhlenfrau einem Höhlenmann erklärte, sie wüsste, warum er Vegetarier sei – weil er nicht mit dem Speer umgehen konnte. »Mir wurde gekündigt, weil ich Muslim bin.«

Sein Tonfall besagte: Du kannst unmöglich irgendetwas außerhalb deiner kleinen Welt verstehen, und das war es, mehr noch als sein ungerechtfertigter Zorn, weswegen ich reagierte, wie ich reagierte. In meinem herablassendsten Tonfall sagte ich: »Ja, es ist bequem, der Bigotterie der anderen die Schuld an unserem eigenen Versagen zuzuschreiben, nicht wahr?« *Du hast also deine Eier Scandinave aufgegeben, was immer das ist, und bist zurückgkehrt in das abgepolsterte Leben der Elite von Karatschi. Und du meinst, du wärst beteiligt an Geschichte?*

Einen Augenblick lang veränderte sich seine Miene, etwas Hartes und Kaltes breitete sich aus, aber dann lächelte er, stützte sich auf den Ellbogen und sagte: »Bist du morgens immer so unfreundlich oder liegt es nur am Instantkaffee? Würde sich unser Verhältnis erheblich verbessern, wenn wir uns von nun an vor einer Kaffeemaschine träfen? Ich bin bereit, ständig eine mit mir herumzutragen, wenn du in der Nähe bist.«

Es folgte ein Augenblick, in dem ich dachte, dass er aus Erfahrung kannte, was ich nur theoretisch verstand: die Falschheit eines Charakters, seine Verformbarkeit. Mit diesem Wissen konnte er von einem Moment zum nächsten vom Hellen ins Dunkle treten, sich vom Charmeur zum Schurken verwandeln. Aber dann begriff ich, dass er nur mit Masken spielte. Protagonist einer Screwball-Komödie, ergebener Sohn, zorniger junger Mann, herablassender Blödmann. »Würde sich der wahre Eddy bitte mal zeigen?«

Er richtete sich auf und trat näher zu mir. »Wird er, wenn du es auch tust.«

»Jetzt geht's wieder darum, was? Du hast kein Recht darauf, mich kennen zu lernen. Okay? Das ist nicht etwas, was dir zusteht und ich dir vorenthalte. So funktioniert das nicht hier unten auf unserem Planeten.«

»Du hast gerade gesagt, du wolltest mich kennen lernen.«

»Nein, habe ich nicht. Ich sagte, ich möchte, dass du aufhörst, Mr Unheimlich-viele-Persönlichkeiten zu sein.«

»Tut mir Leid.« Es schien ihm überhaupt nicht Leid zu tun. »Ich weiß, dass es mir nicht zusteht. Aber es gibt diese Verbindung zwischen uns, und ich finde es dumm, sie einfach zu ignorieren.«

»Welche Verbindung?«

Er nahm die Zeitschrift und hielt mir die Titelseite hin. »Überlebensgroße Mütter.«

»Ach, komm schon. Glaubst du wirklich, dass wir eine Beziehung aufbauen sollten, indem wir uns darüber austauschen? Du jammerst, dass deine Mutter dich wochenlang allein gelassen hat, weil sie beim Drehen war, und ich revanchiere mich mit Geschichten darüber, dass meine Mutter drei verdammte Jahre im Exil war.« Ich verschränkte die Arme und presste sie gegen meinen Bauch. »Hast du das vorhin gemeint? Dass du nach New York gegangen bist, damit du nicht mehr der Sohn deiner Mutter sein musst? Hast du gedacht, ich würde dich umarmen und an mich drücken, kaum hätte ich die auffälligen Parallelen zwischen uns erkannt? Gib's zu, Ed, wenn du unbedingt verhindern wolltest, der Sohn deiner Mutter zu sein, würdest du nicht in einem Fernsehstudio arbeiten.«

»Bist du fertig?«

»Fast. Ich brauche noch die Telefonnummer deiner Mutter.«

»Wozu?«

»Sie hat mir eine Kalligraphie geschickt. Ich möchte sie anrufen und ihr danken. Sie ist doch nicht so wie du, oder?«

»Was soll das heißen, sie hat dir eine Kalligraphie geschickt?«

Er blickte so erschrocken drein, dass ich wusste, ich hatte zum ersten Mal die Oberhand. »Tja, sieht so aus, als hätte Mummy Geheimnisse vor dir«, sagte ich und verließ die Küche.

Ich triumphierte so über meinen Abgang, dass mir erst in meinem Büro klar wurde, was er getan hatte. Er hatte die Fassade durchbrochen. Und schlimmer noch, viel schlimmer, ihm war das auch klar.

V

In dem Monat, in dem meine Eltern heirateten, schrieb der Dichter sein berühmtestes Epos in Gedichtform: *Laila*. Das Gedicht greift die Geschichte von Laila-Majnu auf und dreht sich um Laila, die trauert, nachdem Qais aus ihrem Leben verbannt wurde. Unfähig, den Gedanken an ein Leben ohne ihn zu ertragen, sucht sie überall nach seinem Abbild – bei anderen Männern (bald gilt sie als größte Hure der Stadt), in der Natur (manchmal erinnert sie der Wind, der über ihren Nacken streicht, an seine Berührung), in der Kunst (sie riskiert ihr Leben, um ein Gemälde zu rauben, auf dem ein Mann am Rand einer Menschenmenge sich vorneigt, und sein Rücken erinnert sie an Qais, als er sie zum ersten Mal umarmte). Aber alle Versuche, das genaue Abbild ihres Geliebten zu finden, sind vergeblich, und sie beginnt ihn nachzuahmen, seine Sprache, seinen Gang, seine Kleidung, seinen Ausdruck, um seine Eigenheiten am Leben zu erhalten. Sie wird zu einer Außenseiterin. Aufgrund ihres Wahnsinns von allen gemieden und aus der Stadt gejagt, findet sie den Wald, in dem Qais lebt, und geht an ihm vorbei, ohne ihn zu sehen. Er beobachtet sie und spürt etwas Vertrautes, ist jedoch zu sehr damit beschäftigt, Liebesgedichte über Laila zu schreiben, um lange darüber nachzudenken. Jahre vergehen, und eines Tages grüßt ein junger Mann im Wald sie mit dem Namen »Qais«. Da wird ihr klar, dass sie endlich zu ihrem Geliebten geworden ist und nie wieder ohne ihn auskommen muss. In diesem Augenblick des Triumphes blickt sie in einen Teich und sieht Qais' Gesicht, wo ihr eigenes sich hätte widerspiegeln sollen, und da fällt ihr ein: Qais konnte nicht ohne Laila leben.

Ich musste an das Gedicht denken, während ich über die Lily Bridge zu Shehnaz Saeeds Haus im kolonialen Teil der Stadt fuhr. Ich hatte ihre Nummer von Kiran Hilal bekommen, und als ich sie anrief, wartete sie nur, bis ich meinen Namen genannt hatte, und lud mich dann für den Nachmittag zu sich nach Hause ein. Ich erwiderte, dass ich nicht wüsste, ob ich längere Zeit von der Arbeit fernbleiben könne, aber sie lachte und sagte: »Dann nennen wir es eben ein Arbeitstreffen.«

Was für eine Art Treffen es tatsächlich würde, wusste ich nicht. Obwohl wir uns nicht persönlich kannten, war sie seit meinem dritten Lebensjahr Bestandteil meiner Erinnerung. Das war 1974 gewesen. Ein Bewunderer des Dichters hatte *Laila* fürs Theater adaptiert; der Dichter selbst trat als Qais auf und Shehnaz Saeed als Laila. Das Epos war damals noch keine vier Jahre veröffentlicht und schon ein nationaler Klassiker, und niemand hatte etwas dagegen, dass der Dichter die Rolle des leidenschaftlichen jungen Qais übernahm, auch wenn sein Alter (zweiundvierzig), seine äußere Erscheinung (mittelmäßig, höchstens) und seine Theatererfahrung (nicht vorhanden) ihn als völlig ungeeignet auswiesen. Es wurde aber mehr als nur ein bisschen gemurrt, dass eine unbekannte Schauspielerin den Part der Laila spielen sollte. Eine entfernte Verwandte des Regisseurs hatte das Gerücht in Umlauf gesetzt, dass meine Mutter die Laila spielen würde, und Shehnaz Saeed musste die kollektive Enttäuschung Karatschis ertragen, als sich herausstellte, dass das Gerücht aus der Luft gegriffen war. »Ein Schössling ohne Rinde, dessen hübsches Laub der kalte Wind der Erwartung zerstreuen wird, so dass nur nackte Zweige übrig bleiben, schorfig vom Gifthauch der Unerfahrenheit und der Torheit«, so beschrieb ein Theaterkritiker Shehnaz Saeed am Morgen vor der Presseaufführung.

Am nächsten Tag sang er ein anderes Lied, und alle anderen Kritiker Karatschis fungierten als Chor. Nach der Ankündigung, dass Shehnaz Saeed wieder spielen würde, hatte eine Zeitung die Kehrtwendung von damals nachgedruckt.

> *Das Manuskript ist entsetzlich, die Kostüme und das Bühnenbild sind absurd, und jemand sollte unserem größten Dichter beibringen, dass es peinlich ist, dabei zusehen zu müssen, wie ein Mann, den wir so hoch schätzen, sich durch seine eigenen Unzulänglichkeiten in den Abgrund stürzt. Er hat keinerlei schauspielerisches Talent. Dennoch ist* Laila *zweifellos das Großartigste, was jemals auf einer pakistanischen Bühne zu sehen war. Kann ich die Worte niederschreiben, ohne den Verstand zu verlieren? Ich will es versuchen: Shehnaz Saeed.*
>
> *Als junge verliebte Laila in den ersten Szenen ist sie großartig. Aber im Verlauf des Stücks, wenn Laila dem Irrsinn verfällt und, metaphorisch gesprochen, die eigene Haut abwirft, um in Qais' Haut zu schlüpfen, wird ihr kein Adjektiv mehr gerecht. Der größte Fehler der Inszenierung besteht darin, dass die Schweinwerfer erlöschen, als Laila in den Teich blickt, und dann erneut aufleuchten, um Qais zu zeigen, wo eine Sekunde zuvor sie stand. Nach der Brillanz von Shehnaz Saeeds Vorstellung wirkt sogar der origina-*

le Qais wie eine unzureichende Imitation seiner selbst.

Sollte ich jemals eine Vorstellung – oder auch einen Teil einer Probe – von *Laila* gesehen haben, so erinnere ich mich nicht daran. Aber ich weiß noch, wie ich am Esstisch meiner Mutter saß und ein Plakat bemalte, das für das Stück warb. Ich war noch jung, und das Alphabet bestand für mich vor allem aus Formen und nicht aus Lauten, und ich liebte es, wie sich das S schlängelte, das in Shehnaz Saeeds Namen nicht nur einmal, sondern zweimal vorkam. Natürlich verunstaltete ich das Plakat, aber der Dichter sagte: »Das ist was ganz Besonderes und zu schade zum Aufhängen, nur damit die Krähen darauf scheißen. Wir rahmen es und hängen es in mein Arbeitszimmer.« Eigentlich wollte er damit sagen, dass es nicht gut genug war, um es öffentlich auszustellen, aber ich liebte ihn dafür, wie er es ausdrückte, und für den freizügigen Gebrauch des Wortes »scheißen« in meiner Gegenwart, und als er es tatsächlich rahmte und mit den Worten »Ich glaube, du bist die perfekte Brücke zwischen ihren unterschiedlichen Stilen, Aasmaani« zwischen die Bilder der zwei besten Maler Pakistans hängte, liebte ich ihn noch mehr. Das Plakat blieb dort hängen, bis ich es Jahre später in pubertärer Verlegenheit über meine kindlichen Versuche aus dem Rahmen nahm und zerriss. Es war eine der wenigen Gelegenheiten, als er wirklich wütend auf mich war.

Ich hielt vor Shehnaz Saeeds Haus, und als der Chowkidar das Tor öffnete, fuhr ich die lange Einfahrt entlang und parkte vor der Tür des zweistöckigen Hauses aus gelbem Stein – eins der wenigen über hundert Jahre alten Häuser in Karatschi, die noch stehen.

Ich stieg die drei Stufen zu der geschnitzten hölzernen Tür hinauf. Die Nische, in der sich die Tür befand, war voller Topfpflanzen – manche hingen von der Decke, andere standen auf dem Boden. Lilien, Orchideen, Grünlilien. Ich klingelte. Eine alte Frau öffnete die Tür, schien überrascht, als sie mich sah, lachte dann freudlos und deutete auf meine Augen. »Sie stammen wohl von einem Soldaten Sikandars ab, habe ich immer zu ihr gesagt«, sagte sie, drehte sich um, marschierte los und bedeutete mir, ihr zu folgen.

Wie oft war meine Mutter in der Zeit zwischen dem Tod des Dichters und ihrem eigenen Verschwinden hier gewesen? In den zwei Jahren, in denen wir kaum miteinander sprachen. Als ich – was für eine Idiotie! – so viel Zeit damit verbrachte, mit Türen zu knallen und Dinge zu sagen wie: »Es geht dich nichts an, wohin ich gehe.« Diesen besonderen Satz gab ich einmal von mir, als ein Teil ihres alten Selbst wach war, und sie entgegnete: »Gut, dann werde ich dir auch nicht sagen, wohin ich gehe, wenn ich ausgehe.« Damit machte sie klar, dass ich es in der Hand hatte, das alberne Schweigen zwischen uns zu beenden, aber dazu war ich zu stolz. Und wohin hatte mich dieser Stolz gebracht? Hierher, vor die Tür von Shehnaz Saeeds Haus, ohne etwas zu wissen.

Ich schaute mich um. Das Haus war großzügig, wie es kein modernes Gebäude je sein kann, die Decken waren hoch. An den geweißten Wänden hingen Porträts von Shehnaz Saeed, angefertigt von berühmten als auch wenig bekannten Malern. Es hätte ein Akt monumentalen Egoismus sein können, den Eingangsbereich des eigenen Hauses auf diese Art zu gestalten, aber als ich mich der Reihe der Gemälde näherte, wurde mir klar, dass sie die Schmeichelei der Schönheit verhöhnten. Sie war auf so unterschiedliche Art dargestellt, dass die Bilder letztlich die Abwesenheit einer einzigen Wahrheit über ihr Gesicht und seine Wahrnehmung bewiesen. Unter dem Bild neben der Tür klebte eine Karte mit einem einzigen Wort darauf: VORSTELLUNG.

Während ich vor der aufgeklebten Karte stand und meine Vorstellung von Shehnaz Saeed um Spitzfindigkeit erweiterte, ging die Frau, die mir die Tür geöffnet hatte, den Flur entlang, der schachbrettartig mit schwarzen und weißen Steinfliesen belegt war. Da sie schwarze Sandalen und einen schwarzen Shalwar-kameez trug, schien sie zu verschwinden, wenn sie auf eine schwarze Fliese trat, und beim nächsten Schritt auf eine helle wieder aufzutauchen wie im Schein einer Stroboskoplampe.

Als sie auf eine weiße Fliese trat, blickte sie über die Schulter. »Wollen Sie in einer Sänfte getragen werden?«

Ich folgte ihr den Flur entlang, an einer offenen Tür vorbei, durch die das »Hmmh … hanh … hanh« von jemandem drang, der telefonierte. Die Tür stand schlauerweise so weit offen, dass Vorübergehende einen Blick auf einen Gandhara-Buddha, einen Bukhara-Teppich und einen über die Sofalehne drapierten bloßen Arm werfen konnten. »Es ist mein Haus. Ich kann einladen, wen ich will!«, sagte Shehnaz Saeed. Ich fragte mich, ob sie über mich sprach, und wenn ja, ob sie mit Ed telefonierte, aber die Frau vor mir blickte sich ungeduldig um, als ich langsamer wurde, und ich musste mich beeilen. Wir stiegen Treppen und noch mehr Treppen hinauf, unsere Schritte auf dem nackten Boden hallten wider. Im Haus war es erstaunlich kühl; die Fensterläden auf der Sonnenseite waren geschlossen, so dass das halbe Haus in Schatten versank.

Oben an der Treppe stieß die Frau zwei Holztüren auf und bedeutete mir, hinauszutreten. Ich tat es und stand auf dem Dach, schräg gegenüber einer Kuppel aus gelbem Stein, die einem für zwei Personen gedeckten Tisch Schatten spendete. Die alte Frau verschwand im Haus. Da ich nichts Besseres zu tun hatte, schlenderte ich über das Dach und schaute hinunter auf den wunderschön gepflegten Garten und genoss den Blick auf die herrschaftlichen Nachbarhäuser. In einigen wohnten Diplomaten und Generalkonsuln aus Ländern, die den Dichter nach der sowjetischen Invasion in Afghanistan hatten wissen lassen, dass er sich die Mühe, bei ihnen um Asyl zu bitten, sparen konnte. Meinungsfreiheit war gut und schön, aber es war nicht nötig, sie gegen eine Regierung ins Feld zu führen, die den Kampf gegen den Kommunismus unterstützte – so hatte die implizite Botschaft in jenen Tagen gelautet, als uns in der Schule erzählt wurde, dass Afghanistan für die Russen nur ein Sprungbrett für den Hafen von Karatschi sei, und deswegen sei es unsere patriotische Pflicht … Warum daran denken? Daran oder an das, was danach kam oder noch kommen wird.

»Du hast gesät, jetzt ernte«, verkündete ich jedem Regierungsvertreter, der mich zufällig hören sollte.

Ich konzentrierte mich wieder auf den Ausblick. Von hier oben wirkte Karatschi wie eine grüne Stadt; statt unerbittlichen Zement und Beton sah ich eine üppige Landschaft. Ich schloss die Augen und genoss die Brise. Der November hatte einen Klimawechsel mit sich gebracht, und in der Luft war eine Andeutung von Winter zu spüren. Bald, so versprach die Brise, wirst du abends draußen sitzen, in ein Schultertuch gewickelt, und vom Feuer noch heiße Erdnussschalen aufbrechen.

Ich ging um die Ecke, zurück zur Kuppel. Jemand saß am Tisch, mit dem Rücken zu mir und einem Arm in der gleichen Haltung auf der Stuhllehne, wie ich sie durch den Spalt in der Tür gesehen hatte. Sie trug einen Sari und eine ärmellose Bluse, hinter ihrem Ohr steckte eine rote Rose. Was für eine Theatralik!

Ich näherte mich ihr. Meine Sandalen klatschten gegen den Stein, aber sie schien das Geräusch nicht zu hören. Ich fragte mich, ob sie vielleicht nicht mehr so gut hörte. Und dann wurde mir zum ersten Mal klar, dass sie gealtert sein musste. 1987, als sie sich aus der Öffentlichkeit zurückzog, war sie achtunddreißig gewesen. Demnach war sie jetzt dreiundfünfzig. Schönheit verwandelt sich zwischen Ende dreißig und Anfang fünfzig bisweilen in eine weniger auffällige Anmut – das Altern und das Wirken der Schwerkraft können einen Aspekt rührender, liebenswerter machen, weil unübersehbar ist, dass er nicht von Dauer sein wird. In anderen Fällen löschen diese Jahre alle Spuren des jüngeren Gesichts und kennzeichnen es mit einer Vorahnung der Verwüstungen, die es heimsuchen werden.

Ich blieb stehen, unwillig, direkt auf sie zuzugehen und jede sich entwickelnde Falte im nachmittäglichen Sonnenlicht betrachten zu müssen.

»Hallo«, sagte ich.

In einer einzigen fließenden Bewegung nahm sie ein Bein vom anderen, stand auf und drehte sich um. Sie tat es mit der mühelosen Eleganz, die auf Übung beruht. Schönheit hatte sich bei ihr nicht in weniger auffällige Anmut verwandelt. Nein, sie war noch immer umwerfend schön. Sie sah mich und lachte; sie hatte Krähenfüße um die Augen, und ihr Gesicht schien nicht länger so fein ziseliert, dennoch war sie von der gleichen unnahbaren Schönheit wie damals, als sie die Lady Macbeth gespielt hatte.

»Eine erstaunliche Ähnlichkeit«, sagte sie mit ihrer trällernden Stimme, die so unerwartet ernst werden konnte.

»Vor allem die Augen. Komm her und schließ deine alte Tante in die Arme.«

Ich tat es und war überrascht, wie kräftig ihre Umarmung war. »Saminas Tochter. Mein Gott, Saminas Tochter ist erwachsen geworden.«

Ed sprach genauso schnell wie sie. Das war mir bislang nicht aufgefallen.

Sie ließ mich los und deutete auf den Stuhl ihr gegenüber. Während ich meinen Rundgang über das Dach machte, hatte jemand Naan, Hühnchen-Tikkas und Chutneys auf den Tisch gestellt. Ich setzte mich, und sofort leckte eine feuchte Zunge über meinen Fuß. Ich hob ihn erschrocken, und ein Chihuahua lief unter dem Tisch hervor.

»Director, komm her!« Der Bonsai-Hund drehte sich zu Shehnaz Saeed um. »Ins Körbchen!«, sagte sie, und Director rannte durch die Tür, die ins Haus führte.

»Ist der Name als Würdigung oder als Beleidigung zu verstehen?«, fragte ich. Die Frage veranlasste sie, eine Reihe von Geschichten über ihre Zeit beim Theater und ihre Triumphe und Tragödien zu erzählen. Sie verfügte über die ungewöhnliche Fähigkeit, sie in kurze Anekdoten zu kleiden, so dass man den Eindruck hatte, sie böte einem ausreichend Gelegenheit, am Gespräch teilzunehmen, aber tatsächlich sagte sie nach ein paar Sätzen so kunstvoll wie Scheherazade, die die abendliche Geschichte beendet: »Das war natürlich nicht die größte Katastrophe« oder »Wenn die Leute nur die Wahrheit über seine Augenbrauen wüssten« oder »Wir nannten sie Pekingente, aus Gründen, die du dir denken kannst«, so dass sich meine Beiträge auf wenig mehr als »Warum?« und »Wie das?« oder »Was soll das heißen?« beschränkten. Das Ärgerlichste an dieser egozentrischen Wiederaufführung ihrer eigenen Vergangenheit war jedoch die jugendliche Stimme in mir, die kreischte: »DAS IST SHEHNAZ SAEED!«

Als sie schließlich ermüdete und mit den Worten »Das war das« zu sprechen aufhörte, hätte ich eigentlich die Gelegenheit ergreifen und sie nach der verschlüsselten Botschaft fragen sollen, die sie mir geschickt hatte, aber ich wusste nicht, wie ich das Thema anschneiden sollte. Stattdessen fragte ich: »Warum kehrst du jetzt zur Schauspielerei zurück? Und warum im Fernsehen? Es liegt doch auf der Hand, dass dein Herz fürs Theater schlägt.«

»Mein Herz …«, sagte sie dramatisch und legte die Hand auf das fragliche Organ, als wollte sie sich vergewissern, dass es noch da und nicht in irgendeinem Theater liegen geblieben war. »Mein Herz ist ein verwöhntes Kind, das nach Aufmerksamkeit schreit und darauf besteht, im Mittelpunkt aller Entscheidungen zu stehen. Ist es nicht an der Zeit, sich um andere, vernachlässigte Organe zu kümmern?«

Ich war so überwältigt von der Nähe zu einem Star, dass ich angesichts dieser absurden Aussage nur verständnisvoll nicken konnte.

Sie brach in Lachen aus – nicht in das helle Lachen, das ihre Geschichten aus der Vergangenheit interpunktiert hatte, sondern in ein tiefes, rollendes Lachen. »Ach, Aasmaani, deine Mutter hätte mir für so eine Bemerkung das Hühnergerippe auf dem Tisch ins Gesicht geschmissen. Und schau dich an, wie du tapfer versuchst, mich ernst zu nehmen. Schon seit wir mit dem Essen angefangen haben.«

Für eine Weile konnte ich sie nur anstarren. Obwohl ich vor mir selbst damit geprahlt hatte, einiges über legendäre Frauen zu wissen, war ich mit genau der Einstellung hierher gekommen, die ich bei zahllosen Frauen erlebt hatte, als sie zum ersten Mal meiner Mutter begegneten – die Entschlossenheit, ein mythisches Wesen zu sehen, eine Entschlossenheit, die so unerbittlich war, dass meine Mutter sich gelegentlich höchst seltsam verhielt, nur weil es ihr unglaublich unhöflich erschien, diesen Frauen die Illusionen zu rauben. Um ihretwillen benahm sie sich wie eine Frau, die keine Zeit für Banalitäten hatte, der an nichts anderem lag als an Gerechtigkeit mit einem großen G. Und ich, die angesichts dieser Frauen die Augen verdreht hatte, war hierher gekommen mit dem Wunsch – dem verzweifelten Wunsch –, mit einem Star zu Mittag zu essen, und hatte sogar die Art, wie sie ihre Tür offen stehen ließ, als Zeichen von Theatralik interpretiert. Und Shehnaz Saeed hatte es sofort bemerkt, so wie meine Mutter es bei bestimmten Menschen sofort bemerkt hatte. Die-die-sich-verraten-fühlen-wenn-sie-erfahren-dass-ich-Discomusik-mag, nannte meine Mutter die Mythologisierer.

An diesen Charakterzug von ihr hatte ich schon lange nicht mehr gedacht – und plötzlich sah ich sie vor mir, lachend, »Ach, endlose Sommertage! Donna-Summer-Tage!«, wie sie in unerhörten goldenen Stöckelschuhen durchs Wohnzimmer tanzte, mich an der Hand fasste und mit sich zog.

Ich nahm einen Hühnerknochen und tat so, als würde ich damit auf Shehnaz Saeeds Kopf zielen. »Du hast mir die ganze Zeit etwas vorgespielt!«

»Das ist schon besser«, sagte sie und tätschelte mir die Hand auf eine mütterliche Art, die mir die Kehle zuschnürte. »Jetzt werde ich dir die Frage, warum ich wieder auftrete, wahrheitsgemäß beantworten. Es liegt auf der Hand, dass ich mittlerweile zu alt bin, um noch Kinder zu bekommen, weswegen der ursprüngliche Grund, warum ich die Schauspielerei aufgegeben habe, entfällt. Und wenn wir schon beim Thema sind, bestätige ich dir hiermit die Gerüchte – mein Mann ist tatsächlich nur dem Namen nach mein Mann.«

Ich blickte unbehaglich auf meinen Teller. »Das musst du mir nicht erzählen.«

»Ach, das ist kein Geheimnis. Mich irritiert es, wenn ich Menschen kennen lerne und sie tun so, als wüssten sie es nicht, und dann reden sie um den heißen Brei herum. Und mit dir wäre das besonders albern. Selbstverständlich ist mir klar, dass über mein Privatleben im Tripper-Büro geklatscht wird.« Darüber mussten wir beide lachen, und ich dachte: Ja, ich glaube wohl, dass du die Freundin meiner Mutter warst, bevor ihre goldenen Stöckelschuhe Staub und Spinnweben ansetzten. Aber habt ihr zusammen gelacht in den zwei Jahren, bevor sie verschwand?

»Um noch einmal auf deine Frage zurückzukommen«, sagte Shehnaz Saeed und tupfte sich ein Auge mit der Serviette ab. Dass ich die einzelne Lachträne bemerkte, die sich in ihrem Augenwinkel festgesetzt hatte, irritierte mich. »Ganz einfach, ich will wieder als Schauspielerin auftreten. Aber ich habe mehr als nur ein bisschen Angst. Deswegen brauche ich die Sicherheit, die eine Fernsehproduktion mit allen Möglichkeiten mehrfacher Aufnahmen und des Schneidens bietet. Wenn ich das hinter mir habe, dann werde ich auf die Bühne zurückkehren, da hast du Recht. Ich nehme an, als Lady Macbeth. Ich glaube nicht, dass ich den Mut hätte, noch einmal die Laila zu spielen, selbst wenn es eine plausible Rolle für mein Alter wäre.« Sie verdrehte die Augen und lächelte, als sie sah, dass ich es bemerkt hatte. »Stell dir vor, ich wäre eine olympische Turmspringerin, die einst Gold gewonnen hat und nach langer Zeit wieder an den Rand eines Ein-Meter-Bretts geht und mit den Füßen zuerst ins Wasser springt. Alle wissen, dass man sich erst einmal einspringt und daran zu erinnern versucht, wie man die alten Muskeln benutzt. Und manche Leute fragen sich vielleicht, warum man das tut, aber niemand wird einen kritisieren, wenn der Sprung nicht perfekt ist. Aber man ist wieder im Wasser. Und man macht eine Weile weiter diese langweiligen kleinen Sprünge, und die Leute gewöhnen sich daran, einen dort am Rand des Beckens zu sehen. Sie schauen einen nicht länger so gierig und erwartungsvoll an. Und irgendwann klettert man aus dem Wasser und steigt auf das Zehn-Meter-Brett und macht einen fehlerlosen Kopfsprung, und wenn man eintaucht, spritzt das Wasser kaum auf.«

»Aha«, sagte ich. »Das klingt sinnvoll. Obwohl sich Kiran Hilal nicht freuen wird, wenn man ihr Baby mit einem Sprung vom Ein-Meter-Brett vergleicht.«

Sie lächelte. »Die liebe Kiran. Ich habe in dem ersten Stück mitgespielt, das sie fürs Fernsehen schrieb. Wenn sie mir meinen Rückzug verzeihen konnte – und das konnte sie nach einer Weile –, dann kann sie mir auch meinen Vergleich verzeihen.«

»Und dann hast du ja noch einen anderen Grund, um wieder zu arbeiten.« Sie legte den Kopf schräg. »Deinen Sohn.«

»Ach ja, Ed.« Sie zog die Rose hinter dem Ohr hervor und strich mit den Fingern über die Blütenblätter. »Wie kommt ihr miteinander aus?«

»Ich habe keine Ahnung.«

Sie schien nicht überrascht. »Ich weiß, dass er nicht der einfachste Mensch der Welt ist. Aber er mag dich. Sehr sogar.«

»Ach ja? Was hat er über mich gesagt?«

»Nichts. Ich wusste nicht einmal, dass ihr zusammen arbeitet, bis Kiran es mir erzählt hat. Und er ist wütend, weil ich dich zum Mittagessen eingeladen habe.«

»Und das bedeutet, er mag mich?«

»Ja.« Sie lächelte auf eine Art, die klar machte, dass sie kein Wort mehr zu diesem Thema sagen würde. »Deine Mutter und ich haben einmal über euch beide geredet. Sie hatte mit dir gestritten, und ich und Ed hatten uns angeschrien, und wir fragten uns beide, was unsere Kinder wohl sagen würden, wenn wir sie gemeinsam in einen Raum einsperrten.«

Ich nickte und wünschte, sie würde mehr von Mama erzählen, wollte selbst jedoch nichts zum Gespräch beitragen.

»Und wie wir sie jetzt bräuchten«, fuhr Shehnaz Saeed fort, und ihre veränderte Stimmlage verriet mir, dass sie jetzt nicht mehr von der privaten Samina sprach, sondern von der Samina Akram mit den blitzenden Augen und der starken Rhetorik, deren Namen die Menschen skandierten, als wäre sie eine Heilige. »Es hat schon angefangen. Die Kammern sind noch nicht einmal zusammengetreten, und schon verkünden die Mullahs in der Provinz North West Frontier: ›Natürlich dürfen Frauen arbeiten, aber nur gemäß den Richtlinien des Islam.‹ Was für Richtlinien? Es gibt sie nicht. Das ist vielleicht ein weiterer Grund, warum ich wieder arbeiten will. Ich will nicht eine dieser Frauen sein, die von diesen bärtigen Männern gutgeheißen werden, eine von denen, die zu Hause sitzen und das Essen kochen.«

Ich tauchte die Finger in eine Schale mit Wasser, auf dem eine Bougainvilleablüte schwamm. »Ich kann mir keine Situation vorstellen, in der du ihr Aushängeschild wärst.«

»Trotzdem. Wir bräuchten deine Mutter jetzt unbedingt.«

»Na ja, dann wird sie ja vielleicht wieder auftauchen. Das Volk braucht sie als Heldin – wie könnte sie da widerstehen?« Anfang Oktober, in der Nacht, als die Wahlergebnisse bekannt gegeben wurden, hatte ich mit Rabia und Shakeel zusammengesessen und mir angesehen, wie die Journalisten versuchten, nicht allzu überrascht zu wirken, als sie die Gewinne der religiösen Allianz verkündeten. Die meisten politischen Pundits hatten sie abgeschrieben, als es ihr ein Jahr zuvor nicht gelungen war, die Massen für ihre Kundgebungen gegen die Regierung zu mobilisieren. Nach der Stimmenauszählung erwies sich der neu gebildete religiöse Block mit fünfundvierzig Mandaten als drittstärkste Kraft, und Rabia schritt empört im Zimmer auf und ab und verfluchte jeden, den sie für das Debakel verantwortlich machen konnte – die Amerikaner, den Präsidenten, Al-Qaida, die anderen politischen Parteien, wieder die Amerikaner, alle, nur nicht die elf Prozent der Wähler, die für die Bärte gestimmt hatten. Obwohl mich die Situation anwiderte, verspürte ich insgeheim auch so etwas wie Hoffnung. Jetzt würde sie zurückkommen. Sie würde wieder sie selbst werden und zu uns zurückkommen. Es bliebe ihr nichts anderes übrig bei allem, was auf dem Spiel stand.

Shehnaz Saeed sah mich erschrocken an, und ich schämte mich augenblicklich. So unzulänglich meine Mutter auch gewesen sein mochte, ihr ging es bei ihrem Aktivismus nie um persönlichen Ruhm. Das, wenn schon nichts anderes, musste ich ihr zugestehen. Und dann bemerkte ich, dass Shehnaz Saeed mich mitleidig ansah.

»Sie wird wieder auftauchen? Aasmaani ...«

»Darüber möchte ich nicht sprechen.«

Sie schien gekränkt, und es tat mir Leid.

»Wie hast du sie überhaupt kennen gelernt?«

Sie riss Blütenblätter von der Rose in ihrer Hand und verstreute sie auf dem weißen Tischtuch. »Tja, diese Geschichte führt uns ein Stück zurück. Ich habe mit siebzehn geheiratet, wusstest du das?«

»Ja.«

»Ja?«

»Ich habe damals, als du die Lady Macbeth gespielt hast, alle Interviews mit dir gelesen.«

Das schien sie wirklich zu überraschen. »Das hat mir deine Mutter nie erzählt.«

»Ich glaube nicht, dass sie es wusste. Damals war sie nicht da. Politisches Exil ist wesentlich glamouröser als eine Tochter, die in die Pubertät kommt.« Hör auf, Aasmaani. Hör sofort damit auf.

»Ich verstehe.« Sie legte die Hand flach auf den Tisch und bedeckte ihre unlackierten Fingernägel mit Rosenblättern. »Ich glaube nicht, dass ich damals in irgendeinem Interview das wahre Ausmaß meines Unglücks offenbart habe. Es war eine arrangierte Ehe, der ich keinerlei Widerstand entgegensetzte. Nach der Schule fiel mir nichts ein, was ich hätte tun können, das in irgendeiner Weise plausibel gewesen wäre. Ich meine, ich wollte nach London und auf die Schauspielschule, RADA. Das wäre es gewesen. Der einzige Traum, den ich hatte. Aber man überzeugte mich, dass ich keine Chance hätte, dort aufgenommen zu werden. Als Pakistani hätte ich einfach nicht das richtige Aussehen für die Rollen in ihren Stücken, haben sie mir erzählt.« Ihre Stimme wurde schrill, spöttisch, und sie verzerrte die Lippen, als würde sie zu den Grimassen eines Bauchredners reden. »Schau in den Spiegel. Bist du Julia, bist du Blanche Dubois, bist du irgendjemand außer der Ausländerin mit dem komischen Akzent? Und ich glaubte ihnen jedes Wort, bis ich schließlich auch glaubte, dass es auf pakistanischen Bühnen keinen Platz für mich gäbe. Und außerdem hatte ich Angst, irgendetwas zu tun, was den Zorn meiner Eltern zur Folge hätte, und welche ehrbare Familie wollte damals schon zugeben, dass ihre Tochter eine Schauspielerin war. Und das war meine erste größere Vorstellung: Ich überzeugte mich selbst, Ehefrau, Mutter, Schwiegertochter und Gastgeberin für die Highsociety sein zu wollen. Es war die schlechteste Vorstellung meines Lebens.« Sie drückte mit dem Fingernagel Kerben in die Rosenblätter. »Jeden Tag, wirklich jeden Tag, wollte ich auf der Bühne stehen und Dinge von mir geben, die sich einem um die Brust schlingen und zudrücken, bis der Brustkasten aufbricht und das Herz bloßliegt.«

Sie sprach über Sprache, wie der Dichter und seine Freunde darüber gesprochen hatten – als wäre sie etwas Lebendiges, Gefährliches –, und während ich ihr zuhörte, spürte ich, wie mein Herz schneller schlug, und ich wusste, sie hatte Recht.

Ihre Augen leuchteten angesichts der Erinnerungen. »Ich wollte Sarah Bernhardt am Ende ihrer Tage sein – eine über siebzigjährige einbeinige Frau, die die Portia im *Kaufmann von Venedig* spielt, sich die ganze Zeit auf einer Couch zurücklehnt, um ihre Behinderung zu verbergen, und dadurch die Figur mit einer so gelangweilten Macht ausstattet, dass jede stehende Version im Vergleich dazu schwach wirkt. Und danach sieben Vorhänge.«

»Und wann hast du meine Mutter vor einer Menschenmenge sprechen und die Atmosphäre mit grazia erfüllen sehen? Ich habe das italienische Interview gelesen. Erzähl mir bloß nicht, dass ihr Auftritt vor den begeisterten Massen dich dazu veranlasst hat, deinen Mann zu verlassen.«

»Nein, in Wirklichkeit hat mein Mann mich verlassen. Ich langweile ihn, hat er gesagt. Sieben Jahre Ehe, ein Sohn, und eines Morgens wacht er auf und sagt: ›Du langweilst mich‹, und verlässt mich. Ich hatte wochenlang Angst, er könnte zurückkommen. Und als klar war, dass er es nicht tun würde, fühlte ich mich so verloren, Aasmaani. Ich war vierundzwanzig und hatte keine Ahnung vom Leben. Die Mutter eines sechsjährigen Sohnes. Kurz darauf hörte ich Samina sprechen. Sie besaß die bemerkenswerte Fähigkeit, die Menschen dazu zu bringen, dass sie sich Veränderungen tatsächlich vorstellten. Das ist etwas, was wir jetzt, da die Eiferer die Einzigen zu sein scheinen, die über diese Gabe verfügen, unbedingt brauchen.« Sie nahm ein Blütenblatt zwischen Daumen und Zeigefinger und rieb in Kreisen über seine samtweiche Oberfläche. »Am nächsten Tag setzte ich mich in Verbindung mit einer Schulfreundin, deren Bruder Regisseur war, und bevor ich noch recht wusste, was geschah, war ich Laila. Ich lernte Samina nach ein paar Proben kennen.« Sie spreizte die Finger, als wollte sie sagen: alles andere war unvermeidlich, und ich nickte. »Aber ich stand am Anfang meiner Karriere, und sie und der Dichter hatten Schwierigkeiten mit der Regierung, und beide rieten mir, ich sollte mich nicht mit ihnen in Verbindung bringen lassen, sonst würde ich nie Rollen im Fernsehen kriegen. Ich musste arbeiten, Aasmaani, ich brauchte das Geld. Deswegen behandelte ich meine Freundschaft mit ihnen mit großer Diskretion.« Sie berührte mich an der Schulter. »Ich vermisse sie schrecklich.«

Schweigend gingen wir die Treppe hinunter. Im Erdgeschoss wandte ich mich ihr erneut zu. »Die Kalligraphie, die du mir geschickt hast. Erzähl mir davon.«

»Du hast etwas damit anfangen können.« Sie fasste mich an der Schulter. »Was?«

»Du zuerst.«

»Also, ich kann dir nicht viel dazu sagen. Sie kam vor ein

paar Wochen. Mit einem Begleitbrief – warte.« Sie ging in das Zimmer, in das ich bei meiner Ankunft einen Blick geworfen hatte, und kehrte mit einem Stück Papier zurück, das mit kindlichen Großbuchstaben beschrieben war. Ein Hinweis oder eine Verschwörung? Sie reichte es mir, und ich las:

Gnädige Frau. Ich bin seit vielen Jahren Fan von Ihnen. Ich schicke Ihnen das, obwohl es gefehrlich für mich sein kann, weil es womöglich einziger Dank ist, den ich geben kann und den Sie haben möchten. Ich verstehe es nicht, aber vielleicht Sie. Ich weiß, Sie kennen Person, die geschrieben hat. Es gibt noch mehr. Ich werde mehr schicken, wenn Sie wider auftreten. Bitte treten Sie wider auf.

Ich wollte den Brief Shehnaz Saeed zurückgeben, aber sie bedeutete mir mit einer Handbewegung, ihn zu behalten. »Zuerst kam es mir vor wie die Phantasien eines Verrückten. Ich wollte ihn wegwerfen – ich habe im Lauf der Jahre ganz erstaunliche Fanpost gekriegt, glaub mir, wenn es zugegebenermaßen auch schon eine Weile her ist. Aber der Brief war immerhin so interessant, dass ich ihn behielt. Ich weiß nicht, vielleicht hat er in mir die Idee keimen lassen, wieder zu arbeiten, und mich aufgeschlossener für *Boond* gemacht. Ich weiß es nicht. Wir wissen doch nie genau, wie unser Gehirn arbeitet, oder? Wie auch immer, ich wusste, dass deine Mutter und der Dichter einen Code benutzten, wenn sie einander schrieben, und als ich erfuhr, dass du etwas mit *Boond* zu tun hast, dachte ich, vielleicht, wer weiß. Deswegen habe ich ihn dir geschickt. Kannst du ihn entschlüsseln?«

Der alte Instinkt, alles geheim zu halten, was meine Mutter betraf, erwachte. Ich sagte: »Nein. Ich kann es nicht. Aber es sieht tatsächlich wie eine Art Code aus, und ich habe wie du gedacht, dass es ihr Code sein könnte. Aber ich kenne ihn nicht. Hast du noch mehr davon? Wenn du mehr davon hast, wenn ich ihn lange genug studiere, kann ich ihn vielleicht knacken.«

In meinen eigenen Ohren klang ich überhaupt nicht überzeugend, aber sie nickte. »Mehr habe ich nicht. Aber wer weiß, wenn ich wirklich wieder auftrete, wird, wer immer mir den Brief geschrieben hat, vielleicht mehr schicken. Falls ja, werde ich dir die Botschaften geben.«

An der Tür küsste sie mich zum Abschied auf die Wangen, und als ich in mein Auto steigen wollte, rief sie mir nach: »Ich möchte nicht, dass du dir Hoffnungen machst. Es ist wahrscheinlich nur ein verrückter Fan.«

»Ja, klar. Das weiß ich.«

Ich drehte den Zündschlüssel, als sie die Treppe heruntergelaufen kam und mich durch das offene Wagenfenster an der Schulter fasste. »Du wirst es mir doch sagen, oder? Wenn du ihn knackst.«

»Natürlich werde ich das«, log ich.

VI

Von der Andeutung von Winter, die ich auf dem Dach von Shehnaz Saeeds Haus gespürt hatte, war nichts mehr feststellbar, als ich aus ihrem Tor fuhr. Die Hitze stieg von den Straßen auf und schuf eine Luftspiegelung – schmale schimmernde Streifen Wasser. Man hätte sich schon in einem Fieberwahn befinden müssen, um zu glauben, dass es sich nicht um ein Trugbild handelte – in dieser Hitze wäre jede Pfütze innerhalb von Sekunden verdampft oder hätte die durstigen Hunde angelockt, die durch die Straßen streunten.

Nachdem meine Mutter verschwunden war, sah ich sie überall – nicht nur in Gestalt anderer Frauen, sondern an leeren Stellen. Sie schien sich wie eine Träne in meinem Augenwinkel verfangen zu haben und löste sich auf, kaum sah ich hin. Ich wusste, was Halluzinationen waren, ich wusste, was Trugbilder, hervorgerufen von psychischer Verwirrung, waren, aber das erschien mir zu prosaisch – zu vorhersehbar –, um wegzuerklären, was ich mir eingebildet hatte zu sehen, auch wenn mir klar war, dass ich es mir wirklich nur eingebildet hatte. Da war es einfacher, Orpheus und Eurydike zu bemühen – jedes Mal, wenn ich mich umdrehte, um mich zu vergewissern, dass sie es wirklich war, verschwand sie. Aber mit dieser Erklärung versuchte ich, in eine Geschichte einzutauchen, die nicht meine war. Es war eine Geschichte, die meine Mutter fasziniert hatte. Schon als sie sie mir zum ersten Mal erzählte, hörte ich ihre unausgesprochene Frage: Würde mein Dichter es auf sich nehmen, mich im Hades zu suchen?, und obwohl ich am liebsten: Ich würde es tun, Mama, geantwortet hätte, wusste ich, dass das nicht die Antwort war, die sie hören wollte. Und als sie sich in diesem Grenzgebiet zwischen gesehen und eingebildet werden niederließ, wusste ich, dass ich etwas anderes als einen griechischen Mythos, in den ich nicht gehörte, würde finden müssen, um sie wegzuerklären. Zufällig stieß ich in einem Text von Conrad auf den Begriff »Fata Morgana«, und als ich ihn nachschlug, las ich: »Luftspiegelung, die bedrohlich näher rückt«, und da war mir klar, dass ich endlich eine Bezeichnung gefunden hatte, die ich auf die Gestalt meiner Mutter anwenden konnte. Ich sah sie nach wie vor beständig, aber jetzt wusste ich, dass nicht sie es war, sondern nur eine Fata Morgana, und mir kam ebenso wenig in den Sinn, mich umzudrehen und genauer hinzusehen, wie ich gedacht hätte, jemanden nass gespritzt zu haben, wenn ich durch Trugbilder aus Wasser fuhr.

Ich blieb an einer roten Ampel stehen und betrachtete aus dem Wagenfenster einen grauen Spatzen, der auf dem mit Fußabdrücken übersäten Staubstreifen zwischen meinem Wagen und einer mit politischen Graffiti besprühten Mauer landete. Als Kind hatte ich geglaubt, dass Spatzen mit Staub überzogen waren, und wenn ich einem jemals nah genug käme, um mit dem Daumen über seine Federn zu streichen, würde ich den Staub wegwischen und seine wahren Farben enthüllen, die sein natürliches Erbe waren – smaragdgrün, schillernd blau und granatapfelrot. Mein Daumen zuckte heute noch hin und wieder, wenn ich irgendwo einen Spatzen sah.

Jemand klopfte an das Fenster auf der Beifahrerseite. Ich blickte auf und sah einen Mann auf einem Motorrad, der auf die Ampel deutete, weil sie in diesem Moment erneut von Grün auf Rot schaltete. Der Mann auf dem Motorrad warf mir einen Blick zu, der besagte: Frauen am Steuer, raste über die Kreuzung und wich dabei dem entgegenkommenden Verkehr aus.

Ich wartete, dass die Ampel wieder auf Grün schaltete, kramte in meiner Handtasche nach einem Minzbonbon und berührte mein Handy. Ich wünschte, ich könnte Rabia anrufen oder Beema, um mit ihnen über den seltsamen Ed oder die charmante Shehnaz Saeed zu sprechen. Aber Rabia war bei der Einweihung eines weiteren Frauenhauses, das ihre NGO eingerichtet hatte, und Beema hielt ihren Nachmittagsschlaf, bevor sie ins Krankenhaus fuhr, um ihre Schwester am Bett ihrer Mutter abzulösen. Mein Vater – ich könnte meinen Vater anrufen. Seitdem er und Beema Karatschi verlassen hatten, war sie das Verbindungsglied zwischen ihm und mir; sie erzählte mir, wie sehr er den Urlaub von der Bank genoss, und berichtete ihm von meinen Kochversuchen und meiner neuen Begeisterung für Pflanzen. Das lag nicht daran, dass er und ich nicht miteinander sprechen wollten, es fiel uns beiden nur leichter, mit Beema oder Rabia zu reden. Aber jetzt wäre es angenehm, seine weiche Stimme zu hören, die seine Nachdenklichkeit belegte, gleichgültig, ob wir über das Phänomen der Luftspiegelungen sprachen oder die derzeitige Form der pakistanischen Kricketmannschaft oder die Bedeutung des Isotopenzerfalls für die Altersbestimmung von Fossilien.

Ich fuhr an den Straßenrand und wählte seine Nummer. Er schien sich zu freuen, meine Stimme zu hören, aber das Gespräch bestand nur aus Smalltalk – das Krankenhausessen, der Kaffee bei STD, mein windschiefes Bücherregal, das Licht in seinem Schlafzimmer. Nahezu von Beginn des

Gesprächs an wusste ich, dass ich mit ihm nicht über Ed oder Shehnaz Saeed reden würde. Unkonventionelle Mütter und ihre Kinder – das war ein Thema, an dem Dad fast erstickte, weil er ehrlich sein wollte, ohne chauvinistisch zu klingen. Was er nicht war, zumindest nicht besonders. Rabia und ich hatten keinen Grund, uns über seine Einstellung zu Frauen zu beschweren. Er war mehr als stolz auf Rabias Arbeit für die NGO, und er hatte mein Recht, allein zu leben – auch im hohen Alter von einunddreißig –, immer nur unterstützt. Aber wenn eine Frau Mutter war, betrachtete Dad ihr Leben ausschließlich unter dem Gesichtspunkt des Wohlergehens ihres Kindes.

»Und was ist mit Vätern?«, hatte ich ihn eines Tages herausgefordert. »Warum dürfen die sich verantwortungslos verhalten?«

»Wir dürfen es nicht. Wir sind nur einfach weniger bedeutsam, und deswegen können wir auch nicht so viel Schaden anrichten«, hatte er erwidert und sich abgewandt, bevor er den Satz zu Ende gesprochen hatte.

Nachdem das Thema Licht abgehandelt war, sagte ich, ich müsse weiter, und legte auf. Aber mehr noch als zuvor verspürte ich das Bedürfnis, jemanden anzurufen und zu reden, einfach nur zu reden. Ich betrachtete die im Telefonbuch meines Handys eingetragenen Namen und dachte daran, meinen Schwager anzurufen, aber ich wusste, dass er mitten in der Arbeit höchst unkommunikativ wäre. Ich legte das Handy beiseite, fuhr mit den Fingern über das Lenkrad und erinnerte mich einen Augenblick lang an etwas, nein, es war keine Erinnerung, sondern ich durchlebte erneut, wie ich als Vierzehnjährige hinter dem Steuer gesessen und das Fahren gelernt hatte. Ich musste mit einer Freundin sprechen, ganz einfach – und nicht mit Ex-Kollegen von der Eliteschule, der

Personalabteilung oder der Kricketzeitschrift, die sich so gut als Begleitung zu einem Abendessen oder für Ausflüge an den Strand eigneten. Eine Freundin, die mich lange genug kannte, um mich zu kennen, so jemanden brauchte ich. Eine Freundin aus der Kindheit. Jemand, der geschaltet hatte, während ich das Lenkrad hielt und den Fuß auf die Kupplung drückte, weil es eine zu komplizierte Aufgabe war, alle drei Dinge gleichzeitig zu tun.

Ich legte den ersten Gang ein. Ein paar Monate, nachdem meine Mutter verschwunden war, kurz nachdem ich meine verblendete Suche nach Hinweisen und Verschwörungen aufgegeben hatte und stattdessen nur noch darauf wartete, dass sie anrief oder zurückkehrte, waren meine besten Schulfreundinnen zu mir nach Hause gekommen und hatten mir erklärt, dass es an der Zeit wäre, die Fakten zu akzeptieren. Sie würden mich und meine Illusionen nicht länger unterstützen, sagten sie, es wäre zu schmerzhaft für sie und zu schädlich für mich. Besser sei es zuzugeben, dass sie nicht zurückkäme, und schau, hier sind unsere Schultern, wein dich aus.

Aus ihnen sprachen die Stimmen ihrer Mütter, das war mir klar. All diese Mütter, in deren Häusern ich zum Teil aufgewachsen war; diese Mütter, die mich noch mehr als ihre Kinder in einen so engen beschützenden Kreis einschlossen, nachdem meine Mutter verschwunden war, dass ich in ihrer Gegenwart kaum noch atmen konnte. Und ich stellte mich vor meine Freundinnen und leierte eine Litanei von Bosheiten über ihre Mütter herunter. Die Mutter, die sich zu sehr bemüht hatte. Die Mutter, die ihre Kinder erdrückte. Die Mutter, die sich heiliger als der Papst gerierte. Die Mutter mit dem absurd gebleichten Haar. Und schließlich wandte ich mich meiner besten Freundin zu, deren Mutter wirklich wie eine Tante für mich war, und da mir nichts einfiel, was ich gegen diese liebenswürdigste aller Frauen hätte vorbringen können, sagte ich: »Und deine Mutter mit ihrer arrangierten Ehe. Sie hat deinen Vater vor der Hochzeit kaum gesehen. Das heißt, sie hat es mit einem Fremden getrieben. Wie eine Prostituierte.«

Ich wusste genau, was ich tat. Unsere Mütter waren heilig, und auch wenn unser Glaube an sie als würdige Objekte der Verehrung ins Wanken geriet, hätten wir im Traum nicht daran gedacht, es auch öffentlich auszusprechen. Über die eigene Mutter zu klagen war tabu; die Mutter von jemand anders zu beleidigen war unvorstellbar. Meine Freundinnen drehten sich um und gingen. Am nächsten Tag schlenderte meine beste Freundin auf dem Schulhof dreimal an mir vorbei, als ich allein herumstand, um mir Gelegenheit zu geben, mich zu entschuldigen. Ich tat es nicht, und wir hatten seitdem nicht mehr miteinander gesprochen.

In den Wochen nach dem Verrat an meinen Freundinnen wartete ich auf den Augenblick, in dem eine oder mehrere der Welt den Grund enthüllen würden, warum sie nichts mehr mit mir zu tun haben wollten, denn dann würde ich von allen in den kleinen Kreisen, in denen sich mein Leben abspielte, geschnitten werden. Aber dieser Augenblick trat nie ein, und ich wusste, ihr Stillschweigen war ein letzter Freundschaftsdienst, den sie mir über die Kluft zwischen uns hinweg leisteten, bevor sie sich aus meinem Leben zurückzogen.

Ich blickte auf, die Ampel schaltete wieder von Grün auf Rot, ich trat aufs Gaspedal und stieß fast mit einem Bus zusammen, auf dessen Dach kreuz und quer Nachbildungen von Atomraketen aufragten.

Es hatte einen Moment gegeben, als ich meinen Kurs hätte ändern und zu meinen Freundinnen und ihren Müttern zurückkehren können. Das war gegen Ende meines ersten Jahres als Studentin an der Universität von London. Meine Mutter war seit zwei Jahren verschwunden, und meine neue Methode, damit fertig zu werden, bestand in Exzessen – Drogen, Alkohol, Männer und jede nur erdenkliche Kombination davon. So ging es, bis Beema und die fünfzehnjährige Rabia zu Beginn von Rabias Sommerferien in London eintrafen und sich zwei Wochen lang weigerten, Missbilligung zum Ausdruck zu bringen; das Gewicht ihrer Nachsicht wurde schließlich zu schwer für mich, ich brach in Tränen aus und versprach Besserung. Der erste Schritt bestand darin, die Prüfungen zu bestehen, was ich nach wochenlangem eisernem Lernen auch tat. Ich war überrascht über die Freude, die es in mein Leben brachte. Besonders lebhaft erinnere ich mich, wie ich nach meiner letzten Prüfung im Regen durch Bloomsbury ging und immer wieder einen Satz wiederholte: denn der Friede sinkt nur langsam auf uns hernieder. Der Regen schien, während ich diese Worte flüsterte, langsamer zu fallen, jeder Tropfen schien zu zögern, bevor er pfeilgerade vom Himmel auf meine ausgestreckte Hand fiel. »Auch ich bin des Himmels«, sagte ich laut. »Meine Mutter hat mich nach ihm benannt.«

Dann blickte ich zufällig zur anderen Straßenseite und sah meine ehemals beste Freundin in einem Pub mit einer Gruppe Studenten am Ende eines langen Tisches sitzen, um den Abschluss der Prüfungen zu feiern. Während des Semesters hatte ich sie gemieden, aber wenn sie sich in diesem Augenblick umgedreht und mich mit etwas anderem als Gleichgültigkeit in den Augen angesehen hätte, wäre ich in Tränen ausgebrochen und hätte ihr von den Ängsten erzählt, die mich so grausam gemacht hatten. Aber sie drehte sich nicht um, und der Regen wurde stärker, und ich kehrte ins Studentenwohnheim zurück und aß Bohnen mit Tomatensauce aus der Dose. Es war alles so erbärmlich, dass ich mir sagte, ich würde eines Tages darüber lachen.

»Auf den Tag warte ich noch immer«, murmelte ich vor mich hin, als ich an einer Polizeikontrolle vorbeifuhr, die eine gesamte Spur einer verkehrsreichen Straße blockierte. Ich achtete nicht darauf, ob ein Polizist mich herauswinkte.

Wer wäre ich jetzt, wenn sie geblieben wäre? Wie wurde ich zu dieser Person, zu dieser Mitarbeiterin einer Quizshow ohne echte Freunde? Ich war das Mädchen gewesen, aus dem alles hätte werden können – das hatten die Lehrer zu mir gesagt, und ich hatte ihnen geglaubt. Mir war nur nicht klar gewesen, dass unter »alles« auch das fiel.

Was habe ich aus meinem Leben gemacht, Mama, in deinem Namen?

Über meinen Handrücken strich ein leichtes Zucken. Es wäre so leicht, mich vollkommen vom Gefühl des Unglücklichseins absorbieren zu lassen.

Absorbieren. Irgendetwas absorbiert Neutronen, und dann spaltet es sich, und dann …

Aasmaani! Das war die Stimme meiner Mutter. Denkst du an Atomwaffen, weil du sie erheiternder findest als mich?

Niemand konnte mich auf so unerwartete Weise zum Lachen bringen. Dinge, die ich – und alle anderen, die ich kannte – lustig fand, hielt sie häufig für empörend, so zum Beispiel, dass Ronald Reagan Pakistans vom Militär bestimmten Premierminister Junejo während seines Besuchs in den USA Huneho nannte. »Cowboys regieren die Welt und behandeln uns wie Vasallen, deren Namen richtig auszusprechen sie sich nicht die Mühe machen«, schimpfte sie und weigerte sich, den Witz zu sehen. Aber bei anderer Gelegenheit trieb ihr ein Tippfehler in dem für sie ausgestellten Haftbefehl vor Lachen Tränen in die Augen. »Aasmaani, schau nur«, sagte sie, während ich mich an ihren Arm klammerte, aus Angst vor dem Polizisten vor ihrer Tür. Sie reichte mir den Haftbefehl. »Mir wird vorgeworfen, ›Gesetze gesprochen‹ zu haben.« Ich lachte auf dem Weg zum Polizeiauto, gefangen von dem Bild meiner Mutter, wie sie Gesetzestexte herunterleierte.

Ich dachte daran, als ich den Wagen auf dem mir zugewiesenen Parkplatz vor den STD abstellte und ausstieg. Ich nickte, um eine Gruppe Kollegen zu begrüßen, die neben ihren Autos standen. Ein angemessen ausgeführtes Kopfnicken gilt als höflicher Gruß, auch wenn es vage andeutet, dass man angesichts eines erinnerten Vorfalls gedankenverloren nickt und nicht auf Freundschaft aus ist. Es ist weder beleidigend noch vertraut.

Als der Polizeiwagen mit meiner Mutter davongefahren war und ich es wieder mit der Angst bekam, tauchte der Dichter aus dem Nachbarhaus auf. Nachdem ich ihm von den Ereignissen berichtet hatte, sagte er: »Lauf und schlag ›brechen‹ im Wörterbuch nach.«

Ich tat es, und neben »sich weigern, zu gehorchen oder etwas einzuhalten, zum Beispiel ein Gesetz oder Versprechen brechen« fand ich: »eine Barriere überwinden, zum Beispiel Widerstand oder Schweigen brechen«. Mehr brauchte ich nicht als Beweis, dass die Welt in Ordnung war und – das folgte daraus – meine Mutter bald zurückkommen würde. Was am Abend der Fall war. Sie wollten sie nur während einer Protestveranstaltung am Nachmittag in Gewahrsam nehmen.

Du hattest deine großen Augenblicke, Mama, das muss ich dir lassen. In den – wie viele waren es? – zehn Jahren von den ersten siebzehn Jahren meines Lebens, als du nicht auf die eine oder andere Art abwesend warst, hattest du deine großen Augenblicke.

Ich stieß die Eingangstür zum Studio auf und ging hinein. Im Erdgeschoss herrschte wie üblich chaotisches Treiben. Namen wurden durch offene Bürotüren gerufen, Angestellte gingen von der Küche zum Kopiergerät, zu den Studios im Untergeschoss oder den Büros im ersten Stock. Ich stellte mich zu einer Gruppe Männer und Frauen unterschiedlichen Alters, die vor einem über unseren Köpfen aufgehängten Fernsehgerät standen und die Wiederholung des Musikvideoprogramms vom Vormittag anschauten.

»Aber warum sitzt sie unter einem Sonnenschirm am Strand, als wäre es die französische Riviera und nicht Karatschi?«, sagte jemand. »Setzt sie auf eine alte Decke, umgeben von Kinoo-Schalen, das käme schon eher hin.«

»Schau doch MTV, wenn dir unsere eigenen Clips nicht gefallen.«

»Oh, Baba, ich wollte doch nur sagen, dass wir versuchen sollten, Videos zu drehen, die nicht so aussehen, als wären sie von MTV.«

»Okay, hör mal. Willst du wirklich amerikanische Waren boykottieren, wenn sie den Irak angreifen?«

»Hanh, wir müssen doch irgendwas tun, oder?«

»Okay, aber heißt das, dass wir auch Filme und Musik boykottieren müssen? Was ist, wenn sie angreifen, bevor der nächste *Herr der Ringe* rauskommt?«

»Nein, nein, kein Problem. Wir können ihn als Raubkopie sehen. Wenn man so ein Video oder eine DVD kauft, hilft man der einheimischen Industrie. Dasselbe gilt für Musik. Und Computersoftware.«

»Großartig.«

»Ja, großartig, aber ein Problem bleibt ungelöst. Tankstellen. Zwischen dem Büro, meiner Wohnung, dem Supermarkt, dem Sabziwallah und dem Haus meiner Eltern gibt es nur Shell- und Caltex-Tankstellen. Was soll ich dagegen machen?«

Schweigen. »Tja ... Du musst realistisch sein. Du brauchst den Wagen. Der Wagen braucht Benzin. Nicht zu ändern.«

»Ich sage euch, was ich dagegen tun werde. Wenn ihr die Amerikaner rausschmeißen wollt, gibt's nur eins. Wählt die Fundis. Ich schwöre, bei den nächsten Wahlen werde ich für sie stimmen. Letztes Mal hätte ich es fast gemacht, nächstes Mal werd ich's tun, ganz bestimmt.«

»Sei still und setz dich in deine Ecke. Die Fundis werden nichts gegen die Tankstellen unternehmen, sondern nur deine geliebten Musikvideos verbieten und uns Frauen in Burkhas stecken.«

»Und außerdem gefällt es den Amerikanern zurzeit, wenn sie rausgeschmissen werden. Du schmeißt sie raus, und sie bombardieren dich.«

»Jetzt mal im Ernst. Glaubt ihr wirklich, dass die Mullahs sich an der Regierung beteiligen werden?«

»Gott bewahre. Und wenn doch, wer weiß, was für miese Gesetze sie durchbringen wollen. Erinnert ihr euch noch an die achtziger Jahre, wie langweilig das Leben war dank dieser angeblichen Islamisierung?«

Langweilig? Was hätte ich in den achtziger Jahren nicht für ein bisschen Langeweile gegeben. Um mich herum gab es nur Verhaftungen, Demonstrationen, Exil und Aufruhr. Seltsam, dass ich mich fast danach zurücksehnte. Die Schlachtlinien waren damals klar gezogen: auf der einen Seite die Allianz aus religiösen Gruppen und dem Militär, die all das vertrat, wogegen die fortschrittlichen demokratischen Kräfte kämpften. Jetzt war alles ein großes Durcheinander, die religiöse Rechte gab sich demokratischer als alle anderen und bestand hartnäckig (und bewundernswerterweise hätte ich gesagt, hätte ich mich nicht an ihr politisches Programm erinnert) darauf, dass das Militär die Macht abgab, während alle anderen politischen Parteien um den heißen Brei herumredeten oder schwankten wie Rohre im Wind; und auf der anderen Seite der Präsident und General, der das erste Staatsoberhaupt zu meinen Lebzeiten war, das sich eindeutig gegen Extremismus aussprach, und der bei dem Versuch, eine demokratische Fassade für eine Regierung aufrechtzuerhalten, in der das Militär letztlich die Entscheidungsgewalt hatte und als Einziger über ein Vetorecht verfügte, über seine eigenen Füße stolperte. All die Opfer, all die Kämpfe – und das war dabei herausgekommen. Es war keine tragische Verschwendung – von Leben, von Leidenschaft; es war nicht tragisch, es war eine Farce.

Ich ging die Treppe hinauf – überließ die Gruppe ihrem Streit, ob Pakistans Nukleartests es wahrscheinlicher machten, dass wir von Amerika angegriffen würden oder nicht – und wäre fast mit Ed zusammengestoßen, der gerade herunterkam.

Wir wichen beide voreinander zurück, weiter als notwendig – er zwei Stufen nach oben und ich zwei Stufen nach unten –, so dass der Abstand zwischen uns nicht auf zwei höfliche Menschen hinwies, die einander Platz machten, sondern auf ein wechselseitiges Gefühl, vergiftet zu werden.

Die einzige Möglichkeit, den peinlichen Moment zu beenden, war Unverfrorenheit. Ich nahm zwei Stufen auf einmal, genau in dem Augenblick, als er zu der gleichen Entscheidung kam, und dann stießen wir wirklich zusammen:

Er trat mir auf den Fuß und ich rannte mit der Stirn gegen seine Nase.

Wir schrien beide auf, traten wieder einen Schritt zurück und setzten uns nebeneinander auf eine Stufe, um unsere Verletzungen zu inspizieren. Und dann sahen wir uns von der Seite an – er mit der Hand auf der Nase, ich mit der Hand auf dem Fuß – und lachten.

Ed stützte sich auf den Ellbogen und musterte mich. »Es ist unmöglich, aus dir schlau zu werden, oder?« Aus seinem Mund eine komische Bemerkung. »Ich habe gerade mit meiner Mutter gesprochen. Sie sagte, dass sie dir diese merkwürdige, unsinnige Botschaft geschickt hat, die sie vor ein paar Wochen bekommen hat. Warum hast du mir erzählt, sie hätte dir eine Kalligraphie geschickt? Ich habe gedacht, sie hätte ihr Bild von Sadequain von der Wand genommen und dir geschenkt.«

Als er es so ausdrückte, wusste ich nicht mehr, warum ich so etwas gesagt hatte. Ich spreizte die Finger in der Hoffnung, dass ich auf diese Weise eine angemessen unangemessene Antwort vermitteln konnte. »Du schienst ziemlich empört zu sein.« Die Tatsache, dass ich irgendwann am Morgen gedacht hatte, seine Reaktion wäre ein Eingeständnis von Komplizenschaft – wobei auch immer –, war mir jetzt peinlich. Die Suche nach Verschwörungen war noch nicht ganz vorbei.

»Ich muss zugeben, dass ich etwas besorgt war«, sagte er. »Ich meine, du bist, obwohl du ziemlich merkwürdig bist, ganz reizend, aber Sadequain ist Sadequain. Seit meiner Kindheit liebe ich die Kalligraphie von ihm, die im Schlafzimmer meiner Mutter hängt.«

Reizend. Wann hatte mich jemand das letzte Mal für reizend gehalten?

Ich sah ihn an, und dann passierte es. Es funkte. Elektrisch. Unsere Körper zwei Nervenzellen und der Raum zwischen uns eine Synapse, die einen Impuls hin und her schickte.

Das bedeutete letztlich nichts. Ich hatte mehrere der unerfreulichsten Begegnungen mit Männern in meinem Leben, weil ich das Funken mit Potential der einen oder anderen Art verwechselt hatte. Andererseits hatte ich erfreuliche Affären mit Männern, die mir jedes nur vorstellbare physische Vergnügen verschafften – außer dem Funken. Deshalb wusste ich, dass es nichts bedeutete. Aber in dem Moment, in dem man es spürt, vergisst man das.

Wer weiß also, was als Nächstes passiert wäre, mit Ed und mir, unsere Büros nur ein paar Schritte entfernt, wenn Kiran Hilal nicht mit ihrem Team aufgetaucht wäre und gesagt hätte: »Aasmaani, da sind Sie ja. Die Besprechung findet im Konferenzraum statt. Warum sitzen Sie auf der Treppe?«

Wir standen auf, und als Ed zur Seite trat, um Kiran vorbeizulassen, war es weg. Das Funken war weg, und ich fühlte mich, als hätte ich mir von jemand anderem eine Phantasie angeeignet, die überhaupt nicht meinem Geschmack entsprach. Ich blickte ihn nicht einmal an und verabschiedete mich auch nicht, sondern ging hinter Kiran die Treppe hinauf und den Korridor entlang zum Konferenzraum.

»Wir müssen noch ein paar Dinge aus der letzten Besprechung abschließen, bevor wir über Ihren Vorschlag reden«, sagte sie und öffnete die Tür. Der Konferenzraum verfügte zwar über die Annehmlichkeit von Klimaanlage und Lederstühlen, wies ansonsten jedoch das bei STD übliche schlampige Aussehen auf, dank der verkratzten Oberfläche des langen, das Zimmer dominierenden Tisches und der verblassten Poster von Tempeln, Stränden und Städten, die für eine seit Jahren nicht mehr existente Fluggesellschaft warben.

Das *Boond*-Team – Kiran sowie zwei Frauen und zwei Männer – setzte sich an den Tisch und stürzte sich sofort in eine Diskussion über die Feinabstimmung einer Seitenlinie der Geschichte, die sich aufgrund einer unerwarteten Nuance während des Auftritts eines Schauspielers ergeben hatte, bevor die Filmaufnahmen eingestellt worden waren.

Als ich keine Worte mehr, sondern nur noch Geräusche um mich herum hörte, ging ich in Gedanken die Besetzungsliste durch und vertrieb mir die Zeit, indem ich mir Spitznamen für die Schauspieler ausdachte.

Abgesehen von Shehnaz Saeed (die ein so großer Star war, dass ihr Name als Spitzname gelten konnte) spielten mit: die Tochter der Geliebten (Tochter der »Handarbeits«-Dame), der Einst-führende-jetzt-hinterherhinkende-Mann (der berühmt wurde, als er den Macbeth zu Shehnaz Saeeds Lady gab), Held Nummer Null (ein ehemaliger Kricketspieler, der in einem einzigen eintägigen Turnier großartig gespielt, angeblich jedoch unsauber geworfen hatte und mit einundzwanzig Jahren eine neue Karriere brauchte), der Gott der kleinen Dinge (ein bemerkenswerter, blendend aussehender Schauspieler, ausgestattet mit allem, was einen Mann angenehm macht, abgesehen von – wenn man einem hartnäckigen Gerücht glauben wollte – einer winzigen, sehr, sehr tragischen Kleinigkeit), Streitaxt und das Paar-das-demnächst-aus-dem-Drehbuch-herausgeschrieben-wird.

Als ich mit den Spitznamen durch war, dauerte die Diskussion um die Änderung von Held Nummer Nulls Rolle immer noch an, und meine Gedanken schweiften, obwohl ich es zu verhindern trachtete, zu dem kryptischen Brief ab, den Shehnaz Saeed erhalten hatte, und der noch kryptischeren verschlüsselten Botschaft darin. Angenommen, die Botschaft war vor Jahren tatsächlich entweder von meiner Mutter oder dem Dichter verfasst worden, dann stellte sich die Frage, warum? Und in wessen Besitz hatte sie sich befunden, und warum hatte er – oder sie – sie Shehnaz Saeed geschickt? Und würden jetzt, da sie wieder auftrat, weitere verschlüsselte Botschaften folgen?

Nichts davon ergab mehr Sinn als all der Unsinn, an den ich mich im Lauf der Jahre geklammert hatte.

Die Jungen vom Hafen spielen quälende Jazzfugen, und mein myoper Ex nennt den ockerfarbenen Winter »Herbst«.

Aasmaani, vergiss es.

Die Speichellecker kamen heute wieder.

Aasmaani, hör auf!

Llnjllfb, kict lem!

Hör auf!

Kict lem!

Ich schloss die Augen und widmete mich dem großen Einmaleins, beginnend mit Dreizehn, nur damit es interessant blieb. Bei Sechzehn verirrte ich mich, und obwohl ich wusste, dass sieben mal sechzehn nicht hundertzwanzig sein konnte, machte ich weiter – acht mal sechzehn gleich einhundertsechsunddreißig, neun mal sechzehn gleich einhundertzweiundfünfzig –, bis Kiran an mich gewandt sagte: »Warum erzählen Sie uns nicht Ihre Idee für Shehnaz' ersten Auftritt, Aasmaani?«

Ich erzählte. Nachdem ich geendet hatte, gab es weder die Anerkennung, die ich erhofft hatte, noch den Spott, den ich gefürchtet hatte – wer war ich, dass ich mich einfach einmischte, ohne den Plot zu kennen, und einen Auftritt vorschlug, der viel von dem, was die Leute sich ausgedacht hatten, über den Haufen warf? Nach einer kurzen Pause stürmten stattdessen Fragen auf mich ein.

»Aber wo war sie all die Jahre?«

»Und warum kommt sie jetzt zurück?«

»Und was für eine Persönlichkeit ist sie? Ich meine, bei der Ex-Frau, so wie sie für Bougainvillea geschrieben wurde, ging es um ›ich muss meine Tochter beschützen‹, aber bei dieser Frau kann es darum nicht gehen.«

»Ja, das ist auch mein großes Problem. Sie soll ein sympathischer Charakter sein, stimmt's? Wegen später, falls die Geschichte über schwarze Magie im Internet so bleiben soll, wie sie ist, wofür ich bereit bin zu kämpfen, denn sie ist mein Baby. Aber jetzt haben wir plötzlich diese Frau, die ihre junge Tochter verlassen hat und auf und davon ist. Wie soll sie etwas anderes sein als ein Ungeheuer? Au! Was?«

Die Frau neben dem Mann, der gesprochen hatte, versuchte, unmerklich den Kopf in meine Richtung zu neigen.

»Okay, wie wär's damit«, sagte der zweite Mann im Raum und hob die knochigen Hände. »Die Mutter ging wegen ihrer Tochter weg. Sie ging weg, weil etwas passiert war, weswegen sie wegmusste, um ihre Tochter zu beschützen. Nur dass die Tochter das natürlich nicht weiß.«

Der Mann, der willens war, für die Geschichte über schwarze Magie im Internet zu kämpfen, blickte skeptisch drein, aber die andere Frau – eine der Anfang Zwanzigjährigen, die ich an meinem ersten Tag hier gesehen hatte – nickte vehement. »Und jetzt, wo die Tochter älter ist, will sie herausfinden, was mit ihrer Mutter passiert ist. Und irgendwie erfährt ihre Mutter davon, und deswegen kommt sie zurück. Denn jetzt kann sie ihre Tochter nur schützen, indem sie zurückkehrt und ihre Tochter daran hindert, das Geheimnis aufzudecken.«

»Ist das nicht ein bisschen zu Mantel-und-Degen-haft?«

»Ach, und schwarze Magie im Internet ist was ganz Sachliches?«

Kiran Hilal hob die Hände, und alle verstummten. »Was ist das Geheimnis?«, fragte sie.

Was war das Geheimnis? Was konnte das Geheimnis sein? Was konnte sie so lange fern halten?

Knochige Hand schüttelte den Kopf. Ich blickte auf das zerkratzte Holz des Tisches.

»Okay«, sagte Kiran. »Macht nichts. Mir gefällt die Idee. Wir können sie entweder in die Geschichte über die Industrielle-Schrägstrich-Kriminelle-Welt einarbeiten oder in die Geschichte über schwarze Magie. Und sie könnte die Tochter vor dem Loch grässlicher Langeweile retten, das wir für sie gebuddelt haben.« Sie lächelte mich auf eine Weise an, die besagte: Danke, Sie können jetzt gehen.

Im Raum war es still, als ich aufstand und hinausging, aber als ich die Tür hinter mir schloss – in dem Augenblick, bevor sie ins Schloss fiel –, hörte ich jemanden im Zimmer übertrieben laut ausatmen.

Es hatte etwas Unerträgliches, dass Leute, die sich Geschichten über schwarze Magie im Internet ausdachten, über mich Bescheid wussten. Holt euch einen Online-Exorzismus, macht schon!, hätte ich ihnen am liebsten durch die geschlossene Tür zugerufen, aber das hätte nur albern geklungen, und so ging ich stattdessen in mein Büro. Meine Schritte hallten im leeren Flur wider. Ed steckte den Kopf aus seinem Büro und rief meinen Namen.

»Aasmaani, hör mal!« Er kam im Flur auf mich zu und ging wie ein Mann, der am liebsten gerannt wäre, aber lässig zu wirken versucht. Es hatte etwas Unaufrichtiges.

»Hallo«, sagte er, als wir beide gleichzeitig vor meiner Bürotür stehen blieben. Er legte die Hand auf die Klinke und fummelte daran herum. Es konnte ein Zeichen von Nervosität sein – was wollte er vorschlagen, das ihn nervös machte? –, aber er versperrte mir auch den Zugang zu meinem Büro. »Ich habe mich gerade gefragt. Nach der Arbeit. Wie wäre es mit einer richtigen Tasse Kaffee? Mit mir. Ich meine, uns. Beide. Kaffeetrinken. Warte. Ich fang noch mal von vorn an. Aasmaani, möchtest du mit mir ins Café Aylanto gehen und Kaffee trinken?«

Ich hatte gedacht, er hätte nichts Jungenhaftes. Ich hatte mich getäuscht. Hier stand er, ein verlegener Teenager im Körper eines Mannes, und hatte überhaupt nichts Attraktives.

»Ich glaube, wir belassen es am besten bei professionellen Kontakten, Ed.«

»Wovor hast du eigentlich Angst?« Er trat näher.

»Eidechsen. Schlangen. Vor vielen Sätzen, in denen das Wort ›eigentlich‹ vorkommt.«

»Ach, komm, Aasmaani. Keine Spiele, keine Masken. Nur du und ich und zwei Tassen Kaffee. Wäre das so schrecklich?«

»Eigentlich ja. Könntest du deine Hand wegnehmen. Ich habe zu arbeiten.«

Er nahm die Hand abrupt von der Türklinke, machte auf den Fersen kehrt und ging davon. Ich stieß die Tür auf, schaltete den Ventilator ein und setzte mich an meinen Computer, um mir Fragen für die Quizshow auszudenken.

Was ist das Geheimnis, das die Mutter veranlasste, wegzugehen?

a. eine wirklich misslungene Nasenoperation, die nicht rückgängig gemacht werden kann

b. sie hat ihre Beine gegen einen schuppigen Schwanz eingetauscht und lebt bei ihrem Meermann im Wasser
c. sie ist gestorben; jemand, der aussieht wie sie, trat an ihre Stelle und hatte genug von der Täuschung
d. sie liebte ihre Tochter nicht mehr
Antwort:

Der Cursor blinkte mich geduldig an, aber ich saß nur da, entsetzlich müde, meine Finger so kraftlos, dass sie nicht einmal auf die Tasten drücken konnten, auf denen sie auflagen. Ich saß da, sah zu, wie der kurze vertikale Strich auf dem Bildschirm auftauchte und verschwand, bis sich die Zeit in diesem immer wiederkehrenden Blinken selbst verschlang und in meinem Kopf nur noch Dunkelheit herrschte.

VII

Wenn sich die Dunkelheit weit genug ausgebreitet hatte, hörte ich auf zu existieren. Ich war ein Körper, ja, aber ein von allem befreiter Körper, der nicht mehr körperlich ist. Manchmal kann man nur noch sein, wenn man sich aus sich selbst zurückzieht. Das kann man natürlich nicht. Aber Illusionen – nein, Wahnvorstellungen – sind so viel wirkungsvoller, als die Leute zugeben. Ich konnte länger, als irgendjemand sich vorzustellen vermochte, in dem Wahn leben, dass ich nur der leere Körper von Aasmaani war.

Die Sache hatte etwas Kunstvolles, etwas geduldig erlerntes Kunstvolles. Oder vielleicht war es auch ein Talent. Es war ähnlich, wie in einem Klassenzimmer zu sitzen mit einer Miene, die Aufmerksamkeit signalisierte, während die Gedanken von einem Thema zum nächsten schweiften, nur nicht zu dem, mit dem sie sich eigentlich beschäftigen sollten. Anfangs wusste ich nicht, wie ich in der Dunkelheit versinken sollte, ohne dass mein Gesicht ausdruckslos wurde und allen um mich verriet, was los war. Aber jetzt konnte ich lächeln und nicken, den entscheidenden Passagen in Gesprächen folgen, gelegentlich einen notwendigen Ausruf anbringen, während ich die ganze Zeit abwesend war.

Stattdessen war ich in dem leeren Raum, in dem nichts mich berühren konnte. Manchmal stundenlang, gesegnete Stunden der Stille.

Und jetzt kam der Geschäftsführer in mein Büro, hinter

ihm eine Mitarbeiterin, die ich schon gesehen hatte, aber nicht kannte.

»Haben Sie ein Kaugummi?«, fragte er.

Ich griff automatisch in meine Handtasche und schob ihm ein Minzbonbon hin. »Das geht auch«, sagte er. Er setzte sich mir gegenüber und zog das Telefon näher zu sich.

»Die Telefone im Erdgeschoss funktionieren nicht«, erklärte die Frau, als wäre es von Belang.

Der Geschäftsführer wählte eine Nummer und drückte den Hörer ans Ohr. Die Frau kniff die Gesichtszüge zusammen, als würde sie eine Kampfmaske aufsetzen. Der Geschäftsführer wandte sich mir zu und zog die Augenbrauen in geheuchelter Beunruhigung nach oben. Ich schaffte es, als Reaktion darauf kurz mit den Mundwinkeln zu zucken.

»Mir geht es nur darum«, sagte die Frau, »dass ein Gesundheitsmagazin wichtige medizinische Themen behandeln sollte.« Und jetzt erkannte sie der winzige Teil meines Gehirns, der solche Informationen verarbeitete, als die Moderatorin einer der eher langweiligen Informationssendungen von STD wieder.

»GHS ist keine Krankheit«, sagte der Geschäftsführer, bevor er ins Telefon brüllte: »Hol Tahir!«

»GHS? Nein, ich spreche von Depression.«

»Das Gelangweilte-Hausfrau-Syndrom«, sagte der Geschäftsführer. Seine Lippen waren ungewöhnlich rot.

Die Frau stemmte die Hände in die Hüften. »Sieben von zehn Menschen in Pakistan leiden im Leben unter einer depressiven Störung. Bei sechs Prozent ist sie so schwerwiegend, dass –«

»Umso mehr Grund, nicht darüber zu sprechen. Wenn sie nicht wissen, dass sie krank sind, erwarten sie auch nicht, wie Kranke behandelt zu werden. In diesem Land wird schon genug gejammert. Tahir, eine Runde Golf? … Ich breche sofort auf.«

Er legte auf und erhob sich unter beträchtlichen Mühen vom Stuhl.

Verschwinde. Geh.

Aber in der Tür wandte er sich zu mir um. »Sie, welche Verbindung gibt es zwischen Ihnen und dem Dichter?«

Ich blinzelte. Zweimal, dreimal, und dann war ich wieder in meiner Haut. »Entschuldigung? Was haben Sie gesagt?«

»Nächstes Jahr wäre er siebzig geworden. Wir werden eine große Sendung über ihn machen.«

Siebzig!

»Würdigungen, Lesungen, Ehrungen, bla, bla. Die Sache soll auf unserer Website als Attraktion für das nächste Jahr angekündigt werden. Jemand irgendwo in diesem Gebäude findet, dass es eine gute Idee wäre, einen Link zu seiner Biographie zu installieren. Und wir haben eine gefunden, eine Biographie, auf einer anderen Website, die wir schamlos kopieren und mit einem eigenen Satz hier und da aufpeppen werden. Aber vielleicht sollten wir die Fakten überprüfen, denn wer weiß, wo die anderen ihre Informationen herhaben. Letztes Mal haben wir Informationen von einer Website übernommen, ohne sie zu prüfen, und den Leuten verklickern wollen, dass Kricket seinen Namen vom Klang des Aufpralls des Balls auf Weidenholz ableitet, der klingt wie der Todesschrei des gleichnamigen Insekts. Und da Sie unser Recherche-Mädchen sind, kann ich Ihnen was zu tun geben. Aber wenn Sie, was ihn betrifft, ein Trauma haben, soll's jemand anders machen. Sonst wird mir noch vorgeworfen, bei meinen Angestellten Depressionen hervorzurufen, und Sie melden sich krank.«

»Ist schon okay«, sagte ich. »Ich prüfe die Fakten.«

»Ich kannte Ihre Mutter«, sagte die Frau und trat einen Schritt vor. »Wir haben zusammen gegen die Hudood-Verordnungen demonstriert.«

Super.

»Vor zwanzig Jahren. Ist das zu fassen? Nächstes Jahr werden es zwanzig Jahre.«

Ich sah den Geschäftsführer an. »Können Sie mir die Biographie zukommen lassen?«

Er nickte und legte der Frau die Hand auf die Schulter. »Kommen Sie. Raus.«

»Sie war eine großartige Frau«, sagte die Moderatorin und zog die Augenbrauen zusammen, bevor der Geschäftsführer sie hinausdrängte und die Tür hinter sich schloss.

Siebzig. Er wäre siebzig geworden.

Er sagte einmal im Scherz, dass er im Alter ehrbar würde – eine verehrte, zahnlose Ikone, ausreichend domestiziert, damit Regierungen bei Festakten mit ihm angeben könnten, und er würde während der Feierlichkeiten schnarchen und stehende Ovationen erhalten, nachdem er unverständlich ein paar Verse gemurmelt hätte.

»Nein, das wirst du nicht. Lieber bringe ich dich um«, versprach ihm meine Mutter gut gelaunt.

»Das nenne ich Liebe«, sagte er lachend, nahm ihre Hand und küsste sie.

Gegen meinen Willen versuchte ich, sie beide altern zu lassen, mir vorzustellen, wie sie aussehen könnte und wie er ausgesehen hätte. Es war eine geistige Übung, der ich mich bisweilen unterzog, um Mama wiederzuerkennen, sollten sich unsere Wege noch einmal kreuzen.

Jemand klopfte laut an meine Tür. Als ich »herein« rief, schlurfte ein Unterling des Geschäftsführers mit einer so ängstlichen Miene herein, dass ich über seine Schulter blickte, ob nicht jemand anders energisch geklopft hatte. Er reichte mir ein Blatt Papier mit einem einzigen Absatz in einer großen fetten Schrift darauf.

Ich überflog den Text, während der Mann wieder hinausschlurfte.

Wie konnte man das Leben eines Mannes darauf reduzieren?

ER WURDE IN EINEM WEIT ENTFERNTEN DORF IM PUNJAB GEBOREN UND ZOG IM ALTER VON ELF JAHREN NACH KARATSCHI.

So lautete der erste Satz. Der bereits einen Fehler enthielt. Er zog im Alter von dreizehn Jahren nach Karatschi, 1945, das Jahr, in dem meine Mutter dort geboren wurde. Später behaupteten sie gern, dass diese Koinzidenz etwas Schicksalhaftes gehabt hätte. (Und ich hörte ihn sagen: Weit entfernt? Weit entfernt? Weit entfernt wovon?)

VON DORT GING ER AN DIE UNIVERSITÄT DES PUNJAB, UM EINEN M. A. IN ENGLISCHER LITERATUR ZU MACHEN, UND GELANGTE IN DEN MUSHAIRAS (DICHTERLESUNGEN) IN LAHORE ZU BEKANNTHEIT.

»Bekanntheit« umschrieb nicht annähernd die Aufnahme seiner Gedichte, von Anfang an. Die Menschen waren vor allem von seinen Ghaselen hingerissen, nicht nur aufgrund der Macht seiner Bilder und seines Talents, ein Wort in seiner ganzen Bedeutungsvielfalt einzusetzen, sondern auch aufgrund seiner Fähigkeit zu überraschen; er setzte an zu einem Reimpaar, und nach eineinhalb Zeilen meinten die Leute genau zu wissen, wie der Reim lauten würde, und sie warteten gespannt darauf, dass er ihn laut ausspräche, aber plötzlich, ein paar Silben vor Reim und Refrain, machte er eine Kehrtwendung, und die Zeile endete mit einem vollkommen anderen brillanten Reim. Das Publikum – oft mehrere tausend Menschen – schrie vor Vergnügen, wiederholte Reim und Refrain und erfüllte das Gebäude mit Poesie.

WÄHREND DIESER ZEIT NAHM ER DEN KÜNSTLERNAMEN »NAZIM« AN, WEIL ER DICHTER BEDEUTET.

Er nahm den Künstlernamen Nazim an, weil er Nazim Hikmets Gedichte liebte.

MITTEN IM STUDIUM GAB ER DAS GHASEL LEIDER AUF, UM MIT WESTLICHEN VORSTELLUNGEN VON LYRIK ZU EXPERIMENTIEREN.

Er schrieb Sonette, Pantuns, Villanellen und Kanzonette. In den Augen derjenigen, die seine Ghaselen geliebt hatten, stellte das einen großen Verrat dar, vor allem weil unter jungen Pakistanis in den frühen fünfziger Jahren nationalistische, antikoloniale Gefühle weit verbreitet waren, und sie nannten ihn spöttisch den »Dichter«, statt »Nazim«.

NACH DEM STUDIUM KEHRTE ER NACH KARATSCHI ZURÜCK,

eine Stadt, die damals noch eine junge, kosmopolitische Hauptstadt und so sehr damit beschäftigt war, mit ihrer eigenen Form zu experimentieren, dass sie jemanden, der das Gleiche tat, nicht dafür tadelte.

NOCH IMMER UNTER WESTLICHEM EINFLUSS, WANDTE ER SICH VON POLITIK UND SOZIALEN BELANGEN AB UND OBSZÖNITÄTEN ZU, WOFÜR ER VOR GERICHT GESTELLT WURDE.

»Ich weiß nicht, was in den Köpfen dieser Widerlinge vor sich geht«, verteidigte er sich während des Prozesses wegen Unzüchtigkeit. »Ich schreibe darüber, wie eine Frucht gegessen wird, und sie behaupten, ich wäre vulgär. Worauf bezieht sich ihrer Ansicht nach der glitschige Kern und der tropfende Saft einer Mango?« Mit diesen Worten legte er eine Mango auf den Tisch, schnitt sie um die Mitte herum auf und begann auf eine so suggestive Weise an ihrem Kern zu saugen, dass der frisch verheiratete Richter zu seiner Frau nach Hause lief.

DER PROZESS WURDE EINGESTELLT, WEIL DER RICHTER ANDERES ZU TUN HATTE, UND ER FUHR FORT ZU SCHREIBEN, GEWANN ANERKENNUNG FÜR SEINE KUNSTFERTIGKEIT, NICHT JEDOCH FÜR SEINE THEMEN.

Mit dreißig galt er bereits als großer Künstler, als ein Meister der Sprache; das gaben auch seine Kritiker zu, während sie sich nach wie vor beschwerten, dass er Sprache jetzt – im Gegensatz zu seinen Studententagen – nicht mehr dazu benutzte, »würdige« Gefühle bei seinen Zuhörern hervorzurufen. Auf einer öffentlichen Veranstaltung lief er seinem alten Lehrer über den Weg, der ihm beschied, dass er trotz seiner formalen Brillanz ein minderer Dichter als sein früherer Kommilitone Maqsood sei. »Wenn man ein Gedicht von Maqsood liest, spürt man, dass er sich das Herz aus der Brust reißt und es einem in die Hände legt.« Woraufhin der Dichter entgegnete: »Ich persönlich möchte keins von Maqsoods zuckenden Organen in der Hand halten.«

1963 ÜBERSETZTE ER DIE POLITISCHEN GEDICHTE EINES OBSKUREN TÜRKISCHEN LYRIKERS, DER DEN GLEICHEN KÜNSTLERNAMEN ANGENOMMEN HATTE.

Er sagte später, dass ihn Nazim Hikmets Tod 1963 stärker bewegt habe als der seiner eigenen Mutter. Er verkroch sich in seiner winzigen Wohnung und erstellte innerhalb von ein paar Wochen seine Adaptionen – er benutzte nie das

Wort »Übersetzung« – von einigen Gedichten Hikmets mit ihren engagierten politischen Bezügen. Im Land brodelte Unzufriedenheit mit Ayub Khans Verfassung und ihrem Konzept der »gelenkten Demokratie«, die einen Witz aus wahrer Demokratie machte, und es war entweder mutig oder politisch naiv, diese aufrührerischen Verse zu publizieren; der Dichter erklärte nie, zu welcher dieser beiden Kategorien er sich zählte.

DIE REGIERUNG VON AYUB KHAN STECKTE IHN UNTER EINEM VORWAND ZWEI MONATE LANG INS GEFÄNGNIS.

Die tiefen Narben in seinem Gesicht stammten aus der Zeit dieses ersten Gefängnisaufenthalts. Er behauptete immer, gegen Stacheldraht gelaufen zu sein. Eines Tages fragte ich ihn: »Wie kam es, dass du gegen Stacheldraht gelaufen bist?«

»Ganz einfach. Die Gefängniswärter führten mich zum Stacheldraht, hielten mir eine Pistole an den Kopf und sagten: ›Lauf.‹«

ALS ER AUS DEM GEFÄNGNIS ENTLASSEN WURDE, WAR SEIN SOZIALES GEWISSEN WIEDERHERGESTELLT.

Als er aus dem Gefängnis entlassen wurde, hatte er Narben im Gesicht und eine poetische Stimme, die während der nächsten zwanzig Jahre jede Regierung Pakistans brandmarkte.

ABER ER SCHRIEB AUCH WEITERHIN LIEBESGEDICHTE, DAS BERÜHMTESTE IST *LAILA*, DAS 1970 HERAUSKAM.

Oh nein. Nein, nein. Man kann nicht von 1963 zu 1970 springen und 1968 auslassen. Ein Jahr von großer Tragweite für die ganze Welt – Studentenrevolutionen, der Beginn einer neuen Ära, und meine Mutter lernte den Dichter kennen. Sie war damals dreiundzwanzig, er sechsunddreißig und bereits unsterblich. Unsterblich und hässlich – ein kleiner, stämmiger Mann mit breiter Nase und Narben im Gesicht. Und sie – ihr Stern ging gerade auf.

Sie hatte ihr Studium abgeschlossen und half ihrem Onkel in seiner unterbesetzten Rechtsanwaltskanzlei aus, um für das Buch »Frauen und Rechtswissenschaft in Pakistan«, das sie schreiben wollte, zu recherchieren. Der Zeitpunkt, zu dem sie in der Kanzlei zu arbeiten begann, war entweder glücklich oder unglücklich gewählt, je nachdem, wie man die Richtung beurteilt, die ihr Leben danach einschlug. Denn nur ein paar Wochen später vertrat ihr Onkel eine Frau, die ihrem früheren Arbeitgeber vorwarf, ihr sechs Monate keinen Lohn gezahlt und sie angekettet zu haben, wann immer er das Haus verließ. Die Frau stammte aus einem Dorf, war Analphabetin aus der untersten Gesellschaftsschicht, ihr Arbeitgeber hingegen war ein mächtiger reicher Mann, und es war ein Wunder, dass sie oder mein Großonkel glaubten, es würde einen fairen Prozess geben. Vergessen wir das »fair«. Die Angelegenheit kam nicht einmal vor Gericht, denn ihr ehemaliger Arbeitgeber führte »glaubwürdige Zeugen« an, die bereit waren, die moralische Verderbtheit und den pathologischen Wahnsinn der Frau zu bezeugen. Die Frau verließ die Kanzlei meines Großonkels und schwor ihm, dass sie an Gerechtigkeit glaube. Dann brach sie in das Haus ihres früheren Arbeitgebers ein und wartete mit seiner Pistole in der Hand auf ihn. Zuerst erschoss sie ihn, dann sich selbst.

Ein kanadisches Filmteam, das an einem Dokumentarfilm über Pakistan arbeitete, hörte von der Geschichte und wollte meinen Großonkel interviewen. Er, den die Sache ganz krank machte, hatte Angst, vor Zorn zu explodieren, und schickte meine Mutter vor. Vor der Kamera erstrahlte sie in ihrer ganzen Schönheit, und ihr frisch gemünzter Gerechtigkeitssinn blitzte in ihren Augen auf. Während ihrer letzten Wochen in Großbritannien hatte sie die Studentenrevolution miterlebt, sympathisiert, sogar gelegentlich demonstriert, aber erst das blutige Ende der Frau aus dem Dorf rückte ihre politischen Ideale von den abstrakten Rändern ihres Lebens in seinen Mittelpunkt.

Das kanadische Filmteam konnte sein Glück an jenem Tag wohl kaum fassen – alles an ihr schrie: Ich bin bereit für die Großaufnahme. Sie trug eine schlichte weiße Kurta und eine dicke Karra um das Handgelenk – silber mit Lapislazuli –, ihr Haar war mit einem Tuch zurückgebunden. Und sie sprach leidenschaftlich, intelligent und mit funkelnden graugrünen Augen. »Pakistans Zigeunerfeministin« war geboren. Ein Mitglied des Filmteams arbeitete zudem freiberuflich als Journalist und schrieb hingerissen einen Artikel über meine Mutter für eine überaus populäre internationale Zeitschrift. Trotzdem wäre ihr frischer Ruhm nicht über die höheren Kreise Pakistans, die ausländische Zeitschriften abonnierten, hinausgedrungen, hätte der Dichter den Artikel nicht gelesen und Interesse bekundet, sie kennen zu lernen, als sich eine ihrer Cousinen in Hörweite aufhielt.

Es war etwas auf den ersten Blick. Etwas Ungestümes und Verzehrendes.

Es kann einer entschieden unabhängigen Frau nicht leicht gefallen sein, eine Muse zu werden. Aber bevor sie auf das Geschehen reagieren konnte, wurde meine Mutter definiert von dem, was der Dichter über sie schrieb. In seinen Gedichten veränderte er sogar ihr Geburtsjahr und machte sie zwei Jahre jünger, damit sie genau so alt war wie Pakistan –

in vielen Gedichten aus jener Zeit hört man, wenn er über die Liebste schreibt, sowohl einen Mann, der auf intime Weise mit seiner Geliebten spricht, als auch einen Dichter, der mit großem Gestus eine Rede über die Nation hält. Welche Dreiundzwanzigjährige hätte dabei sie selbst bleiben können?

Oh ja, anfänglich genoss sie es – als er sie zu einer Rebellin, zu einer Retterin stilisierte, spielte sie mit. Hierzu passte ihre ursprüngliche Inkarnation als engagierte Feministin, obschon die Bezeichnung zu diesem Zeitpunkt noch vollkommen unangemessen war. Sie war wenig mehr als ein Kuli in der Kanzlei ihres Onkels, aber Menschen im ganzen Land lasen die Verse des Dichters, die alle ihr gewidmet waren, und bald wurde sie eingeladen, in Colleges für Mädchen Vorträge zu halten, in Kommissionen zur Besserung der Lage der Frauen mitzuarbeiten, Einweihungsbänder zu durchschneiden und sich photographieren zu lassen. Dass er sie in seinen Gedichten auf einen so hohen Sockel stellte, ermöglichte es, die sexuellen Bilder zu ignorieren und zu glauben, dass die Vergeblichkeit, die Liebe dieses jungen schönen Geschöpfes zu gewinnen, den Dichter antrieb, fortwährend über sie zu schreiben.

Aber als 1970 der Monsun endete und Bürgerkrieg drohte, war meiner Mutter die Absurdität von Kommissionen, Bändern und Bildern klar geworden, und sie zog sich aus dem Leben des Dichters zurück und machte sich auf die Suche nach einer eigenen Identität, um sich von seinem Schatten zu befreien. Zu Beginn ihrer Suche fand sie meinen Vater, packte ihn am Kragen und heiratete ihn ein paar Wochen später.

Der Dichter reagierte, indem er *Laila* schrieb. Meine Mutter blieb davon ungerührt und bewies es, indem sie ein paar Monate nach der Hochzeit schwanger wurde. Als der Dichter von der Schwangerschaft erfuhr, besuchte er sie. (»Er trug dieses graue Schultertuch, das ich so liebte – es war ein sehr heißer Tag, es muss ihm schrecklich unbehaglich damit gewesen sein. Aber er ließ es sich nicht nehmen, das graue Tuch zu tragen«, erzählte sie, als ich sie nach Einzelheiten ihres Wiedersehens fragte. Mehr habe ich nie aus ihr herausbekommen.)

Sie zogen nicht zusammen – damals nicht und später nicht, zumindest nicht in Karatschi. Ihr Vater war jedoch bereits gestorben und hatte ihr zwei benachbarte Häuser in Bath Island vermacht, und so wurden sie und der Dichter Nachbarn. Alle rechneten damit, dass sie nach der Scheidung von meinem Vater heiraten würden, aber der Dichter hielt nichts von der Ehe. Er war das uneheliche Kind eines reichen Landbesitzers und einer Frau, die für ihn arbeitete, und wuchs auf mit einer heftigen Abneigung gegen die Institution, die seine Mutter vor ihrem Status als Ausgestoßene bewahrt und sie nicht dazu gezwungen hätte, bei einer verwitweten Tante zu leben, die sie aufnahm und ihr bei der Erziehung ihres Sohnes half. Und außerdem, so sagte meine Mutter, waren sie und der Dichter vom Temperament her nicht zum Zusammenleben geeignet, und sie zogen es vor, als Nachbarn zu leben, ohne einen formalen Vertrag, der ihr Verhältnis finanziell geregelt hätte, und ohne eine religiöse Erklärung abgeben zu müssen. Als er starb, sah sie die Dummheit dieser Haltung ein, aber da war es zu spät.

Einen großen Teil der ersten zwölf Jahre meines Lebens verbrachte der Dichter entweder im Gefängnis oder im selbst auferlegten Exil; und wo immer er war, war sie nicht weit entfernt. Ich glaube, dass die Regierung ihn in Gefängnisse in entlegenen Teilen des Landes steckte, nur um meiner Mutter das Leben zu erschweren, da sie Karatschi verließ, wann immer die Gefängnisvorschriften oder Bestechungsmittel ihr erlaubten, ihn zu besuchen. Wenn tägliche Besuche gestattet waren, schlug sie ihr Quartier in der Nähe des jeweiligen Gefängnisses auf – er hatte überall im Land Bewunderer, die ihr Unterkunft gaben –, und dann verließ sie Karatschi und mich oft für Wochen am Stück. Wenn er in Karatschi inhaftiert war, dann war das ausschließlich Beema zu verdanken, die Verwandte bei der Armee und in der Verwaltung hatte und die einzige Person zu sein schien, die wusste, wie sehr ich meine Mutter brauchte.

Die Highsociety von Karatschi missbilligte das Verhalten meiner Mutter natürlich. Einem Mann, mit dem sie nicht einmal verheiratet war, durch das ganze Land zu folgen und ihre Tochter zurückzulassen. Andererseits hieß es, dass sie nichts Besseres für mich hätte tun können, als mich in die Obhut Beemas zu geben. Was ihr Verhalten selbstverständlich in keiner Weise entschuldigte. Ab 1972 verstummte das Gerede über die »Kaffeekränzchenfeministin«. Das war die zweite Phase von »Samina Akram, Feministin«, und sie begann sie, indem sie die erneute Inhaftierung des Dichters anprangerte. Er war verhaftet worden, angeblich wegen unanständiger Gedichte, die er fünf Jahre zuvor geschrieben hatte, aber alle wussten, dass der wahre Grund sein Gedicht »Ufuq« war, in dem er die Generäle und Politiker für den tragischen Bürgerkrieg von 1971 verantwortlich machte und verdammte. Die Versuche meiner Mutter, ihn frei zu bekommen, brachten sie in Kontakt mit anderen Frauen, die sich für ihre Männer, Brüder oder Söhne in einem ähnlichen Kampf engagierten. Auch nach der Freilassung des Dichters suchte sie Frauen auf, die nach Gerechtigkeit verlangten, und später wurde sie von ihnen aufgesucht. Sie half ihnen, indem sie sie an sympathisierende Anwälte und Journalisten verwies oder ihnen ihre Rechte erklärte – die Nachforschungen, die sie für das ungeschriebene Buch über Frauen und Rechtswissenschaft in Pakistan angestellt hatte, kamen ihr dabei zugute. Aber der Ruhm, den sie erwarb, war größer als die Summe all dessen, was sie tat – er hatte etwas zu tun mit der »grazia«, von der Shehnaz Saeed gesprochen hatte.

Und was war mit mir? Als der Dichter 1972 verhaftet wurde, war ich gerade ein paar Monate alt, und meine Mutter wusste, dass ein lächelndes Baby Bürokratenherzen erweichen konnte. Es gelang mir mühelos, sowohl uniformierte als auch tintenfingrige Männer in gurrende Wesen zu verwandeln – und obwohl sie versuchten, sofort wieder ihre Position der Autorität einzunehmen, war der Schaden in dem Augenblick angerichtet, als sie begannen, in Babysprache mit mir zu reden. Meine ersten paar Monate auf dieser Welt verbrachte ich überwiegend in Gerichtssälen, Gefängnissen und Rechtanwaltskanzleien. »Ich ließ nicht zu, dass sie mir erzählten, es gäbe eine Wahl zwischen Mutterschaft und dem Kampf um Gerechtigkeit«, sagte meine Mutter, und ich fragte nie: Aber was ist mit der Wahl zwischen Mutterschaft und Liebe?

Ich blickte wieder auf das Blatt Papier in meiner Hand.

WÄHREND DER SIEBZIGER JAHRE WURDE ER VON DER BHUTTO-REGIERUNG MEHRMALS INHAFTIERT WEGEN SEINER POLITISCHEN DICHTUNG, DARUNTER »UJALA« (DÄMMERUNG) UND »AIK AADH LAMHA« (EINE GERINGE ENTFERNUNG).

Er war einer von Bhuttos heftigsten Kritikern, dennoch bekam er es mit der Angst zu tun, als die Anti-Bhutto-Bewegung die Religion hinter dem Schleier der Privatsphäre hervorholte und in die Politik einbrachte, als säkulare und extrem religiöse Politiker sich miteinander verbündeten, um gegen die Regierung ins Feld zu ziehen. Bhutto versuchte, die Hardliner zu beruhigen, indem er das islamische Recht einführte, aber der sich schon bereithaltende General übernahm und beschloss, allen zu zeigen, was Islamisierung wirklich heißt. Ich erinnere mich vor allem an die Angst. Meine Mutter und der Dichter waren zu dieser Zeit in Karatschi, dennoch fühlte ich mich in ihrer Anwesenheit klaustrophobisch. Der Pessimismus lastete so schwer auf ihnen, dass sogar eine Sechsjährige ihn spürte, und ich war tatsächlich erleichtert, als

ER 1977 NACH DEM MILITÄRPUTSCH, DER GENERAL ZIA AN DIE MACHT BRACHTE, NACH KOLUMBIEN INS EXIL GING

zu seinem guten Freund Rafael Gonzales – und meine Mutter ihn begleitete.

NACH ÜBER EINEM JAHR KEHRTE ER NACH PAKISTAN ZURÜCK.

Er war unfähig, in Kolumbien auch nur ein Wort zu schreiben, und meine Mutter behauptete, dass sie nahezu einen Nervenzusammenbruch gehabt hätte, während sie die Entwicklungen in Pakistan aus der Ferne verfolgte. Am Neujahrstag 1979 versprachen sie ihren Freunden, das Land nie wieder zu verlassen, und ich zog mit der Hälfte meiner Spielsachen und Bücher erneut in das blaue Zimmer im Haus meiner Mutter, zuversichtlich, dass ich sie nie wieder würde hinausschaffen müssen.

1979 FÜHRTE GENERAL ZIA DIE HUDOOD-VERORDNUNGEN EIN, DENEN NAZIM ÜBERAUS KRITISCH GEGENÜBERSTAND, DA ER EIN PAAR FRAUENRECHTLERINNEN KANNTE.

»Wie kann man für so etwas Unwürdiges Worte finden?«, sagte der Dichter, als er die Einzelheiten der Gesetze erfuhr, die im Namen des Islam verabschiedet wurden. (Und der Vater meines Vaters, der sanftmütigste und frömmste Mann, weinte sich deswegen zu Tode.) Der Dichter wollte sofort wieder in ein Flugzeug steigen und das Land verlassen, gleichgültig, wohin. Aber meine Mutter teilte ihm mit, dass er ohne sie gehen müsse. Etwas in ihr befreite sich an dem Tag, als sie im Morgenmantel und mit Hausschuhen am Esstisch saß, eine Zigarette rauchte und laut jedes Detail der Hudood-Verordnungen vorlas. Als sie zu dem Absatz über »Zina« kam, der besagte, dass eine Anklage wegen Vergewaltigung vor Gericht nur bewiesen werden könne, wenn vier fromme, erwachsene, männliche Muslime willens seien, als Augenzeugen für die Tat aufzutreten, blickte sie mich an und sagte: »Zum ersten Mal wünschte ich, ich hätte einen Sohn zur Welt gebracht.«

SPÄTER IM SELBEN JAHR LIESS ZIA BHUTTO HÄNGEN, UND DER DICHTER SCHRIEB »ZEHER« (GIFT).

Als er von Bhuttos Tod hörte, sperrte sich der Dichter in seinem voll gestopften dunklen Arbeitszimmer ein, und als meine Mutter endlich einen zweiten Schlüssel auftrieb und die Tür aufschloss, fand sie ihn wimmernd und zitternd vor. Innerhalb von Tagen nach der Exekution hatte er »Zeher« verfasst, und niemand wagte, es zu veröffentlichen. Daraufhin machte er zwölf Kopien, lud zwölf Freunde zum Abendessen ein und reichte jedem von ihnen eine Kopie des Gedichts. »Es war so in etwa wie das letzte Abendmahl«, erinnerte sich meine Mutter später. Es war definitiv nicht sein bestes Gedicht (»›Augen weinen Stacheldraht statt Tränen‹?«, sagte meine Mutter und hielt die Seite mit Daumen und Zeigefinger von sich. »Das ist Instantpoesie.«), aber innerhalb von achtundvierzig Stunden zirkulierten Tausende von Kopien im ganzen Land. Sie wurden vertont, und durch die Musik hielt das Gedicht Einzug in das Gewissen der Menschen. Und er und meine Mutter erfanden den Code. Sie wussten, dass eine erneute Verhaftung unvermeidlich war, und angesichts der früheren Male, als die Wärter, die meine Mutter bestochen hatte, um Briefe ins Gefängnis zu schmuggeln, sie dem Dichter mit gebrochenem Siegel überreichten, beschlossen sie, dass ein Geheimcode eine gute Sicherheitsmaßnahme wäre.

ER WURDE WIEDER VERHAFTET UND MUSSTE IN EINZELHAFT.

Meiner Mutter war klar, dass das politische Klima nicht dafür sprach, sich für seine Freilassung einzusetzen; sie hatte Albträume, in denen er gehängt wurde und sie seine Leiche mit nichts Schärferem als ihren eigenen Zähnen vom Galgen nehmen konnte. Sie wandte ihre Aufmerksamkeit anderem zu, und die dritte und letzte Phase ihres Aktivismus begann. Auf diese Phase beziehen sich die meisten Menschen, wenn sie von ihrem öffentlichen Leben sprechen.

In der Folge der Hudood-Verordnungen begann sich in Pakistan die Frauenbewegung zu organisieren, aber erst 1981, mit der Bildung des Women's Action Forum, kam sie richtig in Schwung. Doch schon 1979 war meine Mutter von Stadt zu Stadt gefahren, oft auch in Kleinstädte, manchmal verkleidet, damit niemand sie erkannte, und hatte mit Gruppen und Einzelpersonen über die Notwendigkeit gesprochen, die Frauen zu politisieren, sie zusammenzuführen, aktiv zu werden.

EIN PAAR MONATE SPÄTER WURDE ER AUS DEM

GEFÄNGNIS ENTLASSEN, mit der Auflage, das Land innerhalb einer Woche zu verlassen, wenn er nicht erneut verhaftet werden wollte,

UND GING ABERMALS INS EXIL.

Dieses Mal blieb meine Mutter in Pakistan. Aber kaum war er in Kolumbien, begann sie, sich nach ihm zu sehnen – nach all den Monaten, in denen sie seine Haft mit bemerkenswerter Fassung ertragen hatte. »Ich habe mich nach seiner Entlassung gesehnt, damit ich bei ihm sein kann – und gefürchtet, dass es nie so weit kommen würde –, und jetzt ist er frei und weiter weg als je zuvor«, hörte ich sie eines Tages zu Beema sagen. Deswegen überraschte es mich nicht, dass meine Mutter, als Rafael sie wissen ließ, der Dichter sei erkrankt, einen Koffer packte und abreiste. Sie sagte, sie sei in ein paar Wochen zurück.

ER BLIEB DREI JAHRE IM EXIL.

Und sie mit ihm. In diesen drei Jahren scheint sie viel unterwegs gewesen zu sein, bei Konferenzen und Ähnlichem, wo sie um Unterstützung für die pakistanische Frauenbewegung warb.

DAS ERSTE JAHR IN KOLUMBIEN, DANN IN ÄGYPTEN.

Meine Mutter bestand auf dem Umzug. Sie sah, dass ihr Glaube an säkulare Jurisprudenz nicht ausreichte, um es mit einer Regierung aufzunehmen, die behauptete, ihre Gesetze wären von Gott verordnet, deswegen wollte sie nach Ägypten, um dort mit Frauengruppen zu arbeiten und feministische Traditionen innerhalb des Islam aufzuspüren, die ihr gestatten würden, die Hardliner auf ihrem eigenen Terrain zu schlagen.

IN KAIRO GEWANN ER DEN ANGESEHENEN RUMI-PREIS, DER IHM VON EINER JURY, BESTE-

HEND AUS DICHTERN UND GELEHRTEN DER MUSLIMISCHEN WELT, ZUGESPROCHEN WURDE. DANN KEHRTE ER NACH PAKISTAN ZURÜCK, da ihm die Regierung versichert hatte, dass er nicht wieder verhaftet würde.

Mittlerweile war es 1983, und das Women's Action Forum, angeführt von ein paar der besten Freundinnen meiner Mutter, legte sich mit erstaunlichem Mut mit der Militärregierung an. Zwischen der Empfehlung der Ansari-Kommission, dass Frauen keine hohen öffentlichen Ämter innehaben sollten, dem vorgeschlagenen islamischen Zeugengesetz, wonach die Aussagen zweier Frauen so viel wert waren wie die Aussage eincs Mannes, und dem Fall Safia Bibi – eine blinde Achtzehnjährige, die vergewaltigt worden war, wurde zu einer Geld- und einer Haftstrafe sowie zu öffentlicher Auspeitschung verurteilt, weil sie des Ehebruchs für schuldig befunden worden war – gab es viel zu tun, und meine Mutter krempelte die Ärmel hoch und stürzte sich ins Getümmel.

Ich beschloss, es ihr gleichzutun. Ich erzählte niemandem etwas davon, überredete jedoch eine Cousine, mich zu einer Protestversammlung gegen das Zeugengesetz zu fahren. Es waren so viele Leute anwesend, dass meine Mutter mich nicht entdeckte, aber ich sah sie, während sie zu den Versammelten sprach. *Grazia, grazia, grazia.* Als ich am Abend nach Hause kam, sah Beema den blauen Fleck auf meinem Arm, der von einem Sturz auf der Straße stammte. Wir waren vor der Polizei geflüchtet, die die Versammlung gesprengt hatte. Beema und ich hatten den schlimmsten Streit unseres Lebens. Rabia, acht Jahre alt, rief meine Mutter an, um ihr zu berichten, was los war, und Mama kam gerade rechtzeitig, um mich zum einzigen Mal in meinem Leben zu

Beema sagen zu hören: »Du bist sowieso nicht meine richtige Mutter.«

»Sag das noch einmal, und ich will nichts mehr mit dir zu tun haben«, sagte meine Mutter.

Sie erklärte Beema, dass sie nichts dagegen hätte, sollte Beema mich das nächste Mal, wenn eine Versammlung stattfände, in Ketten legen, oder ich müsste auf den Koran schwören, dass ich an keiner Protestveranstaltung mehr teilnähme, außer Beema würde es mir gestatten oder ich wäre achtzehn. Was immer zuerst der Fall wäre. Also schwor ich, aber ich war nicht glücklich darüber.

Natürlich gab es keine öffentliche Veranstaltung, an der sie selbst nicht teilnahm. Ich erinnere mich, dass ich eines Tages zu ihr nach Hause kam und hässliche blaue Flecken auf ihrem Nacken, ihren Armen und ihrem Bauch sah. Sie wurde immer wieder in Polizeigewahrsam genommen, manchmal für ein paar Stunden, manchmal für drei Wochen. Während dieser Zeit telefonierte Beema fast ständig mit ihren einflussreichen Verwandten. Aber wie schikanös diese Zeit für sie auch war, meine Mutter hatte etwas Frohlockendes; sie hatte endlich eine Inkarnation gefunden, die sie ganz und gar ausfüllte. Und sie erkämpfte bedeutende Siege – Safia Bibi wurde vom Federal Sharia Court freigesprochen, das Islamische Zeugengesetz wurde geändert, und nur noch für finanzielle Angelegenheiten galt, dass die Aussagen zweier Frauen der Aussage eines Mannes gleichzusetzen waren (der Sieg sei nicht umfassend genug, sagte meine Mutter, aber immer noch bedeutend), und die Empfehlung der Ansari-Kommission wurde verworfen.

Und was war mit dem Dichter während dieser Zeit?

ES IST UNMÖGLICH ZU WISSEN, OB ER NACH SEINER RÜCKKEHR NACH PAKISTAN WIRKLICH

AN EINER NEUEN GEDICHTSAMMLUNG ARBEITETE, WIE SEINE BEWUNDERER BEHAUPTEN, ODER OB IHN DIE ANGST VOR WEITEREN VERHAFTUNGEN VERANLASSTE, MIT DEM SCHREIBEN AUFZUHÖREN.

Oh, er schrieb. Er schrieb fieberhaft, veröffentlichte jedoch nichts – wenn er wieder ins Gefängnis müsse, so sagte er, dann für eine ganze Sammlung, nicht für ein einzelnes Gedicht.

Ich glaube, er und meine Mutter waren während der nächsten drei Jahre glücklicher als je zuvor in ihrem Leben. Und auch für mich waren es glückliche drei Jahre trotz – und in gewisser Hinsicht infolge – des Chaos, in das die Nation stürzte. Im Mittelpunkt der Aktivitäten gegen die Regierung herrschte etwas Ungestümes.

Aber dann ...

1986 WURDE ER ERMORDET AUF EINEM UNBEBAUTEN GRUNDSTÜCK GEFUNDEN. POSTHUM ERSCHIENEN KEINE WERKE MEHR.

Und Mama wurde vor Schmerz so gelähmt, dass Beema sie im Haus meines Vaters im Zimmer neben meinem unterbrachte, und sie war anwesend und doch abwesend für die nächsten zwei Jahre, bis sie genug hatte und verschwand.

Die Zeilen vor meinen Augen verschwammen. Ich warf das Blatt in den Papierkorb und schickte dem Geschäftsführer eine E-Mail: Die Biographie ist okay.

Dann kehrte ich in die Dunkelheit zurück und blieb dort für den Rest des Tages.

VIII

Wer war der zivilisierteste Kreuzfahrer?
a. Richard Löwenherz
b. Friedrich Barbarossa
c. Behemond von Tarent
d. Friedrich II.
Antwort: d

Der Moderator der Quizshow, der mir gegenüber an meinem Schreibtisch saß, zog die gefärbten Augenbrauen in die Höhe. »Es sind sehr gute Fragen, außer der letzten.« Er legte die Liste mit den Fragen auf den Tisch und strich todernst mit seinem roten Stift meine Kreuzfahrer-Frage durch. »Aber aus reinem Interesse, warum Friedrich II.?«

»Er wurde von zwei verschiedenen Päpsten dreimal exkommuniziert. Das erscheint mir außerordentlich zivilisiert. Aber zu seinen Lebzeiten wurde er nicht geschätzt, der arme Mann. Statt Krieg gegen die Muslime zu führen, wie es jeder gute Kreuzfahrer tun sollte, beschloss er, diplomatische Verhandlungen aufzunehmen, und eroberte auf diese schändliche Art Jerusalem, während er zudem noch einen zehnjährigen Friedensvertrag mit dem Sultan von Ägypten schloss. In ganz Europa wurde er wegen seines unmännlichen Verhaltens ausgelacht.«

Der Quizshow-Moderator verzog den Mund zu dem Lächeln, mit dem er in meiner Kindheit Werbung für eine Teemarke gemacht hatte. »Dann können wir die Frage natürlich nicht aufnehmen. Kein Christ, der den Muslimen auf welche Art auch immer Jerusalem abnimmt, kann von uns als zivilisiert bezeichnet werden, ohne dass es alle möglichen Probleme gibt.« Er benetzte sich die Fingerspitze und glättete damit seine Augenbrauen. »Das Angebot für die politische Talkshow steht noch. Ich weiß, dass der Boss sie Ihnen angeboten hat. Vielleicht denken Sie noch mal darüber nach.«

Ich war mittlerweile lange genug bei STD, um zu wissen, dass das Angebot des Geschäftsführers nicht für mein etwaiges Potential sprach, sondern für seine Verzweiflung, Moderatoren für die Shows zu finden. Das würde sich bald ändern – bereits jetzt hatte jeder zwischen sechzehn und zweiundzwanzig das Wort »Medien« auf den Lippen, wenn man ihn nach der Zukunft fragte –, aber im Augenblick hatten alle von uns, die »einigermaßen« waren (das heißt einigermaßen gut aussehend, einigermaßen intelligent, einigermaßen sprachgewandt), eine große Auswahl an Auftrittsmöglichkeiten. »Wenn es eine bahnbrechende Talkshow ist, mit einer Séance, die es mir erlaubt, Friedrich II. zu interviewen, dann ja. Ansonsten bin ich lieber das Gehirn hinter Ihrer Schönheit.«

Der Moderator lächelte – er wusste sehr wohl um seine Intelligenz und seine Schönheit – und zuckte die Schultern. »Mir ist es recht.«

Nachdem er gegangen war, blickte ich auf die Uhr. Es waren fast zweiundzwanzig Stunden vergangen, seit ich Shehnaz Saeeds Haus verlassen hatte. Zweiundzwanzig Stunden, seit sie mir den Brief gegeben hatte, dem die verschlüsselte Botschaft beilag. In diesen zweiundzwanzig Stunden war es mir gelungen, den Brief nicht mehr zu lesen. Das war ein eindeutiges Zeichen, dass ich mich gebessert hatte – vor nicht allzu vielen Jahren rief ich jedes Mal, wenn das Telefon klingelte und sich niemand meldete, die Telefongesellschaft an und verlangte, dass sie den Anruf zurückverfolgten. Jetzt war ich versucht, Beema anzurufen und zu sagen, siehst du, siehst du, deine Versuche, mich dazu zu bringen, »mit jemandem zu sprechen«, waren überflüssig, ich schaffe es selbst, ich schaffe es.

Vierzehn Jahre später schaffte ich es immerhin, einen Brief zweiundzwanzig Stunden lang nicht zu lesen.

Ich wusste genau, was dieser »jemand«, zu dem Beema mich schicken wollte, sagen würde. Er würde sagen, es sind jetzt vierzehn Jahre, Aasmaani. Das ist doppelt so lang, wie eine Person verschwunden sein muss, um für tot erklärt werden zu können. Du musst loslassen.

Loslassen. Als würde ich mich an jemandem außerhalb meiner selbst festhalten; als wären Schlussfolgerungen Seile, an denen man sich erhängen könnte. Und wie immer ich versuchte zu erklären, dass meine Mutter wirklich in der Lage war zu verschwinden, dass sie es zwei Jahre, bevor sie tatsächlich verschwand, geübt hatte, dass sie geübt hatte, die Haut abzuwerfen, die ihr Charakter war, und eine neue Identität anzunehmen, hier, vor unseren Augen, ohne dass wir verstanden hätten, was da eigentlich vor sich ging – so sehr ich mich auch mühte, all das und zudem zu erklären, dass es keinen Grund gab, warum sie ihre alte Identität hätte beibehalten sollen, zur Antwort bekam ich immer nur, ich hätte eine Geschichte erfunden, um mich der schmerzhaften Wahrheit nicht stellen zu müssen. Dass auch sie eine Geschichte erfanden, kam ihnen nicht in den Sinn – wenn genügend Menschen etwas glauben, lässt sich der Glaube nicht mehr von der Wahrheit unterscheiden, und sie verstehen nicht, dass jemand, der über dieselben Fakten verfügt wie sie, zu einer anderen Schlussfolgerung gelangen kann, außer durch Starrsinn, Verdrängung oder eine willentliche Falschinterpretation.

Ich öffnete die Schublade, in der der Brief und die verschlüsselte Botschaft lagen, und schloss sie wieder. Ich gab mir noch einmal zwei Stunden, bevor ich sie erneut lesen würde. Selbst auferlegte Zurückhaltung ist absurd, aber nicht wirkungslos; wenn man Obsessionen nicht loswird, kann man zumindest die Zahl der Stunden reduzieren, die man ausschließlich dafür verschwendet.

Ich zwang meine Hände, den Schubladengriff loszulassen, und legte sie auf die Tastatur. Aber ich hatte nichts Dringliches zu erledigen. Es war ein besonders langweiliger Tag bei STD – das einzige bemerkenswerte Ereignis hatte darin bestanden, dass die energische und effiziente, jedoch schwangere Moderatorin einer tagesaktuellen Sendung auf Drängen des wichtigsten Werbekunden gefeuert worden war, der behauptete, sein Produkt könne nicht mit einer schwangeren Frau in Verbindung gebracht werden, ohne dass dies »nachteilige Effekte« bewirke. Der wichtigste Werbekunde war eine Bank – und in der Küche von STD wurde bereits über »Kontoauflösungen« und »vorzeitige Abhebungen« gescherzt.

Meine Hand lag wieder auf dem Griff der Schublade. Ich langte nach dem Telefon und rief Shehnaz Saeed an, um mich für das Mittagessen zu bedanken.

»Sei nicht albern«, sagte sie. »Es war mir ein Vergnügen. Ich weiß nicht, warum wir früher keinen Kontakt hatten. Ich wollte dich auch gerade anrufen und fragen, ob du aus dem verschlüsselten Brief schlau geworden bist.«

»Nein, tut mir Leid. Ich hatte noch keine Zeit, mich ernsthaft damit zu beschäftigen. Aber interessehalber, erinnerst du dich noch an den Poststempel auf dem Umschlag?«

»Ich habe ihn mir angesehen«, sagte sie. »Aber ein paar Buchstaben waren verschmiert. Ich weiß nur, dass er mit einem M begann und mit AN aufhörte. Vermutlich also Multan oder Mardan. Die Briefmarke war aus Karatschi.«

Das half mir nicht weiter, andererseits hätte mir vermutlich kein Poststempel einen hilfreichen Hinweis zur Herkunft des Briefes geliefert.

Ich wollte den Anruf beenden, aber sie sagte: »Aasmaani, darf ich dir eine persönliche Frage stellen?« Von allen rhetorischen Fragen der Welt irritiert mich diese am meisten, weil sie die folgende Grenzüberschreitung zwar ankündigt, sie jedoch gleichzeitig leugnet. Ich gab einen zustimmenden Laut von mir, und Shehnaz Saeed fragte: »Gibt es zwischen dir und Ed irgendein Problem?«

Ich hatte seine unverwechselbaren Schritte – ein großer Schritt, gefolgt von drei kleinen – heute schon mehrmals vor meiner Tür gehört. Jedes Mal, wenn er vorbeiging, dachte ich daran, die Tür zu öffnen und ihn zu rufen, aber ich war verwirrt, weil meine Gefühle für ihn so rasch und unwillkürlich zwischen Gereiztheit, Kameraderie, Verlangen und Verachtung schwankten. Und da ich nicht wusste, was ich von ihm wollte, wusste ich auch nicht, was ich zu ihm sagen sollte.

»Warum fragst du?«, sagte ich.

»Ich habe gestern Abend während des Essens deinen Namen erwähnt, und er hat merkwürdig darauf reagiert. Auf nahezu pubertäre Weise. Und ich weiß nicht, ob aufgrund deines Namens oder weil ich ihn erwähnte, wenn du verstehst, was ich meine.«

»Nicht wirklich.«

»Nein, nein, vermutlich verstehst du es nicht. Ich glaube –

und jetzt spreche ich ganz offen –, er mag dich. Sehr sogar. Und es wird ihm nicht gefallen, wenn wir uns anfreunden, weil du dann meine Person bist und nicht seine. So wird er es sehen. Es ist vermutlich nicht einfach, eine Mutter wie mich zu haben.«

Für eine Frau, die ihr Privatleben so lange geheim halten konnte, war sie erstaunlich redselig.

»Du willst wissen, warum ich dir das erzähle?«, sagte sie, und ich musste verlegen lachen, weil sie meine Gedanken erraten hatte. »Das ist einfach zu erklären, meine Liebe. Als wir aufwuchsen, hat uns niemand beigebracht, Mutter und gleichzeitig etwas anderes zu sein. Mutter war man entweder ganz oder gar nicht. Kannst du mir vielleicht sagen, wie ich zugleich Mutter und berühmt hätte sein sollen? Er ist fünfunddreißig Jahre alt, Aasmaani, und ich weiß immer noch nicht, wie er mich haben will. Als ich noch als Schauspielerin gearbeitet habe, hasste er es, weil es mich von ihm fern hielt. Als ich damit aufhörte, hasste er es, dass ich diesen Teil von mir aufgegeben hatte. Er drängte mich fortwährend, ich solle wieder auftreten, und jetzt, wo ich Ja gesagt habe, ist er launischer als je zuvor.«

Da sie nicht hinter dem Berg hielt, tat ich es auch nicht. »Du versuchst, mit mir über mein Verhältnis zu meiner Mutter zu reden, stimmt's?«

»Nein, Liebes, dazu stecke ich viel zu sehr in der Sache drin.«

Wahrscheinlich log sie, aber ich mochte sie trotzdem. »Ich bin wirklich nicht jemand, mit dem du über Ed reden könntest. Ich verstehe ihn überhaupt nicht. Ich will versuchen, nicht unfreundlich zu ihm zu sein, aber mehr kann ich nicht versprechen. Und ich versuche es dir zuliebe, nicht seinetwegen.«

Sie seufzte. »Wenn er das hört, wird er sagen: Siehst du, Ma, du hast es wieder getan. Und vermutlich stimmt es.« Sie senkte die Stimme. »Ich höre ihn. Er kommt zum Mittagessen. Ich rufe später wieder an.« Und damit legte sie auf.

Was für ein eigenartiger Haushalt.

Kaum hatte ich den Gedanken gedacht, musste ich lächeln. Wer war ich, dass ich einen fremden Haushalt als eigenartig bezeichnete, wo ich selbst zwischen fünfzehn und siebzehn unter einem Dach mit einem geschiedenen Paar, der zweiten Frau des Mannes und ihrer gemeinsamen Tochter gelebt hatte? Und davor hatte ich jahrelang zwischen der Bilderbuchnormalität des Lebens mit Dad, Beema und Rabia und der großen Unkonventionalität im Haus meiner Mutter gependelt, das eine Verbindungstür zum Garten ihres Liebhabers hatte. Wie normal mir diese Verhältnisse vorgekommen waren.

Ich legte auf und schrieb eine Rundmail an eine ausgewählte Gruppe von Kollegen. »Zeit für einen Ausbruch, chinesisch?«, und innerhalb von Minuten meldeten sich drei Frauen und zwei Männer, die gern mit mir im nächsten chinesischen Restaurant zu Mittag essen wollten. (Das war ein weiteres meiner sorgsam gepflegten Talente – die Fähigkeit, eine neue Arbeitsstelle anzutreten und mehr oder weniger sofort Leute zu finden, deren Gesellschaft den Arbeitstag verkürzte und die als Gegenleistung nichts so emotional Anstrengendes wie Freundschaft forderten.)

Über Chow Mein, Huhn mit Zitrone, gebratenem Reis und Rind mit Chili brachte ich die Sprache auf Ed, und alle verdrehten die Augen oder hielten ratlos ihre Stäbchen in die Höhe.

»Wenn er eine Frau wäre, stünde PMS neben seinem Namen, als wäre es ein akademischer Grad«, versicherte die

Nachrichtensprecherin, pickte die kleinen Karottenstückchen aus ihrem gebratenen Reis und ließ alles andere unberührt.

»Ach, er ist doch ganz süß. Lasst ihn in Ruhe«, sagte eine der Frauen aus dem *Boond*-Team. »Man kann es jemandem, der im Ausland gearbeitet hat, nicht übel nehmen, dass er frustriert ist, wenn in den Produktionskosten Ziegen enthalten sind.«

»Wie bitte?«, fragte ich zwischen zwei Bissen.

»Weißt du das nicht?« Die Nachrichtensprecherin neigte sich vor. »Bei jeder größeren Produktion sind die Kosten für mehrere Ziegen eingeplant, je größer die Produktion, umso mehr Ziegen. Wenn etwas schief geht, wird eine Ziege geopfert, ohne dass die Abrechnung durcheinander gerät. Zwei Ziegen, wenn es sich um ein größeres Problem handelt.«

»*Boond* ist eine Sieben-Ziegen-Produktion«, sagte die *Boond*-Frau nicht ohne Stolz. »Aber als Bougainvillea aufgegeben hat und wir anschließend warten mussten, ob Shehnaz Saeed zusagen würde, haben wir schon vier Ziegen verbraucht, und bislang wurde noch kaum gedreht.«

Das Gespräch schweifte zum nächsten Thema, und ich fand keinen Weg, es noch einmal unauffällig auf Ed zu bringen. Ich kam mir vor, als hätte ich versagt. Als ich wieder in meinem Büro saß, zog ich mit dem Finger Kreise auf dem Schreibtisch, bis mein Handy beepte und mir kundtat, dass vierundzwanzig Stunden vergangen waren, seitdem ich Shehnaz Saeeds Haus verlassen hatte.

Es kam mir beinahe vor wie ein Ritual, als ich die Schublade aufzog und den Brief herausnahm. Ich legte ihn auf den Schreibtisch, beschwerte eine Ecke mit einer Kaffeetasse voller Stifte und die Ecke diagonal gegenüber mit der Kante meines Mousepads. Mir fiel sofort auf, dass die Handschrift zu gewollt kindlich war, und die Rechtschreibfehler waren zu offensichtlich. *Ich schicke Ihnen das, obwohl es gefehrlich für mich sein kann, weil es womöglich einziger Dank ist, den ich geben kann und den Sie haben möchten.* »Obwohl.« – »Womöglich.« – »Möchten.« Das waren Worte, die nur jemand benutzt, der mehr als gerade mal so lesen und schreiben kann. Ein Satz mit zwei Konjunktionen, die Nebensätze durch Kommas abgetrennt – dafür brauchte es ein gewisses intellektuelles Niveau.

Einen Moment lang empfand ich eine Mischung aus Befriedigung und Verachtung. Wer immer es geschrieben hatte, hätte sich ein bisschen mehr bemühen können, die Täuschung glaubwürdiger zu machen. Dennoch ... Ich zog den Schirm der Schreibtischlampe über das Blatt, so dass der Lichtschein voll darauf fiel, und suchte vergeblich nach einem Wasserzeichen oder einem anderen unverwechselbaren Merkmal. Wenn es dem Verfasser darum gegangen war, seine (oder ihre) Identität zu verheimlichen, so war es ihm durchaus gelungen. Ich betrachtete den Brief noch eine Weile, aber auch noch so konzentriertes Starren förderte keine weiteren Hinweise zu Tage, und ich wandte meine Aufmerksamkeit der verschlüsselten Botschaft zu.

Die Speichellecker kamen heute wieder. Das klingt wie ein Anfang.

Ich presste die Hände aneinander wie im Gebet, als ich zu begreifen begann. Natürlich. Das war abgefasst von jemandem, der etwas zu schreiben versuchte – der Dichter, der vielleicht für Rafael Gonzales eine Geschichte schreiben wollte –, aber er hatte Schwierigkeiten, sich eine Geschichte auszudenken und zu formulieren. Er schrieb also einen Satz und dann die triumphierende Bemerkung, dass es immerhin wie ein Anfang klang.

Was gibt es sonst noch zu sagen?

Nachdem er den ersten Satz formuliert hatte, wusste er nicht weiter. Natürlich, natürlich.

Bist du das, dort draußen, die diese Worte liest?

Damit konnte nur meine Mutter gemeint sein. Und warum? Vielleicht aus einer verspielten Laune heraus. Einfach um zu sagen: Ich weiß, dass du nicht widerstehen kannst, Texte, an denen ich arbeite, in die Hand zu nehmen und zu lesen. Nur dass sie das, soweit ich wusste, nie getan hatte – sie respektierte stets die Vertraulichkeit seiner Arbeit und las nie etwas, außer er bat sie darum.

Etwas anderes beschäftigte mich. Ich blickte wieder auf das Blatt Papier. Warum so etwas tun? Warum sollte er einen Code benutzen, außer um meiner Mutter einen Brief zu schreiben, den niemand anders verstehen sollte? Ja, ich hatte den Code die ganze Zeit benutzt, ich schrieb verschlüsselte Geschichten, schrieb Briefe an meine Mutter, schrieb auf den beschlagenen Spiegel im Bad. Aber nur, weil ich es wie jedes Kind spannend fand, das verbotene Verhalten der Erwachsenen nachzuahmen. Es war das größte, weil verbotene Vergnügen, verschlüsselt zu schreiben und das Geschriebene sofort zu zerreißen oder auszuwischen, bevor jemand – irgendjemand – es sah. Damals war ich ein Kind, und mein flexibler Kindergeist begriff und lernte den Code mit einer Leichtigkeit, um die Erwachsene mich beneidet hätten. Für meine Mutter und den Dichter war es jedoch harte, mühselige Arbeit, verschlüsselt zu schreiben; es hatte den Geruch von Gefängniszellen und Angst an sich. Das erzählte mir meine Mutter nach dem Tod des Dichters – und sie war überrascht, als ich sagte: Ja, ich kenne ihn. Ich verstand den Code noch immer.

Es sollte ihr Geheimnis sein, er war nur für sie beide bestimmt. Als sie ihn erfanden, war ich acht Jahre alt – neugierig und jung; eine ausgezeichnete Kombination, wenn die eigene Mutter die Tür zu ihrem Arbeitszimmer abschließt, dessen Fenster vergittert sind, um zu verhindern, dass Erwachsene unbefugt eindringen.

In einer Schublade ihres Schreibtisches fand ich einen Zettel, auf den sie geschrieben hatte:

Die Jungen vom Hafen spielen quälende Jazzfugen, und mein myoper Ex nennt den ockerfarbenen Winter »Herbst«.

Und darunter zwei Spalten. In der einen standen alle Buchstaben des Alphabets, in der anderen alle Buchstaben des sonderbaren Satzes:

D = A
I = B
E = C
J = D
U = E
N = F
G = G
und so weiter.

Der Rest war nicht mehr schwierig.

Ich schrieb den Satz und die beiden Buchstabenspalten mit dem winzigen Ministift in das winzige Mininotizbuch, das ich immer in der Gesäßtasche meiner Jeans mit mir herumtrug, und am Nachmittag fragte ich: »Was ist Jazz, Mama?«

»Was? Wie kommst du auf diese Frage, Aasmaani?«

»Ich habe das Wort irgendwo gesehen. In einem Buch in der Schulbibliothek«, log ich.

»Also, zuerst einmal spricht man es ›Dschähss‹ aus und

nicht Jazz.« Sie nahm mich auf ihren Schoß, schlang die Arme um mich und stützte das Kinn auf meinen Kopf. »Das ist eine Art von Musik. Aus dem Süden der USA. Entstanden aus den Liedern der Schwarzen.«

Am nächsten Tag reichte ich meiner Mutter einen Zettel, auf dem stand:

JLJL, BWK PBCZC ABWK.

Zuerst hielt sie es für Unsinn. Ich vergrub die Hände in den Taschen und wippte vor und zurück, wie es der Dichter tat, wenn jemand eins seiner Werke missverstand und er sich deswegen empörte. »Es heißt: ›Mama, ich liebe dich.‹« Daraufhin schüttelte sie mich, ließ mich versprechen, dass ich den Code vergessen und niemandem davon erzählen würde. Dann riss sie die Seiten mit dem Code aus meinem Notizbuch, und obwohl ich weinte, um die Qualle, die ich so mühsam auf die Rückseite des Blattes mit dem Jazzfugen-Satz gezeichnet hatte, zu retten, schüttelte sie entschlossen den Kopf, sagte, dass es Konsequenzen habe, wenn man die Geheimnisse anderer Leute ausspioniere, und verbrannte die Seiten.

Aber mein Gedächtnis konnte sie nicht verbrennen. Als der Dichter aus dem Gefängnis entlassen wurde und sie ihm nach Kolumbien folgte, schrieb ich den Satz erneut auf. Jedes Mal, wenn ich an sie dachte, übersetzte ich Sätze in den Code, bis ich so geübt darin war, dass ich mich in der Schule bisweilen konzentrieren musste, um nicht Prüfungsfragen mit verschlüsselten Worten zu beantworten, die außer mir niemand verstand. Mein Versprechen brach ich nie. Ich erzählte niemandem von dem Code.

Niemandem außer ihr, Jahre später, nach dem Tod des

Dichters. Sie erinnerte sich nur dunkel an den Zettel, den ich für sie geschrieben hatte, und glaubte, ich würde spaßen, als ich behauptete, dass irgendein Muskel in meinem Gehirn noch wusste, wie man verschlüsselte Botschaften entzifferte und schrieb.

Bist du das, dort draußen, die diese Worte liest?

Ich schob den Stuhl zurück und stand auf. Vielleicht, nur vielleicht.

Warum schickte jemand Shehnaz Saeed eine verschlüsselte Botschaft? Weil meine Mutter sie geschrieben hatte. Wer immer den Begleitbrief verfasst hatte, wusste von ihrer engen Freundschaft mit Shehnaz Saeed in den zwei Jahren, bevor sie verschwand. *... weil es womöglich einziger Dank ist, den ich geben kann und den Sie haben möchten ... Sie kennen Person, die geschrieben hat.*

Das war doch gewiss die einzige Erklärung, die plausibel war?

Eine Fälschung. Es könnte – denk nach, Aasmaani! –, es könnte eine Fälschung sein. Jemand anders könnte es geschrieben und vorgegeben haben, meine Mutter zu sein. Aber warum dann der Code, wenn Shehnaz ihn nicht verstand oder nicht wusste, von wem die Botschaft stammte? Und warum war der Brief nicht zumindest unterschrieben? Warum jemandem eine Fälschung schicken und es dem Empfänger so schwer wie möglich machen, herauszufinden, wessen Worte gefälscht wurden?

Meine Mutter hatte dies für mich geschrieben. So musste es sein.

Nachdem sie verschwunden war. Sie hatte die Zeilen nach ihrem Verschwinden geschrieben in dem Wissen, dass ich die einzige Person war, die sie verstehen würde. Aber irgendwie hatten sie mich nicht erreicht. Sie gerieten in die

Hände von jemandem, der sie Shehnaz Saeed schickte, und durch ein Wunder – nein, durch Zufall, durch reinen Zufall – gelangten sie Wochen, Monate, vielleicht Jahre, nachdem sie verfasst worden waren, zu mir.

Aber warum etwas so Rätselhaftes schreiben? Warum? Und warum verschlüsselt?

Weil sie in Gefahr schwebte. So musste es sein. Sie benutzten den Code nur, wenn die Gefahr bestand, dass ihre Briefe abgefangen wurden. Aber was besagten diese Worte, das jemand anders nicht wissen sollte?

Es gibt noch mehr. Ich werde mehr schicken, wenn Sie wider auftreten.

Ich setzte mich wieder, versuchte, langsam zu atmen, mich zu beruhigen.

In welcher Situation befand sie es für nötig, verschlüsselte Botschaften zu schreiben? *Die Speichellecker kamen heute wieder*. Wenn das nicht eine Zeile aus einem literarischen Werk war, was bedeutete sie dann?

»Mama!«, rief ich, ohne zu begreifen, warum.

Die Tür wurde aufgestoßen. Ed stand auf der Schwelle, hinter ihm die neugierigen Gesichter von drei unserer Kollegen aus dem ersten Stock. Er sah mich an, trat in das Zimmer und schloss die Tür hinter sich.

»Verschwinde«, sagte ich.

Er rührte sich nicht, kam weder näher, noch ging er. Stattdessen blickte er sich um auf der Suche nach Hinweisen. Sein Blick blieb an dem Brief und der kalligraphierten Botschaft auf meinem Schreibtisch haften.

»Verschwinde«, wiederholte ich, leiser, durch zusammengebissene Zähne. Und dann bemerkte ich den Briefumschlag in seiner Hand, der mit kindlichen Großbuchstaben adressiert war.

Ich deutete darauf, weil ich nicht wagte, etwas zu sagen.

Ed blickte an sich hinunter und schien überrascht, als hätte er vergessen, dass er etwas in der Hand hielt.

Ich stand auf, ging zu ihm und fasste nach dem Umschlag. Obwohl es mitten am Nachmittag war, verströmte Ed noch eine Andeutung von Rasierwasser, das nach einem Zitrusbaum am Meer duftete. Ich neigte mich etwas vor und zog, aber Ed hielt den Brief fest. Einen Augenblick lang dachte ich, dass er ihn nicht losließ, damit ich in seiner Nähe blieb, aber dann wurde mir klar, dass er nicht die Absicht hatte, mir den Brief zu überlassen.

Er sagte: »Was geht hier vor?«

»Er gehört mir. Du hast kein Recht darauf.« Ich ließ den Umschlag nicht los.

»Nein, er gehört meiner Mutter.«

»Deine Mutter hat ihn dir mitgegeben, damit du ihn mir gibst, stimmt's? Stimmt's?«

Er schloss die Augen und senkte den Kopf. Ohne mich anzusehen, sagte er: »Tu's nicht.«

»Was?«

Aber er schüttelte nur den Kopf und hielt den Umschlag weiterhin fest.

»Glaub bloß nicht, dass ich dir nicht die Finger brechen würde, um ihn zu bekommen, Ed.« Meine Stimme klang so ruhig, wie sie es nur tat, bevor ich hysterisch wurde.

Er blickte auf. »Glaub bloß nicht, dass ich dich nicht hochheben und aus dem nächsten Fenster werfen würde, wenn du das versuchst.« Seine Stimme klang ebenso ruhig, aber ich wusste nicht, was das bedeutete. Einen Augenblick schwiegen wir, dann verzog sich sein Mund zu einem höhnischen Grinsen, und er ließ den Brief auf den Boden fallen und rauschte aus dem Zimmer.

Ich ging in die Knie und hob ihn auf. Er war in Quetta abgestempelt. Ich drehte den Umschlag um, um ihn zu öffnen, und sah eine handgeschriebene Notiz: *Das kam während des Mittagessens. Aus Quetta? Sag mir, wenn Du daraus schlau wirst. Shehnaz.*

Ich öffnete den Umschlag und zog mehrere verschlüsselte, kalligraphierte Seiten heraus.

Ich steckte die Seiten in meine Handtasche, verließ das Büro, informierte den Geschäftsführer kurz murmelnd davon, dass ich mich nicht wohl fühle – er war auf dem Weg zum Golfplatz, und ich bin sicher, dass er mich aus Ungeduld, nicht aus Sorge zur Tür winkte, zu meinem Wagen, nach Hause, so schnell es die mit Schlaglöchern übersäten Straßen erlaubten.

Kaum war ich angekommen, stieg ich langsam, nahezu zögernd, die Treppen zu meiner Wohnung im dritten Stock hinauf. Vielleicht wird sich mein Leben ändern, dachte ich. Ich nahm alles um mich herum bewusst wahr: das gesprenkelte Muster der Treppe; die verwahrloste Katze, die darunter über die Einfahrt schlich; die vielen Topfpflanzen vor der Tür einer Wohnung im ersten Stock; das Tink-Tink-Tink von jemandem, der auf einem nahen Grundstück mit einem Hammer Nägel einschlug, ein rhythmisches, nahezu musikalisches Geräusch; die heiße Luft, die aus einem Küchenfenster schlug; den Rauch, der von einem Feuer auf einem unbebauten Grundstück aufstieg, den Horizont dahinter, wo weißblaue Wellen schimmerten, die für ein ungeübtes Auge eine Luftspiegelung hätten sein können; das Feuer selbst, von einem so gleichmäßigen Orange, dass man sich hätte fragen können, ob es eine Sinnestäuschung war und nicht vielmehr ein Stück leuchtender Chiffon, das im Wind flatterte. Am meisten, am allermeisten war ich mir jedoch der verschlüsselten Seiten bewusst, die ich bei mir trug.

Ich sperrte die Tür zu meinem Balkon auf, betrat durch die nächste Tür meine Wohnung, sperrte die Verbindungstür zu Rabias Wohnung ab und setzte mich mit einem leisen Gebet auf den Lippen (»Still«, hörte ich Beema sagen. »Still. Ein Gebet muss so still sein und so widerhallen wie ein Regentropfen, der auf die Wüste fällt.«) und nahm die Papiere in die Hand.

Nach der ersten Zeile wusste ich, dass der Dichter sie geschrieben hatte.

***

Ich frage mich, ob ich noch immer allergisch auf Pfirsiche reagiere.

Es wäre allzu absurd, wenn sich das Alter und die Einsamkeit durch meinen Geist und meinen Körper arbeiten und alle mich definierenden Merkmale ausradieren würden, bis von dem Mann, der ich einst war, nichts mehr übrig wäre außer mein Keuchen und mein Nesselausschlag, wann immer ich auf diese Frucht stoße.

Ich habe einen Ausschlag, also bin ich.

Klingt richtig.

Gestern brachten mir die Speichellecker eine Tüte mit Pfirsichen. Meine letzte Begegnung mit Pfirsichen fand vor drei Jahrzehnten statt, als du in einen Pfirsich bissest und mich anschließend küsstest. Das waren die frühen Tage, bevor du wusstest, dass ich nichts halb mache; nicht die Liebe, nicht die Poesie, nicht die Allergien. An dieses Erlebnis denke ich jetzt als eine mahnende Geschichte, die meine Hand von den plumpen Früchten vor mir fern hält – erinnerst du dich, wie meine Zunge anschwoll und mir das Atmen nahezu unmöglich wurde? Ich erinnere mich zudem an den für einen Augenblick überwältigenden Genuss deines Pfirsichsaftmundes, aber nur im Hintergrund. Und ich erinnere mich daran, was du im Krankenhauszimmer sagtest, nachdem gewiss war, dass ich überleben würde: Sogar deine Allergien müssen etwas

Poetisches haben. Traust du dich, Alfred Prufrock, traust du dich?

Das hat mir besser gefallen, als ich dir jemals gesagt habe.

Wenn jemand das liest, musst du es sein, du bist also noch am Leben, auch wenn das Gegenteil behauptet wird. Es tut mir Leid, aber ich kann nicht so tun, als ob mir etwas daran läge. Ich werde dich nie wiedersehen, wie also kann es von Bedeutung sein? Dennoch, jetzt, da sie mir endlich erlaubt haben zu schreiben, schreibe ich dir. Das muss etwas bedeuten.

Ich schreibe dir nicht wirklich. Wie sollst du diese Seiten jemals erhalten, auch wenn du noch am Leben bist?

Aber warum benutze ich unseren Code, wenn ich nicht dir schreibe?

Nichts kann es mit Einzelhaft aufnehmen, wenn es darum geht, jegliches Interesse an der Selbstanalyse zu verlieren. Selbstanalyse! Es ist eine Erzählung, das ist es. Denke dir eine Geschichte über dich selbst aus und passe alles dieser Geschichte an. In meiner Geschichte war ich derjenige, den die Liebe zu dir in den Wahnsinn trieb, noch bevor ich dich kannte. Ich weiß nicht, wie ich mein Verhalten jetzt interpretieren soll, da ich in eine völlig andere Art von Wahnsinn abgleite – den Wahnsinn eines Lebens im Zwielicht, das keinen Unterschied zwischen wirklichen und fiktiven Welten kennt. Manchmal besuchen mich hier Rustum und Sohrab und erleben wieder und wieder den Kampf, in dem der Vater den Sohn niederschlägt, bis der Raum so von Anklagen und Schuld erfüllt ist, dass ich sie verbannen muss. Am nächsten Tag ist es Virginia Woolf, die hereinschwebt. Sie ist auf eine merkwürdig nachdrückliche Weise präsent; wenn man sie einen Augenblick aus den Augen lässt, stellt sie im nächsten deine Syntax um, als wäre es falsch gedecktes Besteck für ein

Sieben-Gänge-Menü mit einem ausländischen Würdenträger, der die Tischmanieren deines Volkes verachtet.

Ich bin nicht länger der Mann, der vor Liebe zu dir wahnsinnig ist. Bedeutet das, dass ich nicht länger ich selbst bin?

Wie weitschweifig ich geworden bin.

Was soll ich dir erzählen, die du diese Zeilen nie erhalten wirst?

Soll ich dir erzählen, dass ich keine Gedichte mehr schreiben kann? Gedichte? Ich kann nicht in Urdu schreiben. Meine Hand bewegt sich von links nach rechts über die Seite. Die Handschrift der Menschen wird von Gezeiten getragen, und ich muss damit treiben. Das erste Jahr, nachdem sie mich hierher gebracht hatten …

Warum darauf zurückkommen?

Das erste Jahr, nachdem sie mich hierher gebracht hatten, war aus vielen Gründen das schlimmste, und zu diesen Gründen gehörte auch, dass ich meine Sucht zu schreiben überwinden musste. Es gab kein Papier. Ich stand unter Hausarrest – damals war es ein Raum; die Speichellecker haben im Lauf der Jahre angebaut. Was für eine Freude, als die Küche endlich fertig war! Was für ein Gourmetkoch ich geworden bin, ich kann alles verwenden, was sie mir bringen. Manchmal bringen sie die seltsamsten Gemüse, Dinge, für die ich keinen Namen habe. Bisweilen frage ich mich, ob sie darum wetteifern, mir etwas zu bringen, was ich nicht gebrauchen kann.

Da ich das Zimmer nicht verlassen durfte, konnte ich nicht in den Garten hinausgehen, um Blätter zu pflücken und sie als Papier zu benutzen. Und ich hatte auch kein Uhrband wie Hikmet in seinem Gefängnis, um darauf zu schreiben. Du weißt, wie heikel ich immer war, aber ich hatte genügend Zeit, um mich an »Lasst unser Pergament verstauben und gießt mit Regen in den Augen Kummer auf den Busen der Erde« zu erinnern, und ich legte die Putzlappen, die sie mir gegeben hatten, weg und ließ alle Flächen verstauben. Und dann, eine Fingerspitze mit Speichel benetzt, und ich schrieb! Worte tauchten auf, hell leuchtend vor der staubbedeckten Umgebung. Ich, der ich immer schrieb, Seiten über Seiten mit Gekritzel, Buchstaben und Worten bedeckte, die ich einfach nur gern anblickte (du hast bereits die kunstvolle Schrift bemerkt, in der ich dies schreibe. Das Fehlen physischer Schönheit in den Linien des englischen Alphabets ertrage ich nicht. Das Englische besteht aus Linien, Urdu aus Kurven. Vielleicht ist mein Gebrauch des Englischen ein Zeichen für eine tote Libido. Das ist eine Bemerkung, wie sie meine Kritiker machen würden. Aber nein, schau nur, habe ich dieser Sprache nicht Glanz verliehen durch meine nahezu kalligraphischen Schnörkel?), lernte, Sätze im Kopf zu schmieden und nur das niederzuschreiben, dessen ich mir sicher war. Der physische Akt des Schreibens erforderte, dass ich nach ein paar Buchstaben Staub von meiner Fingerspitze leckte. Das erinnerte mich an dich.

Die Speichellecker kamen herein und entdeckten meine Worte, bemerkenswerte Worte, die besten, die ich je geschrieben habe, auf den Flächen meines Zimmers. Sie füllten Eimer und ertränkten jedes Bild. Dann brachen sie mir alle Finger und gingen wieder. So ging es eine Weile, aber das erste Mal habe ich am deutlichsten in Erinnerung.

Das waren die frühen Speichellecker. Sie sind zivilisierter geworden. Oder vielleicht bin ich zu kastriert, um noch eine Bedrohung darzustellen.

Du musst gealtert sein. In all der Zeit, die ich dich kannte, bist du immer schöner geworden.

Hier ist eine Erinnerung an dich, über die ich immer noch lachen muss:

Es ist 1971. Ich wickle mir den grauen Schal, den du so liebst, um die Schultern. Seit fast vier Monaten habe ich dich nicht mehr gesehen, seit kurz vor deiner Hochzeit, seit dem Tag der Nikah habe ich nicht mehr mit dir gesprochen. Damals rief ich dich an, um dir zu sagen, dass ich kein Drama veranstalten und dich nicht in letzter Sekunde auf meinem weißen Schlachtross entführen würde, Sekunden, bevor du den Vertrag unterschreibst und vor dem Gesetz den Bund fürs Leben mit diesem kümmerlichen Mann schließt, du müsstest die Hochzeit also selbst verhindern, wenn du intelligent und mutig genug dazu wärst. Ich wusste, dass du daraufhin tatsächlich heiraten und die Hochzeit nicht (dessen bin ich sicher, obwohl du es immer bestritten hast) in der letzten Minute absagen würdest. Ich dachte, das wäre der sicherste Weg, dich zurückzugewinnen. Ich dachte, du würdest es drei Tage mit ihm aushalten und dann gedemütigt vor meiner Tür stehen.

Ich habe deine Halsstarrigkeit unterschätzt.

Letztlich musste ich alle Schritte tun. Ich schrieb *Laila* für dich. Kein konventionelles Gedicht, um jemandem den Hof zu machen, aber dir war klar, dass ich damit zum Ausdruck brachte, wie sehr ich dich vermisste. Ich machte in einem Interview mit einer Zeitschrift, die du abonniert hattest, eine Anspielung auf dich. Ich gab mit meinen Affären in der Öffentlichkeit an, Affären mit Frauen, die überhaupt nicht zu mir passten, wie du sehr wohl wusstest. All das genügte dir nicht. Du warst stumm, und dann noch stummer, und dann, als wäre es nichts, hast du deinen Freunden, die auch meine Freunde waren, verkündet, dass du schwanger warst.

Das habe ich dir immer noch nicht vollständig vergeben.

Ich wickle mir also den grauen Schal um die Schulter, gehe durch dein Gartentor und klingle an deiner Tür. Der Kümmerling öffnet, und ich glaube, er oder ich hätten dem anderen am liebsten ein Messer ins Herz gerammt, hättest du nicht hinter ihm gestanden und gefragt, wer da sei. Er tritt zur Seite, und ich sehe dich: Deine Schwangerschaft ist noch nicht zu bemerken, auch von ihm nicht, aber für jemanden, der deinen Körper so gut kennt wie ich, ist sie offensichtlich. Du hältst ein Kochbuch in der einen Hand, eine Zucchini in der anderen. Ich muss so sehr lachen, dass ich mich gegen den Türrahmen lehnen muss. »Ist das Häuslichkeit oder ein Dildo?«, frage ich. »Zu welchem von beiden hat dich dieser Mann getrieben?«

Und Gott segne dich, du lachst mit mir.

»Zu beidem«, sagst du, und ich weiß, dass du für immer mir gehören wirst.

Deswegen ist es besser, nicht zu schreiben. Nicht einmal auf Englisch. Es frischt das Gedächtnis auf. Nachdem ich den letzten Absatz geschrieben hatte, musste ich diese Seite für Tage beiseite legen. Ich werde jetzt nur noch von der Zeit hier erzählen, von den Jahren ohne dich.

Eines Tages beschloss ich einfach, damit aufzuhören. Aufzuhören damit, Wege zu finden, heimlich zu schreiben, aufzuhören, in meinem Kopf zu schreiben, aufzuhören, mich daran zu erinnern, wie sich jene süßen Momente anfühlten, als die Sprache mich im Stich ließ. Du warst so sehr in jedem Wort, das ich schrieb, dass ich auch dich verbannen musste, obwohl du nichts dazu tatest, was mir dabei geholfen hätte.

Und dann kamen die Speichellecker eines Tages mit einem Buch. Ein Buch! Nicht irgendein Buch, meine Liebste, sondern Shakespeare. Die Gesammelten Werke. Die Erinnerung, von der ich vorhin erzählte, die von 1971, verblasst im Vergleich mit dieser. Ich dachte, das würde bedeuten, dass sie mich umbringen wollten. Shakespeare als Henkersmahlzeit. Es war mir gleichgültig. Ich drückte mir das Buch ans Herz – schwarzer Einband, verblasste Goldbuchstaben – und weinte. Laute, lange Schluchzer von einem Ort so tief in mir, dass ich von seiner Existenz nichts gewusst hatte.

Und dann dachte ich an Orwell. In *1984* – zwei Jahre, bevor sie mich hierher brachten – träumt Winston manchmal von einer Welt jenseits der Welt der grauen Ordnung, von einer Welt grüner Wiesen, in der sich eine Frau auszieht mit einer sorglosen Geste, die aller Autorität trotzt. Ohne zu begreifen, warum, erwacht Winston mit dem Wort »Shakespeare« auf den Lippen.

Ich habe dir einmal erzählt, dass ich trotz des Fehlens von Schnörkeln lieber in Englisch schreiben würde. Aus politischen Gründen entschied ich mich für Urdu, das der Öffentlichkeit zugänglicher und weniger kolonisiert ist. Du hast die Augen verdreht, aber ich sagte die Wahrheit. Ich hätte lieber in Englisch geschrieben nur wegen Shakespeare. Meine erste – und wie es scheint dauerhafteste – Liebe. Eine weitere Lüge. Meine erste Liebe war Rashida, die Tochter des Schulmeisters. Wegen ihr ging ich nach der Schule in sein Haus, um mir Nachhilfestunden geben zu lassen. Ihre Hüften, bereits mit dreizehn! Und wenn ich schon Lügen gestehe, will ich auch zugeben, dass meine Entscheidung für Urdu nichts mit öffentlicher Zugänglichkeit und alles mit der Tatsache zu tun hatte, dass Shakespeares Großartigkeit aus der englischen Sprache verschwunden ist – es ist eine Sprache, die gelernt hat, Messer und Gabel zu benutzen, obwohl sie einst Hühner mit bloßen Händen auseinander riss. Urdu dagegen hat seine Üppigkeit nicht verloren.

Mein Lieblingswort der englischen Sprache: verwirren.

Shakespeare beschreibt damit das Band zwischen Antonius und Kleopatra. Des Lebens verwirrter Knoten. Er hatte den Vorteil, in einer Zeit vor der Erfindung von Wörterbüchern zu leben. Er konnte mit Worten verfahren, wie er wollte, und niemand gebrauchte den schrecklichen Ausdruck »experimentell«, mit all seinen Konnotationen von Scheitern.

Meine Lieblingsdefinition der englischen Sprache: Frass. Es bedeutet: Exkremente bohrender Larven. Ich interpretiere das Wort »bohrend« als Urteil über eine Person. Kannst du dir eine größere Beleidigung vorstellen? Du Frass! Nicht nur Exkrement, nicht nur Exkrement einer Larve, sondern Exkrement einer bohrenden Larve. Manchmal schreie ich es den Speichelleckern entgegen. Frass! Frass! Aber sie blicken teilnahmslos drein.

Habe ich immer so drauflosgeplappert?

Sie haben mich nicht umgebracht. (Die Speichellecker, meine ich – halte durch! –, als sie mir Shakespeare brachten.) Vielleicht waren sie sogar amüsiert. Seitdem vergrößern sie hin und wieder meine Bibliothek. Ich muss ihren Geschmack loben. Oder ihr Wissen über meinen Geschmack. Oder nein, sie sind nur die Boten. Wessen Boten? Das ist die Frage, auf die ich keine Antwort weiß, obwohl ich während der letzten sechzehn Jahre viel darüber nachgedacht habe.

Ach, und während ich die letzte Zeile schrieb, standest du neben mir, die Augenbrauen in unwahrscheinliche Höhen gezogen, und deine Stimme diese ungewöhnliche Mischung aus Sarkasmus und Zärtlichkeit: »Du weißt immer eine Antwort, Liebster. Es ist nur nicht immer die richtige.«

Jetzt fange ich an, dich zu vermissen, und das kann ich nicht zulassen.

IX

Es musste eine Fälschung sein. Es konnte nur eine Fälschung sein.

Ja, eine Fälschung. Das war es. Der Dichter war tot.

Aber selbst wenn es eine Fälschung war – kein »selbst wenn«, Aasmaani, es ist eine Fälschung –, wer hatte sie verfasst?

Ich dachte, ich bin die einzige Person, die noch lebt und den Code kennt, aber wie es scheint, sind wir zu zweit.

Das hatte meine Mutter an dem Tag gesagt, als ich ihr erzählte, dass ich mich noch an den Code erinnerte. Wenn sie Recht gehabt hatte, dann war die einzige Person, die die Seiten geschrieben und sich als der Dichter ausgegeben haben konnte, sie. Hatte meine Mutter versucht, der Dichter zu werden, so wie Laila zu Qais wurde? Ich spürte, wie ich in diesem eigenartigen Gedanken versank, stellte mir vor, wie meine Mutter gegen Stacheldraht lief, und bremste mich augenblicklich. Es war eine absurde Vorstellung, zu weit hergeholt und zu platt – das Leben ahmte die Kunst nie auf diese Weise nach –, und konnte nur falsch sein.

Aber wenn nur drei Menschen den Code kannten und ich mich und meine Mutter als Verfasser des Textes ausschließen konnte, welche Schlussfolgerung war dann noch möglich?

Jemand anders musste den Code kennen.

Und doch klang es so sehr nach ihm.

Zu sehr. Es klang zu sehr nach ihm. Nein, das stimmte

nicht. Der Tonfall war resigniert, und Resignation hatte nie in seiner Stimme mitgeschwungen.

Das war der Beweis, dass er es nicht geschrieben hatte.

Aber in sechzehn Jahren musste er sich verändert haben.

Er ist tot, Aasmaani.

Ja, natürlich ist er tot, aber ich sage ja nur …

Was?

Dass es so sehr klingt, wie es klingen würde, wenn es von ihm stammte.

Also gut. Mach Listen. Mach Listen von den Dingen, die nach ihm klingen und die nicht nach ihm klingen, und in diesen Listen wirst du den Fehler finden, die Lüge, die das komplizierte Gebäude zum Einsturz bringen wird.

Und wenn ich den Fehler nicht finde?

Du wirst ihn finden.

Und wenn nicht?

Mach die Listen!

Na gut. Na gut.

Was nicht nach ihm klingt: Resignation. Meine Mutter und die Poesie aufzugeben. (Aber das erklärt er. Und die Erklärung ist glaubwürdig. Und er gibt sie nicht wirklich auf, nicht wahr, weil die Zeilen an sie gerichtet sind.) Ein begeisterter Koch zu werden. Die Geschichte mit der Zucchini. Da – das ist die Lüge. So war es nicht.

Siehst du, ich habe es ja gesagt.

Aber.

Was?

Wenn es sich so zugetragen hätte, hätte Mama es mir nie erzählt. Es geht um den Augenblick, in dem sie meinen Vater verließ. Wie hätte sie mir etwas wie »Häuslichkeit oder Dildo?« sagen können? Nein, das hätte sie mir nicht erzählt. Aber ich konnte mir vorstellen, dass er – der Dichter – es gesagt hatte. Er hatte diesen unflätigen Zug, den sie liebte, obwohl sie das Gegenteil behauptete.

Mach weiter. Mach weiter mit der Liste dessen, was nicht nach dem Dichter klingt.

Das ist sie. Das ist die Liste. Er resignierte, er gab das Dichten auf, und er wurde ein begeisterter Koch.

Dann war er also nicht der Verfasser des Briefes.

Aber ich habe während der letzten sechzehn Jahre viele Dinge getan, die mir mit vierzehn, als er noch lebte, unvorstellbar waren.

Dann die andere Liste. Alles, was nach ihm klingt.

Alles. Die Stimme. *Was soll ich dir jetzt erzählen, die du dies nie erhalten wirst?* Das ist eine Satzstruktur, die er gern gebrauchte. *Was soll aus dir werden, die du einen so eklektischen Geist hast?* Das schrieb er auf die Karte zu meinem dreizehnten Geburtstag. *Du warst stumm, und dann noch stummer.* Hier schwingt ein Echo dessen mit, was er sagte, als er mir beschrieb, wie er meine Mutter zum ersten Mal sah. *Sie war schön, und dann noch schöner.*

Aber er ist ein Dichter. Natürlich hat er eine unverwechselbare Stimme. Das heißt nur, dass sie leicht nachgeahmt werden kann.

Auf Urdu. Auf Urdu kann sie leicht nachgeahmt werden, nicht auf Englisch. Urdu war seine Sprache in der Öffentlichkeit. Und dann diese vielen Details. Die Allergie gegen Pfirsiche. Die Tochter des Schulmeisters und ihre Hüften. Der graue Schal. Shakespeare. Ja, der besonders. Ich war dabei, als er zu meiner Mutter sagte, dass er lieber auf Englisch schreiben würde. Während des gesamten Gesprächs. Er, ich und sie. Ich las *Julius Cäsar* für eine Prüfung. Das war der Anlass. Nur ein paar Wochen, bevor er starb. Nur wir drei waren bei diesem Gespräch anwesend.

Er erwähnt dich nicht. Beweist das nicht etwas?

Nein. Nichts.

Aber einer von beiden hätte einem Dritten von dem Gespräch erzählen können.

Gue.

Ja. Ich dachte daran. Gue.

Er liebte es, in Wörterbüchern kuriose Definitionen zu finden. Eines Tages rief er mich aus Kolumbien an, saß stundenlang neben dem Telefon und wartete darauf, dass der Anruf vermittelt wurde, damit er sagen konnte: »Schlag ›gue‹ im Wörterbuch nach, Aasmaani.« Er und ich hatten das gleiche Wörterbuch, er hatte es mir geschenkt, damit wir dieses Spiel spielen konnten. Gue ist »eine Art rohe Geige«. Das gefiel ihm. Frass hatte ihm ebenfalls gefallen. Es war genau die Sorte Wort, die ihm gefallen hatte.

Aber es ist unmöglich.

Es ist extrem unwahrscheinlich.

Du darfst dir nicht gestatten, das zu glauben.

Aber wie sehr ich auch nach einem Anzeichen suchte, das unstrittig belegte, dass er es nicht sein konnte, ich fand keines. Stunden vergingen, ich las die Seiten mehrmals, dann schrieb ich sie in korrektem Englisch nieder, um mich ihnen auf eine andere Weise nähern zu können. Als sich das als fruchtlos erwies, versuchte ich es Schritt für Schritt: Fang mit dem ersten Absatz an, sagte ich mir, lies ihn und denk darüber nach, was er bedeutet. Warum schreibt jemand das und nicht etwas anderes? Finde den Kopf hinter den Worten. Aber der einzige Kopf, den ich fand, war der des Dichters.

Ich hörte Rabia nach Hause kommen. Ich wollte sie rufen, aber dann stellte ich mir ihren panischen Ausdruck vor, wenn ich ihr erzählte, was passiert war, stellte mir vor, wie sie die Seiten zerriss und sagte: Jemand spielt ein krankes Spiel mit dir, ich rufe Beema und Dad an. Und wenn ich nicht völlig mit ihr übereingestimmt und zugegeben hätte, dass es eine Fälschung sein musste, dann wäre es wieder so wie in den Tagen nach dem Verschwinden Mamas, als ich die Vermittlung bat, Anrufe zurückzuverfolgen, und überall nach Hinweisen und Verschwörungen suchte. Damals sammelten und gewichteten Dad, Beema und Rabia beständig Beweise, ob sich mein Verhalten besserte oder nicht, sie beobachteten mich unablässig, schlugen vor, dass wir über »Gefühle sprechen« sollten, und zwangen mich, immer überzeugender zu lügen, damit sie aufhörten, mich zu beobachten und Beweise zu sammeln, und glaubten, es ginge mir besser. Manchmal gelang es mir, Dad und Rabia hinters Licht zu führen, bei Beema hatte ich jedoch kein Glück. Aber jetzt musste Beema sich um ihre sterbende Mutter kümmern, und das Mindeste, was ich für sie tun konnte, war zuzulassen, dass sich ihre Welt darum drehte.

Ich hörte, wie Rabia und Shakeel ausgingen. Sie klopften zuvor an die Verbindungstür, aber ich reagierte nicht und verhielt mich absolut still. Erst nachdem sie gegangen waren, verspürte ich den Impuls, Rabia die Briefe zu zeigen.

Pfirsiche. Gebrochene Finger. Die Küsse meiner Mutter. Hikmet. Der Dichter am Leben. Jemand versucht, mich – nein, Shehnaz Saeed – davon zu überzeugen, dass der Dichter noch am Leben ist. Warum Shehnaz? Die Worte stammten nicht von meiner Mutter. Das war nicht das Zeichen von ihr, auf das ich gewartet hatte. Ich kam der Sache nicht näher. Dennoch, der Dichter lebt. Stimmt nicht. Häuslichkeit oder Dildo? Larven. Ihre unverzeihliche Schwangerschaft. Ich konnte die Stücke nicht zusammensetzen, mich lange genug an einem Satz festhalten, ohne dass ein anderer

Satz um die Ecke stürmte und den ersten über den Haufen rannte.

Schließlich gab ich jeden Versuch auf. Ich legte mich aufs Sofa, sah zu, wie die Sonne glühend im Meer versank, einzelne Wörter und Sätze wirbelten durch meinen Kopf wie Brotkrumen, die nie wieder zu einer Scheibe Sinn zusammengesetzt werden konnten.

In einer Ecke des Zimmers hing eine so zarte Spinnwebe, dass ich sie hätte davonblasen, jeden einzelnen Faden in die Dunkelheit hätte schweben lassen können. Prufrock. Verwirren. Von links nach rechts. Von rechts nach links. Frass, Shakespeare, der graue Schal, ich werde nicht erwähnt.

Der Schatten einer Erklärung schoss durch meinen Kopf. Beinahe hatte ich ihn. Einen Ausweg. Den fehlenden Teil, der dem Geheimnis die Maske vom Gesicht reißen würde. Aber ich würde den fehlenden Teil nie finden – das war das Qualvolle an diesem nahezu delirösen Zustand, diesem überreizten Denken. Ich sprang von einem Gedanken zum anderen, und bei jedem Sprung verloren die Worte an Bedeutung. Aber ich konnte nicht anders, ich konnte nur springen.

Jemand klingelte. Kein Klingeln dauert ewig. Man muss nur die Geduld haben zu warten, bis es wieder aufhört. Aber es klingelte weiter, ein hartnäckiges, fröhliches Dingdong, das immer hektischer wurde, die Fröhlichkeit verwandelte sich in Hysterie, je länger ich es ignorierte. Dann begann das Telefon zu läuten. Im gleichen Augenblick meldete mein Handy eine Kurzmitteilung. Das Handy lag neben mir. Ich hob die Hand und drückte auf eine Taste. Wessen Nummer war das? Ich drückte auf eine weitere Taste, und die Mitteilung war zu lesen: BITTE MACH DIE TÜR AUF. ED

Ed. Verschwinde.

Aber dann setzte ich mich auf. Er würde es mir beweisen. Ich würde ihm die verschlüsselten Seiten vorlesen, und er würde mir sagen, dass es unmöglich war. Er würde mir erklären, warum es unmöglich war. Mein Verstand war zu verzweifelt für Hoffnung. Ich musste etwas übersehen haben, etwas Offensichtliches. Aber Ed würde es sehen. Ed war schlau. Ed würde mich erlösen.

Ich war auf den Beinen und rannte zur Tür. Ich öffnete sie, und da stand er, in der Hand eine braune Tüte in Form einer Flasche. Seine Haltung erinnerte an die Freiheitsstatue.

»Ich habe eine Flasche Wein und eine amüsante Anekdote als Friedensangebot mitgebracht.«

»Der Wein hier schmeckt wie Essig.« Ich drehte mich um und ging zurück in die Wohnung. Nach kurzem Zögern folgte er mir.

Ich ging ins Wohnzimmer zu den verschlüsselten Seiten, aber Ed sah die Küche, verschwand darin und kam mit einem Korkenzieher und zwei Gläsern wieder heraus. Überraschenderweise gefiel mir etwas an der Art, wie er in meine Küche ging; er tat es nicht auf besitzergreifende Weise, nicht wie so viele Männer in Karatschi, die eine Wohnung betreten und meinen, sie gehöre ihnen, sondern vertrauter, als hätten wir die Notwendigkeit hinter uns gelassen, formalen Umgang zu pflegen. Dann hielt er mir ein Glas hin, und in dem Augenblick, als es von seiner in meine Hand wechselte, erinnerte ich mich an den Ekel, mit dem er mir den Umschlag vor die Füße geworfen hatte.

»Es tut mir Leid«, sagte er. »Meine Mutter hat mir den Umschlag für dich mitgegeben. Er geht mich nichts an. Es ist nur …«

»Ja?« Während er sprach, klammerte sich mein Geist an

seinen Worten fest. Worte, die einen Sinn ergaben, jeder Buchstabe passte genau an seinen Platz, alle Buchstaben zusammen bildeten Wörter und Sätze mit Leerstellen dazwischen. Die Leerstellen übermittelten Bedeutung und keine unüberbrückbaren Abgründe zwischen Wörtern und Sätzen.

»Du hast mich wie einen unwichtigen Botenjungen behandelt. Mein Ego protestierte.«

»Es ging nicht um dich, Ed.« Ich setzte mich auf das Sofa und blickte zu den Papieren auf dem niedrigen Tisch.

»Auch dagegen hat mein Ego protestiert.« Er schaute in sein Weinglas und dann wieder zu mir. »Möchtest du die amüsante Anekdote hören?« Die Sonne war von der Dunkelheit geschluckt worden, und ein einzelner Strahl aus einer unbekannten Lichtquelle fiel durch das Balkonfenster und ließ den Wein in seinem Glas rubinrot aufleuchten, während alles andere in die gedämpften Töne zwischen Farbigkeit und Schatten getaucht war.

»Nein. Willst du wissen, was in dem Umschlag von deiner Mutter war?«

Er hatte das Glas an den Mund geführt, aber die Frage ließ ihn innehalten, und er vergaß zu trinken, so dass er dastand, die Unterlippe ans Glas gedrückt, und aussah wie ein Mann, der auf einer Cocktailparty eine Gorgo erblickt hat.

Dann blinzelte er, nippte am Wein und stellte das Glas auf dem Tisch ab. »Ich weiß, es war ... wie hast du es genannt ... eine Kalligraphie, falls du mir das sagen wolltest. Ich habe den Umschlag geöffnet und hineingesehen, bevor ich ihn dir gebracht habe.«

»Deine Mutter hat ihn dir nicht gezeigt?«

Einen Augenblick lang schwieg er, als versuchte er zu entscheiden, was genau er mir erzählen wollte. »Sagen wir so.

Ich war nicht gerade erfreut, dass meine Mutter dir die erste Kalligraphie gegeben hat. Als der zweite Brief während des Mittagessens kam, schlich sie hinaus, ohne ihn mir zu zeigen, und bat ihren Chauffeur, ihn dir zu bringen. Glücklicherweise ist der Chauffeur ein fauler Sack und beschloss zu warten, bis ich ins Studio zurückmusste, und ihn mir zu geben.«

»Weiß sie …?«

»Dass ich weiß, dass sie ihn dir hinter meinem Rücken zukommen lassen wollte? Nein.«

»Es wäre also nicht völlig unzutreffend zu sagen, dass du ein etwas angespanntes Verhältnis zu deiner Mutter hast, Mir Adnan Akbar Khan.«

Er lächelte ein wenig verlegen. »Ich liebe sie, wirklich. Und ich stehe ihr näher als die meisten Söhne ihren Müttern. Und genau deswegen macht es mich verrückt, wenn sie so tut, als befänden wir uns in irgendeiner Seifenoper, in der jeder Augenblick von Geheimnissen und Spannung erfüllt sein muss. Wirklich.« Er lachte jetzt, als wäre ihm gerade der Gedanke gekommen, dass er bislang in einem Witz gelebt hatte. »Der Koch kommt herein mit etwas, was im Briefkasten lag. Meine Mutter sieht die ihr bekannte Handschrift. Sie springt vom Stuhl auf und nimmt ihm den Brief aus der Hand. Der nichtsahnende Sohn hat die Handschrift nicht gesehen, aber er fragt sie nach dem Brief. Sie sagt, nichts Wichtiges. Sie lügt. Dann behauptet sie, ihr wäre gerade eingefallen, dass der Chauffeur etwas für sie erledigen muss. Sie eilt hinaus. Als sie zurückkommt, ist sie eindeutig durcheinander. Was sie abstreitet.« Er lächelte wieder und verdrehte die Augen. »Es ist ein bisschen ermüdend.«

Mir war sie ganz anders erschienen – zu ironisch, was ihren Beruf betraf, um sich wie das Stereotyp einer Schauspielerin zu verhalten, die Realität nicht von einem Stück unterscheiden kann. Aber ich sagte nur: »Manchmal sind Mütter so.«

Er setzte sich neben mich aufs Sofa und berührte ganz leicht meine Hand. »Sie hat mir von dem Code erzählt, den deine Mutter und der Dichter benutzten. Sie meinte, dass diese unverständlichen Zeilen ein Code sein könnten. Und ich war wütend auf sie, dass sie dir die Briefe geschickt hat. Ich dachte, sie würde keine Rücksicht darauf nehmen, was es für dich bedeutet, etwas zu bekommen, was du nicht lesen kannst, und dich zu fragen, ob es der Code deiner Mutter und des Dichters ist. Deswegen wusste ich nicht, ob ich dir den zweiten Brief geben sollte. Um ehrlich zu sein, ich war gerade auf dem Weg zum Reißwolf, als ich einen Laut aus deinem Büro hörte. Ich trat ein, um nachzusehen, ob alles in Ordnung ist. Ich wollte nicht, dass du diese Seiten bekommst. Ich ...« Er fuhr sich mit der Hand übers Gesicht. »Meine Mutter hat mir erzählt, dass du glaubst, deine Mutter sei noch am Leben, und« – er hielt die Hände hoch, bevor ich reagieren konnte, als wollte er einen Schlag abwehren – »ich behaupte nicht, dass sie nicht mehr lebt. Ich weiß nicht, ich ... Das ist deine Sache. Ich bin nur ... Ich glaube nur nicht, dass es dir hilft, wenn du diese Seiten mit dem Gekrakel kriegst, das du nicht lesen kannst, aber für den Code deiner Mutter hältst. Ich habe den Begleitbrief gesehen. Er stammt ganz offensichtlich von einem überspannten Fan meiner Mutter. Sie schicken ihr alle möglichen verrückten Sachen, nur um ihre Aufmerksamkeit zu erregen.«

»Ed, ich kann den Text lesen.«

»Oh.« Er lehnte sich an die Sofakissen. »Oh. Oh Gott. Und ich wollte ihn in den Reißwolf stecken.«

Bis zu diesem Augenblick hatte ich nicht gewusst, ob ich

ihm die Seiten vorlesen würde. Ich hatte keinen Grund, ihm zu vertrauen oder irgendetwas zu glauben, was er dazu sagen würde. Aber jetzt gab es keinen Zweifel mehr – ich musste sie ihm schon deswegen vorlesen, damit er keinen Grund mehr hatte, den nächsten Brief zu zerreißen, der bei ihm zu Hause einträfe. Und mit dieser Entscheidung kam eine solche Erleichterung über mich, als hätte ich die ganze Zeit nur nach einem Grund gesucht, warum jemand die Last dieses unerklärlichen Geheimnisses mit mir tragen sollte. Aus den Papieren in meiner Hand zog ich die entschlüsselte Version und begann, laut vorzulesen. Er sagte kein Wort, bis ich geendet hatte, saß nur da, nippte am Wein, zuerst aus seinem Glas, dann an meinem.

Nachdem ich mit dem Vorlesen fertig war, sagte Ed: »Herr im Himmel.«

»Das ist auch keine schlechtere Antwort als alle, die mir einfallen. Hast du alles verstanden?«

»Alles?« Er fasste sich mit der Hand an den Kopf. »Ich habe nichts verstanden. Ist es …« Er runzelte die Stirn. »Du hast doch vorgelesen, dass der Verfasser seit sechzehn Jahren herauszufinden versucht, wer ihn festhält, oder?« Ich nickte. »Und wie lange ist es her, dass …«

»Der Dichter tot ist? Sechzehn Jahre.«

»Aber du kannst doch nicht wirklich … Ich meine, das kann nicht sein.« Das waren die Worte, die ich von ihm hatte hören wollen. Und plötzlich hasste ich ihn mit aller Leidenschaft dafür, dass er sie ausgesprochen hatte, und ich musste mich abwenden, damit er es mir nicht ansah. Dann sagte er: »Oder doch?«

Auf dem Boden meines Glases befand sich ein einzelner Weintropfen. Ich hielt das Glas schräg, steckte einen Finger hinein und berührte ganz vorsichtig die Oberfläche des

Tropfens. Als ich meinen Finger zurückzog, klebte der Tropfen daran.

Ed stand auf. »Es gab damals doch jede Menge Gerüchte, oder? Dass er nicht wirklich tot ist.«

»Ja.« Ich wusste nicht mehr, was ich von ihm wollte.

»Aber deine Mutter muss doch die Leiche gesehen haben. Oder? Und sie hätte doch gemerkt, wenn er es nicht gewesen wäre.« Er wurde rot. »Ich meine das nicht anzüglich.«

Es war ein merkwürdiger Augenblick größter Schicklichkeit. »Sie hat die Leiche nie gesehen.«

»Aber ...«

»Aber es ist trotzdem absurd. Ich weiß. Und unmöglich.« Da, ich hatte es gesagt, und kaum hatte ich es ausgesprochen, wusste ich, dass es stimmen musste. Der Fehler lag nicht in seinem Stil, seiner Stimme, seinen Anekdoten. Der Fehler lag in der Situation, die so offensichtlich lächerlich war, dass niemand annehmen konnte, irgendjemand würde dieses Lügenmärchen glauben. »Ich meine, um Himmels willen. Wie kann man jemanden sechzehn Jahre gefangen halten und von wechselnden Lakaien bewachen lassen, ohne dass irgendjemand es bemerkt? Du hast Recht, es ist absurd.« Ich stand auf, empfand nichts außer Verlegenheit, weil ich vor ihm zu viele meiner Schwächen preisgegeben hatte. »Es tut mir Leid, dass ich deine Zeit so lange in Anspruch genommen habe.« Ich hatte nicht beabsichtigt, dass meine Stimme so distanziert und formell klang. »Ich sehe ein, dass es absurd ist.«

Er nickte und stand ebenfalls auf. Ich streckte ihm die Hand hin, unfähig, das formelle Verhalten abzulegen und ihn zu bitten, noch zu bleiben und mit mir über andere Dinge zu reden. Er nahm meine Hand. Draußen wurde plötzlich geschossen, schnelle Schüsse in den Himmel. Er drückte überrascht meine Hand, und mir fiel ein, dass er jahrelang fort gewesen war.

»Das sind nur Feiern«, sagte ich. »Das Ruhat-e-Hilal-Komitee muss den Neumond gesehen haben. Morgen beginnt der Ramadan.«

»Natürlich«, sagte er und hielt weiterhin meine Hand.

»Ich nehme an, du wirst morgen losfahren, um diese Dokumentation über den Ramadan zu drehen. Dann werden wir uns in einem Monat wiedersehen. Ich hoffe, es klappt alles.« Ich versuchte, ihm meine Hand zu entziehen, aber er ließ nicht los, drehte das Handgelenk, so dass sich seine Hand auf meiner befand und sie umklammerte.

»Was würde es für dich bedeuten?«, sagte er. »Wenn es nicht absurd wäre. Wenn diese Seiten echt wären. Es ist nicht notwendigerweise absurd.«

»Wie sollte es nicht absurd sein?« Meine Stimme war ein Flüstern.

Er lächelte. »Oh, du Großstadtmädchen in deiner modernen Welt. Hast du denn keine Ahnung von den Dingen, die im Geheimen passieren, über Generationen, in Teilen des Landes, die sich außerhalb der Reichweite des Gesetzes befinden? Wenn die Leute Macht haben, Land, Gelegenheit, und niemand ihnen etwas verbieten kann, dann bestimmt nur die Grenze ihrer Vorstellungskraft die Grenze dessen, was sie tun können. Jahrelange geheime Haft mag absurd erscheinen, aber unmöglich ist sie nicht.«

»Sechzehn Jahre, Ed.« Ich entzog ihm meine Hand.

»Sechzehn Tage, sechzehn Jahre. Wo ist der Unterschied? Stell dir folgende Frage ...« Plötzlich war er Feuer und Flamme. »Warum sollte jemand einen Mann gefangen halten und seine Familie glauben machen, er sei tot?«

Ich trat einen Schritt zurück und verschränkte die Arme.

Es war, als wären wir im Büro und besprächen den Plot einer Sendung. »Man macht sie glauben, er sei tot, damit niemand nach ihm sucht. Das ist kein Problem. Man hält ihn gefangen, ich weiß nicht, aus Hass, Angst, Rache. Jedes billige Motiv ist gut genug.«

»Und wie viele Menschen hatten Grund, ihn zu hassen oder zu fürchten!«, sagte Ed. »Denk mal drüber nach. Er hat auf die Mächtigen gespuckt. Er kannte keine Furcht.«

Nein. Wenn er keine Angst gekannt hätte, wäre er nicht so oft ins Ausland gegangen und hätte meine Mutter mitgenommen.

Sie ging mit ihm. Es war ihre Entscheidung. Er hat sie nicht gezwungen, kein einziges Mal.

»Wenn man ihn gefangen hält und die Welt glaubt, er sei tot, was dann? Man kann ihn nicht einfach gehen lassen, wenn man die Lust an diesem Spiel verloren hat. Wenn man ihn gehen lässt, wird es Nachforschungen geben, es könnte zu Komplikationen kommen. Er ist so berühmt, es muss Komplikationen geben. Und warum sollte man ihn überhaupt freilassen? Wenn man erst einmal für alles gesorgt hat – den Ort, an dem man ihn festhält, die loyalen oder verängstigten Unterlinge, die ihn bewachen –, dann kann man ihn einfach verrotten lassen. Man lässt ihn dort, versteckt ihn irgendwo auf großen Ländereien, bis er stirbt.«

»Du glaubst also, dass ein Landbesitzer dahintersteckt?« Ich konnte mich nicht bremsen.

Ed streckte die Arme aus, in einer Geste, die die ganze Absurdität des Universums umfasste. »Möglich ist es. Ich behaupte nicht, dass es so ist, aber möglich ist es. Jeden Tag passieren merkwürdigere Dinge. In diesem Land gibt es große Landstriche, in denen noch Mittelalter herrscht, sowohl im Denken als auch in den Verhaltensregeln. Und wenn diese Seiten nicht gefälscht oder ein Spiel sind, dann könnte es wirklich jeder sein, der genügend Geld dafür hat. Weißt du, wo die Briefe abgeschickt wurden?«

»Der erste in Multan oder Mardan, der zweite in Quetta. Aber, na ja, der Begleitbrief, ich weiß nicht, er …«

»Scheint gefälscht. Ja. Und warum schickt jemand diese Briefe überhaupt an meine Mutter?« Er blickte plötzlich zweifelnd drein.

»Ich weiß es nicht. Aber es stehen Dinge drin, die so sehr nach ihm klingen, Ed, dass es unheimlich wäre, wenn jemand sie gefälscht hätte.«

Einen Moment lang herrschte Schweigen, und wir sahen einander nur an.

»Aasmaani, glaubst du wirklich, dass er es ist?«

Ich schüttelte den Kopf. »Ich weiß es nicht. Ich weiß es nicht. Ed, ich habe zu oft solche Dinge geglaubt, und dann haben sie sich als falsch herausgestellt. Ich kann das nicht noch einmal tun. Dennoch. Wenn es stimmt …« Ich schloss die Augen und lehnte mich gegen die Wand.

Ich spürte, wie er meine Wange streichelte. »Was kann ich tun?«

Ich schüttelte mit geschlossenen Augen den Kopf. »Bist du beleidigt, wenn ich dich jetzt bitte, zu gehen?«

»Sei nicht albern. Wie könnte ich wegen irgendetwas, was du jetzt sagst, beleidigt sein?« Ich spürte zuerst seinen Atem auf meinem Mund und dann seine Lippen. Ich legte den Arm um seine Schulter, und für ein paar Augenblicke blieben wir so stehen, die Lippen leicht aufeinander gepresst, nur meine Finger bewegten sich und streichelten seinen Nacken.

Als wir uns trennten, sagte er: »Ich fahre erst morgen Nachmittag. Ich sehe dich also morgen Vormittag, okay?

Schau bei mir vorbei, wenn du zur Arbeit kommst.« Er küsste mich auf die Wange. »Ich finde allein raus.«

Kaum hörte ich die Tür ins Schloss fallen, glitt ich an der Wand entlang zu Boden. Ich zog die Beine an die Brust und schlang die Arme darum.

Der Dichter – mein Beinahe-Stiefvater – wurde irgendwo von einem Unbekannten festgehalten. Seit sechzehn, fast siebzehn Jahren. Sechzehn Jahre, in denen er keinen Kontakt zu Menschen hatte, außer zu seinen Bewachern, die ihm die Finger brachen und seine Gedichte auslöschten. Man hatte ihm erzählt, meine Mutter sei tot. Er konnte nicht mehr auf Urdu schreiben. Aber er lebte. Omi lebte.

Einen Moment lang fühlte ich etwas in mir aufsteigen, und ich musste die Hände gegen die Brust drücken, als könnte ich es so wieder zurückdrängen. Ich würde es nicht wieder tun. Ich würde nicht wieder an diesen verführerischen Ort gleiten, der Antworten versprach, an den Ort, der jedes Mal zur Verzweiflung führte, wenn die erwartete Lösung sich als Trugbild erwies. Der Dichter war tot. Omi war tot. Irgendwo gab es einen Beweis dafür. Wo? Wer kannte die Einzelheiten seines Todes, wer konnte mir den Beweis liefern, den zu suchen ich nie zuvor das Bedürfnis verspürt hatte?

Mirza die Schlange. Er war ins Leichenschauhaus gegangen und dann zur Beerdigung. Er musste die Leiche gesehen haben. Ja, er hatte den Beweis. Mirza hatte den Beweis. Wer immer dieses kranke Spiel mit Shehnaz Saeed spielte, aus welchem Grund auch immer, es hatte nichts mit mir zu tun.

Ich trug die Papiere zum Bücherregal und achtete nicht auf die Fata Morgana, die in meinem Rücken den Kopf schüttelte, als ich die Blätter ungefähr in der Mitte zwischen die Seiten von *Krieg und Frieden* legte und den Band in eine Lücke im untersten Fach schob.

X

Als am nächsten Morgen um fünf Uhr früh das Telefon klingelte und mich aus einem Traum über das Träumen riss, dachte ich, dass jemand gestorben sein müsste.

»Kommst du rüber zum Sehri, oder was?«, sagte Rabia, nachdem ich mich voller Panik gemeldet hatte.

»Ach, du dumme Nuss.«

Rabia lachte. »Der Heilige Monat ist angebrochen. Benimm dich. Keine Schimpfworte.«

Ich wälzte mich aus dem Bett, und als meine Füße auf den nackten Boden zwischen dem Bett und dem Teppich trafen, spürte ich eine erregende Kälte. Der versprochene Winter war da, obschon er bis zum Tagesanbruch wahrscheinlich wieder den Rückzug angetreten hätte. Ich schlüpfte in meinen Morgenmantel, öffnete das Fenster und lehnte mich hinaus. Aus den Lautsprechern der nahen Moschee klangen inbrünstige arabische Verse. Einen Augenblick fühlte ich mich irritiert wegen der Menschen, die nicht fasteten und die nächsten vier Wochen ausgiebig unter Schuldgefühlen leiden würden. Ramadan war der Monat, in dem die Pharisäer in ihrem Element waren. Früher hatten wir eine Nachbarin, die jedes Jahr eine Liste nicht fastender Leute zusammenstellte und jeden Tag, bevor es hell wurde, jemanden von der Liste anrief und ihm über das Telefon willkürlich ausgewählte Verse aus dem Koran vortrug, in der Hoffnung, einen Sinneswandel herbeizuführen. Sie beging einmal den

Fehler, den Dichter anzurufen, der aufgrund seiner, wenn auch begrenzten, Arabischkenntnisse begriff, dass sie ihm eine Sure über das Erbrecht vorlas. Da er die Frau und die Skandale in ihrer Familie kannte, wies er sie darauf hin, dass sie und ihr Mann unter den von Gott erlassenen Gesetzen, die sie gerade zitiert habe, ihre Schwägerin um den rechtmäßigen Anteil am Familienvermögen betrogen hätten.

Omi, wenn ich nur glauben könnte, dass du noch am Leben bist.

Ich betrat Rabias Wohnung und fand sie beide beim Armedrücken auf dem Boden vor. Sie hatten mich nicht bemerkt, und ich blieb einen Augenblick stehen und sah ihnen zu. Eigentlich passten sie nicht zusammen – Rabia war klein, zierlich und voller Energie, Shakeel dagegen war groß und schlaksig. Sie hatten sich anlässlich seiner ersten Einzelausstellung kennen gelernt. Rabia wusste nicht, wer er war, sie sah nur einen mageren Mann mit langen Wimpern, der die einzige Person zu sein schien, die vor den Bildern nicht in Ooohs und Aaahs ausbrach, und ging zu ihm. Sie sagte zu Shakeel: »Das ist also der Typ, der behauptet, nicht daran interessiert zu sein, dass Highsociety-Damen seine Bilder sammeln. Und dann malt er Riesenbilder, die nur reiche Leute aufhängen können, weil nur sie Räume haben, die groß genug sind.« Innerhalb eines Jahres waren sie verheiratet.

Rabia hielt Shakeels Hand mit ihren beiden Händen und schrie frustriert. Shakeel sah sie bewundernd an und unternahm keinerlei Anstrengung, den Kampf für sich zu entscheiden. Als er mich lachen hörte, blickte Shakeel auf, und diesen Augenblick der Ablenkung nutzte Rabia, um seine Hand auf den Boden zu drücken und einen Siegesschrei auszustoßen.

»Tja, und ich gelte als Muskelprotz«, sagte Shakeel und stand auf. Er kam zu mir und flüsterte: »Wer war der Herr, den ich gestern Abend deine Wohnung verlassen sah, als wir nach Hause kamen, junge Frau?«

Ich versetzte ihm einen leichten Schlag auf die Schulter. Shakeel machte gern ein großes Aufheben um den Altersunterschied von drei Wochen zwischen uns. Wir hatten eine Beziehung, in der sich frivole Gespräche mit einer tiefen Zuneigung paarten: Ich hätte ihm nie von meinen Geheimnissen oder Sorgen erzählt, aber ich hatte absolut nichts gegen seine Anwesenheit, wenn ich, was nicht häufig vorkam, mit Rabia über die Dinge sprach, die mich beschäftigten.

»Wenn er sich als bedeutsam erweisen sollte, lasse ich es dich wissen.«

Shakeel lachte und ging in sein Atelier – für ihn war der Ramadan eine Gelegenheit, früh mit der Arbeit zu beginnen. »Er ist die Treppe runtergegangen wie ein Mann, der sich für bedeutsam hält.«

Nicht lange, nachdem Ed meine Wohnung verlassen hatte, bedauerte ich natürlich, ihm den Text vorgelesen zu haben, und ich fragte mich, was er wirklich glaubte. Der Übergang von Ungläubigkeit zu Überzeugung war so plötzlich erfolgt, dass ich nicht umhinkonnte, mich zu fragen, ob er wirklich seine Meinung geändert hatte oder mich manipulieren wollte. Andererseits änderte ich zugegebenermaßen genauso rasch meine Meinungen über ihn. Und als ich mich erleichtert fühlte, weil er für einen Monat fort sein würde, erinnerte ich mich an das Versprechen und den Mangel an Nachdruck seiner Lippen und wünschte nichts sehnlicher, als dass er in Karatschi bliebe.

Rabia rief meinen Namen, und ich folgte ihrer Stimme in die Küche, wo Tee und französischer Toast bereitstanden –

seit langem ein schwesterliches Ritual am ersten Tag des Ramadan.

»Ich ziehe einen Boykott des Ramadans in Betracht«, sagte ich. »Aus Protest gegen die zunehmende Macht der Allianz der machiavellistischen Mullahs.«

»Wenn du die Religion wegen ihnen boykottierst, untermauerst du ihre Behauptung, dass sie die wahren Wächter und Deuter der Religion sind.«

»Ach, sei still. Ich habe nur Spaß gemacht.« Ich öffnete das Fenster und horchte auf die Geräusche der Menschen, die in den umliegenden Küchen Frühstück machten. Das war eins der großen Vergnügen am Ramadan – der Beweis, dass alle vor Tagesanbruch aßen und diese einsame Stunde in etwas Gemeinschaftliches verwandelten.

Rabia zog zwei Barhocker an die Küchentheke und setzte sich, um zu essen. »Vorgestern fand ich um sieben Uhr morgens in deiner Küche Zutaten für ein Biryani, gehackt und zerstoßen. Um ein Uhr morgens, als ich bei dir war und in die Küche ging, um ein Glas Wasser zu holen, waren sie noch nicht da. Du hast also« – sie deutete mit dem Finger auf mich, und ich wusste nicht, ob als Nächstes eine Pointe oder ein Urteilsspruch folgen würde – »zwischen ein Uhr und sieben Uhr morgens eine Mahlzeit vorbereitet.«

»Entschuldige«, sagte ich und setzte mich neben sie. »Gab es in der Nacht eine Ausgangssperre für Gewürze, von der ich nichts wusste? Habe ich die ungeschriebenen Gesetze übertreten, die festlegen, wann ein Huhn zerteilt werden darf?«

Rabia verschränkte die Arme. »Ich weiß, was es heißt, wenn du zu seltsamen Zeiten kochst. Was hat dich beschäftigt?«

»Essen, denke ich.«

»Das ist nicht einmal amüsant.«

»Höre ich da eine Spitze raus, Rabia? Versuchst du, wütend auf mich zu werden?«

»Versuchen? Glaubst du, ich könnte nicht wütend auf dich werden?«

»Du wirst nicht wütend, Kleine, du wirst mitfühlend.« Ich schnitt ein Stück Toast ab und hielt es mir vors Gesicht. Es hatte nichts auch nur entfernt Ansprechendes.

»Ich war wütend, als du bei dem Ölkonzern angefangen hast«, sagte Rabia. »Damals war ich verdammt wütend.« Sie attackierte ihren Toast mit Messer und Gabel, schnitt ihn mit einer Konzentration in kleine Stücke, die nahe legte, dass der Verzehr für sie eine zufällige Begleiterscheinung war. »Und ich bin es noch immer. Was wolltest du damit beweisen?«

Während der letzten drei Jahre hatte sie mir diese Frage in regelmäßigen Abständen gestellt, und mein Ausscheiden aus dem multinationalen Firmenleben hatte daran nichts geändert.

»Manche Leute haben das Glück, zu tun, was sie gern tun. Zu wissen, wonach sie im Leben trachten sollen, und dann danach trachten. Ob das nun Shakeel mit seiner Kunst ist oder du mit deinen Projekten zur Besserung der Lage der Frauen – obwohl das, ehrlich gesagt, ein bisschen nach Schönheitsoperation klingt.« Sie lachte nicht, und das war ein schlechtes Zeichen. »Ihr könnt euch glücklich schätzen. Du musst nicht den größten Teil deines Lebens irgendwo in einem Büro verbringen, unfähig, dich zu erinnern, warum du gerade das und nicht irgendetwas anderes oder eins der Dinge tust, die du als Elfjährige tun wolltest. Aber nicht alle haben dieses Glück. Manche von uns gehen zur Arbeit und schauen, dass sie den Tag hinter sich bringen. Wirst du mir jetzt meinen Toast schneiden?«

»Nein. So beeindruckend deine kleine Rede auch war, sie erklärt nicht: ›Warum du, warum der Ölkonzern?‹« Sie tauschte unsere Teller aus und begann, meinen Toast zu schneiden.

Warum der Ölkonzern?, wollte sie wissen. Warum nicht, Rabia? Weil es nicht wichtig ist. Das würde ich ihr an den Kopf werfen, wenn sie mich noch ein bisschen länger ärgerte.

Aber sie saß mir gegenüber, schnitt den Toast in einem komplizierten Muster aus Diagonalen, und sie war noch immer meine kleine Schwester. »Warum der Ölkonzern? Aus demselben Grund, aus dem ich dir keine direkte Antwort geben werde: um dich zur Weißglut zu reizen.« Ich langte hinüber und machte einen Schnitt in den Toast, der ihr Muster ruinierte.

Sie sah mich nicht an. »Du hast keine Ahnung, wie schwierig es manchmal ist, deine Schwester zu sein.«

Eine Weile herrschte Schweigen, während wir beide unseren Toast kauten. »Bringe ich dich in Verlegenheit?«, sagte ich schließlich, bekümmerter über ihre letzte Bemerkung, als ich mir eingestehen wollte. »Bei deinen Freunden von der NGO, wenn du erzählen musst, dass deine Schwester für einen Ölkonzern gearbeitet hat und jetzt bei einer Quizshow untergekommen ist? Ist dir das peinlich? Ist es deswegen schwer, meine Schwester zu sein?«

Sie blickte mich so überrascht an, dass ich am liebsten geweint hätte. »Alle Traurigkeit meines Lebens hat mit dir zu tun. Das ist schwierig. Und erzähl mir bitte nicht, dass es dir gut geht.«

Ich hielt mir die heiße Teetasse an die Wange. »Ich schaue, dass ich den Tag hinter mich bringe, Rabia.«

»Ach, Smaani.« Sie drückte mein Handgelenk nach unten, bis die Tasse auf der Theke stand. »Seit wann gibst du dich damit auch nur annähernd zufrieden?«

Ich zuckte die Achseln. »Seit langem. Es überrascht mich, dass du dich noch an eine Zeit erinnern kannst, als es anders war.«

Sie legte die Hand auf meine. »Weißt du nicht, wie sehr ich dich als Kind bewundert habe? Als ich zehn war, warst du für mich eine Mischung aus Marie Curie, Emily Brontë und Jeanne d'Arc. Und als ich es dir gesagt habe, hast du erwidert, dass meine kulturellen Vorstellungen Beweis für einen kolonisierten Geist wären.«

»Hab ich nicht! Oder willst du damit sagen, dass ich schon mit vierzehn so unausstehlich war?«

»Du warst schlau. So habe ich es gesehen. Vor allem wenn der Dichter dabei war. Du und er, ihr habt immer über Dinge geredet, die ich nicht ansatzweise verstand.«

Er glaubte nicht, dass ich zu jung war, irgendetwas zu verstehen oder zu diskutieren. Religion, Politik, die Spannung, die entsteht, wenn man nach einem Reim sucht. »Hast du viele Erinnerungen an ihn?«

»An den Dichter? Nicht sehr viele. Ich war noch so jung, als er starb. Und davor hatte ich immer das Gefühl, Dad gegenüber illoyal zu sein, wenn ich zu oft mit dir zu deiner Mutter ging, wenn sie in Karatschi waren.« Sie schüttelte den Kopf. »Er war wirklich der einzige Mensch, der Dad auf die Palme bringen konnte. Und ich erinnere mich nicht einmal, dass sie jemals miteinander gesprochen hätten. Aber man musste nur seinen Namen erwähnen, und puff! Dads Gesicht lief rot an, als hätte jemand einen Zauberspruch aufgesagt, der Sanftmütigkeit in ihr Gegenteil verkehrt. Meinst du, dass wir je die ganze Geschichte über den Tag erfahren werden, an dem deine Mutter ihn für den Dichter verlassen hat?«

Häuslichkeit oder ein Dildo? Zu welchem von beiden hat dich dieser Mann getrieben?

Und Mama lachte und sagte: »Zu beidem.« Was musste es Dad gekostet haben, sie nach dem Tod des Dichters wieder in seinem Haus aufzunehmen, mit der Erinnerung an dieses »Zu beidem« im Kopf? Und was musste es ihn davor gekostet haben, daneben zu stehen und zuzusehen, wie Beema und meine Mutter enge Freundinnen wurden, ohne, soweit ich weiß, jemals Einwände dagegen zu erheben? Und das alles wegen mir, das wusste ich. Aber als ich aufwuchs, sah ich nur, dass er den Dichter nicht in sein Haus ließ, nicht einmal zu meinen Geburtstagspartys, dass er kaum mit Mama sprach und nie etwas dazu sagte, wenn Beema mir erklärte, dass ich allen Grund hätte, auf meine Mutter stolz zu sein.

»Aber ich habe mich auch sehr über ihn geärgert«, sagte Rabia. »Über den Dichter, meine ich. Über ihn und deine Mutter.«

»Warum?«

»Weil sie ins Exil gingen und dich mir wegnahmen. – Was ist so lustig daran?«

»Nichts. Es ist nur ironisch. Mich hat es geärgert, wenn ich zurückgelassen wurde.«

»In den Sommer- und in den Winterferien warst du immer weg, Aasmaani. Kolumbien, Ägypten, wo auch immer. Ich war das einzige Mädchen in der Schule, das die Ferien hasste.«

Elf Wochen im Jahr. Das war die ganze Zeit, die ich im Alter zwischen neun und zwölf mit meiner Mutter verbrachte. Sie war nicht da, als ich zum ersten Mal meine Periode hatte, als ich zum ersten Mal verknallt war, meine erste Platte kaufte. Nie war sie da. Aber jetzt begriff ich, dass die Zeit, die ich bei Mama war, so kurz sie auch gewesen sein mochte, Rabia während dieser Jahre unendlich lang erschienen sein musste. Wie alt war sie – erst acht? –, als die beiden aus ihrem dreijährigen Exil zurückkehrten? In den frühen Jahren ihres Lebens idealisierte ich meine Mutter ganz und gar und sehnte mich danach, bei ihr zu sein – Rabia musste gefürchtet haben, dass meine Mutter mich eines Tages wirklich mit sich nehmen würde, und dann wäre ich der Gast gewesen, der gelegentlich durch das Leben meiner Schwester flatterte, wenn in weit entfernten Ländern Schulferien waren.

»Tut mir Leid.«

Sie schüttelte den Kopf, plötzlich energisch wie immer, wenn sie beschlossen hatte, einem Geheimnis auf den Grund zu gehen – egal, ob dieses Geheimnis ein verstopftes Abflussrohr war oder ein Knoten in meiner Psyche. »Was ich wissen möchte, ist: Wann hat es aufgehört?« Sie stellte die Teller aufeinander und trug sie zur Spüle. »Weißt du es überhaupt? Wann hast du aufgehört, an alle diese Dinge zu glauben, für die du so eine Leidenschaft entwickelt hattest? Politische Ideale, deine Vorstellungen von Engagement und was dich inspiriert und das ganze Zeug, über das du mir Vorträge gehalten hast, wenn ich dir eine scheinbar so unpolitische Frage stellte wie: ›Kann ich mir deinen Walkman ausleihen?‹ War es, als der Dichter starb oder als deine Mutter verschwand? Ich erinnere mich nicht mehr.«

Der genaue Augenblick, in dem alles in einem zerbricht. »Weder noch. Es war über einen Monat, nachdem Mama verschwunden war. Es war der 17. August 1988.«

»Woran erinnert mich das? Oh. Oh ja.«

Im Juni jenes Jahres entließ General Mohammad Zia-ul-Haq die von ihm handverlesene zivile Regierung, die entgegen seinen Erwartungen Zeichen von Unabhängigkeit an den Tag gelegt hatte. Unter anderem beklagte Zia den mangelnden Fortschritt bei der Islamisierung des Landes und erklärte die Scharia zum obersten Gesetz. Dieser Schritt hin zu einer Theokratie erschütterte die Frauenbewegung, die sich bewusst war, dass es Zia vor allem darum ging, die Rechte der Frauen zu beschneiden und sich mit den Fundamentalisten zu arrangieren. Aber als ich davon hörte, empfand ich die gleiche Freude wie ein paar Wochen zuvor, als das religiöse Bündnis bei den Wahlen die vielen Sitze gewonnen hatte. Jetzt wird Mama zurückkehren, dachte ich, obwohl sie sich physisch noch in unserer Mitte befand. Sie wird wieder sie selbst sein. Ich war nicht die Einzige, die so dachte; ein paar ihrer Freundinnen riefen an und sagten, dass sie eine massive Protestveranstaltung in Lahore planten, und wollte sie nicht kommen? Sie weigerte sich, die Anrufe entgegenzunehmen. Als ich das herausfand, lief ich in ihr Zimmer.

»Du fährst hin, du fährst hin!«, schrie ich sie an. »Und wenn nicht, werde ich dich für den Rest meines Lebens hassen.«

»Das wirst du wahrscheinlich sowieso tun«, erwiderte sie, und bevor ich darauf reagieren konnte, war sie wieder weggedriftet, obwohl sie nur einen Meter von mir entfernt stand.

Am Abend dieses Tages kam sie so spät in mein Zimmer, dass sie glauben musste, ich schliefe. Sie setzte sich auf die Kante meines Bettes und fuhr mir übers Haar. »Mama, wer wird die Welt retten, wenn nicht du?«, sagte ich. Sie weinte ein bisschen, aber meine Bitten hatten nicht mehr Erfolg als mein Zorn. Ich versuchte weiterhin hartnäckig, meine Mutter davon zu überzeugen, dass sie an der Veranstaltung teilnehmen müsse. Keine Manipulation, keine Grausamkeit war tabu. Sie hörte es sich eine Weile an, und dann, nur Tage vor der Veranstaltung, verschwand sie.

Aber selbst nachdem sie verschwunden war, klammerte ich mich fest. Woran, weiß ich nicht. Ich hatte keinen Namen dafür, aber ein klares Bild. Das Bild einer Gruppe junger Soldaten, die zu einem sternenübersäten Himmel emporblicken, ihre Mienen sehnsüchtig. Das gerahmte Bild stand neben dem Bett meiner Mutter, während sie und der Dichter in benachbarten Häusern lebten. Sie sagte, es drücke ganz klar aus, dass wir uns nichts so sehr wünschten wie Zufriedenheit, dass uns nichts so sehr anzöge. Mit unseren Freunden unter einem sternenübersäten Himmel zu sitzen und zu träumen. Das sei es, wonach die menschliche Seele sich sehne, das sei die befriedete Menschheit. Ob wir gegen ungerechte oder diktatorische Regierungen kämpfen oder die Zerstörung der Mangrovensümpfe, Aasmaani, letztlich kämpfen wir für den Luxus dieser Zufriedenheit.

Auch nachdem der Dichter gestorben und das Bild neben ihrem Bett verschwunden war, auch nachdem sie verschwunden war, glaubte ich weiterhin an die grundlegende Wahrheit dessen, was das Bild ausdrückte. Die befriedete Menschheit – das war eine Bezeichnung, die ich liebte. Sie würde ihren Weg zurück zur Wahrheit, zur Notwendigkeit, dafür zu kämpfen, finden, davon war ich überzeugt, und die Merkwürdigkeiten der letzten beiden Jahre fänden ein Ende, und sie wäre wieder die Frau, die sie gewesen war, als sie daran geglaubt hatte. Und diese Frau würde nach Hause zurückkehren.

Aber stattdessen bestieg General Zia-ul-Haq am 17. August 1988 in Bahawalpur ein Flugzeug, das ein paar Minuten nach dem Start explodierte.

Als ich von seinem Tod erfuhr, verwandelten sich die Geschichten von Zufriedenheit und Befriedung in Märchen. Auch wenn sie stimmten, so waren sie doch bedeutungslos. Für mich zerbrach in diesem Augenblick alles. All die Jahre hatten sie – sie und der Dichter – gegen Zias Regierung gekämpft, mit Veranstaltungen, Reden und Gedichten. Und sie hatten nichts damit erreicht. Er wurde gefoltert und umgebracht; und sie – nun, dafür gab es kein Wort. Die kleinen Siege, die sie errungen hatten, waren nichts als klein. Und was brachte die Veranstaltung in Lahore? Nichts. Nichts. Alle diese edlen Wege, Widerstand zu leisten, führten zu nichts. Aber dann platzierte jemand – niemand wusste, wer – eine Bombe in einem Flugzeug, und der General explodierte, und innerhalb von Stunden nach seinem Tod war die Rede davon, dass es jetzt wirklich Wahlen geben könnte, richtige Wahlen. Es könnte – ich war dazu erzogen worden, das Wort wie ein Gebet zu flüstern – Demokratie geben. Weil jemand eine Bombe in einem Flugzeug gelegt hatte. So werden Dinge auf der Welt vorangebracht. So leistet man Widerstand gegen eine Tyrannei. Indem man selbst zum absoluten Tyrannen wird. Das war der einzig wirksame Weg.

Alles, was du je getan hast, Mama, war nichts. All die Jahre des Kampfes, all die blauen Flecken, all die Ängste, die ich durchgestanden habe, während du im Gefängnis warst – für nichts. Und du hast das verstanden, nicht wahr, lange bevor ich es verstand. Als der Dichter starb – seine Worte nicht machtvoll genug, um einen Hammer oder eine Faust abzuwehren –, hast du die Vergeblichkeit des Lebens begriffen, das du so leidenschaftlich gelebt hattest. Deswegen hast du eine Entscheidung getroffen, die Entscheidung, die ich an jenem 17. August zu verstehen begann, obwohl viel Zeit vergehen sollte, bis ich sie ganz anerkennen konnte.

»Sollen wir uns freuen?«, fragte die dreizehnjährige Rabia, als sie in mein Zimmer kam und ich ihr sagte, dass Zia tot sei. Als ich die Frage hörte – meine kleine Schwester, ganz große Augen und gute Absichten, die wissen wollte, ob wir uns über eine Bombe freuen sollten, die eine Flugzeugladung Menschen getötet hatte –, schlug ich den Kopf gegen die Wand und stieß einen so wilden Schrei aus, dass ich Tage danach noch heiser war.

»Oh Gott, du hast mich zu Tode erschreckt an jenem Tag«, sagte Rabia, die Hände im Spülwasser. »Du hast gebrüllt und um dich geschlagen. Es half nicht, dass ich gerade den *Exorzisten* gesehen hatte.«

Ich lachte und fuhr mir mit der Hand durchs Haar. »Rabia, ich habe eine schreckliche Woche hinter mir.«

»Halleluja!«, sagte sie. »Das Eingeständnis von Unglück. Wirst du mir erzählen, warum?«

Ich zuckte die Achseln und trocknete den Teller ab, den sie mir hinhielt. »Manche Tage scheinen einfach zu viele Stunden zu haben.«

»Ich verstehe. Wieder einmal Aasmaani die Undurchschaubare. Lass mich raten – als du bei Shehnaz Saeed beim Mittagessen warst, hat sie von deiner Mutter gesprochen, stimmt's?«

»Sie hat es versucht. Sie hat mir die Oh-wie-die-Nation-sie-braucht-Rede gehalten.«

Rabia tauchte die Pfanne ins Spülwasser und schüttelte die nassen Hände in Richtung einer hängenden Pflanze aus – ein Trick, den sie von unserer Löwenmaul-Nachbarin gelernt hatte. »Tja, die Nation braucht sie tatsächlich.«

»Oh, bitte.«

»Du auch – es bestreitet niemand, dass ...«

»Ich beschuldige niemanden, dass er es bestreitet.« Es hatte zorniger geklungen, als ich es beabsichtigt hatte. Ich war es so überdrüssig, dass Rabia das Thema meiner Mutter immer mit solcher Vorsicht ansprach, als würde ich in tausend Teile zerspringen, wenn sie nicht die richtigen Worte fand. »Entschuldige. Ich bin noch müde, das ist alles.« Ich küsste sie auf die Stirn und begann, mich zu entfernen.

»Wir haben hier gerade ein Gespräch angefangen«, sagte Rabia, aber ich schüttelte den Kopf und ging weiter. »Warum musst du unbedingt diese Version ihres Lebens glauben, Aasmaani?«, rief sie mir nach. Ich schaute mich zu ihr um. »Warum musst du unbedingt glauben, dass ihr Engagement nichts gebracht hat?«

Wie lautete der Satz in dem verschlüsselten Text? *Denke dir eine Geschichte über dich selbst aus und passe alles dieser Geschichte an.*

Ich betrat meine Wohnung und sperrte die Tür hinter mir ab. In meinem Kopf befanden sich so viele Bilder meiner Mutter. Meine Mutter mit dreiundzwanzig in einer weißen Kurta, Lapislazuli um das Handgelenk. Meine Mutter mit sechsundzwanzig, unfähig, einem ehemaligen Liebhaber mit einem grauen Schal zu widerstehen. Meine Mutter mit siebenundzwanzig, die mich in ein Gefängnis trägt. Meine Mutter mit vierunddreißig, die Frauen organisiert. Meine Mutter mit fünfunddreißig, die dem Dichter nach Kolumbien folgt und mich und die Frauen zurücklässt. Meine Mutter mit achtunddreißig, ihr Körper bedeckt von blauen Flecken vom Lathi eines Polizisten, die sich darauf vorbereitet, wieder hinauszugehen und eine weitere Demonstration anzuführen. Meine Mutter mit vierzig, die noch immer zu Musik von Donna Summer tanzt. Meine Mutter mit einundvierzig, die zulässt, dass ihre Trauer um den Dichter sie auffrisst. Meine Mutter mit zweiundvierzig, der es noch schlimmer geht als im Jahr zuvor. Meine Mutter mit dreiundvierzig, verschwunden.

Was verband die Frauen in diesen Bildern – die Aktivistin, die Mutter, die Geliebte, die Trauernde, die Tänzerin, die Abtrünnige? Was machte es möglich, dass aus dieser Mannigfaltigkeit »eine Version« entstand? Es gibt ein Wort dafür: Charakter. Der imaginäre Tyrann. Wir tun alle so, als besäßen wir einen Charakter, als wäre er etwas Verlässliches, etwas Begreifbares und Wahres, auch wenn er uns einschränkt und behindert. Wenn sich jemand nicht seinem Charakter entsprechend verhält, runzeln wir die Stirn, eine Stimme in uns beschwert sich beunruhigt, aber dann glättet sich unsere Stirn wieder. Wir haben eine Möglichkeit gefunden, sein Verhalten als seinem Charakter entsprechend neu zu interpretieren. Oder wir glauben, wir hätten uns in seinem Charakter getäuscht, und erst jetzt würde unser Gedächtnis uns wundersamerweise die Hinweise liefern, die seinen wahren Charakter enthüllen. Oder die Person hat uns getäuscht; sie zeigte der Welt nicht ihr wahres Gesicht, sondern eine Maske, die sie jetzt mit dramatischer Gewalt heruntergerissen hat. Wir wollen nicht in Betracht ziehen, dass unsere innere Stimme flüstert: So etwas wie einen feststehenden Charakter gibt es nicht, es gibt nur unser Bedürfnis, die Punkte miteinander zu einem Bild zu verbinden.

Alles, was nicht ins Bild passt, vergessen oder verbiegen wir.

Ich entfernte mich von der Tür, an der ich gelehnt hatte, und schritt im Zimmer auf und ab. Der Witz der Sache ist natürlich, dass wir Sklaven der Geschichten über unseren Charakter werden. Die erfundenen Erzählungen über unser Ich bestimmen unsere Aktionen und Reaktionen – ich bin tapfer; ich bin nervös; in dieser oder jener Situation werde ich so oder so reagieren. Charakter ist eine Erfindung, aber diese Erfindung dient sowohl als Begründung als auch als Rechtfertigung unseres Verhaltens. Es ist die sich selbst erfüllende Prophezeiung, die unser Leben leitet und sich so tief in unser Unbewusstes gräbt, dass wir vergessen, dass es vielleicht einmal eine Zeit gab, als unsere wesentlichen Charakterzüge noch nicht unausweichlich waren. Wir schauen auf unser Leben zurück und sehen die »Entwicklung unseres Charakters«, aber wir sehen nicht, dass es eigentlich die Entwicklung einer Geschichte ist, und je länger wir damit leben, umso mehr werden wir eingeengt von der rapide sich vermindernden Mannigfaltigkeit unserer Vorstellungen von uns selbst. Was wir nicht akzeptieren können, ist, dass wir vielleicht nie erfahren, wer wir sind.

Ich stieß die Tür zum Balkon auf und atmete tief das Kohlendioxyd ein, das die Pflanzen um mich herum ausgeschieden hatten. Nein, es ist noch viel schrecklicher. Was wir überhaupt nicht in Betracht ziehen wollen, ist, dass es so etwas wie ein einheitliches »Ich« nicht gibt, sondern nur eine einigermaßen einheitliche äußere Form, hinter der sich eine so ungeheure Menge an Möglichkeiten versteckt, dass Anarchie herrschen würde, wäre da nicht die Tyrannei des Charakters. Was uns daran die größte Angst einjagt, ist, dass wir wissen, wie leicht wir ein anderes Drehbuch hätten aufgreifen, uns von einem anderen Tyrannen hätten leiten lassen und ein anderes Leben hätten führen können. Ich steckte die Hand in die Erde eines Blumentopfes und hielt sie mir dann an die Nase. Sie roch nach Hoffnung, schrecklich und großartig zugleich.

Und alle Menschen um uns herum bestärken unsere Vorstellungen, indem sie uns sagen, wer wir sind und woran wir glauben, und durch die Art, wie sie mit uns umgehen. An welchem Punkt wird aus diesem Rollenspiel Gewohnheit, etwas, wofür wir dankbar sind, weil es uns erlaubt, mit einer Leichtigkeit durch die Welt zu gehen, die von unserer Vorhersagbarkeit herrührt, auch wenn diese Vorhersagbarkeit die Form von Neurosen, Hysterie oder Depression annimmt? Und an welchem Punkt verwandelt sich diese Gewohnheit auf undurchsichtige Weise in Sucht? Ich wischte mir die Hände ab. Wir müssen uns so dringend uns selbst erklären und uns auf uns verlassen können, dass wir an eine bestimmte Version unseres Selbst glauben müssen, auch wenn sich zunehmend Beweise finden, dass die Version eine Lüge ist, auch wenn der von der Gewohnheit noch nicht gezähmte Teil unseres Selbst sich aufbäumt, um sich zu befreien, und die müde, unveränderliche, an den Rändern siechende Kreatur überwältigen will, zu der unser Charakter geworden ist.

Wann begriff meine Mutter das und versuchte, aus dem Charakter auszubrechen, den sie und die Welt für sie erfunden hatten? Wann begriff sie, dass sie diesen Ausbruch nicht erfolgreich vollziehen konnte, solange sie in Gesellschaft von Menschen war, die versuchten, ihrem Leben erneut die alte Erzählung ihres Charakters aufzuzwingen? War es im Sommer '88, als alle Frauenrechtlerinnen und ich bewiesen, dass wir noch immer glaubten – obwohl sie uns seit über zwei Jahren keinen Grund mehr für diesen Glauben geliefert hatte –, sie würde bei der richtigen Gelegenheit, für die richtige Sache wieder die alte Samina, die Samina der grazia werden? Und war es davor oder danach, als sie mich ansah und dachte: Wenn ich mich aufgebe, werde ich dann auch mein Kind aufgeben?

Ich blickte empor in den sternenlosen Himmel. Die Dunkelheit begann sich zu lichten. Die Nacht drehte sich im

Schlaf um und wurde zum Tag. Gab es in uns einen Teil, der stets derselbe blieb, gleichgültig, was das Leben für uns bereithielt, ein winziger Kern unseres Wesens? Wenn Omi wirklich sechzehn Jahre gefangen gehalten worden war, dann würde er doch bestimmt so klingen wie in den gefälschten Briefen – wie er selbst, trotz allem? Irgendein Samenkorn des Mädchens, das ich zu seinen Lebzeiten gewesen war – das lachende Mädchen, das an den Glauben und an Veränderung glaubte –, war doch gewiss noch in mir, bereit, zurückgerufen zu werden? Oder hatte dieses Mädchen nie existiert – war es lediglich Teil der Geschichte, die ich für mich selbst erfunden hatte? Selbstanalyse als Konstruktion einer Erzählung: Einst war ich sie, sie konnte jedoch das, was in ihrem Leben geschah, nicht überleben, deswegen wurde ich ich, aber eines Tages werde ich stark genug sein, um zu ihr zurückzukehren. War das die Geschichte, an die ich mich klammerte? Aber wenn ich immer noch an diese Geschichte glauben wollte, wenn ich immer noch lieber sie als ich sein wollte, hieß das nicht, dass ich noch Hoffnung hatte?

Ich schwitzte in der kühlen Morgenluft. Ich empfand alles andere als Hoffnung.

Und es war Zeit für das Morgengebet. Jedes Gebet, das ich während der letzten vierzehn Jahre gesprochen hatte, bestand aus einem Wort: Mama.

Jedes Gebet und jeder Fluch.

Ohne ihre Anwesenheit wusste ich nicht, wie ich für mich eine andere Geschichte erfinden sollte, außer der Geschichte der Tochter, die sie immer wieder verlassen hatte, die ihr keinen Grund zum Bleiben gegeben hatte. Die ihr jetzt keinen Grund gab, zurückzukehren.

XI

Aber vermutlich, dachte ich ein paar Stunden später, als ich den Kopf streckte, um die Öffnung in der kurzen Kurta zu finden, die sich wie ein Zelt über mir spannte, ist unser Verständnis von Hoffnung geprägt, von einer Fehlinterpretation des Mythos der Pandora. Wenn sie die Büchse öffnet, entströmt alles Böse in die Welt, und der Menschheit bleibt als Trost und Begleiter im Unglück nur die Hoffnung. Aber was, fragte ich mich, als mein Kopf aus dem leuchtend gelben Stoff auftauchte, tat die Hoffnung zwischen alldem Bösen? Warum war sie nicht woanders mit der Liebe, der Barmherzigkeit und der Freundschaft? Weil ihr rechtmäßiger Platz bei Qual und Kummer ist, deswegen. Die Hoffnung bleibt in der Büchse, weil sie weiß, dass sie ihr Zerstörungswerk am besten von innen bewirken kann, in Form eines Freundes und Führers. Die Verbrechen der Hoffnung sind nur von Erfolg gekrönt, wenn es Insiderjobs sind.

Ich fasste mein Haar im Nacken zusammen und zog es durch ein Gummiband. Die Hoffnung war Zeus' ultimative Rache für Prometheus' Diebstahl des Feuers. Und in welch seltsamen Formen sich die Hoffnung auf uns stürzt – als Botschaften von den Toten, verlorene, erneut zum Leben erweckte Sprachen, Männer, die Wein in Papiertüten tragen.

Ich musste erst in einer Stunde im Büro sein, aber ich nahm die Wagenschlüssel und fuhr los.

Ein paar Stunden nach Beginn des Ramadans spürte man

bei STD bereits eine besondere Stimmung. Die Küche war leer, abgesehen von einer schuldbewusst dreinblickenden, schwangeren Frau, die es gewohnt war, während des Ramadans zu fasten, und jetzt das Gefühl hatte, Verrat zu begehen, weil sie sich eine Tasse Tee kochte. Überall sonst herrschte eine Atmosphäre von Darben verbunden mit Zielgerichtetheit. Vor allem die Kettenraucher drehten unablässig Bleistifte zwischen den Fingern oder spielten mit Büroklammern. Im Fernsehen lief keine Werbung für Lebensmittel mehr.

Ich ging die Treppe hinauf – an einer Gruppe vorbei, die hitzig darüber diskutierte, wo in der Stadt es die besten Jalaibees gab –, und als ich vor meiner Bürotür stand, sah ich, dass ein Stück Papier daran klebte. Es enthielt keine Nachricht, sondern die hervorragend gezeichnete Karikatur eines Mannes, der einer Frau mit schmierigem Lächeln eine Flasche reicht. Auf dem Etikett der Flasche stand in großen roten Buchstaben VINEGAR, Essig, aber die letzten drei Buchstaben waren durchgestrichen und das V war mit einem grünen Leuchtstift zu einem W verbessert. Das Gesicht der Frau war ausdruckslos.

Ich entfernte den Zettel vorsichtig von der Tür und ging den Flur entlang zu Eds Büro. Seine Tür stand offen, und ich hörte seine Stimme, die vor Wut eiskalt klang.

»Na gut, ich bin gern bereit, Ihren Gehaltsscheck zu einer ›Kleinigkeit‹ zu machen. Und jetzt raus.«

Ein Mann, den ich als geschätzten Photographen, bekannt vor allem für seine Modephotos, wiedererkannte, kam aus dem Raum, und als er mich sah, deutete er auf Eds Büro und machte, bevor er weiterging, mit den Händen eine Geste, als wollte er jemandem den Hals umdrehen.

Ich überlegte, ob ich zu meinem Büro zurückkehren sollte, aber Ed rief: »Ist da jemand?«, und ich stieß die Tür auf und trat ein.

Sein Büro war wesentlich größer und heller als meines. Durch zwei Fenster fiel Sonnenlicht auf seinen Schreibtisch, der mit Schwarzweißphotographien bedeckt war. Er starrte konzentriert auf die Photos, als ich eintrat, aber als ich seinen Namen sagte, hob er den Kopf und lächelte ein so strahlendes Lächeln, dass ich mich wieder wie ein Teenager fühlte.

»Sind die der Grund, warum du dem armen Mann fast den Kopf abgerissen hast?«, fragte ich und deutete auf die Photos. Es waren ausnahmslos Photos von Shehnaz Saeed, die an einem Fenster stand und hinaussah, eine Hand am Vorhang. Es war das berühmteste Photo von ihr, aufgenommen vor über zwei Jahrzehnten während der Dreharbeiten zu *Aik Ajnabi aur Mehbooba*, ihre erste Zusammenarbeit mit Kiran Hilal. Der Schauspieler, den ich den Einst-führenden-jetzt-hinterherhinkenden-Mann nannte, hatte den Mann gespielt, den sie liebte, und in der Szene auf dem Photo sieht sie ihm nach, wie er ihr Haus verlässt, nachdem sie ihm mitgeteilt hatte, dass sie ihn nie heiraten würde. Die ganze Nation hatte während dieser Szene geweint.

Bei genauerem Hinsehen bemerkte ich, dass es sich nicht um die alten Photos handelte, sondern um jüngere Aufnahmen, die die Szene nachstellten.

»Verdammter Idiot«, brummte Ed. »Wir brauchen die Photos für die Zeitungsanzeigen, die wir ab nächster Woche für *Boond* schalten wollen, aber schau sie dir nur an.« Er gestikulierte zornig, und jetzt sah ich, dass es sich nicht um Abzüge einer einzigen Aufnahme handelte, sondern um eine Serie nahezu identischer Photos.

»Mir scheinen sie in Ordnung.«

»Sie sind überhaupt nicht in Ordnung. Schau nur, dieser

Schatten, und hier, zu viel Vorhang, und hier, ihre Hände sehen einfach alt aus.« Er hielt inne und blickte mich an. »Entschuldige. Ich wirke zwanghaft, ich weiß. Das liegt an den vielen Jahren, die ich bei Werbeagenturen in New York gearbeitet habe. Ich habe einen Blick für Details, der mich hier in den Wahnsinn treiben wird.« Er lehnte sich auf seinem Stuhl zurück und schloss die Augen für einen Moment, der nur wenig länger als ein Blinzeln war. »Ich vermisse New York. Diese verdammte Stadt.«

In einer Kunstausstellung von Studenten hatte ich einmal eine Installation mit dem Titel »Shehnaz Saeeds Stimme« gesehen. Es handelte sich um die Nachbildung eines Kehlkopfs mit einem kleinen Loch auf einer Seite. Wenn man durch dieses Loch blickte, konnte man dank eines vergrößernden Mechanismus eine Reihe von Worten im Kehlkopf lesen, angeordnet zwischen den beiden Stimmbändern – jedes Wort offenbar mit dem Material geschrieben, auf das das Wort verwies. Honig. Federn. Kies. Samt. Tränen. Zerbrochenes Glas. Als Ed von New York sprach, glaubte ich nahezu, dass ein Sonnenstrahl, könnte ich ihn auf seinen Kehlkopf lenken, durch ein Loch fallen und mir den Beweis liefern würde, dass er ganz und gar der Sohn seiner Mutter war.

Um weiterhin das Timbre seiner Stimme zu hören, fragte ich ihn: »Was genau vermisst du?«, und setzte mich ihm gegenüber.

Er beugte sich vor und häufte die Photos auf einen Stapel. »Was ich vermisse? Sushi.« Er lächelte und zuckte die Achseln, als könnte er meine Frage nur auf völlig unbefriedigende Weise beantworten. Aber ich forderte ihn mit einem Blick auf fortzufahren. »Pizza«, sagte er. Dann atmete er aus und hob die Schultern. »Die Brunch-Szene. Dass man überall ein Taxi findet, außer wenn es regnet. Ich vermisse die Gespräche auf Urdu über Politik mit den Taxifahrern, die politisch immer links sind, und ich vermisse, dass einem alles ins Haus gebracht wird, kostenlos – von der Kleidung aus der Reinigung über Salzlösung bis zu Essen aus allen Gegenden der Welt. Besonders das koreanische Deli bei mir um die Ecke, das mir um vier Uhr morgens Eiscreme geliefert hat. Was noch? So viel. Die Spiele der Knicks und wie New York eben ist, wie sich die Viertel verändern. Der Steeldrummer aus Trinidad in der U-Bahn-Station an der zweiundvierzigsten Straße, und der Zigarettenwalla aus Bangladesch an der Ecke, der mich frühmorgens grüßte, wenn ich von einer Nacht in der Stadt nach Hause kam. Und wie sich die Stadt an langen Wochenenden leert. Ich vermisse den Schnee im West Village und die Sommer, am meisten vermisse ich vielleicht die New Yorker Sommer.«

Während er sprach, dachte ich zuerst, dass der Ausdruck von Schmerz in seinem Gesicht dem eines Mannes ähnelte, der über das Ende einer leidenschaftlichen Liebesbeziehung nachdenkt, aber dann wurde mir klar, dass sich so Überlebende an ihre verlorene Heimat erinnern – Pompeji, unter Asche begraben, Atlantis, im Meer versunken. »Warum bist du weggegangen, Ed? Wirklich. Waren die Unannehmlichkeiten so groß, dass du mit ihnen nicht mehr leben konntest? Ich meine, hier gibt es jede Menge Unannehmlichkeiten, wenn auch andere. Und deine Yuppie-Persönlichkeit hat dich doch in gewisser Weise beschützt?«

»Ich habe mich absolut machtlos gefühlt«, sagte er tonlos.

»Ist das wirklich so schrecklich? Ich habe immer geglaubt, dass Prospero im *Sturm* dann am mächtigsten ist, wenn er am Ende auf die Macht verzichtet. Die Macht, auf

Macht zu verzichten. Wie lauten gleich noch mal die Zeilen von Rilke über unsere Freunde, die Furcht erregenden Engel?«

»›… weil es gelassen verschmäht, uns zu zerstören. Ein jeder Engel ist schrecklich.‹«

»Ja.«

»Schau nicht so überrascht drein, Aasmaani. Auch Yuppies lesen manchmal Gedichte. Und außerdem habe ich nie auf Macht verzichtet. Ich bin aufgewacht und habe festgestellt, dass ich keine Macht mehr hatte.«

»Na und? Hast du bis dahin geglaubt, dass du den amerikanischen Traum leben könntest – Milliardär werden, großzügige Spenden an eine Partei und die Politik der Regierung beeinflussen?«

»Nein, Miss Zynisch. Ich glaubte, dass ich die Macht hätte, frei zu leben, ohne dass jemand mich belästigt, solange ich kein Gesetz übertrete. Das FBI klopft um zwei Uhr morgens an deine Tür und befragt dich zu den Flugstunden, die du fünf Jahre zuvor genommen hast, und damit ist diese Illusion sofort zerbrochen. Willst du wirklich wissen, warum ich in die Welt des Fernsehens zurückgekommen bin, nachdem ich versucht habe, außerhalb des Schattens meiner Mutter zu leben? Weil der Schatten meiner Mutter mächtig ist. Weil ich in das Büro des Geschäftsführers gehen und sagen konnte: ›Meine Mutter tritt vielleicht wieder auf, wenn ich sie darum bitte.‹ Und jetzt leite ich den Laden mehr oder weniger.«

»Karatschi ist nicht New York, aber es gibt auch hier Dinge, die man lieben kann.«

»Menschen, die man lieben kann, klar«, sagte er, blickte zu mir hoch, dann auf die Photos und schließlich zur Seite. Bevor ich etwas darauf erwidern konnte, schaute er mich erneut an und lächelte. »Ich habe dir noch nicht die lustige Anekdote erzählt, die ich dir gestern versprochen habe. Vor ein paar Tagen bin ich von STD nach Hause gefahren. Dabei komme ich immer an dem Polizeiposten in der Nähe des Generalkonsulats der USA vorbei. Und wie üblich winkt die Polizei mich heraus, schreibt meine Autonummer auf und fragt mich nach meinem Namen –«

»Du hast Recht. Das ist eine lustige Geschichte.«

»Ich bin noch nicht bei der Pointe.«

»Doch, das bist du. Du hast dein großartiges Leben in New York zurückgelassen, weil dir die Verdächtigungen und Vorurteile auf die Nerven gingen, und bist nach Karatschi zurückgekehrt, nur um feststellen zu müssen, dass du tagtäglich von der Polizei angehalten wirst, damit du das Leben des US-Generalkonsuls nicht gefährdest. Wie sollte das etwas anderes sein als eine Pointe?«

»Ich verstehe. Danke, du hast mich gerade um meinen Witz gebracht.«

»Erzähl weiter. Wie lautet deine Version der Pointe?«

»Die Polizei hat mich angehalten und nach meinem Namen gefragt. Und ich dachte, warum soll ich ihnen immer meinen richtigen Namen nennen? Ich werde lügen. Das soll mein Versuch sein, mich gegen diesen Blödsinn zu wehren. Und ich sagte: ›Agamemnon.‹ Der eine Polizist sieht mich an, als wollte er mich festnehmen und verhören, aber der andere sagt zu ihm: ›Schreib es auf. Beeil dich. Agha Memon.‹«

Ich lachte. Er beugte sich vor und legte seine Hand auf meine.

Und da war es wieder. Das Funken. »He«, sagte ich. »Es ist Ramadan. Bis Sonnenuntergang dürfen wir keine unreinen Gedanken denken. Und wenn wir schon dabei sind, kleb keine Weinflaschen an meine Bürotür.«

Er hob meine Hand und berührte mit seinen Lippen meine Fingerknöchel.

Ich hatte fast vergessen, wie es sich anfühlt; diese Vorfreude, dieses Ertrinken.

Schließlich ließ er meine Hand los, stand auf und ging zum Fenster. Er spielte mit den Schnüren der Jalousie und drückte die Handfläche gegen die Fensterscheibe, als wollte er die Wärme daraus absorbieren, obschon es in seinem Büro alles andere als kalt war. Er blickte hinaus in den Garten mit seinen rosa blühenden Bäumen und sagte: »Aasmaani, ich glaube nicht, dass der Dichter diese Seiten geschrieben hat. Es muss eine Fälschung sein.«

»Das glaube ich auch.«

Er drehte sich zu mir um. »Gott sei Dank. Ich hatte Angst, du würdest tatsächlich glauben ...«

»Nein, nein.« Ich spürte, wie ich vor Verlegenheit rot wurde.

»Es ist so offenkundig, na ja, lächerlich. Alles, was du mir vorgelesen hast. Es ist genau das, was jemand schreiben würde, wenn er so einen Text fälschen wollte. Ich meine, wenn jemand dich überzeugen wollte, dass er echt ist, würde er es genauso machen. Andeutungen auf seine Pfirsichallergie einflechten, ein paar alte Erinnerungen hervorkramen, ein paar Hinweise auf seine derzeitige Lage einbauen, eine kurze Zusammenfassung der letzten sechzehn Jahre. Es passt alles zu gut.«

»Wusstest du, dass er eine Pfirsichallergie hatte?«

»Wie bitte?«

»Du hast Pfirsichallergie gesagt, als hättest du davon gewusst.«

»Ja.« Er trat näher zu mir. »Als deine Mutter einmal bei meiner Mutter beim Abendessen war, lagen Pfirsiche in einer Obstschale. Und Samina sagte, dass sie nie Pfirsiche gekauft hätte, als der Dichter noch am Leben war. Sie sagte: ›Jetzt kann ich so viele Pfirsiche kaufen, wie ich will, jedes Unglück hat auch sein Gutes.‹«

Ich konnte hören, wie sie es sagte. Ihre Stimme, wie sie nach dem Tod des Dichters geworden war – zögernd, spröde.

Ed setzte sich auf die Kante seines Schreibtisches, so dass sein Schatten auf mich fiel. »Macht es dir etwas aus, wenn ich von ihr spreche?«

Ich schüttelte den Kopf.

»Samina«, wiederholte er, als hätte er ihren Namen seit langer Zeit nicht mehr laut ausgesprochen und wäre überrascht von seinem Klang. »Sie hat immer darauf bestanden, dass ich sie bei ihrem Namen und nicht ›Aunty‹ nenne. Hin und wieder habe ich sie und den Dichter gesehen, als ich aufwuchs. Nicht oft. Vielleicht ein halbes Dutzend Mal. Aber nach dem Tod des Dichters wurden sie und meine Mutter ...« Er hielt inne, knöpfte die Manschette seines Hemds auf und zu. »Du siehst ihr einmal ähnlich und dann wieder nicht. Es ist unheimlich.«

»Sie und deine Mutter.«

»Was?«

»Davon hast du gerade gesprochen. Nach dem Tod des Dichters ...«

»Richtig. Sie und meine Mutter wurden enge Freundinnen, und sie kam oft vorbei. Manchmal habe ich auch vorbeigeschaut, um meine Mutter zu besuchen, und dann war sie da. Damals lebte ich nicht zu Hause – ich war an der IBA, lebte mit ein paar Kommilitonen in einer Wohnung in der Nähe des Campus.«

»Deine kriminelle Studienzeit. Ich habe davon gehört.«

»Von deiner Mutter?«

»Nein. Nur allgemein. Als deine Mutter mit der Schauspielerei aufgehört hat.«

Er stand auf, der Schreibtisch wackelte. »Du meinst, als alle behaupteten, dass sie die große Leidenschaft ihres Lebens wegen mir aufgab. Weil ich so eine Katastrophe war, dass sie den gleichen Fehler mit den Kindern aus ihrer zweiten Ehe vermeiden wollte.«

»Ed.« Ich berührte ihn am Ärmel. »Ich weiß, wie die Leute in dieser Stadt reden.«

»Ja. Natürlich weißt du das.« Er setzte sich wieder, diesmal näher bei mir. »Es war so unfair, wie die Menschen deine Mutter behandelt haben. Die vielen Jahre, die sie mit dem Dichter zusammen war. Aber weil sie nicht heirateten und ihre Beziehung auch nicht verheimlichten, glaubten die Leute, sie könnten alle möglichen schrecklichen Dinge über sie sagen und sie nach dem Tod des Dichters schneiden.« Er schüttelte den Kopf. »All diese Leute, verheiratete Leute, haben Affären, und niemand sagt etwas oder behandelt sie schlecht, solange sie sie geheim halten. Als würde es dadurch tugendhafter. Als wären Diskretion und Lügen das Gleiche. Deine Mutter und der Dichter waren diskret. Wenn man sie in der Öffentlichkeit zusammen sah, hätte man glauben können, dass sie nur gute Freunde und Nachbarn sind.«

»Gute Freunde und Nachbarn folgen einander nicht ins Exil.«

Er winkte ab. »Ihre Beziehung hatte etwas Aufrichtiges. Das wollte ich sagen. Sie haben nicht gelogen oder etwas verheimlicht. Sie haben niemanden getäuscht. Und du bist der Beweis dafür. Du bist hier aufgewachsen, wo alles hinter verschlossenen Türen stattfindet und sich doch jeder bei der kleinsten Andeutung von Unschicklichkeit maßlos empört. Du reagierst nicht verlegen oder wütend, weil deine Mutter mit einem Mann zusammen war, den sie nie geheiratet hat. Du machst es ihr nicht zum Vorwurf.«

»Ich habe ihn geliebt, bevor ich die Bedeutung des Ausdrucks ›soziale Konvention‹ kannte, Ed. So einfach ist das.«

»Du musstest nicht herausfinden, dass sie dich angelogen hat. So einfach ist das.«

Shehnaz Saeed hatte die Klatschmäuler verblüfft, indem sie absolut nichts über ihr Privatleben verlauten ließ. Während der vielen Jahre, die sie im Licht der Öffentlichkeit stand, konnten sie ihr nicht den Hauch eines Skandals anhängen. Und als sie ihren zweiten Mann heiratete, waren alle verblüfft. Er hatte zu ihrem großen Bekanntenkreis gehört, aber niemand hatte vermutet, dass es mehr war. Nicht einmal Ed?

»Ich erinnere mich noch an das erste Mal, als ich deine Mutter nach dem Tod des Dichters sah«, sagte er. »In einem Supermarkt. Irgendwo in der Nähe von Bath Island.«

Sie gewöhnte sich nicht an das Viertel, in dem das Haus meines Vaters stand. Bei den seltenen Gelegenheiten, wenn sie zum Einkaufen ging, fuhr sie immer in ihre alte Gegend, in die Geschäfte, in denen sie früher Omi wütend dabei zugesehen hatte, wie er sich unvorstellbar lang Zeit ließ, um die vollkommene Wassermelone auszuwählen, die idealen grünen Chilis. Auch wenn es um Zahnpasta, Shampoo oder Seife ging, studierte Omi alle Optionen, als müsste er einen Talisman finden, und entschied sich nie zweimal nacheinander für dieselbe Marke.

»Sie wirkte so verloren. Und da waren diese zwei Frauen, die sie anstarrten und offensichtlich über sie redeten. Samina ignorierte sie. Aber dann sagte eine der Frauen laut: ›Tja, man kann nicht erwarten, dass man wie eine Witwe behandelt wird, wenn man nicht verheiratet war.‹«

Ich verschränkte die Arme, presste sie gegen meine Brust. »Was hast du getan?«

»Ich ging zu ihr und habe sie so genommen« – er fasste mich an den Armen auf halber Höhe zwischen Ellbogen und Schultern – »und sie auf beide Wangen geküsst und gesagt, wie Leid es mir täte. Sie schien so dankbar und überrascht. Was könnte unfairer sein als diese Situation, in der deine Mutter dankbar war, dass ein neunzehnjähriger Idiot sie nicht schnitt, als er sie sah.«

Ich könnte dich lieben, dachte ich.

Seine Hände bewegten sich langsam zu meinen Schultern hinauf. »Also, was, glaubst du, ist mit deiner Mutter vor vierzehn Jahren geschehen?«

Ich lehnte mich zurück, der Stuhl kippte nach hinten, so dass er mich loslassen musste, um nicht vornüberzufallen. Hätte er statt »glauben« das Wort »denken« benutzt, hätte ich ihm vielleicht sogar geantwortet. Aber »glauben«? Als wäre die Vorstellung, dass Mama noch lebte, so wenig plausibel, dass sie in den Bereich gehörte, in den Atheisten Gott stellen, in dem Phantasie und Glaube Synonyme sind. Ich verstand seine Skepsis und machte sie ihm nicht zum Vorwurf. Aber warum sah er mich an, als versuchte er – zu sehr –, mich davon zu überzeugen, dass er bereit war, die Anzahl der Anhänger der Glaubensrichtung, der bislang nur ich anhing, zu verdoppeln. Nicht weil er an die Botschaft glaubte, sondern weil er nicht mit ansehen konnte, dass ich allein durch die Wildnis wanderte.

Letztlich war Ed nur ein weiterer Mann, der mich heilen wollte und glaubte, er könnte es.

Nimm mich so gebrochen, wie ich bin, wollte ich sagen. Aber ich wusste bereits, dass jeder meiner Brüche in seinen Augen keine Herausforderung, sondern einen Vorwurf darstellte. Warum lässt du dich nicht von mir heilen, wollte er wissen. Warum reiche ich dir nicht? Warum widersetzt du dich meinen Versuchen?

Ich stand auf und ging zu der fenster- und türlosen Wand, die nahezu vollständig von einem Plakat bedeckt war: SHEHNAZ SAEED IN *MACBETH*.

»Wenn wir hier schon Theorien austauschen, Ed, dann doch über ein gegenwärtiges Rätsel. Wer fälscht diese Texte und schickt sie deiner Mutter, und warum?«

»Vergiss es, Aasmaani, es ist nicht der Dichter.«

»Das weiß ich. Trotzdem habe ich das Recht, neugierig zu sein, oder?«

»Natürlich.« Er nahm den Stapel Photos vom Schreibtisch, suchte eines heraus und warf den Rest in den Papierkorb. »Aber ich kann dir nicht helfen. Ich habe keine Theorie dazu.«

Er verhielt sich auffällig beiläufig, aber ich wusste, dass er etwas verbarg. Ärger oder sogar Verletztheit, weil ich ihn hatte abblitzen lassen? Oder war es etwas anderes? Ich blickte wieder auf das Plakat. Shehnaz Saeeds Gesicht war so präzise und makellos gemalt, dass es leblos wirkte; alles Menschliche war durch Vollkommenheit ersetzt – abgesehen von den Augen, die freundlich und warnend zugleich auf mich herabblickten. Was hatte ich neulich gedacht, als ich mich an sie als Lady Macbeth erinnerte? Jeder im Publikum hätte für sie dem König einen Dolch ins Herz gestoßen.

Nach dem Tod des Dichters hatte meine Mutter keinen Grund mehr, den Code geheim zu halten. Mir hatte sie erzählt, dass niemand ihn kannte, aber das war ein Jahr, bevor sie verschwand, gewesen. Was hatte sie im letzten Jahr der Frau erzählt, mit der sie so viel Zeit verbrachte? Was sagte sie über Codes und Pfirsiche und Shakespeare und Schals?

Ed sprach meinen Namen aus, fragend.

Ich wandte mich ihm zu. Da saß er – Mamas Junge und ein Mann, zu einer Person verknotet. Das ergab Sinn. Warum sonst hätte er den Brief in mein Büro bringen und sich dann weigern sollen, ihn mir zu geben? Warum sonst sollte er behaupten, dass der Dichter nicht mehr am Leben sein konnte, dann, dass es durchaus möglich war, und am nächsten Tag erneut das Gegenteil? Armer Ed, gefangen zwischen Sohnesliebe und Gewissen.

Er streckte die Hand nach mir aus. Nicht nur Gewissen. Hier passierte mehr, etwas, was Shehnaz Saeed nicht vorhergesehen hatte.

Zwischen Ed und mir befand sich ein Streifen Sonnenschein, gesprenkelt mit Staub. Ich konnte durch das Sonnenlicht zu ihm gehen und seine Hand nehmen. Ich konnte mit ihm spielen. Ich konnte durch ihn mit seiner Mutter spielen, vorgeben, ahnungslos zu sein, während ich insgeheim Informationen darüber sammelte, was tatsächlich vor sich ging, und sobald ich es herausgefunden hätte, würde ich eine Möglichkeit finden, die Sache aufzuklären.

»Du bist wegen irgendetwas wütend auf mich«, sagte er.

Während er es sagte, wurde mir klar, dass ich das merkwürdigerweise nicht war. Überhaupt nicht. Ich war – und das spürte ich bis in die Muskeln in meinem Rücken – unglaublich enttäuscht. Und ich hatte nicht den Mut, dieses Spiel weiterzuspielen. Wie immer Shehnaz Saeeds Spiel aussehen mochte, ich wollte nichts damit zu tun haben.

»Wütend? Nein. Ich fühle mich nur ein bisschen schuldig. Ich will offen sein. Du bist mir nicht mehr nützlich.«

»Was?« Er blickte so erschrocken – und verletzt – drein, dass ich weitersprechen musste.

»Die Seiten sind Fälschungen, Ed. Ich habe sie gestern

Abend noch einmal gelesen, und es ist offensichtlich, dass sie gefälscht sind. Wer immer sie geschrieben hat, war sehr geschickt im Groben, aber bestimmte Details sind vollkommen falsch. Tut mir Leid, aber ich habe im Leben keine Verwendung mehr für die Kurierdienste von dir oder deiner Mutter.«

Ich ging zur Tür, und er trat durch das Sonnenlicht und fasste mich am Arm. »Zum Teufel mit meiner Mutter und den Briefen. Was ist mit uns?«

Er sah so schön aus.

»Hör mal, Süßer, tut mir Leid. Ich weiß nicht, was ich dir sagen soll.« Ich entwand ihm meinen Arm. *Ich weiß nicht, wie ich dir sagen soll, was für ein Ungeheuer deine Mutter ist.* »Nenn mich eine Schlampe, wenn du dich dadurch besser fühlst.«

»Das bist du nicht«, sagte er. »Ich verstehe nicht, was du tust.«

»Ich verabschiede mich.« Ich küsste ihn auf den Wangenknochen. »Gute Reise, Ed.«

Ich verließ sein Büro und kehrte in meines zurück. Als ich am Schreibtisch saß, spürte ich, wie weiß glühende Wut in mir aufstieg. Ich griff zum Telefonhörer und rief Shehnaz Saeed an. Ich würde ihr die Meinung sagen. Ich würde ihr sagen, dass sie nicht intelligent genug war, um wie der Dichter zu klingen. Ich würde ihr sagen, dass sie nichts weiter erreicht hatte, als ihren Sohn unglücklich zu machen. Ich würde ihr erzählen, dass meine Mutter hinter ihrem Rücken über sie gelacht hatte. Ich würde ihr sagen, dass sie Falten hätte und ihr Mann es nicht mehr ertrug, sie anzufassen, und alle Welt wüsste es. Ich würde ihr sagen, sie hätte sich durch die Betten der Regisseure geschlafen und wäre eine Rabenmutter und hätte nur mittelmäßiges Talent.

Das alles hätte ich zu ihr gesagt, ich schwöre es, aber während ich den Hörer an mein Ohr drückte, bis es schmerzte, hörte ich nur das Klingeln, wieder und wieder, bis das Geräusch keine Bedeutung mehr hatte und zu dem stakkatohaften Siegeslachen der Hoffnung wurde.

XII

Am Nachmittag rief ich Beema im Krankenhaus an. Ihre Stimme klang erschöpft, und als ich sie fragte, wie es ihrer Mutter gehe, sagte sie: »Sie stirbt immer noch.«

»Erzähl mir was«, sagte Beema. Und ich erzählte ihr vom Leben bei STD und meinen täglichen Telefongesprächen mit dem Architekten, der unser Haus renovierte, und all den kleinen Dramen, die sich in unserem Wohnblock abspielten. Als ihre Stimme endlich wieder normal klang, sagte ich: »Beema, was hältst du von Shehnaz Saeed?«

»Ein Juwel von einem Menschen«, sagte sie, ohne zu zögern. »Eine der großzügigsten, warmherzigsten Personen, die ich jemals kennen gelernt habe. Wie sie sich deiner Mutter gegenüber verhalten hat – mein Gott –, das war außergewöhnlich.«

»Wie war sie meiner Mutter gegenüber?«

»Geduldig.«

Ich nickte, mein Kinn stieß an den Hörer. »Im Gegensatz zu mir.«

»Im Gegensatz zu allen anderen.«

»Bitte, Beema. Du warst geduldig.«

»Nicht immer. Ich liebte sie, sie war mir einer der liebsten Menschen auf der Welt. Niemand war mutiger oder charismatischer als deine Mutter. Aber ich hatte auch noch andere Loyalitäten. Shehnaz Saeed nicht. Shehnaz dachte nicht darüber nach, wie sich die Depression deiner Mutter auf dich oder unseren Haushalt auswirkte. Sie sah nur Samina.«

Ihre Depression. Damit erklärte Beema das Verhalten meiner Mutter, bevor sie verschwand. Etwas Ungewolltes, bei dem meine Mutter nicht gefragt wurde, worüber sie keine Kontrolle hatte. Alles konnte mit dem sauberen Etikett »Depression« wegerklärt werden. Alles außer der Tatsache, dass meine Mutter eine Entscheidung traf und sie langsam und gewissenhaft in die Tat umsetzte.

»Würdest du ihr vertrauen? Shehnaz Saeed?«

Beema antwortete in einem Tonfall, als hätte sie eine Offenbarung. »Weißt du, es ist eine komische Sache. In den letzten vierzehn Jahren habe ich Shehnaz kaum gesehen. Und wir waren nicht wirklich Freundinnen, sondern nur zwei Menschen, die eine geliebte Freundin gemeinsam hatten. Aber jetzt, wo du mich fragst, lautet die Antwort: ja, absolut. Manchen Leuten vertraut man aufgrund der Beziehung, die man zu ihnen hat. Weil sie dein Vertrauen verdient haben. Und anderen Menschen vertraut man einfach, weil man weiß, dass sie Vertrauen als etwas Heiliges betrachten, und wenn man ihnen Vertrauen schenkt, dann geben sie ihr Leben für dich. Und so ist Shehnaz. Ob ich ihr vertraue? Ich würde ihr nicht nur mein Leben anvertrauen, Aasmaani, sondern auch deines.«

Beema war eine bemerkenswert großzügige Person, und was Menschen anbelangte, lag sie bemerkenswert oft richtig.

Als ich den Anruf beendete und auflegte, wusste ich nicht mehr, was ich denken sollte. Wenn die Briefe gefälscht waren, konnte ich sie ignorieren. Ich konnte Shehnaz Saeed anrufen und sagen, wenn weitere Briefe einträfen, wollte ich sie nicht haben. An ihrer Reaktion würde ich erkennen, ob ich ihr vertrauen konnte oder nicht. Ob ich Ed vertrauen konnte oder nicht.

Aber ich konnte Shehnaz Saeed nicht anrufen und es sagen, denn was wäre wenn, was wäre wenn.

Ich war wieder an dem Punkt, an dem ich am Abend zuvor schon gewesen war. Ich brauchte einen einzigen glaubwürdigen Beweis, dass Omi tot war.

Ich ging hinunter ins Büro der Nachrichtensprecherin, die zudem eine freiberufliche Journalistin und nebenberufliche Soziologiedozentin war. Und während ich mit ihr darüber plauderte, wie das ideale Jalaibee beschaffen sein sollte (ich bezog Stellung für das klebrige und gegen das knusprige Jalaibee), blätterte ich in dem Telefonbuch auf ihrem Schreibtisch unter dem Vorwand, dass ich beeindruckt wäre von der großen Anzahl Prominenter, die darin stünden, und fand und prägte mir die Nummer ein, die ich brauchte. Ich wusste, dass sie sie hatte – ich hatte einen Artikel von ihr über Ghalib gelesen, in dem sie Mirza die Schlange zitierte.

Und dann unternahm ich nichts mehr. Nichts für den Rest des Tages und nichts am nächsten und übernächsten Tag und weiterhin nichts, bis auf einmal die dritte Woche des Ramadans angebrochen war, und ich hatte nichts unternommen, nur kurz mit Shehnaz Saeed gesprochen.

Das war bald nach meiner Unterhaltung mit Beema gewesen. Ich saß in meinem Büro und überarbeitete Meldungen von AP und Reuters für die Abendnachrichten, als sie anrief und mich für den nächsten Tag zu Iftar einlud.

»Nein, tut mir Leid ... Ich bin schon verabredet. Mit Verwandten.«

»Wie schade. Aber schau doch irgendwann vorbei. Es war so nett neulich beim Mittagessen.«

Sie sagte es, als wäre es wahr, und ich wünschte, dass Beema mit ihrer Meinung über sie Recht hätte, ich wünschte es so sehr, dass es beinahe wehtat. »Das werde ich, natürlich.«

»Gut.«

»Ach, und danke dafür, dass du mir die Seiten hast –«

»Bist du daraus schlau geworden?«, fragte sie so rasch, als hätte ihr die Frage im Hals gesteckt und nur darauf gewartet, herauszuplatzen.

»Nicht wirklich, nein. Aber mir gefällt die Herausforderung.«

»Stell dir vor, du steckst Stunden Arbeit hinein, und dann sind es Rezepte für kalte Suppen. Wenn ich mehr Briefe kriege, soll ich sie an dich weiterleiten?«

»Klar doch«, sagte ich beiläufig. Auch ich konnte cool sein. »Warum nicht? Ich würde das Gazpacho nur ungern versäumen.«

Danach beendeten wir das Gespräch, und ich dachte, jetzt muss ich wirklich Mirza anrufen.

Jeden Tag dachte ich das, mehrmals. Nein, öfter. Es war der Gedanke, mit dem ich einschlief und am nächsten Morgen erwachte. Und dazwischen war es der Gedanke in meinen Träumen. Aber ich war wie eine Frau, die einer starken Sucht anheim gefallen war und den unvermeidlichen Moment der letzten Zigarette, des letzten Schlucks Alkohol, der letzten Berührung hinausschob. Es war nicht so, dass ich glaubte, der Dichter wäre noch am Leben. Nicht eine Sekunde glaubte ich es. Aber zu Mirza zu gehen und nach dem winzigen Beweis zu suchen, der die Möglichkeit, *jemals* wieder glauben zu können, er wäre am Leben, zunichte machte, diesen Schritt konnte ich nicht tun. Ebenso wenig, wie ich Ed anrufen konnte, der seinerseits keinerlei Versuch unternahm, mit mir Kontakt aufzunehmen. Ebenso wenig, wie ich bei Shehnaz Saeed vorbeischauen konnte. Ebenso wenig, wie ich irgendjemandem von den verschlüsselten Seiten erzählen oder darauf verzichten konnte, *Krieg und Frieden* aufzuschlagen und die Seiten wieder und wieder zu lesen, bis sie sich in mein Gedächtnis eingebrannt hatten.

Und außerdem musste ich mir eingestehen, dass ich Mirza nicht anrufen wollte, weil er Mirza war – der bestaussehende, arroganteste Mann, den ich kannte. Ein ungezähmter Engel, der keinerlei Bedürfnis nach irdischen Moralvorstellungen verspürte.

Zudem war es im Ramadan mit seinen strikten Vorschriften nur allzu einfach, so zu tun, als hätte man keine Zeit für Anrufe oder Besuche. Aufstehen, um fünf zum Sehri, die Zeitung lesen, ein paar Stunden schlafen, um kurz vor neun zur Arbeit zu fahren, um drei Uhr zurück nach Hause, schlafen bis zum Iftar, mit Rabia und Shakeel fernsehen, ein leichtes Abendessen einnehmen und dann mit den Nachbarn im gemeinsamen Garten Kricket spielen, bis es Mitternacht und erneut Zeit zu schlafen war.

Aber eines Tages, als ich im Garten von STD stand und dabei half, den himmelblauen Hintergrund für eine religiöse Diskussionssendung zu malen (»Der Himmel erinnert an das Paradies«, sagte jemand, während unsere Pinsel über die Leinwand strichen), spritzte ein wenig Farbe durch die Luft und landete auf meinem Arm, und als ich mich umdrehte, um nachzusehen, wer den schuldigen Pinsel schwang, fiel mein Blick auf die Nachrichtensprecherin/Journalistin/Soziologiedozentin. »Entschuldige, A«, sagte sie. »Das Fasten wirkt sich schlecht auf meine Koordination aus. Kaum zu glauben, dass wir erst die Hälfte der Leidenszeit hinter uns haben. Es scheint ewig her zu sein, dass wir über die Jalaibees diskutiert haben.«

»Ja«, sagte ich und begann, mich zu entfernen. Mein Pinsel tropfte eine blaue Spur ins Gras, als wäre ich eine buchstäbliche Verkörperung meines Namens und würde einen Teil von mir zurücklassen. Als ich außer Hörweite meiner Kollegen war, wählte ich die Nummer, die ich vor über zwei Wochen in meinem Handy gespeichert hatte.

Nach dem ersten Klingeln schaltete sich ein Anrufbeantworter ein, und ich hörte die vertraute, etwas einschläfernde Stimme. »Es ist Ramadan. Ich bin nicht hier.« Ich fluchte ins Telefon, als der Signalton des Anrufbeantworters erklang. Ich hätte wissen müssen, dass er nicht in der Stadt war. Er sagte immer, dass es während des Ramadans keinen Platz für einen atheistischen Alkoholiker in Pakistan gebe. Deswegen hatte er das Land für einen Monat verlassen.

»Was ist los?«, fragte der Quizshow-Moderator, der in den Garten kam, als ich in mein Büro zurückging. »Sie sehen aus wie eine Frau, der gerade ein Soufflé zusammengefallen ist.«

Ich überlegte kurz, ob ich ihn davor warnen sollte, im einundzwanzigsten Jahrhundert Frauen, die sowieso schon schlecht gelaunt waren, Küchenmetaphern an den Kopf zu werfen, aber das wäre eine Unterhaltung gewesen, für die ich nicht genug Energie hatte. »Keine große Sache. Ich soll etwas recherchieren, aber mein Informant ist nicht in der Stadt.«

»Wenn Sie den Archivar meinen, der ist gestern aus Lahore zurückgekommen.«

Der Archivar. Vielleicht, nur vielleicht.

»Haben Sie seine Nummer?«

Der Quizshow-Moderator legte seine Hand auf meinen Arm und kratzte mit dem Daumennagel vorsichtig einen Punkt blauer Farbe davon ab. »Sie müssen nicht anrufen. Tagsüber können die Leute einfach vorbeikommen.«

Ich tätschelte ihm zum Dank den Arm, als wäre er ein alter Onkel, und er schüttelte den Kopf, lachte noch einmal und sagte: »Wenn ich auch nur zehn Jahre jünger wäre ...«

»Statt mindestens zehn Jahre älter zu sein, als Sie behaupten?«

»Aasmaani, Aasmaani. Ganz wie Ihre Mutter. Sie wetzen Worte und spießen damit unsere Schwächen auf, und wir lieben Sie dafür. Zumindest diejenigen von uns, die bei Verstand sind.« Er fasste erneut nach meinem Arm und kritzelte eine Adresse darauf. »Dort finden Sie den Archivar.«

Der Archivar war so etwas wie eine Institution in Karatschi. Seit über drei Jahrzehnten schnitt er Artikel aus allen englisch- und urdusprachigen Zeitungen Karatschis aus und archivierte sie gemäß einem komplizierten System. Vor ungefähr zwanzig Jahren stimmte die All-Pakistan Newspaper Association dem Antrag zu, dass der Archivar täglich und kostenlos ein Exemplar aller Tageszeitungen von Karatschi erhalten sollte. Der Archivar verkündete darauf, dass er es zu schätzen wüsste, wenn die Zeitungen von nun an nur noch einseitig bedruckt würden oder er zwei Exemplare jeder Zeitung erhielte, da er sie ja zerschneide. Es wurde etwas von Undankbarkeit gemurrt, aber er bekam seine zwei Exemplare.

Seitdem ich vom Archivar gehört hatte, stellte ich mir vor, dass er in einem großen Haus mit mehreren Stockwerken wohnte und überall Papier verstreut lag. Wie sich herausstellte, lebte er in einem Wohnblock nahe der Clifton Bridge, und als er mir die Tür öffnete, um mich einzulassen, war mein erster Eindruck, dass die Wohnung äußerst aufgeräumt war.

»Welche Zeitungsausschnitte wollen Sie sehen?«, fragte er, ohne abzuwarten, dass ich mich vorstellte. Er war ein unscheinbarer Mann mit sich lichtendem Haar, alt, aber nicht sehr alt, leicht gebeugt, in einem schlichten beigefarbenen Shalwar-kameez.

»Über den Tod des Dichters.«

Er schien enttäuscht. »Das ist nicht sehr originell. Sind Sie sicher, dass Sie sich nicht für die Entführung des Sohnes eines Topbürokraten im Jahr 1982 interessieren? Ich habe meine Akten computerisiert und bin dabei auf diese alte Geschichte gestoßen.«

»Danke, nein. Ich bin wegen des Dichters gekommen.«

Der Archivar seufzte, bat mich einzutreten und führte mich einen hell erleuchteten Korridor entlang, an Räumen ohne Türen vorbei, die alle vom Boden bis zur Decke angefüllt waren mit Aktenschränken. In einem Raum sah ich einen Mann auf einer Leiter stehen und in eine deckennahe Schublade greifen. »Ein junger Schreiberling, der nach Informationen über die Bauunternehmermafia sucht«, erklärte der Archivar. »Wenn man hier effektiv recherchieren will, muss man schwindelfrei sein.«

Wir gingen auf einen Raum mit Tür zu. Ich blieb davor stehen und fragte mich, welche hoch geheimen Akten auf der anderen Seite lagerten.

»Hier arbeite ich«, sagte er und öffnete die Tür. Die Stimme einer flotten amerikanischen Aerobiclehrerin schallte mir aus den Lautsprechern eines Fernsehgeräts entgegen (»Eins und zwei, und bewegt die Beine!«). Dem Fernseher gegenüber stand ein großer Tisch; der Stuhl an einem Ende war auf eine Weise zurückgeschoben, die besagte, dass die Person, die darauf gesessen hatte, nur rasch aufgestanden war, um die Tür zu öffnen, und so schnell wie möglich wieder zurückkehren wollte. Eine Schere lag auf der ersten Seite einer Morgenzeitung. Statt des Aufmachers sah ich ein

Stück Plastik mit Blumenmuster. Mein Gehirn brauchte einen Augenblick, um zu begreifen, dass es sich um das Tischtuch handelte. Auf dem Boden neben dem Stuhl häuften sich mehrere bereits ausgeschnittene Papierstapel, und ein noch nicht behandelter kleinerer Stapel lag auf dem Tisch.

»Tun Sie das jeden Tag?«

Er deutete auf die Aerobiclehrerin, die die Zuschauer jetzt ermahnte: »Sie müssen es spüren, spüren.«

»Wir haben alle unsere Obsessionen. Aber ich lasse wenigstens etwas zurück.« Er ging zum Tisch, schnitt einen Artikel fertig aus, der nur noch an einer Ecke an der Titelseite hing, und legte ihn auf einen von mehreren Ausschnittstapeln auf dem Tisch.

»Gefällt es Ihnen? Das, was Sie tun?«

Er blickte zu mir und lächelte. »Das ist nicht, was ich tue. Das ist, was ich bin.« Er musterte mich etwas genauer und nickte. »Und ich weiß, wer Sie sind.«

»Ich recherchiere für den Sender STD.«

»Nein, nein. Das ist, was Sie *tun*. Aber ich weiß, wer Sie *sind*. Die Augen. Ich habe bislang nur ein solches Augenpaar gesehen. Sie sind die Tochter, die nicht loslassen kann. Ich habe von Ihnen gehört. Wie lange ist es her? Fast fünfzehn Jahre? Junge Dame, Sie beschämen sogar mich.«

Einen Augenblick lang überlegte ich, ob ich den Deckenventilator einschalten sollte, aber stattdessen stellte ich mich gerade hin und wartete, dass er mir zeigte, was ich sehen wollte.

Er sagte »Hmm«, dann verließ er das Zimmer, winkte mir, ihm zu folgen, und führte mich in einen Raum, der größer war als alle anderen, an denen wir bislang vorbeigekommen waren. »Das ist das Mordzimmer.«

Ich betrachtete die Aktenschränke, die einer neben dem

anderen die Wände des weiß gestrichenen, sonnendurchfluteten Raumes bedeckten, und mir wurde fast schwindlig. Erstaunlich, wie jemand in dieser Stadt leben und so tun konnte, als wäre alles normal, wenn um uns herum so viel Gräueltaten begangen wurden. Der Archivar schien gegen diesen Gedanken immun, summte das Lied, das in der Aerobicsendung gespielt wurde, deutete auf eine Schublade in Brusthöhe und sagte: »Da ist es. 1986.« Er zog sie auf, fuhr mit dem Finger über die Hängeakten und zog eine enttäuschend dünne heraus. Er reichte sie mir, und ich las auf dem Reiter: »31–7–6. Nazim alias der Dichter. Ungelöst.«

»Bitte hier nichts essen oder trinken. Und wenn Sie einen Bleistift oder Kugelschreiber benutzen, halten Sie ihn möglichst weit von den Ausschnitten entfernt. Wenn nötig, befindet sich nebenan ein Lesezimmer. Wenn Sie fertig sind, stecken Sie die Akte wieder zurück, und wenn Sie nicht sicher sind, wohin sie gehört, kommen Sie zu mir. Fühlen Sie sich nicht bemüßigt, sich zu verabschieden, wenn Sie gehen, und nehmen Sie nichts mit, auch nicht, wenn Sie vorhaben, es innerhalb von Minuten zurückzubringen.« Er sprach in einem leicht gelangweilten Tonfall, als hätte er das alles schon so oft gesagt, dass die Worte ihre Bedeutung verloren hatten. Aber dann neigte er sich zu mir: »Was hoffen Sie zu finden?«

Ich wusste es nicht. Etwas. Irgendetwas. Worte, die mir bestätigten, dass er tot war. »Erinnerungen.«

»An den Tod des Dichters?« Er lachte. »Sie werden darin nur Journalisten finden, die die offiziellen Verlautbarungen nachplappern, vielleicht ein, zwei leise Andeutungen, dass an der Geschichte mehr dran ist, als sie schreiben können.«

»Was zum Beispiel?«

Er schnaubte. »Wer weiß? Nicht einmal die Journalisten wussten es.«

Er verließ kopfschüttelnd das Zimmer. Ich schlug die Akte auf. Auf der Innenseite des Deckels befanden sich zwei handschriftliche Zeilen:

Hauptordner: 1–10–1.
Siehe auch: Akram, Samina. Hauptordner: 1–24–76.

Siehe auch. War das der Ausdruck dafür, dass er sie zu einer Fußnote im Leben des Dichters reduziert hatte? »Idiot«, murmelte ich in Richtung des Zimmers, in dem der Archivar saß. Ich setzte mich auf das Fensterbrett, blickte kurz hinunter zum Verkehrsstrom auf der Clifton Bridge und wandte dann meine Konzentration dem ersten Zeitungsausschnitt zu, der auf dickes steifes Papier geklebt war. Die riesige Überschrift lautete: WEINE, PAKISTAN!

Sofort erinnerte ich mich an seinen Tod.

Zuerst war es nur ein Geräusch, ein leises Schluchzen. Und dann ein Geschmack – Guave. Ich war im Garten hinter dem Haus meines Vaters, aß Früchte, die noch nicht reif genug waren, um sie folgenlos essen zu können, und hatte Magenschmerzen. Als ich das Haus betrat und das Schluchzen hörte, war ich nicht in der Stimmung, Mitgefühl für Rabia aufzubringen, die weinte, weil der Dhobi ihre Lieblingsjeans verloren hatte.

»Benimm dich nicht so melodramatisch!«, rief ich in Richtung des Zimmers, aus dem das Weinen kam. »Du wirst bald einen Ersatz haben.«

Die Tür, die einen Spaltbreit offen stand, wurde geöffnet, und ich sah meine Mutter, ihr Gesicht grotesk verschmiert mit Wimperntusche. Sie schaute mich entsetzt an, und ich wusste, dass ich in ihr ein Gefühl geweckt hatte, von dem sie nicht gewusst hatte, dass sie es für mich empfinden konnte.

Dann kam Beema durch die Tür, schloss sie hinter sich und legte mir die Hände auf die Schultern.

»Dein Omi ist tot«, sagte sie. »Jaan, es tut mir so Leid.«

Mein Omi.

Zum ersten Mal erlebte ich, dass der Körper in der Lage ist, auf Neuigkeiten zu reagieren, die der Geist noch nicht begriffen hat. Ich fing sofort an zu weinen, lehnte mich gegen die Wand und weinte, das Gesicht in den Händen vergraben. Wir kennen die Struktur des Schmerzes nicht, bis er uns trifft, jedes Mal auf eine andere Art. Wenn wir uns einen Verlust ausmalen, täuschen wir uns immer in den Vorhersagen, wie wir uns fühlen werden, wenn wir uns Leere in einem geliebten Körper vorstellen. Ich war nicht darauf vorbereitet, wie losgelöst Schmerz sein kann; noch tagelang schwamm ich in Tränen, aber nicht – wie ich mir vorgestellt hatte – wegen der Erinnerungen an ihn, oder weil sein Name erwähnt wurde, oder wegen Zeilen aus seinen Gedichten. Ich weinte, weil die Tränen einfach liefen, und ich empfand nicht so sehr Einsamkeit oder Verlust als vielmehr eine innere Schwere.

Irgendwann in den Stunden, nachdem ich von seinem Tod erfahren hatte, sperrte ich mich im Badezimmer ein, um mich vor dem ausdruckslosen Blick meiner Mutter und dem sonderbaren Zittern ihrer Hände zu verstecken, und weil ich nichts Besseres zu tun hatte, überflog ich unkonzentriert die Zeitung, die ich am Abend zuvor ins Bad mitgenommen hatte, um sie dort zu lesen. Mein Blick blieb an einem Artikel hängen mit der Überschrift IMMER MEHR NOTZÜCHTER: Anständige Frauen haben Angst, das Haus zu verlassen.

Da wusste ich zum ersten Mal, was es hieß, ohne ihn leben zu müssen, weil ich ihn in diesem Augenblick anrufen und zu ihm sagen wollte: »Hast du die Zeitung gesehen, Omi?«

Ich nahm die Akte fest in beide Hände und zwang mich zum Lesen. Der erste Artikel rühmte vor allem das Genie des Dichters und beklagte den Verlust für die Nation. Zu seinem Tod wurde nur erwähnt, dass die Leiche am späten Morgen des Vortags mit »Anzeichen von Gewalteinwirkung« auf einem unbebauten Grundstück in Nazimabad gefunden worden war. (War der Fundort reiner Zufall? Omi gefiel es, dass es in Karatschi einen Stadtteil namens Nazimabad gab – Wohnstatt der Dichter, sagte er, findet man so einen Ort in irgendeinem der so genannten zivilisierten Teile der Welt?) Seine Brieftasche fand man in seiner Tasche, und Dr. Basheer Riaz, der seit Jahren der Arzt des Dichters gewesen war, wurde von der Polizei gerufen, um die Leiche zu identifizieren. Ermittlungen waren aufgenommen worden. Nichts, was ich nicht wusste.

Der nächste Ausschnitt stammte aus einem Sensationsblatt auf Urdu. Der Artikel enthielt Details, plastische Details der gebrochenen Knochen, des bis zur Unkenntlichkeit zerschlagenen Gesichts, das nur noch eine lila Wunde war.

Keine Zähne mehr in seinem Mund.

Seine Zunge ein Muskelstumpf.

Ich ließ die Akte fallen. Öffnete das Fenster und lehnte mich hinaus. Omi. Oh Gott, Omi.

Vor diesen Fakten hatten sie mich beschützt, alle, jeder. Ich wusste, dass er gefoltert worden war, dass es Zeichen von Gewalteinwirkung gegeben hatte, aber mein Vater, mein sachlicher Vater, der nie übertrieb oder etwas mit einer Metapher umschrieb, war es, der mir gesagt hatte: »Er hatte das Gesicht eines Mannes, der unverwüstlich war. Als er starb, veränderte sich sein Gesicht. Es verlor seine Unverwüstlichkeit und wurde unkenntlich. Deswegen brauchten sie einen Arzt, der bestätigen sollte, dass er es war. Deswegen war eine einfache Identifizierung nicht möglich.« Ich wusste, dass sie mir etwas verheimlichten, aber ich beschloss, mir weitere Einzelheiten zu ersparen.

Wie konnte irgendjemand Omi so etwas antun? Warum sollte irgendjemand Omi so etwas antun?

Bis zur Unkenntlichkeit zerschlagen.

Bis zur Unkenntlichkeit.

Ich stand auf.

Manchmal erleben wir einen Augenblick, der wie eine Pause ist, in der Schwebe zwischen der Gegenwart und dem Möglichen. Ein Augenblick, in dem wir uns darauf vorbereiten, dass sich unser Leben verändern wird.

Ich beugte mich vor und sammelte die Blätter ein, die auf dem Boden verstreut lagen. Meine Hände waren vollkommen ruhig. Ich überflog die Ausschnitte – die Huldigungen, die Lobreden, die Erwähnung des Brandes am Tag nach seinem Tod, der alle seine Unterlagen zerstörte, darunter die neue Gedichtsammlung, an der er gearbeitet hatte –, bis ich zu den Ausschnitten kam, die über den Tod von Basheer Riaz, dem Arzt des Dichters, berichteten. Der einzige Mann, der den unwiderlegbaren Beweis hatte, so sicher wie die Unterlagen eines Zahnarztes, so unbestreitbar wie Blut. Die Berichte enthielten kaum Informationen über den Verkehrsunfall, bei dem er ums Leben kam – obschon fast alle Artikel bezeichnenderweise erwähnten, dass er die einzige Person gewesen war, die die Leiche des Dichters identifiziert hatte. Und für ihn gab es etwas, was es für den Dichter nicht gegeben hatte: eine Todesanzeige. Darauf stand unten links: IN TRAUER, Nasreen Riaz (Schwester). Und unten rechts eine Telefonnummer.

Es war eine sechsstellige Nummer, die mit 5–3 begann.

Ich nahm mein Handy aus der Tasche, und jetzt zitterten meine Hände ein wenig. Ich machte aus der 3 eine 8–5 und wählte die Nummer. Eine Stimme vom Band erklärte, dass die Nummer nicht existierte. Ich wählte statt der 3 eine 8–3, und diesmal meldete sich eine alte Frauenstimme.

»Nasreen Riaz?«

»Ja. Mit wem spreche ich?«

Ich langte aus dem Fenster und griff nach dem dünnen Stamm einer Bougainvillea, die die Mauer hinaufwuchs. Papierdünne lila Blüten schwebten kreiselnd auf den Asphalt hinunter.

»Ich arbeite bei einem Fernsehsender«, sagte ich und dann: »Nein, nein. Ich meine, doch, ich arbeite dort. Aber deswegen rufe ich nicht an. Ich heiße Aasmaani. Meine Mutter … Der Name meiner Mutter könnte Ihnen bekannt sein. Samina Akram.«

»Oh. Ich verstehe.« Ihre Stimme klang sowohl neugierig als auch zögernd.

»Entschuldigen Sie, dass ich Sie einfach so störe, aber ich rufe wegen Ihres Bruders an.«

»Sie sind doch nicht auch so eine Verrückte, die an eine Verschwörung glaubt, oder?«

Ich verstärkte meinen Griff um den Stamm. »Wenn es Ihnen nichts ausmacht, ich wollte nur etwas fragen. Es tut mir Leid, wenn es seltsam oder gefühllos klingt, aber standen Sie Ihrem Bruder nahe?«

Ich hörte, wie etwas auf den Boden fiel und zerbrach, und dann fuhr sie mich wütend an. »Zum Teufel mit Ihnen. Das wollten alle wissen. Wie nahe ich meinem Bruder stand. Nicht weil er mein Bruder war und tot war, sondern weil sie wissen wollten, was er mir erzählt hatte. Sein Tod war Teil eines großen Komplotts, eine Kleinigkeit, die erledigt werden musste. Das glaubten alle. Er war keine Kleinigkeit. Er war mein Bruder. Verstehen Sie?«

»Entschuldigung. Ich wollte nicht –«

»Niemand wollte das. Aber das macht es nicht leichter. Hören Sie. Er starb bei einem Autounfall. Er konnte nachts schlecht sehen, er hätte sich nicht ans Steuer setzen dürfen. Aber es gab einen Notfall im Krankenhaus, und sein Fahrer war an diesem Tag krank. Das ist die ganze Geschichte. So war es.«

»Sind Sie sicher?«

»Wie kann man sich jemals einer Sache sicher sein?«, sagte sie mit müder Stimme. »Sie wollen wissen, ob er an einer Vertuschungsaktion im Zusammenhang mit dem Tod des Dichters beteiligt war, nicht wahr? Ich habe ihn nie danach gefragt. Es wäre eine dumme Frage gewesen. Aber ich weiß, dass es der Dichter war. Ich weiß es, weil mein Bruder ein ehrbarer Mann war.«

»Das ist Ihr Beweis?«

»Das ist mein Beweis. Ich kannte meinen Bruder. Das ist mein Beweis.« Dann knallte sie den Hörer auf.

Die lila und roten Bougainvilleablüten waren Funken des Feuers, in dem seine letzten Gedichte verbrannten.

Ich holte tief Luft. Welche Art von Beweis würde mir genügen? Sein Körper war bis zur Unkenntlichkeit zerschlagen. Nicht einmal Mirza konnte mir den Beweis liefern, den ich brauchte. Nein, den Beweis, den ich brauchte, konnte nur die Exhumierung eines Leichnams in einem weit entfernten Dorf liefern. Der Gedanke gefiel mir nicht. Was fände man in einem Grab nach siebzehn Jahren? Nichts, was ich sehen wollte. Ebenso wenig etwas, was hilfreich wäre, da er, soweit ich wusste, keine lebenden nahen Verwandten hatte, abgesehen von einem Zweig der Familie seines Vaters, die ihn nie anerkannt hatte und die er nie anerkannte, und die mich nur aus ihrem großen Haus hinauswerfen würden, wenn ich dort hineinplatzte und etwas von DNS und Öffnung des Grabes und Verschwörungstheorien faselte. Jedenfalls würde ich nie die Erlaubnis für eine Exhumierung erhalten, und ich könnte mich auch nie dazu überwinden, darum zu bitten.

Es gäbe also keinen Beweis.

Außer seiner Stimme. Die Stimme, die zu mir aus diesen Seiten sprach, seine ganz eigene Stimme, die mit keiner anderen Stimme, die ich jemals gehört hatte, zu verwechseln war. *Ich kannte meinen Bruder. Das ist mein Beweis.* Dagegen konnte ich nichts anführen. Aber ich kannte meinen Dichter.

Nehmen wir an, nur um der Argumente willen, einzig und allein um der Argumente willen, ich müsste den Beweis antreten, dass die Seiten von ihm waren. Wie würde ich argumentieren?

Erstens, es sind schon merkwürdigere Dinge passiert. Das war ein wichtiges Argument. Vor nicht allzu langer Zeit ging diese Geschichte durch die Presse: zwei Familien, die sich befehden; die Tochter der einen Familie, ein Baby, verschwindet und wird nie gefunden. Fünfzehn Jahre später kommen die Familien überein, die Blutfehde zu beenden, die sie seit Generationen entzweit. Der Patriarch der einen Familie verheiratet seine blutjunge Tochter mit dem ältlichen Patriarchen der anderen Familie. Am Morgen nach der Hochzeitsnacht erzählt der Vater der Braut ihrem neuen Stiefsohn, *deine Stiefmutter ist auch deine Schwester.* Der junge Mann nimmt eine Axt, stürzt in das Schlafzimmer der Jungvermählten und tötet das Paar. Die Jirga des Stammes spricht ihn von der Anklage des Mordes frei, mit der Begründung, seine Tat sei zur Rettung der Familienehre notwendig gewesen.

Ja, merkwürdigere Dinge geschehen.

Zweitens, die einzige Person, die die Leiche identifizierte, starb erstaunlich schnell darauf. Und obwohl sich seine Schwester weigerte, sein Andenken zu beschmutzen und zu glauben, dass er an einer Vertuschungsaktion beteiligt war, so bleibt doch die Tatsache bestehen, dass ehrbare Männer zu höchst unehrbaren Taten gezwungen werden können, wenn man weiß, wie und wo welches Maß an Druck anzuwenden ist.

Drittens. Drittens war ein Problem. Drittens war die Sache mit den verbrannten Gedichten.

Als Omi und meine Mutter in die benachbarten Häuser zogen, gehörten beide meiner Mutter. Sie war die finanziell Solvente der beiden – dank des Vermächtnisses ihres Vaters. Als der Dichter den ersten größeren Scheck seines Lebens erhielt, das Geld für den Rumi-Preis, zahlte er das Geld auf das Konto meiner Mutter ein, und sie revanchierte sich, indem sie ihm – sehr zu seinem Ärger – das Haus überschrieb, in dem er lebte. Wie sehr sie diese Geste bereut haben musste an dem Tag, an dem sie von seinem Tod erfuhr! An diesem Tag erhielt sie die Rechnung dafür, dass sie nie geheiratet hatten, an diesem Tag erfuhr sie, dass ihre Weigerung, ein Stück Papier zu unterschreiben, bedeutete, dass sie keinerlei Rechte besaß, außer denen, die er ihr zu Lebzeiten übertragen hatte.

Sie wurde von offizieller Seite nicht über Omis Tod informiert. Beema erfuhr die Neuigkeit von einem Onkel in der Armee, kurz bevor Mama in Dads Haus kam – sie wollte mit mir zu ihrem Schneider, um mir meine erste Saribluse nähen zu lassen. Und Beema erzählte es Mama. Mama weinte eine Weile – wilde, verrückte Tränen –, aber als Beema mich davon in Kenntnis setzte und mich festhielt, während ich schluchzte, verließ Mama Dads Haus und fuhr auf direktem Weg ins Leichenschauhaus. Als sie dort ankam, hatten entfernte Verwandte Omis, die ihn seit Jahren nicht mehr gesehen hatten, die Leiche bereits in sein Dorf gebracht, um sie begraben zu lassen. War es eine durchdachte Entscheidung oder Instinkt, dass sie nach Hause und nicht zurück zu Dads Haus fuhr? Wie auch immer, als sie zu Hause ankam, war die Öffnung in der Grenzmauer zwischen seinem und ihrem Haus zugemauert, und die Polizisten hinderten sie daran, sein Haus durch die Vordertür zu betreten, unter dem Vorwand, dass sie nach Hinweisen für seine Ermordung suchen mussten. Es blieb ihr nichts anderes übrig, als von ihrem Balkon aus zuzusehen, wie nicht uniformierte Männer in seinem Garten ein Feuer machten und alle seine Papiere verbrannten.

Angeblich veranlasste der Geruch der brennenden Gedichte meine Mutter dazu, zu schreien wie eine Irre. Ich wusste, dass mehr dahintersteckte; es war die Erinnerung an den Streit ein paar Tage zuvor, dessen Zeuge ich gewesen war. Er hatte sich beklagt, dass sie nicht sorgsam genug auf die Kopien seiner Gedichte aufpasste, die er in ihrem Haus deponierte, um sie vor Diebstahl oder Feuer zu schützen. Sie stritten sich selten, aber wenn sie sich stritten, flogen die Fetzen. Sie schrie, er tobte, und schließlich sagte sie: okay, häufte die Kopien seiner Gedichte zu einem Stapel auf und hielt ein brennendes Streichholz darüber. Sie hätte sie nicht angezündet, dessen bin ich sicher, aber er fasste nach ihrer Hand, und vor Überraschung ließ sie das Streichholz fallen. Sie sahen schweigend zu, wie das Papier verbrannte; die

Flammen breiteten sich zu schnell aus, als dass sie hätten eingreifen können, und als nur noch Asche übrig war, rieb er seinen Daumen darin und schrieb damit ihren Namen auf ein Stück Papier.

»Siehst du«, sagte er. »Alles, was ich schreibe, kann auf ein Wort reduziert werden.«

Omi, wie sehr du dir in der Rolle des verrückten, leidenschaftlichen Liebhabers gefallen hast.

Ich bin nicht länger der Mann, der vor Liebe zu dir wahnsinnig ist. Bedeutet das, dass ich nicht länger ich selbst bin?

Ja, sie definierte dich ganz und gar, deine Liebe zu ihr. Wenn diese Liebe schwächer oder zu einer Abstraktion geworden wäre, dann hättest du dich gefragt, ob du noch du selbst bist. Ich weiß, dass du das getan hättest.

Eine rote Bougainvilleablüte schwebte in den Raum.

Zurück zur Beweisführung. Zurück zum dritten Problem. Das Problem besteht darin, die verbrannten Gedichte mit der Geschichte des vorgetäuschten Todes in Einklang zu bringen. Die konventionelle Erklärung der Ereignisse besagte, dass ein der Regierung unterstellter Dienst den Dichter umbrachte, weil sie Angst vor der Wirkung seiner neuen Gedichtsammlung auf eine Bevölkerung hatte, die kurz zuvor einen winzigen Vorgeschmack auf Demokratie erhalten hatte und nach mehr verlangte. Niemand hatte den Einfluss vergessen, den seine Hikmet-Übersetzung und die Verse von Habib Jalib auf den erfolgreichen Volksaufstand gegen Ayub Khan 1969 gehabt hatten. Die Regierung ließ ihn also umbringen – und foltern, um anderen revolutionären Schriftstellern eine Lektion zu erteilen –, dann durchsuchten Agenten der Regierung sein Haus und verbrannten seine Gedichte.

Das war die Version, die wir alle geglaubt hatten. Es

schien die einzig sinnvolle Geschichte. Denn wenn die Männer, die seine Gedichte verbrannten, nicht für die Regierung gearbeitet hatten, warum stand dann die Polizei Wache vor seinem Haus, während sie die Papiere einsammelten und ein Feuer entfachten?

Das war es. Das war der Dreh- und Angelpunkt, an dem alles hing. Die Regierung ließ seine Gedichte verbrennen, nachdem er tot war, deswegen musste die Regierung für seinen Tod verantwortlich sein.

Ich schloss die Mappe und ging damit zurück zum Aktenschrank.

Ich zog die Schublade für 1986 auf, und dort stand es, mit schwarzem Filzstift in winzigen Buchstaben auf den Stahl gekritzelt, das Wort: WARUM?

Warum musste man notwendigerweise schlussfolgern, dass die Leute, die seine Gedichte verbrannten, zwangsläufig auch für seinen Tod verantwortlich waren?

Ich hängte die Akte an ihren Platz zurück und legte die Hände zu beiden Seiten auf die Schublade, als wäre sie ein Rednerpult, an das ich gerade getreten war, um meine Beweisführung vorzutragen.

Nehmen wir an – nehmen wir nur um des Arguments willen an –, dass irgendjemand den Dichter entführte, seinen Arzt zwang, eine Leiche falsch zu identifizieren, und dadurch im ganzen Land die Überzeugung verbreitete – bis in die höchsten Spitzen der Macht –, dass der Dichter tot war. Erscheint es da nicht logisch, dass die Regierung sofort die Initiative ergriff und seine Gedichte vernichtete, weil sie wusste, dass sein Tod ihre Wirkung nur vergrößern würde? Ja, natürlich. Sein Tod machte seine Gedichte viel, viel machtvoller, als es sein Leben je gekonnt hätte. Wie konnte die Regierung so dumm sein und ihn töten lassen, wenn alle

Welt wusste, dass er an einer Sammlung politischer Gedichte arbeitete? Wie konnte die Regierung etwas so Dummes tun, wenn sie wusste, dass Kopien seiner Gedichte wahrscheinlich in einem anderen Haus, im Gedächtnis eines Menschen aufbewahrt wurden und ihren Weg in jemandes Briefkasten finden würden? Es ergab keinen Sinn.

Wesentlich mehr Sinn ergab es, dass die Regierung auf die Nachricht seines Todes reagierte, indem sie seine Gedichte verbrannte und hoffte, dass keine Kopien existierten. Ganz einfach.

Meine Damen und Herren, diese Hypothese kann nicht widerlegt werden. Ich habe alle Einwände wegerklärt.

Ich habe alles erklärt, außer dem Wichtigsten. Das Motiv. Warum sollte jemand den Dichter entführen und so viele Jahre festhalten?

Konnte es irgendein abscheuliches Motiv sein? Hasste ihn jemand und wollte ihn leiden lassen?

Das war nicht gut genug.

Vielleicht gab es einen Grund, den weder wir noch er kannten, so wie es einen Grund für die Entführung des jungen Mädchens gegeben hatte, der erst viele Jahre später zu Tage trat, als der Mann, den sie für ihren Vater hielt, sie mit ihrem richtigen Vater verheiratete und ihren Bruder zu einem Schwestern- und Vatermörder machte.

Ich entfernte mich vom kalten Stahl der Aktenschränke. Welcher dunkle Zweck verbirgt sich hinter deiner Gefangennahme, Omi? Wer wartete – so wie Hera gewartet hatte, bis Herkules Vater geworden war, bevor sie ihn mit Wahnsinn schlug und seine Frau und Kinder ermorden ließ, eine süßere Rache als alles, was sie ihm hätte antun können, bevor er wusste, wie es war, Liebe für ein Kind zu empfinden?

Ich stand in dem Raum, umgeben von Mordgeschichten,

unter mir auf der Brücke ratterte der Verkehr und ging das Leben weiter, und mir war klar, dass mangels unwiderlegbarer Beweise jede Geschichte, jeder Glaube möglich war. Die Fragen, auf die es hinauslief, lauteten: Glaubte ich der Stimme, die aus den Seiten sprach? Hielt ich mich für fähig, Omis Stimme zweifelsfrei zu erkennen? Konnte ich mir vorstellen, dass der Kern dieses Mannes – dieses unflätigen, zärtlichen, humorvollen, sachlichen Mannes mit dem rasiermesserscharfen Verstand – die vielen Jahre und Prüfungen unbeschadet überstanden hatte?

Ja.

Ganz einfach ja.

»Omi«, sagte ich, und das Wort hing in der Luft, weißgolden und stabil.

Er war noch am Leben. Oh Gott, er war noch am Leben.

Ich stellte fest, dass ich auf dem Boden kniete, und wusste nicht, wie ich dorthin gelangt war. Licht strömte durch das Fenster, nahezu flüssig, nahezu berührbar. Die Faust aus Muskeln in meiner Brust löste sich. In einer großen Woge schoss etwas Geschmolzenes durch meine Adern – eine so unvertraute, überwältigende Empfindung, dass ich einen Augenblick brauchte, um sie als Freude zu erkennen.

XIII

In den folgenden Stunden und Tagen nahm das Leben seinen gewohnten Lauf. Sehri, Arbeit, Siesta, Iftar, Fernsehen, Abendessen, Kricket. Nach diesem Muster verliefen meine Tage. In diesem Muster fühlte ich mich gleichzeitig schwerelos und festgehalten, als befände ich mich in einem omiförmigen Traum und wäre der Anziehungskraft der Erde enthoben.

Während ich beim Kricket darauf wartete, dass ich mit dem Schlagen an der Reihe war, setzte ich mich in den Spielpausen ins Gras, stützte mich auf die Ellbogen und blickte zum Himmel empor. Nur in seinem fernen Geheimnis fand ich die Sprache für meine Empfindungen. Eine Gaswolke, die sich immer mehr verdichtet – vielleicht aufgrund der Einwirkung einer Welle, die durch sie hindurchgeht –, zieht sich zusammen; dabei erhitzt sich ihr Innerstes, bis es zu einer Kernfusion kommt und ein Stern geboren wird.

Weiß die Gaswolke von dem Stern, der aus ihr entstehen kann? Sehnt sie sich nach der Welle, die durch sie hindurchgeht? Natürlich nicht. Aber selbst wenn sie diese Vorstellungskraft besäße, würde sie sich vielleicht dafür entscheiden, keinen Gebrauch davon zu machen. Vielleicht würde die Gaswolke erst in dem Moment (wenn Millionen von Jahren ein Moment sein können), in dem sie zu einer Lumineszenz verschmilzt, begreifen, wie diffus sie gewesen war, und für wie lange Zeit.

Ich konnte nicht über das, was mir geschah, sprechen, während ich die Tage verbrachte wie eine Frau, die scheinbar der üblichen Routine folgt. Aber ich war beständig von dem Wissen dieser Welle durchdrungen: Er ist am Leben, Omi lebt.

In meiner Wohnung fiel mir eines Abends auf, dass ich stundenlang auf das Meer hinausgeblickt hatte, ohne etwas dabei zu denken. Dieses Nicht-Denken war etwas anderes als das willentliche dunkle Nichts, in das ich mich zurückzog, wenn der Schutt an Fakten mir das Denken verleidete. Dieses Nicht-Denken rührte von einer Gewissheit, war erfüllt davon. Er lebte. Es war kein Gedanke, stammte nicht aus dem Kopf. Es war Wissen in Form von Empfindung.

Sie bemerkten es, alle um mich herum – bei der Arbeit, beim Kricket, in der Nebenwohnung. Sie bemerkten es, konnten jedoch nicht feststellen, woher es rührte oder was es war, und sie glaubten, dass ich ihnen absichtlich auswich, wenn sie mich fragten und ich lächelnd den Kopf schüttelte. Wie sollte ich sagen: Ich kann darüber nicht sprechen, dazu bedarf es der Musik, nicht der Sprache.

Und mit Musik füllte ich meine Tage. Im Büro, im Auto, zu Hause hörte ich die Opern, die zu lieben er mich gelehrt hatte. Hier, hier, hatte er gesagt, und ich musste mir so viel, wie ich ertrug, anhören von *Carmen*, dem *Ring*, *Othello*, *Madame Butterfly* oder was immer er nach der Arbeit hörte. Aber was bedeuten die Worte, wollte ich wissen, und er schüttelte den Kopf. Lern niemals Italienisch, warnte er mich. Warum meinst du, dass mir Opern lieber sind als Qawaali? Beide sind Ausdruck von Leidenschaft, aber bei Qawaali verstehe ich die Worte, und das ruiniert sie für mich. Solange man den Text der Opern nicht versteht, kann man glauben, dass er der Erhabenheit der Musik entspricht, man kann glauben, dass Worte ebenso wie Musik Gefühle hervorrufen und davon widerhallen können, man muss nur lang und ausdauernd genug nach der richtigen Kombination suchen, um die vollkommene Entsprechung zu finden. Vor dem Sprachgewirr von Babylon, Aasmaani, sprachen die Menschen Musik.

Vier oder fünf Tage verbrachte ich in diesem Zustand stiller Freude, weder die Entbehrungen des Fastens konnten mir etwas anhaben, noch das Telefon, das zu Unzeiten klingelte, ohne dass eine Nummer im Display aufleuchtete, noch die Fragen und schrägen Blicke, denen ich ausgesetzt war. Aber eines Abends, als ich auf dem Bauch im Gras lag und einem fliegenden Kricketball nachsah, der von den Scheinwerfern der Autos erleuchtet wurde, die neben dem provisorischen Spielfeld auf der Einfahrt geparkt waren, legte sich Rabia neben mich und sagte: »Hat es irgendetwas mit deiner Mutter zu tun?«

Der Ball traf einen Querstab auf den Torstäben. Das Spiel war zu Ende.

Ich öffnete den Mund, um Nein zu sagen, aber das Wort wollte mir nicht über die Lippen kommen. Empfindung verdichtete sich zu einem Gedanken, und der Gedanke lautete: Wenn es so etwas wie einen Kern ihres Wesens gibt, der unverändert geblieben ist, dann ist es ihre Liebe zum Dichter. Wenn sie erfährt, dass er noch lebt, wenn sie erfährt, dass seine Worte Karatschi erreichen, dann wird sie zurückkommen.

Ich legte den Kopf ins Gras und spürte, wie Grashalme mein Gesicht kitzelten. Rabia legte mir die Hand auf die Schulter. »Du bist in letzter Zeit so anders, Aasmaani. Ich weiß nicht, ob das gut oder schlecht ist. Du bist verschlossener als je zuvor. Aber, wie es scheint, auf eine friedliche Weise.«

Eine Erkenntnis, für die ich all die Jahre zu blind gewesen war, zwang mich, zu ihr aufzublicken. »Du glaubst, dass nur meine Mutter mir Frieden bringen kann. Dass nur meine Mutter, die vor vierzehn Jahren verschwunden ist, die zuvor so oft weg war, diese Macht über mein Leben hat. Ihr seid mein Felsen, du und Beema, ihr seid mein Anker, der mich an geistige Gesundheit kettet. Und du glaubst, dass ihr in meinem Leben weniger zählt als sie, stimmt's?«

Rabia sah weg, ihre Finger zogen kleine Kreise auf meiner Schulter. »Es ist keine Frage der Konkurrenz.«

»Nein, das ist es nicht.« Ich drehte mich auf den Rücken, und sie legte den Kopf auf meinen Bauch.

Meine Scrabble-Mädchen, nannte unser Vater uns, als wir klein waren und es kein Kissen auf der Welt gab, an das Rabia sich lieber gelehnt hätte als an mich – Schulter, Bauch, Bein –, ihr Körper immer im rechten Winkel zu meinem, so dass wir uns nur an einem einzigen Punkt berührten.

Shakeel kam zu uns, lachte und legte den Kopf auf Rabias Bein. »Doppelter Wortwert«, verkündete er.

»Abkürzungen sind nicht erlaubt, Bohnenstange«, sagte ich.

Jemand hatte die Autoscheinwerfer ausgeschaltet, während alle eine Pause machten. Die Sterne über uns strahlten hell. Eine Weile lag ich schweigend da, blickte empor, hörte Rabia zu, die Shakeel die Sterne aufzählte, die zu Orion gehörten – Beteigeuze und Bellatrix die Schultersterne, Rigel und Saiph an den Knien –, und erinnerte mich daran, wie ich ihr beigebracht hatte, in den Himmel zu schauen und die fernen Lichtpunkte beim Namen zu nennen.

Rabia, die Geduldige, Tochter von Beema, der Vernünftigen.

Es war mir nie in den Sinn gekommen, sie zu fragen, warum sie die Mappe über meine Mutter aufhob, lange nachdem ich alles weggeworfen hatte; ich hatte nie darüber nachgedacht, dass Rabia in den zwei Jahren, in denen meine Mutter mit mir im Obergeschoss im Haus meines Vaters wohnte, Distanz hielt, weil sie nicht wusste, wie sie auf das unbekannte Wesen reagieren sollte, das in der vertrauten Gestalt lauerte; ich hatte mich nie gefragt, wie sehr Rabia Mama grollte, weil sie die größte Kraft in meinem Leben war. Aber jetzt lag es auf der Hand.

Ich setzte mich auf und verursachte einen umgekehrten Dominoeffekt bei meiner Schwester und ihrem Mann.

»Du siehst so entschlossen aus«, sagte Rabia. »Worum geht es?«

»Ich frage mich gerade etwas. Seit wann bist du so ein Fan meiner Mutter, Rabia, und warum? Ich weiß, dass deine Gefühle für sie nicht unkompliziert waren, als wir jünger waren.«

Rabia zog die Beine an die Brust und schlang die Arme darum. Sie schien nicht sonderlich überrascht über die Frage. »Ich bewundere, was sie als Feministin getan hat. Vor allem, weil ich die Kondolenzschreiben gelesen habe, die du in den Monaten, nachdem sie verschwunden war, bekommen und nach den ersten drei Worten sofort in den Müll geworfen hast. Ich weiß also, wie wichtig sie im Leben vieler Menschen und für die Frauenbewegung in den achtziger Jahren war. Und abgesehen davon« – sie blickte zu Shakeel, der aufmunternd nickte –, »abgesehen davon gilt alles, was ich über deine Mutter denke oder für sie empfinde, dir. Ich habe die Artikel ausgeschnitten und in die Mappe gelegt, weil dein Gedächtnis so unglaublich einseitig ist, weil du Scheuklappen angelegt hast und diese schwarzweißen Erinnerungshilfen brauchst, um nicht zu vergessen, wofür du sie bewundert und idealisiert hast, nur für den Fall, dass du eines Tages lange genug loslassen kannst und dich erinnern willst, wie sie wirklich war, mit all ihren Fehlern und Stärken.«

Da war es wieder. *Loslassen.*

Ich tippte mit den nackten Zehen gegen ihren Fußknöchel. »Ich glaube nicht, dass es darum geht, Rabia. Die Erinnerung an ihr Engagement ändert nichts an der Art, wie ich über sie denke – ich habe nie etwas gegen ihr Engagement gehabt. Zugegebenermaßen hat es sich im Nachhinein als Energieverschwendung herausgestellt, aber ich mache ihr keinen Vorwurf daraus, dass sie das damals nicht gewusst hat.«

»Es war nicht vergeblich«, sagte Rabia ruhig. »Lies die Artikel. Es war alles andere als vergeblich. Was gewinnst du, wenn du dir das einredest? Warum beharrst du so darauf, dass es vergeblich gewesen sein soll?«

»Dreh den Spieß nicht um, Rabo. Wir reden darüber, warum du die Mappe aufgehoben hast. Ich glaube vielmehr, du hast die Artikel ausgeschnitten, um dich daran zu erinnern, dass sie dieses Wesen mit Idealen und Mut und all den Eigenschaften gewesen ist, die du so bewunderst. Und daran musst du dich erinnern, um deinen Groll im Zaum zu halten, nicht wahr? Diese vielen Jahre des Grolls, der größer wird, solange sie die Sirene bleibt, die mich fortzieht von dir und der Welt der Normalität und Vernunft, in der du lebst. Du kannst diesen Groll nicht rauslassen, ihn dir nicht eingestehen. Du kannst es nicht, weil du der Fels, der Anker bist. Das ist die Rolle, in die ich dich gedrängt habe, als du klein warst und jede Woche eine neue Persönlichkeit hättest ausprobieren sollen, um die zu finden, die am besten zu dir passt. Und sogar jetzt noch bist du so von dieser Rolle überzeugt, dass du deinen Groll nicht zugeben kannst und ihn in Besorgnis für mich kleiden musst. Rabia, das musst du nicht mehr tun.«

Als ich geendet hatte, sagte Shakeel: »Oh, Mann.« Er stand auf, und bevor er wegging, drehte er sich noch einmal um und sagte zu Rabia: »Sie ist stärker, als du glaubst.«

»Was soll das heißen?«, fragte ich meine Schwester.

»Das heißt« – sie zog die Knie näher an sich –, »dass ich nicht du bin, Aasmaani. Der Geist, die Seele funktioniert nicht bei allen Menschen gleich.« Sie gab einen gereizten Laut von sich. »Muss ich es dir wirklich erklären? Wer hat einst Groll gehegt und ihn sich dann verboten, weil er eigensüchtig und falsch gewesen wäre, und wessen Andenken ehrst du jetzt mehr als das aller anderen, die jemals auf diesem Planeten gelebt haben?«

Ich erhob mich, und sie sprang auf und fasste mich an der Schulter. »Verdammt nochmal, lauf nicht immer weg, wenn ich mit dir über dieses Thema reden will!«

In meinem Kopf knisterten Blitze. »Du redest Unsinn. Ja, natürlich war ich manchmal irritiert. Solche Momente gibt es in jeder Beziehung. Aber du glaubst, dass ich ihm grollte? Rabia, mehr als alles andere wollte ich seine Tochter sein. Nicht Dads Tochter. Nicht deine Halbschwester. Nicht Beemas Stieftochter. All das hätte ich aufgegeben, um sein Kind zu sein; ohne zu zögern hätte ich das alles aufgegeben.«

Einen Augenblick lang dachte ich, sie würde mich schlagen, aber dann nahm ihr Gesicht den Ausdruck größten Mitleids an. »Natürlich wolltest du das. Denn wenn du sein Kind gewesen wärst, hätte er deine Mutter nicht jedes Mal, wenn er wegging und sie bat, mitzukommen, gezwungen, sich zwischen euch beiden zu entscheiden.«

»So habe ich es nicht gesehen.«

»Genau so hast du es sehr wohl gesehen.«

Da standen wir, meine Schwester und ich, und sahen einander von diametral entgegengesetzten Standpunkten aus an. Ich befand mich nicht länger in meiner Haut, sondern schwebte über uns und beobachtete uns beide mit neugieriger Distanz. Ich wusste, dass wir die ganze Nacht hier draußen verbringen, unsere Hände in den eiskalten Fluss tauchen und sich windende Fakten würden herausziehen können, die sich deutlich voneinander unterscheiden und unserem Griff sofort entgleiten würden, kaum hätten wir sie aus dem schnell fließenden Wasser geholt.

Dann durchfuhr mich ein kalter Schauer, und beinahe hätte ich laut aufgeschrien. Der Friede, die Freude waren fort. Mit großer Heftigkeit drängten sich mir Fragen auf, kämpften miteinander und füllten alle Leerstellen in meinem Kopf. Wie willst du den Dichter finden? Wie soll deine Mutter erfahren, dass du ihn gefunden hast? Was, wenn keine Briefe mehr kommen? Oder Ed so wütend auf dich ist, dass er sie dir nicht länger aushändigen wird? Woher willst du wissen, ob du Shehnaz Saeed vertrauen kannst? Was, wenn er zurückkommt und sie ebenfalls, und beide wieder fortgehen, ohne dir zu sagen, wohin?

Ich kniff die Augen zusammen. Bitte, nicht noch einmal.

»Aasmaani?« Rabia trat näher zu mir.

Ich schüttelte den Kopf und hob die Hand, damit sie mir nicht zu nahe kam. Langsam, Herz, langsam. Beruhige dich. Du wirst ihn finden. Schau nur, wie weit du schon gekommen bist. Er lebt. Sag es. Er lebt.

Omi.

Es war wie ein Mantra.

Om Omi Om Omi.

Und welche der Wohltaten eures Herrn wollt ihr beide wohl leugnen?

Ich öffnete die Augen und atmete langsam aus.

»Entschuldige.« Ich nahm ihre Hand. »Ich habe nicht gemeint, was ich gesagt habe. Für nichts in der Welt würde ich es aufgeben, deine Schwester zu sein. Und ich weiß, es scheint so, als wüsste ich nicht, was ich an euch habe. An dir und Beema und Dad. Aber manchmal ist es … Manchmal komme ich mir vor, als hätte ich mein ganzes Leben damit verbracht, Mama zu vermissen.«

Rabia schlang die Arme um mich und zog mich an sich. »Ich weiß. Manchmal komme ich mir vor, als hätte ich mein ganzes Leben damit verbracht, dir dabei zuzusehen, wie du sie vermisst. Du täuschst dich, wenn du meinst, ich hätte ihr gegrollt, weil sie den stärksten Sog in deinem Leben ausübte. Deswegen war ich nie sauer auf sie. Aber ich habe sie dafür gehasst, dass sie dir so viel Schmerz zugefügt hat. Ich habe sie dafür gehasst, dass sie dich zum Weinen gebracht hat. Genauso, wie sie sich selbst dafür gehasst hat.«

Ich trat zurück. »Meinst du?«

»Ich weiß es. Ich habe es gesehen.«

»Was hast du gesehen?«

Ein neues Kricketspiel begann, und wir standen so, dass wir von einem gut geschlagenen Ball getroffen werden konnten, deswegen setzten wir uns auf die Kühlerhaube eines Autos auf der Einfahrt und lehnten uns an die Windschutzscheibe.

»Es war während der letzten beiden Jahre. Als sie oben wohnte. Sie hatte dir versprochen, zum Sportfest zu kommen, um dir beim Weitsprung zuzusehen, aber dann kam sie an jenem Tag nicht aus dem Bett. Und du hast geweint. Du hast geglaubt, ich wüsste es nicht. Du hast immer geglaubt, ich würde es nicht merken.« Für einen Augenblick flackerte in ihrem Gesicht der triumphierende Ausdruck einer Zwölfjährigen auf, die gerade das Geheimnis ihrer großen Schwester aufgedeckt hatte. »Jedenfalls bist du am nächsten Tag mit Schulfreundinnen zum Mittagessen gegangen, Dad war bei der Arbeit und Beema hat Mathenachhilfe gegeben. Da bin ich zum Zimmer deiner Mutter hinaufmarschiert und habe gesagt: ›Wir müssen miteinander reden.‹«

»Mit zwölf Jahren bist du ins Zimmer meiner Mutter marschiert und hast gesagt: ›Wir müssen miteinander reden.‹?«

»Ja. Ich sagte: ›Hör mal, Lady.‹ Ich glaube, ich hatte gerade einen Gangsterfilm gesehen. Ich sagte: ›Hör mal, Lady. Mir ist es recht, dass du jetzt in meinem Zimmer lebst und ich nach unten ziehen musste. Aber vergiss nicht, dass es immer noch mein Zimmer ist, und wenn du hier weiter wohnen willst, schuldest du mir was. Nennen wir es Miete.‹«

»Du hast die Rede zuvor geübt, stimmt's?«

»Ich habe sie niedergeschrieben, auswendig gelernt und vor dem Spiegel geübt. Deine Mutter, Gott segne sie – es ging ihr besser an diesem Nachmittag –, nickte ganz ernst und sagte: ›Das erscheint mir nur fair.‹ Und ich sagte: ›Ich will kein Geld. So ist es nicht. Ich möchte, dass du meine Schwester nicht mehr traurig machst, das ist die Miete, die du mir schuldest.‹«

»Oh, Rabia.«

»Sie fing an zu weinen, Aasmaani. Und sie weinte wirklich. Nie habe ich so ein Weinen gehört, nicht einmal, als Beema ihr vom Tod des Dichters erzählt hat. Sie weinte und weinte, als wäre es das Einzige, was sie noch tun konnte, und ich bekam solche Angst, dass ich davonlief. Ich frage mich noch heute, wovor ich solche Angst hatte. Denn ehrlich gesagt, hat mir seitdem nichts mehr solche Angst eingejagt. Und ich glaube, es lag daran, dass ich sah, so etwas kann mit einem Leben geschehen, es kann uns allen passieren. Das war der letzte Tag, an dem ich deine Mutter hasste.« Sie wischte mir mit der Hand die Tränen ab.

»Du und Beema«, sagte ich und putzte mir die Nase. »Diensthabende Heilige, gelegentlich als Gangster verkleidet.« Und in ihrer Heiligkeit immer bereit, Mitleid zu haben, statt Zensur auszuüben.

»Sie hätte zumindest aus unserem Haus ausziehen sollen«, sagte ich und knüllte das Taschentuch in meiner Hand zusammen. »Das zumindest hätte sie tun können, wenn schon nichts anderes. Warum musstet ihr, du und Dad und Beema, ihr Leid ertragen?«

»Sie versuchte, auszuziehen. Aber Beema wollte nichts davon wissen. Und sie konnte sich nicht um sich selbst kümmern, Aasmaani, das weißt du.«

Ich hätte mit ihr gehen können. Ich hätte mich um sie kümmern können. Ich habe es ihr nie angeboten. Ich wollte damals nicht allein mit ihr in einem Haus leben und dabei zusehen, wie sie sich verzehrte.

»Wie ist Dad damit fertig geworden? Ich weiß es bis heute nicht.«

»Mit zusammengebissenen Zähnen.« Rabia zuckte die Achseln. »Ich glaube nicht, dass er sehr glücklich über das enge Verhältnis von Beema und deiner Mutter war. Es hätte ihm bestimmt besser gefallen, wenn sie gut genug miteinander ausgekommen wären, um dir das Leben nicht zu vergällen, mehr nicht.« Ein Kricketspieler rief, dass ihre Füße das Licht des Scheinwerfers verdunkelten, und sie zog die Beine an und setzte sich in den Schneidersitz. »Erinnerst du dich, als Beema zu deiner Mutter sagte – das war, bevor der Dichter starb, als sie aus dem Exil zurück waren und du so glücklich warst, dass du kaum gehen konntest, ohne zu tanzen –, Beema sagte: ›Wenn man uns zwei zusammennimmt, Samina, sind wir die Superfrau, die jede einzelne Frau sein muss, wenn sie in dieser absurden Welt mit einem minimalen Sinn für Verantwortung bestehen will. Wir übernehmen Regierungen, kaufen die Lebensmittel, entwinden den Patriarchen die Religion, erziehen unsere Töchter zu Frauen und begleiten unsere Männer an Orte, wo sie nie und nimmer allein überleben würden, weil sie noch immer kleine Jungen in Körpern von Erwachsenen sind.‹ Ich glaube, das war es. Das Kernstück ihrer Freundschaft. Sie sahen sich als komplementär, und das nicht nur in deinem Leben. Deine Mutter hätte dich nicht so oft allein gelassen, Aasmaani, wenn nicht Beema gewesen wäre, bei der sie dich lassen konnte.«

»Sie hätte mich nie allein gelassen, wenn sie es nicht ertragen hätte, mich allein zu lassen.« Ich glitt von der Kühlerhaube. »Sie hat mir einen Gefallen getan, ich weiß. Es war viel besser, dass ich bei Beema und dir aufgewachsen bin. Aber das war die Folge ihrer Entscheidungen, nicht der Grund dafür.«

Die Feldspieler stießen Jubelschreie aus, als der Schlagmann den Ball langsam zurück in die Hände des Werfers schlug.

»Ich bin dran«, rief ich und ging aufs Feld.

Als das Spiel zu Ende war, merkte ich an der Art, wie meine Schwester in meiner Nähe blieb, dass sie unser Gespräch fortsetzen wollte. Aber ich hatte mein zwanghaftes Gejammer satt und ärgerte mich ein wenig darüber, dass die friedliche Stimmung, in der ich die letzten Tage verbracht hatte, zerstört war, deswegen blieb ich nach dem Spiel im Garten und diskutierte mit den Nachbarn über Politik.

Während des Ramadans war endlich eine Regierung gebildet worden. Zwar keine sehr überzeugende, aber die meisten von meinen Kollegen bei STD und meinen Nachbarn im Garten waren erleichtert, dass die religiöse Allianz sich geweigert hatte, einer Koalition beizutreten. »Verdammt, die geben sich demokratischer als alle anderen«, hatte Rabia vor ein paar Tagen gesagt, als der geifernde Anführer der Bärte in der konstituierenden Sitzung der Nationalversammlung – die auf allen Kanälen live übertragen wurde – gegen eine Einflussnahme des Militärs auf Regierungsangelegenheiten wetterte.

Ich hatte zugesehen und mich gefragt, wie es wohl wäre, im Parlament zu sitzen und Teil davon zu sein.

Früher im Jahr, kurz nachdem der Präsident die Verfassungsänderungen verkündet hatte und vor den Wahlen, die die drei Jahre dauernde Auflösung des Parlaments beenden sollten, hatte ich einen ehemaligen Freund meiner Mutter getroffen, einen Mann, der ein mutiger und bewunderter Teilnehmer der Kämpfe für Demokratie in den achtziger Jahren gewesen und zu einem korrupten und rachsüchtigen Politiker geworden war, als das Land tatsächlich demokratisch wurde und er eine Machtposition bekleidete. Ich hatte ihn seit Jahren nicht mehr gesehen, aber als wir auf der Dachterrasse meines Lieblingsrestaurants an benachbarten Tischen saßen, strahlte er vor Wiedersehensfreude.

»Aasmaani! Wunderbar!« Er zog einen Stuhl neben meinen und ignorierte die drei Kollegen von der Ölfirma, die mit mir am Tisch saßen. »Hast du von den Verfassungsänderungen gehört? Von der Quote?«

Ich tauchte ein Stück Naan in das Raita und zuckte die Achseln. »Meine Schwester redet dauernd davon. Sechzig Sitze für Frauen im Parlament.«

»Genau.« Er zog seinen Stuhl näher. »Und? Möchtest du dich für meine Partei aufstellen lassen?«

Meine Kollegen brachen in Lachen aus. Wir hatten zuvor über die Verfassungsänderungen diskutiert, und ich hatte gesagt, der große Vorteil der Frauenquote bestünde darin, dass sie für mehr Farbe und modischen Schick bei den Sitzungen sorgen würde.

Er nahm ein Seekh Kabab und fuchtelte damit vor meinem Gesicht herum. »Komm schon. Als Vierzehnjährige hattest du einen rasiermesserscharfen politischen Verstand. Erinnerst du dich noch, als deine Mutter und ich verhaftet wurden –«

»Du meinst, in den Tagen, als du noch über so etwas wie Integrität verfügt hast?«

Er biss in das Seekh Kabab und blickte amüsiert drein. »Wir müssen mit dem System kooperieren. Sag Ja. Komm schon. Das ist deine Chance, etwas Gutes für die Nation zu tun.«

Ich nahm ihm das Seekh Kabab aus der Hand und warf es der Katze zu, die in der Nähe herumschlich. »Was mich angeht, kann die Nation zum Teufel fahren.«

Er klatschte in die Hände. »Noch besser. Du bist absolut geeignet.«

Ich versuchte, mich nicht irritieren zu lassen von dem Gelächter meiner Kollegen, die sich schüttelten bei dem Gedanken, dass ich die politische Bühne betreten könnte. »Genau. Deine Partei entscheidet also, welche Frau als Kandidatin geeignet ist. Und kaum sind wir in die Partei eingetreten, verbietet es uns der vierzehnte Verfassungszusatz, gegen die Parteilinie zu stimmen, und wenn ihr ein Gesetz verabschieden wollt, das besagt, dass Frauen Idioten sind, sind wir gesetzlich verpflichtet, dem zuzustimmen. Nein, danke.«

»Also, das ist eine ziemlich beschränkte Sicht der Dinge.« Er nahm ein weiteres Seekh Kabab. »Ein Minimum von sechzig Frauen im Parlament wird den Betrieb auf die eine oder andere Weise beeinflussen, meinst du nicht? Das ist deine Chance zu beweisen, dass deine Mutter Recht hatte mit ihrer Theorie, dass die Frauen die wahre dynamische und revolutionäre Kraft in diesem Land sind.«

»Zum Teufel mit den Theorien meiner Mutter. Und mit dir ebenfalls.«

Und das war's.

Aber jetzt, als ich um Mitternacht im Garten stand und hörte, wie meine Nachbarn diverse düstere Szenarien für die Zukunft des Landes diskutierten, fragte ich mich, wie meine Mutter reagieren würde, wenn sie eines Tages den Fernseher einschaltete und mich im Parlament sitzen sähe.

Was, wenn er zurückkommt, und sie ebenfalls, und sie beide wieder fortgehen, ohne dir zu sagen, wohin?

Wer oder was müsste ich sein, damit sie diesmal bliebe?

a. Mitglied des Parlaments
b. Unpolitische Mitarbeiterin einer Quizshow
c. Mitarbeiterin eines multinationalen Konzerns
d. Tagsüber Übersetzerin obskurer Urdu-Tagebücher, nachts Partykönigin

Antwort: Das ist eine Fangfrage. Es hängt ganz davon ab, wie sie jetzt ist.

Ich ging in meine Wohnung, eine alte, nur allzu vertraute Schwere in den Gliedern. Sie war auch noch am nächsten Morgen da, als ich im Studio ankam. Ein weiterer Tag lag vor mir, an dem mir Shehnaz Saeed keinen verschlüsselten

Text schicken würde, an dem Ed nicht anriefe, an dem ich keinen Deut besser wüsste, wo der Dichter war und wie ich ihn finden könnte.

Als ich die Treppe hinaufstieg, rief jemand meinen Namen. Ich schaute mich um und sah einen älteren Zeitungsjournalisten, der vor kurzem eingestellt worden war, um den Job als Moderator der politischen Talkshow zu übernehmen, den ich abgelehnt hatte. Er kam die Treppe aus dem Untergeschoss herauf und wischte sich die Schminke vom Gesicht.

»Es hat sich herumgesprochen, was Sie machen«, sagte er, als wir uns auf halbem Weg im Parterre trafen.

»Die Quizshow?«, sagte ich.

Er nahm meinen Ellbogen und führte mich fort von Kiran Hilals Team, das gerade das Konferenzzimmer verließ. In der letzten Woche waren die ersten drei Episoden von *Boond* gedreht worden, und bei STD wurde noch immer von Shehnaz Saeeds Brillanz und der Dummheit der Tochter-der-Geliebten gesprochen, die erklärt hatte, sie könne vor Sonnenuntergang keine Liebesszenen drehen, weil man während des Fastens gehalten sei, »diese Gefühle« zu unterdrücken.

Der Journalist zog mich in die leere Küche und wandte sich mir zu. »Als Sie in der Wohnung des Archivars waren, war dort auch ein Reporter. Der Archivar ist ein großes Klatschmaul. Er hat dem Reporter erzählt, wer Sie sind und welche Akte Sie sich angesehen haben. Dann hat Nasreen Riaz ihrem Cousin, der für unsere Sportredaktion arbeitet, erzählt, dass Sie sie angerufen und nach dem Tod ihres Bruders gefragt haben. Und jetzt spekuliert die ganze Redaktion, wonach Sie suchen.« Er senkte die Stimme. »Hören Sie, Sie sind noch jung. Lassen Sie sich vom Schein der Demokratie nicht täuschen. Glauben Sie mir, die Macht ist immer noch in den Händen der gleichen Leute. Nichts hat sich geändert.«

Und schon kehrten die Gewohnheiten meiner Kindheit wieder, und ich sah mich um, ob jemand in der Nähe war, und bedeutete dem Journalisten, mir durch die Tür in den Garten zu folgen, außer Reichweite jeglicher Abhöreinrichtungen.

»Was wissen Sie, was ich nicht wissen soll?«, fragte ich ihn. Obwohl wir uns kaum kannten, vertraute ich ihm. Omi hatte ihn »das Gewissen der Presse« genannt.

Er lächelte über meine Mantel-und-Degen-Haltung. »Ich schätze, die einzigen Wanzen in der Küche stammen aus der Familie Osama bin Laken.« Er wurde wieder ernst. »Aber wenn Sie mich fragen, ob ich weiß, wer den Dichter umgebracht hat – ich weiß nicht mehr als alle anderen. Es ist ein offenes Geheimnis, wer die Männer waren, die sein Haus durchsucht und seine Gedichte verbrannt haben. Oder wenn schon nicht, wer sie waren, dann in wessen Auftrag sie gehandelt haben. Es war die Regierung, Aasmaani, und die Leute, die damals beteiligt waren, sind wahrscheinlich immer noch in hohen Positionen und erfahren, wenn jemand herumschnüffelt, wo er nicht herumschnüffeln sollte.«

»Sie glauben also, dass die Regierung ihn umgebracht hat?«

Zum ersten Mal sah er mich mit Interesse an. »Wenn es nicht die Regierung war, wer dann?«

Ich musste zugeben, dass ich keine Ahnung hatte, und dann blickte er gekränkt drein, als würde ich seine Fähigkeiten als investigativer Journalist in Zweifel ziehen.

»Es gab keinen Grund, mit dem Finger in eine andere

Richtung zu deuten als die, in die wir öffentlich nicht deuten durften.«

»Aber warum? Warum sollten sie ihn umbringen lassen, nach den vielen Jahren, in denen sie es nicht getan haben? Warum ließen sie ihn nicht einfach wieder verhaften?«

»Sind Sie wirklich so naiv? Wissen Sie denn nicht, dass sie keinen Grund brauchten? Sie glauben, dass es eine schwere Entscheidung ist, ob man jemanden umbringen soll oder nicht. Aber diese Leute glauben das nicht. Für sie ist es, als ob sie sich die Zähne putzen. Warum sollten sie es nicht tun? Wer will sie aufhalten?« Er deutete streng mit dem Finger auf mich. »Wenn Sie herausfinden wollen, wer genau den Auftrag gegeben und wer genau ihn ausgeführt hat, wenn Sie einen Namen wissen wollen, vergessen Sie's. Ich weiß, wie diese Leute vorgehen, und glauben Sie mir, Sie wollen nicht auf ihrem Radarschirm auftauchen.«

»Sie sind der Letzte, von dem ich erwartet hätte, dass er mir rät, stillzuhalten. Darf ich Sie fragen, ob Sie sich genauso verhalten würden, wenn ich keine Frau wäre?«

»Aber Sie sind eine Frau.«

»Das war meine Mutter auch«, entgegnete ich.

»Ich habe nichts mehr dazu zu sagen.«

Ich öffnete den Mund, um zu widersprechen, aber er hielt den gestreckten Finger in die Höhe, um das Gespräch zu beenden. »Halten Sie sich da raus. Der Dichter und Ihre Mutter waren Freunde von mir. Ich schulde es ihnen, Ihnen klar zu machen, dass Sie einen Riesenfehler begehen, wenn Sie mit diesem Wahnsinn weitermachen.«

Ich erinnerte mich an die vielen Anrufe während der letzten Wochen, ohne dass eine Nummer auf meinem Display aufgetaucht war. Der Anrufer hatte stets aufgelegt, sobald ich mich meldete. Wann hatten sie begonnen? An dem Tag, als ich beim Archivar gewesen war, oder? Ja, am Abend jenes Tages.

Was mich überraschte, war nicht die Panik, die mich wünschen ließ, sofort ein Flugzeug zu besteigen und das Land zu verlassen, sondern die Freude, die die Panik begleitete. Sie war genetisch, diese Freude, und selbstmörderisch. Aber einen Augenblick lang ließ ich mich davon durchfluten. Bei Gott, ich würde ihnen einen Grund geben, ihre Radarschirme auf mich zu richten.

Und dann war die Freude erloschen. Wer waren »sie«? Wer steckte hinter der Gefangenschaft des Dichters? War es ein Einzelner oder eine Gruppe, und welches waren seine oder ihre Verbündeten und Kontakte und Motive? Wem konnte ich trauen?

Ich sah den Journalisten an. Riet er mir im Namen meiner Mutter und des Dichters oder im Auftrag von jemand ganz anderem, die Suche nach Antworten einzustellen?

»Sie haben Recht«, sagte ich. »Es war albern von mir und wird nicht wieder vorkommen.«

Nein, keine erbärmlichen Versuche mehr, Detektiv zu spielen. Das brächte mich nicht weiter. Die einzige Person, die mir die Antworten geben konnte, war der Dichter. Wenn er nur wieder schreiben würde. Wann würde er wieder schreiben?

Spätabends, als ich am Einschlafen war, dachte ich: Was, wenn er schon wieder geschrieben hat? Ich öffnete die Augen und sah das schwache grüne Leuchten eines Oktopus, der seine Tentakeln nach mir ausstreckte. Was, wenn Ed seiner Mutter erzählt hatte, dass ich den Text entschlüsselt hatte? Wenn sie wusste, dass ich sie angelogen hatte, warum sollte sie mir dann weiterhin etwas schicken? Sie schuldete mir nichts. Laut Beema war sie eine Frau, die Vertrauen als etwas Heiliges betrachtete, und ich hatte von Anfang an nichts anderes getan, als sie zu täuschen.

Ich wollte sie am nächsten Morgen als Erstes anrufen. Und dann dachte ich: Ed. Ich dachte an seine Hand, die er mir über den Sonnenschein hinweg entgegengestreckt hatte, und ich hatte mich abgewandt, weil ich alles zwischen uns als Beweis dafür sehen wollte, dass er mich manipulierte. Obwohl er tatsächlich nichts anderes getan hatte, als mir zu zeigen, dass er von den verschlüsselten Seiten genauso verwirrt war wie ich. Seit unserer letzten Begegnung waren über drei Wochen vergangen, und ich hatte ihn nicht angerufen, um mich zu entschuldigen oder wahrheitsgemäß zu sagen: Du fehlst mir.

Kaum war ich am nächsten Morgen im Büro, rief ich ihn an. Er musste die STD-Nummer auf seinem Display erkannt haben, denn er meldete sich mit den Worten: »Zum letzten Mal, nein. Wir nehmen sie nicht mit Weichzeichner auf.«

»Liebt die Kamera die Geliebte nicht so sehr wie der Geschäftsführer?«, fragte ich. Ich musste laut sprechen, um das statische Rauschen zu übertönen.

»Aasmaani?«, sagte er zuerst zögernd und dann mit großem Überschwang: »Aasmaani!«

»Ed? Ed!«, sagte ich im gleichen Tonfall. »Du brauchst einen neuen Spitznamen. Deiner taugt nicht zu leidenschaftlichen Ausrufen.«

»Baby«, sagte er mit der tiefen Stimme eines Hollywoodschauspielers. »Du kannst mich nennen, wie du willst, solange du mich anrufst.«

»Wie wär's damit? Ich nenn dich Bogie und du mich Bacall.«

»Sprechen wir miteinander oder schreiben wir ein Lied?«

»Eigentlich möchte ich mich entschuldigen.«

»Ich nehme deine Entschuldigung an mit einem Lied im Herzen. Soll ich es dir vorsingen?«

»Sing es, wenn du wieder hier bist. Wann kommst du zurück?«

»Nicht schnell genug. Himmel, Aasmaani, ich vermisse dich mehr, als möglich erscheint.«

»Ich merke mir das Kompliment und vergesse die kleine Spitze.«

»Es mag komisch klingen, und vielleicht liegt es am Netz, das in diesen Hügeln ziemlich verdächtig ist – an den meisten Tagen muss ich auf den höchsten Baum steigen und mich zur Seite strecken, um überhaupt ein Netz zu kriegen –, aber du klingst besser. Als hätte dich jemand von der Traurigkeit erlöst. Liegt es am Netz?«

Ich schüttelte den Kopf, obwohl er mich nicht sehen konnte. »Er ist es, Ed, er ist es wirklich.«

»Wer?«

»Omi. Er lebt.« Es war das erste Mal, dass ich es laut aussprach, und in mir stieg wieder die Freude auf und ließ meine Stimme überschnappen.

»Omi?«

»Der Dichter, Ed. Stell dich nicht blöd. Der Dichter ist am Leben. Ich weiß es.«

»Woher?«

»Ed, frag nicht. Glaub mir einfach. Er lebt. Es sind keine Fälschungen. Hör mal, deine Mutter muss mir weiterhin die Briefe schicken. Hast du ihr erzählt, dass ich sie entschlüsseln kann? Sollen wir es ihr sagen? Ed?«

Schweigen.

Ich nahm den Hörer vom Ohr und schaute auf das Display, weil ich glaubte, die Verbindung wäre unterbrochen, aber das war nicht der Fall.

»Ed?« Ich drückte das Telefon wieder ans Ohr.

»Deswegen rufst du also an.« Seine Stimme war vollkommen tonlos. »Wegen der Briefe.«

»Das ist ein Grund«, gab ich zu. »Aber du bist der andere Grund.«

»Wirklich? Kannst du deine Gründe in Prozent gewichten?« Sprünge tauchten in seiner Stimme auf, Zorn schwang mit. »Wie viel Prozent machen die Briefe aus, wie viel Prozent ich?«

»Ed. Das ist absurd.«

Es folgte eine Pause. »Sie weiß es nicht«, sagte er schließlich. »Meine Mutter. Sie weiß es nicht. Und obwohl ich im Augenblick keinen Grund habe, dir einen guten Rat zu geben, rate ich dir, es ihr nicht zu erzählen. Dann hieße es nur: ›Das sind meine Briefe, sie betreffen nur mich.‹«

»Sie scheint nicht …« Ich hielt inne. »Entschuldige. Danke für den Rat. Wirklich, Ed.«

»Wenn mehr Briefe kommen, werde ich dafür sorgen, dass du sie kriegst«, sagte er in milderem Tonfall. »Und jetzt muss ich los.«

»Ed. Warte. Fünfzig.«

»Was?«

»Fünfzig Prozent wegen dir.«

»Das ist gelogen, Aasmaani.«

»Ja. Ich hätte allerdings gern, dass es stimmt.« Aber jetzt hatte er tatsächlich aufgelegt.

Was hatte dieser Mann, das mich auf so unerwartete Weise rührte?

Ein Mädchen, das ich während des Studiums kannte, hatte einmal von der »geheimen Gesellschaft des Schmerzes« gesprochen. Ihr Verlobter war im Alter von zweiundzwanzig Jahren gestorben, und manchmal verriet ihr der Blick eines Fremden, seine besondere Art von Einsamkeit, dass er unter einem ähnlichen Schmerz litt.

Ich versuchte, Ed anzurufen, um ihm von dem Mädchen zu erzählen, aber er nahm nicht ab, und ich schickte ihm eine SMS: »Ed, ruf mich an.«

Er schrieb zurück: »Kein Netz. Keine hohen Bäume.«

Es war unmöglich, den Ton der Nachricht zu bestimmen – kurz angebunden oder humorvoll? –, aber ich betrachtete es als gutes Zeichen, als Shehnaz Saeeds Fahrer drei Tage später an meiner Tür klingelte. Er reichte mir eine Karte von Shehnaz, die mich einlud, am Abend von Eid mit ihr und Ed *Boond* anzusehen. Ich las die Karte auf der Schwelle, der Fahrer wartete auf eine Antwort, und als ich aufsah und zusagte, reichte er mir einen Umschlag, auf dem in kindlicher Handschrift Shehnaz Saeeds Adresse stand.

* * *

Wir verwechseln innere Konflikte und Leiden mit Tragik. Hamlet ist nicht die tragischste Gestalt Shakespeares, ebenso wenig Lear. Hamlet ist die konfliktreichste, Lears Leiden werden am brillantesten geschildert. Aber die tragischste Figur ist Macbeth, der keinerlei Illusionen hat. Im Gegensatz zu Brutus versucht er nicht, den Mord an seinem Freund und Wohltäter zu rechtfertigen; im Gegensatz zu Othello wird er nicht von der Heimtücke eines Jago zum Mord verleitet. Macbeths Tragik besteht darin, dass er sich selbst genau kennt, um die unheilvollen Folgen seiner Tat weiß und begreift, wie zutiefst unmoralisch sein Verhalten ist.

Ich weiß, wessen Stimme das ist: Darius Mehta, Passionierter Professor der Anglistik, Adjectivus Emeritus.

Mich selbst hat immer die Tragik der Liebenden angezogen. Laila-Mujnu natürlich. Aber auch Antonius und Kleopatra, Macbeth und seine Lady (ihre Leidenschaft füreinander ist die wahre Geschichte des Stücks), Sassi Punoo, Samson und Delila (ihre Bekanntschaft verdanke ich vor allem Cecil B. DeMille und weniger der Bibel), Salem und Anarkali, Ödipus und Jokaste (warum sollte seine Tragik größer sein als ihre? Sie findet schließlich heraus, dass sie ihren vatermörderischen Sohn geheiratet hat. Sie erhängt sich – nicht weil sie unwissentlich Inzest verübt hat, sondern weil sie entgegen allen moralischen Gesetzen und Gebräuchen ihren Sohn weiterhin begehrt). Aber die traurigste aller Liebesgeschichten stammt aus der Artus-Sage – nicht die Geschichte von Lanzelot und Ginover oder von Tristan und Isolde. Merlin und Nimue, das ist die traurigste aller traurigen Geschichten.

Natürlich nicht in allen Versionen. In manchen ist sie die grausame Zauberin, die ihn verführt, alles lernt, was er weiß, und ihn dann gefangen hält und einem langsamen Tod überlässt. Aber die Geschichte von Merlin und Nimue, die ich glaube, ist folgende: Für die Liebe der Göttin, der sie dient, muss sie Merlins Wissen erwerben, und deswegen sucht sie ihn, um ihn zu verführen. Aber Merlin fällt nicht auf jedes hübsche Gesicht herein, insbesondere da er weiß, dass er in der Liebe betrogen werden wird. Er hütet sich vor Falschheit, die sich als Schönheit tarnt. Die einzige Möglichkeit, Merlin zu überzeugen, besteht darin, dass Nimue sich wirklich in ihn verliebt. Und sie verliebt sich in ihn und er sich in sie, und dennoch weiß sie, dass sie ihn nicht genug liebt, um sich von ihrer Göttin abzuwenden, und er weiß, dass er zum ersten Mal in seinem Leben wirklich liebt, und wenn es sein Schicksal ist, von der Frau, die er liebt, verraten zu werden, dann wird Nimue diese Frau sein.

Warum ist das eine so große Tragödie? Weil sie wie Macbeth die Wahrheit kennen. Nicht einen Augenblick lang glaubt sie, dass ihre Göttin sie von ihrer Verpflichtung entbinden wird; keinen Atemzug lang glaubt er, dass er das Schicksal austricksen kann. Ich glaube, das lässt sie zärtlich miteinander umgehen; ich glaube, das lässt sie sich zurücksehnen nach jedem Moment, noch bevor er vorbei ist. Ich glaube, es stärkt die Liebe, wenn sie so wie hier in der heftigen Umarmung der Unausweichlichkeit gefangen ist.

Wie bin ich auf diesen sentimentalen Gedanken gekommen?

Ach ja. Darius Mehta. Der im Herbst seines Lebens seine Stelle als Lehrer verlor, weil er *König Richard II.* nicht als literarischen Text, sondern als politisches Stück diskutierte. Du hast ihn für seinen Mut bewundert. Und ich dachte, was konnte er den Studenten über Politik erzählen, was sie nicht schon wussten? Was für eine Verschwendung – alle diese jungen Menschen, die jetzt nicht mehr die Chance haben, Darius Mehta über Shakespeare und was es heißt, ein Mensch zu sein, sprechen zu hören. Was veranlasste ihn zu glauben, er sollte etwas anderes tun als das, wozu er so wunderbar befähigt war? Wer veranlasste ihn zu glauben, er wäre nicht gut genug?

Wenn jemand hereinkäme und mit mir über Politik reden wollte, während ich *König Richard II.* lese, würde ich ihn hinausscheuchen.

Hör auf. Hör auf zu missbilligen.

Eine Frau, die ihr Kind für ihren Liebhaber verlässt und in der Öffentlichkeit mit der Affäre angibt, während das Kind heranwächst, sollte das Verhalten anderer nicht missbilligen.

Eine Frau, die im Leben so wenig erreicht hat, sollte von anderen kein politisches Engagement fordern.

Wie konntest du dir das anmaßen? Ich habe mir versprochen, ich würde es nicht noch einmal zulassen.

Ich fange an, Papier und Stift zu hassen.

Es war wesentlich besser, als ich nur meine Bücher und meine tägliche Routine hatte. Mein Leben war streng reglementiert. Aber seitdem ich angefangen habe zu schreiben, platzt du jeden Augenblick herein und störst die Gezeiten, die mein Leben bestimmen. Alles ist von dir infiziert, und ich kann nicht mehr unterscheiden zwischen Fiktion, Erinnerung und meinen eigenen Phantasien. Auch jetzt, während ich schreibe, muss ich mich fragen: Ist es ein Geschenk oder eine Strafe? Was für ein Spiel wird mit meinem Leben getrieben? Ich möchte, dass die Speichellecker alle Versuchungen entfernen, die mich reizen, diese leeren Seiten zu füllen. Erst dann kann ich anfangen zu vergessen, was ich alles verloren habe. Erst dann kann ich versuchen, all das zu vergessen, was ein anderer gewonnen haben muss. Dann werde ich mir keine Fragen mehr stellen müssen wie: In wessen Bett schlüpfst du abends? An welchen Körper stellst du deine gierigen Forderungen?

Manchmal macht es mich glücklich zu glauben, du wärst tot.

Erinnerst du dich an den Strand an jenem Abend? Als wir die Party verließen und zu dieser muffigen Höhle gingen. Ich wollte fort, weil sie nach altem Urin stank, aber du zogst mich an dich, und bald war die Höhle von einem anderen, moschusartigeren Geruch erfüllt. Dann ein Geräusch, jemand stand vor der Höhle, beobachtete uns, aber dir war es gleichgültig, du wurdest nur noch erregter. Ich hätte dir so oft Perversion vorwerfen können, aber ich liebte dich immer zu sehr, um dir dieses Wort an den Kopf zu werfen. Du hattest keine vergleichbaren Hemmungen, wenn es um meine Gefühle ging.

Wie oft enden Gedanken an dich im Zorn. Und dann ist er wieder verschwunden, so schnell, wie er gekommen ist, und ich will dich nur noch in den Armen halten, meine Liebe, weit weg von der ganzen Welt.

Komm und finde mich und lass uns irgendwo hinfliegen, fort von der ganzen Welt.

XIV

Wenn die Tür geöffnet würde und der Dichter hereinkäme, würde ich ihn umbringen.

Lass uns irgendwo hinfliegen, fort von der ganzen Welt.

Ich zerknüllte das Papier zu einem festen Ball und warf ihn durch das Zimmer. »Du nimmst sie mir nicht wieder weg!«, rief ich. Der Papierball stieß gegen das Fenster, prallte ab und landete vor meinen Füßen.

Eine Frau, die ihr Kind für ihren Liebhaber verlässt und in der Öffentlichkeit mit der Affäre angibt.

Mistkerl.

Ich hätte dir so oft Perversion vorwerfen können.

Mistkerl. Mistkerl. Du fetter, alter, hässlicher, narbengesichtiger Mistkerl.

Für diesen Mann hast du Dad verlassen, Mama. Für diesen Mann hast du mich verlassen, immer wieder.

Ich kannte die Höhlen am Strand. Ihren Geruch, wenn die Flut sie seit langem nicht mehr gewaschen und von Erinnerungen gereinigt hatte. Ich wollte von Erinnerungen gereinigt sein. Ich wollte einbalsamiert sein. Alle Flüssigkeit, alle Säfte ausgetrocknet. Wenn ich den Kopf zur Achsel hinunterneigte, roch ich eine Mischung aus Körpergeruch und Deodorant. Noch weiter unten Begierde.

Ich stellte mir Dinge vor, die ich mir nicht vorstellen wollte. Der Strand nachts, eine Höhle, ihre Augen beobachten jemanden, der beobachtet, wie sie den Dichter näher zu sich, tiefer in sich zieht. Ich biss mir auf den Finger, fest.

Fort von der ganzen Welt.

Rabia hatte Recht gehabt. Die Wut war mir vertraut, der Wunsch, er wäre hier, damit ich seinen Kopf gegen die Wand schlagen konnte. Ich war mit dieser Wut aufgewachsen, sie war nahezu wie ein lang vermisster Freund.

»Mistkerl. Gottverdammter Mistkerl.«

Eine Frau, die ihr Kind verlässt.

Wie kannst du es wagen? Nach allem, was sie für dich aufgegeben hat. Nach allem, was aufzugeben du von ihr verlangt hast.

Eine Frau, die im Leben so wenig erreicht hat.

Wegen dir, Mistkerl, wegen dir.

Als der Dichter 1980 nach Kolumbien ging, blieb sie in Karatschi wegen der vielen politischen Verpflichtungen in ihrem Leben. Und was tat er? Er schrieb ihr eine Postkarte.

> *S, ich habe versucht, an einem Ghasel zu arbeiten, aber ich kann nur einen Gedanken denken: Du bist mir qafia und radif – der feste Reim und Refrain aller Reimpaare, die mein Leben ausmachen. Das wäre pubertäres Gefasel, wenn es nicht die Wahrheit wäre. In Liebe. PS: Ruf mich an! Schreib! Komm her. (Ich habe dir versprochen, diese Forderung nicht zu stellen, aber es ist keine Forderung, es ist eine flehentliche Bitte. Die Sufis hatten Recht – die Hölle ist nicht mehr und nicht weniger als die Abwesenheit Gottes.)*

Als diese Postkarte eintraf, versteckte ich sie vor ihr. Zwei Tage lang, bis ich die Erwartung in ihrem Blick nicht mehr aushielt, wenn das Telefon klingelte oder der Postbote etwas über das Tor warf. Dann gab ich ihr die Postkarte und sagte, dass sie zwei Tage zuvor gekommen sei. Sie las sie, dann streckte sie die Arme nach mir aus und schlang sie um mich.

»Was soll ich tun?«, schluchzte sie in mein Haar.

Ich sagte: »Geh zu ihm.«

Was hatte ich erhofft? Dass sie bliebe, weil ich es gesagt hatte? Wusste ich es damals nicht schon besser? Aber obwohl ich wollte, dass sie bei mir blieb, wollte ich auch, dass sie bei ihm wäre. Ich vergötterte ihre Liebe, auch wenn sie mich zu einer Statistin degradierte. Ich war so stolz – was für ein merkwürdiges Wort, aber so war es – auf die Art, wie sie von ihm geliebt wurde und ihn wiederliebte.

Die Hölle ist nicht mehr und nicht weniger als die Abwesenheit Gottes.

Wie hatte ich das als Liebe empfinden können, wenn es doch nichts weiter war als eine Pose? Der Dichter, der seine Muse ruft und sich in das Drama der Trennung stürzt.

Wenn jemand hereinkäme und mit mir über Politik reden wollte, während ich König Richard II. *lese, würde ich ihn hinausscheuchen.*

Und sie nennen dich den großen revolutionären Poeten, haben deinen Namen in einem Ordner weit über ihrem abgelegt. Was hast du in den vielen Jahren getan, als sie draußen auf der Straße war, ihr Leben riskierte und sich auf Versammlungen heiser schrie? Wo warst du, großer Dichter? Du hast dich in deinem Arbeitszimmer versteckt, hast geschrieben und Opern gehört und uns erzählt, dass du nichts veröffentlichen würdest, bis die gesamte Sammlung fertig wäre, hast uns gequält mit kleinen Kostproben deiner politisch leidenschaftlichen Verse. Was hattest du vor? Wolltest du das Land verlassen und sie von dort aus publizieren, während du irgendwo in Sicherheit warst mit meiner Mutter? Und sollten deine Worte so aufrührerisch sein, dass sich die Hoffnung auf eine Begnadigung und eure Rückkehr aus dem Exil erübrigte?

Oder wolltest du sie überhaupt nicht veröffentlichen? Drei Jahre hast du an der Sammlung gearbeitet. Wie lange hätte es noch gedauert? Wir konnten dich nicht einen Feigling nennen oder behaupten, du hättest deinen Mumm verloren, solange du daran schriebst.

Hast du selbst deinen Tod vorgetäuscht, Omi? Hast du deinen Tod vorgetäuscht und dafür gesorgt, dass deine Gedichte verbrannt werden, damit die Reaktion meiner Mutter dir eine neue Welt der Inspiration für deine nächste Gedichtsammlung eröffnen würde? Hast du deinen Tod vorgetäuscht, damit deine politischen Gedichte zu Legenden werden, wie es nur verschollenen Werken gelingt? Lerne nie Italienisch, veröffentliche nie deine Schriften. Auf diese Weise kann man glauben, dass sich Worte in Musik verwandeln. Ja, deine Gedichte wurden zu einem Mythos, und du wurdest zu einer Legende. Und was ist mit meiner Mutter? Wozu wurde sie? Wozu hast du sie gemacht, zuerst durch deine Weigerung, sie zu heiraten, und dann durch deinen angeblichen und allzu überzeugenden Tod? Du warst immer der Dichter. In allem. Im Skandal der Affäre mit meiner Mutter, im Anstoß, den die Menschen an der Vulgarität deiner frühen Gedichte nahmen, in allem warst du immer der Dichter und wirst es immer sein. Aber meine Mutter, die einen Großteil ihres Lebens gegen Kräfte kämpfte, die zu besiegen sie wenig Hoffnung hatte, sie ist zuerst und vor allem Jesebel, die gefallene Frau, die Mann und Kind verließ. Und wenn jemand ihre politischen Aktivitäten ins Spiel bringt, dann sind andere sofort bereit, darauf hinzuweisen, dass ihr Engagement nicht allzu groß gewesen sein konnte, wenn sie für drei Jahre fortging, nur weil der Dichter in Kolumbien mit den Fingern schnippte.

Lass uns irgendwo hinfliegen, fort von der ganzen Welt.

Du Mistkerl, du Mistkerl, ich wünschte, du wärst tot, ich wünschte, sie hätten dich gefoltert, bis deine Schreie ihre Trommelfelle zerrissen.

Ich beugte mich vor und schnellte dann zurück, schlug meinen Kopf mit aller Kraft, die ich aufbringen konnte, gegen die Wand. Bevor sich der Schmerz ganz ausgebreitet hatte, fiel ein Bild über mir vom Haken. Einen Augenblick lang sah ich rote und schwarze Wirbel auf mich zukommen, und ich streckte mit einem Schrei die Arme aus und wehrte sie ab.

Das Bild fiel zu Boden, und ich war nur noch eine Frau mit einem schmerzenden Kopf, die auf einen zerbrochenen Rahmen blickte.

Ich stand auf, hielt mir den Kopf und ging in die Küche, wo ich eine Hand voll Eiswürfel aus dem Gefrierfach nahm, sie in eine Dupatta wickelte und mir an den Kopf hielt.

Schüsse durchbrachen die Stille, die mich umgab. Die Dupatta fiel mir aus der Hand. Aber dann wurde mir klar, warum geschossen wurde, und ich lehnte mich aus dem Fenster, um Ausschau zu halten nach dem Neumond, den das Ruhat-e-Hilal-Komitee gesichtet haben musste, um für den nächsten Tag Eid anzukündigen. Ich sah den Mond nicht, aber jetzt wurden aus allen Richtungen Schüsse in den Himmel abgegeben, und es herrschte eine unverwechselbar festliche Stimmung.

Als ich erfahren habe, dass du tot bist, Omi, habe ich einen Augenblick lang gedacht: Jetzt wird er sie mir zumindest nie mehr wegnehmen.

Der Gedanke ließ mich innehalten, als ich mich hinunterbeugte, um die Dupatta aufzuheben. Meine Finger schwebten Zentimeter über dem Tuch, das mittlerweile patschnass auf dem gefliesten Boden lag. Leucippus hatte sich im vierten Jahrhundert vor Christus gefragt, wie Wasser, das zu Eis gefroren war, wieder zu Wasser schmelzen konnte. Er folgerte, dass es einen Bestandteil gab, der im Prozess der Verwandlung unverändert blieb und dem Wasser gestattete, immer wieder von einem Zustand in den anderen überzugehen. Leucippus prägte den Begriff »Atom«. Was würde er zu den Atomen unseres Charakters, den Atomen der Liebe sagen?

Ich legte mich auf den Boden, den Kopf auf das Eis in der Dupatta, und hielt mir die Hand vor die Augen. Da war die Narbe, die meine Lebenslinie kreuzte – eine Erinnerung an die Buße, die ich mir selbst auferlegte, weil ich mir einen kurzen Augenblick Erleichterung über Omis Tod gestattet hatte. Ich hatte absichtlich tief geschnitten, damit mich die Narbe immer an meine Kleinherzigkeit erinnern würde.

Ich war zu hart gegen mich selbst gewesen. Omi konnte viel kleinherziger sein, das war klar.

Eine hauchfeine Mehlschicht bedeckte den Boden. Ich streckte die Hand aus und schrieb »MAMA« hinein. Ein Name, der in einer Wolke auftauchte, ein Wort, das einen gespenstisch weißen Nebel verströmte.

Deine gierigen Forderungen. Ich hätte dir so oft Perversion vorwerfen können.

Das war irgendwie am schwersten zu akzeptieren. Dass er sie dessen beschuldigte. Dass er sich in eine Reihe stellte mit denjenigen, die ihre freie Sexualität nicht akzeptieren konnten.

Als ich in der Pubertät war, hatte Mama sich mit mir hingesetzt und mich aufgeklärt.

»Oh, bitte. Das weiß ich doch seit Jahren«, sagte ich, entsetzt über die Möglichkeit, dass meine Mutter das Wort »Sex« aussprechen würde.

»Ich bin sicher, dass du über die technische Seite der Dinge Bescheid weißt. Nach dem Motto: ›Stecke Lasche A in Schlitz B‹«, sagte sie, und ich wäre am liebsten aus dem Zimmer gerannt. »Aber sag bloß nicht, dass du keine Fragen hast.«

»Also.« Ich fummelte an irgendwas herum, schaute ihr nicht in die Augen. »Tut es weh?«

Als ich aufblickte, sah ich, dass sie sich zu erinnern versuchte. »Mama!«, rief ich. »Bitte!«

»Was?«

»Du kannst nicht vor mir stehen und ... daran denken.«

Sie lachte ihr wunderbares, unerschrockenes Lachen. »Liebes, ich kann nicht aufhören, eine Frau zu sein, nur weil ich deine Mutter bin. Schau nicht so entrüstet drein. Ich zeige dir doch keine Photos von mir in Aktion.«

»Gibt es Photos?«

»Natürlich gibt es keine Photos.« Sie verschluckte das Ende des Satzes und runzelte die Stirn. »Außer dein Vater hat sie nicht weggeworfen.«

»Mama!«

»Ich mach doch nur Spaß.« Sie legte mir die Hand auf den Kopf.

»Du bist wirklich nicht wie andere Mütter.«

»Ich weiß.« Sie setzte sich auf ihr Bett und zog mich neben sich. »Macht es dir etwas aus?«

»Manchmal.«

»Aasmaani, es tut mir Leid.«

»Braucht es nicht. Mama, das braucht es nicht.«

Sie lehnte sich zurück, stützte sich mit den Ellbogen ab

und lächelte mich strahlend an. »Ich erzähl dir ein Geheimnis. Um deine Frage zu beantworten. Beim ersten Mal hat es nicht wehgetan. Aber es war komisch, und ich dachte: ›Irgendetwas kann nicht stimmen. Man kann doch nicht *deswegen* so einen Rummel machen.‹« Dann ließ sie sich auf den Rücken fallen und lachte wieder, und obwohl mir das Blut ins Gesicht schoss, fand ich es auch lustig.

Als unser Lachen verebbte, schaute ich auf und sah Omi lächelnd in der Tür stehen. Der Blick in seinen Augen, als er zu ihr ging und ihr die Hand küsste – ich hatte in diesem Blick nur Liebe gesehen. Und was sollte ich jetzt glauben?

Das Telefon klingelte schon eine ganze Weile. Mein anonymer Anrufer. Niemand sonst war so hartnäckig. Ich wusste, wenn ich abnahm, würde sich niemand melden und auf dem Display keine Nummer auftauchen. Ich stand trotzdem auf, um abzuheben. Ich wollte sagen: Bringt ihn mir zurück. Ich wollte sagen: Lasst ihn niemals frei.

Aber als ich abnahm, wurde die Verbindung sofort unterbrochen.

Ich legte mich aufs Sofa. Omi und meine Mutter – wie sah ihre große Liebe aus? Endete sie mit einem Katalog von Vorwürfen? War es das, wozu sich ihre frühere Leidenschaft irgendwann verwandelte, ohne dass ich es bemerkte? Das schien nicht möglich. Andererseits war es mir nicht möglich erschienen, dass er sie der Perversion beschuldigte. Was hatte ich übersehen? Wie viel kann eine Fünfzehnjährige wirklich über die Beziehung zwischen einem Mann und einer Frau wissen?

Yeh aag bhee bujh jaye gaa.

Auch dieses Feuer wird erlöschen.

Ich setzte mich auf. Ich würde nicht über seine Gedichte nachdenken.

Wieder klingelte das Telefon, diesmal mein Handy, und meine Dankbarkeit für die Unterbrechung machte einem Gefühl der Unruhe Platz, als ich den Namen auf dem Display las: MIRZA.

Ich ließ es zwei-, drei-, viermal klingeln. Nach dem fünften Klingeln würde sich die Mailbox einschalten. Das fünfte Klingeln. Ich nahm ab.

»Mit wem spreche ich?«, sagte Mirza.

»Du bist derjenige, der anruft.«

»Ich bin gerade aus dem Urlaub nach Hause gekommen und habe jede Menge langweiliger Nachrichten vorgefunden.« Er sprach wie immer mit so teilnahmsloser Stimme, dass er affektiert klang. »Eine schien mir interessant. Jemand, der inbrünstig auf meinen Anrufbeantworter fluchte und auflegte. Ich habe die Anrufzeit mit den aufgelisteten Nummern kombiniert, und wie es scheint, gehören die Obszönitäten und Ihre Nummer zusammen. Ich wollte nur wissen: Soll ich es persönlich nehmen?«

»Mirza, du nimmst alles persönlich. Sogar eine Sonnenfinsternis.«

Es folgte Schweigen. Dann sagte er: »Samina?«, kaum lauter als ein Flüstern.

In meinem Bauch schlug etwas einen Purzelbaum. »Richtige DNS, falsche Generation.«

Ein weiteres Schweigen, dann ein leises Lachen. »Nun, nun, nun, die kleine Aasmaani.«

In der Leitung knackte es. Wurde er abgehört? Mirza war bei der Beerdigung gewesen. Was wusste er, was vermutete er? Was konnte er mir über die wahre Beziehung zwischen meiner Mutter und Omi in den Jahren erzählen, als ich damit beschäftigt gewesen war, ein Liebesmärchen zu spinnen, statt mich für die Realität zu interessieren? »Mirza, können wir uns treffen? Ich möchte mich auf den neuesten Stand bringen.«

»Auf den neuesten Stand? Aasmaani, schon mit vierzehn warst du mir weit voraus.« Er lachte wieder. »Aber natürlich können wir uns treffen. Am besten gleich.«

Wir einigten uns auf ein Café, in dem sich keine Chaand-Raat-Feiernden versammelten, und keine zehn Minuten später – nachdem ich erfolgreich die Staus in Gegenden vermieden hatte, in denen sich Familien einfanden, um das wie eine geschmückte Braut funkelnde Karatschi zu betrachten, das von der Hässlichkeit seines normalen Aussehens ablenken wollte – fuhr ich rückwärts in einen leeren Parkplatz. Als ich die Handbremse anzog, sah ich einen Mann direkt neben dem Café aus einem Wagen steigen – ein rot glänzender Sportwagen. Mirza die Schlange.

Ich schaltete die Scheinwerfer und den Motor aus und beobachtete ihn. Als ich ihn zum letzten Mal gesehen hatte, war er ein Mann gewesen, der zerknitterte Kurta-Shalwars trug und stets zerstreut wirkte. Lange vor dem Heroin-Schick sah Mirza auf eine ausgezehrte Weise erstaunlich gut aus. Ob er einen Gedichtband in die Hand nahm oder den Dichter an der Schulter berührte, er tat so, als könnte sein Körper jeden Augenblick zerbrechen. Dennoch war ganz offensichtlich – sogar für mich, als ich noch zu jung hätte sein sollen, um diese Dinge zu verstehen –, dass er sein Fleisch allen möglichen Torturen unterwarf und seine Knochen nicht aus Glas, sondern aus Draht bestanden.

Ich hatte nie wirklich eine persönliche Beziehung zu ihm, im Gegensatz zu vielen anderen Freunden von Omi und meiner Mutter, die mich auf den Arm nahmen, mich verwöhnten und nach meiner Meinung zu erwachsenen Themen wie Politik und Religion und Büchern fragten. Aber er war ein häufiger Gast, und ich kannte sein Gesicht, seine Gesten, die Kadenzen seiner Stimme. Und er sah mich auf eine Art an, die mir beschämenderweise gefiel. Viele hielten ihn für einen Akolyten. Die Akolyten waren eine Gruppe Männer, die ich dafür verantwortlich machte, dass meine Mutter und der Dichter in zwei Häusern lebten. Meine Mutter hatte keine Zeit für sie – für ihre übergroßen Egos, ihre Selbstbezogenheit, ihre tränenreichen Räusche. »Nach zwei Uhr morgens habe ich ihn am wenigsten geliebt«, sagte sie einmal über den Dichter, der immer früh ins Bett ging, außer die Akolyten hatten sich eingefunden und hielten ihn bis zum Morgengrauen mit Whisky, Gedichten und Haschisch wach. Obwohl Mirza die Schlange stets bei diesen nächtlichen Versammlungen zugegen war, war er kein Akolyt. Er fügte sich dem Dichter nicht auf die Weise wie die anderen und verbrämte Kritik nicht mit schwelgerischem Lob. Und der Dichter betrachtete ihn in vieler Hinsicht als ebenbürtig, weil er mehr über mystische Dichtungen aller Traditionen der Welt wusste als sonst jemand. Ein von Gott besessener Atheist, so beschrieb ihn meine Mutter. Belastet mit einer Liebe, die unerfüllt bleiben musste, weil er nicht an Gott glaubte.

Nachdem wir den Dichter alle für tot hielten, war Mirza die Schlange der Hartnäckigste aus Omis Freundeskreis, der versuchte, den Schmerz meiner Mutter mit ihr zu teilen. Aus dieser Zeit habe ich die meisten Erinnerungen an ihn. Eines Abends kam er die Einfahrt entlang, als meine Mutter und ich in Dads Garten saßen. Seit Wochen hatte sie ihn wie alle anderen gemieden.

Er ging auf sie zu und sagte: »Vergiss alle anderen, Samina. Sie sind Dummköpfe, die glauben, sie verstünden, was du verloren hast, aber ich bin Mirza. Du bist der einzige

Mensch, dessen Gesellschaft ich im Augenblick ertrage, und ich vermute, dass es dir ebenso ergeht.« Er hielt ihr die Hand hin. »Lass uns Gefährten im Schmerz sein.«

Ich erschrak, als ich ihn das sagen hörte. Ich hatte Angst, sie wäre einverstanden. Es musste kurz nach dem Tod des Dichters gewesen sein, zu der Zeit, als ich glaubte, dass ich sie für mich haben würde, wenn der Schmerz nachließe. Bevor ich wusste, dass ich gegen seinen Tod keine Chance hatte.

Aber sie kniff die Augen zusammen. »Wir wollen nicht so tun, als wären wir Freunde, Mirza. Er hat mich geliebt, und das kannst du mir nicht verzeihen.«

Er streckte seine langen Finger aus, nahm ihr die Zigarette aus der Hand und führte sie an seinen Mund. »Du hast die einzigen Kopien seiner letzten Gedichte verbrannt«, sagte er, drehte sich um und ging, mit leichter Schlagseite aufgrund des Windes.

Sechzehn Jahre später hatte sein Gang sich verändert. Es war jetzt der Gang eines korpulenten Mannes, der jede Art von Schlägen aushielt. Der Kurta-Shalwar war aus besserem Material, das nicht knitterte. Und sein Gesicht schien länger als ein Jahrzehnt mit Löschpapier bedeckt gewesen zu sein.

Die Fata Morgana auf dem Rücksitz meines Wagens bedeutete mir, davonzufahren. Mirzas wahres Talent, hatte meine Mutter gesagt, bestand darin, eine Wunde zu finden und einen Nagel hineinzutreiben.

Ich machte eine ungeduldige Geste Richtung Rücksitz, stieg aus und ging zum Café. Ich stieß die hölzerne Tür auf und sah mich in dem gemütlichen Raum mit den fünf Tischen unterschiedlicher Größe um. Nur an dem langen Tisch saßen Gäste. Mirza war nirgendwo zu sehen, aber ein Kellner, der beobachtete, dass ich mich umschaute, deutete auf die Treppe. Ich stieg die Stufen, die sich neben einem breiten Fenster befanden, hinauf. Vor dem Fenster stand ein mit bunten Lichtern geschmückter Baum. Mit einer Mischung aus Zufriedenheit und Panik stellte ich fest, dass Mirza die einzige Person in dem kleinen Gastraum im ersten Stock war. Sein massiger Körper hing über das Kissen auf dem gusseisernen Stuhl.

XV

Mirza stand auf, als er mich sah.

»Aasmaani Inqalab, ganz erwachsen«, sagte er. Er trat zu mir, fasste mich an den Schultern und drückte seine Lippen auf meine Wange. »Chand Raat Mubarak«, flüsterte er, sein Mund nahe an meinem Ohr. Irgendwie schaffte er es, dass der Gruß halb intim, halb obszön klang.

Ich wich zurück, und er lächelte. »Wie ich sehe, mache ich dich noch immer nervös.« Er setzte sich und deutete auf den Stuhl ihm gegenüber an dem unglaublich kleinen Tisch. Er neigte sich vor und nahm dabei fast den ganzen Raum zwischen sich und dem mir zugewiesenen Stuhl ein. »Setz dich. Und schau nicht so misstrauisch. Du hast das Rendezvous vorgeschlagen.«

Ich zog den Stuhl vom Tisch weg und setzte mich, Beine übergeschlagen, einen Arm auf der Rückenlehne. »Tut mir Leid wegen der Flüche auf dem Anrufbeantworter. Ich habe etwas für STD recherchiert – ich arbeite dort – und hatte eine dringende Frage und hoffte, dass du sie beantworten könntest. Normalerweise bin ich ziemlich geschickt und lege auf, bevor ich fluche.«

Er griff in eine Schale auf dem Tisch und steckte sich eine eingelegte grüne Chilischote in den Mund. »Worum ging es?«

Ich winkte ab. »Irgendwas über die Geschichte des Ghasels. Eine kleine Sache, ein fünfminütiger Beitrag für eine

Sendung, der dann doch unter den Tisch fiel – aber der Produzent macht gern aus einer Mücke einen Elefanten und kennt keine kleinen Sachen, sondern nur kleine Misserfolge.« Ich wechselte wie er ohne nachzudenken zwischen Englisch und Urdu hin und her, und obwohl das allgemein üblich war, war es schon eine Weile her, dass mein Vokabular und meine Syntax sich dem alten, immer seltener gesprochenen höfischen Urdu annäherten, das Mirza und der Dichter miteinander gesprochen hatten. Ich spreche Omis Sprache, dachte ich.

»Aber hier sitzen wir nach den vielen Jahren. Und das nenne ich einen kleinen Erfolg.«

Er lächelte mich freundlich an, aber ich gab vor, konzentriert die Speisekarte zu studieren, damit er mein Unbehagen nicht bemerkte. Irgendwo unter diesem Fleischberg verbarg sich der Mann, der als Erster den Wunsch in mir erregt hatte, kein Kind mehr zu sein. Als ich noch zu jung war, mir mehr als einen Kuss vorzustellen, stellte ich mir vor, er würde mich küssen.

Von der Erinnerung daran wurde mir beinahe übel.

»So«, sagte Mirza, nachdem wir bestellt hatten – Kaffee für mich, gegrillte Koteletts für ihn –, »du bist also … bei STD. Ist das deine Rosine des Todes?«

Es war ein Ausdruck, den der Dichter benutzt hatte. Seine Version von *raison d'être*.

»Ist Speichelleckerei deine Rosine des Todes, Mirza?« Sein Sportwagen und seine teure Kleidung bestätigten die Wahrheit der Gerüchte, die ich seit zehn Jahren hörte: Nachdem Pakistan 1988 wieder demokratisch geworden war, fünf Monate nach dem Verschwinden meiner Mutter, wurde Mirza der inoffizielle Hofdichter von Pakistans Politikern. Zu Geburtstagen, zu Jahrestagen, vor Wahlen, zur

Verabschiedung neuer Verfassungszusätze verfasste Mirza Verse für jeden – ungeachtet seiner politischen Ausrichtung –, der willens war, seinen Preis zu zahlen. Als das Militär 1999 erneut die Macht übernahm, wurde der Bedarf nach speichelleckerischer Lyrik unter seinen früheren Förderern noch größer; Politiker, so schien es, wollten erst recht verherrlicht werden, wenn sie keine Macht besaßen. Und mit der kürzlichen Rückkehr zu einer Pseudodemokratie steckte er wahrscheinlich bis zur Nasenspitze in Reimen über die Gewinner und diejenigen, die man um ihren rechtmäßigen Sieg gebracht hatte.

Mirza die Schlange versuchte, nicht irritiert dreinzublicken, und scheiterte. »Nicht alle Dichter haben das Glück, eine reiche Geliebte zu haben«, sagte er. »Ausgehalten zu werden war der Preis, den dein lieber Omi für die Integrität seiner Kunst zahlen musste. Gib's zu, er war genauso eine Hure wie ich.« Er biss sich auf die Daumenspitze und sah mich an, als wollte er aus meiner Reaktion schließen, ob er die Wunde gefunden hatte, in die er einen Nagel treiben konnte.

Ich lächelte ihn so überlegen an, wie es mir mit hochgezogenen Mundwinkeln möglich war. Daneben, Mirza. Merkwürdig, dass wir auf den Körpern der anderen zuerst nach unseren eigenen Wunden suchen. Mirza war hemmungslos eifersüchtig auf jeden, den Omi geliebt hatte – natürlich versuchte er es erst einmal auf diesem Weg. Und dann begriff ich, wie absurd sie war, die Vorstellung, dass irgendetwas anderes als Liebe den Kern ihrer Beziehung ausgemacht hatte. Was immer sonst noch mitgespielt haben mochte, nichts konnte diesem Kern etwas anhaben oder ihn verkleinern. Dieser verdammte Kern, der es ihnen ermöglicht hatte, zusammen wegzufliegen, fort von mir und der Welt.

Mein Lächeln gefror, und Mirza triumphierte. Ich lachte. »Das ist eine praktische Geschichtsklitterung, Mirza. Sie lässt die Tatsache außer Acht, dass er sie am meisten von allen liebte, und kann deswegen nicht als Rollenmodell für deine poetische Prostitution dienen. Zwei Fliegen mit einem Schlag. Du bist schon immer ökonomisch mit Sprache umgegangen.«

Er schüttelte den Kopf. »Du warst so ein charmantes Kind. Und jetzt ... bist du so hart. Oder nur spröde?«

Der Kellner brachte meinen Kaffee. Ich nahm ein Tütchen mit Zucker, riss es mit den Zähnen auf und maß einen halben Teelöffel ab. Ich wollte das halb leere Tütchen neben meine Tasse legen, als ich bemerkte, dass Mirza es anblickte. Da fiel mir eine alte Gewohnheit von ihm ein, die den Dichter immer amüsiert hatte. Ich tauchte den Löffel knapp unter die Oberfläche des Kaffees, hob ihn hoch, streute ein wenig Zucker darauf, sah zu, wie die weißen Körnchen zu Boden sanken und sich in der Flüssigkeit auflösten. Vorsichtig reichte ich ihm den Löffel. Er fasste ihn am Hals und führte ihn an den Mund. Wir schienen in einem Gemälde gefangen, ein Maler, den wir nicht sahen, hielt unsere Körper in den Positionen eines Rituals fest, das wir nicht ganz verstanden, das uns jedoch in eine andere Zeit versetzte.

Als er den Löffel ablegte, dankbar nickte und damit das Tableau anerkannte, in dem wir uns so unerwartet wiedergefunden hatten, wirkte er plötzlich onkelhaft. Er war ein Mann, der mich gekannt hatte, als ich mein Haar noch zu Zöpfen geflochten trug. Onkel Mirza. Darüber hinaus war er jemand, der mit den goldenen Jahren verbunden war, als meine Mutter und der Dichter nach ihrem dreijährigen Exil wieder in Karatschi lebten; jemand, der mich schon kannte, bevor die Sprödigkeit einsetzte. Ich wollte das Tableau einfrieren und sah ihm an, dass es ihm genauso erging. Dieses alte Tableau, in dem unsere Anwesenheit im gleichen Raum bedeutete, dass die beiden irgendwo in der Nähe waren.

Tränen brannten in meinen Augen. Ich wünschte, beide wären in der Nähe, ich wünschte es verzweifelt. Ich rieb mit dem Daumen über die Narbe auf meiner Handfläche. Wenn ich das Schlimmste, das ich je über meine Mutter gedacht hatte, in einem Brief niederschriebe, wäre er viel rachsüchtiger und giftiger als alles, was Omi geschrieben hatte. Sechzehn Jahre ohne sie eingesperrt, wie konnte ich da erwarten, dass er keine Schläge austeilte?

Die Sufis hatten Recht – die Hölle ist nicht mehr und nicht weniger als die Abwesenheit Gottes.

Omi wurde auf Mirza aufmerksam dank eines seiner Gedichte, das von der Sufi-Version der Vertreibung von Luzifer und Adam aus dem Garten Eden inspiriert war. *Iblis aur Aadam* lautete der Titel. Die sich reimenden Verspaare geben ein Gespräch zwischen Iblis und Adam wieder, die sich Tausende von Jahren, nachdem Allah sie aus dem Himmel verbannt hat, erneut treffen. Es beginnt mit Vorwürfen und kleinlichen Spitzen, und dann stellt Iblis Adams Liebe zu Allah in Frage.

Ich liebte Ihn mehr als du, sagt Iblis. Deswegen verbannte Er mich in die Hölle und dich nur in das Reich zwischen Himmel und Hölle, auf die Erde.

Nein, erwidert Adam. Mein Verbrechen war Ungehorsam, deines war Stolz. Deswegen wurden wir auf unterschiedliche Weise bestraft.

Wir wurden auf dieselbe Weise bestraft, sagt Iblis. Aus Seiner Gegenwart verbannt. Wir sehen unser Exil nur anders. Aber da du damit angefangen hast: Dein Verbrechen war viel schlimmer als meines. Du hast willentlich gehandelt, ich aus Liebe. Ich hasste dich, weil du mir Seine Zuneigung streitig gemacht hast. Und als ob das noch nicht schmerzhaft genug gewesen wäre, verlangte Er, dass ich meine Herabstufung in Seiner Liebe anerkannte, indem ich mich dir beugte. Er war unfair, Adam, zu uns beiden. Dir gab Er Neugier, mir die Fähigkeit zu ewiger Liebe – und dann hat Er diese Eigenschaften gegen uns gewandt. Gib es zu, wir wurden hereingelegt.

Ich kann es nicht zugeben, antwortet Adam. Wenn ich Ihn noch weiter beleidige, verbannt Er mich vielleicht ebenfalls an den Ort, an dem du bist – der Ort, der deswegen die Hölle ist, weil er keine Hoffnung auf Gnade zulässt, keine Hoffnung, dass ich zu Ihm in den Himmel zurückkehren kann.

Bald liegen sich Adam und Iblis weinend in den Armen. Allah sieht es und weiß, dass die Zeit gekommen ist. Er färbt den Himmel rosig wie rotes Leder. Adam wendet sich froh dem Himmel zu, während Iblis sich auf den mühseligen Weg zurück in die Hölle macht.

Iblis, spricht der Herr. Wohin gehst du?

In das Gefängnis ewiger Trennung, in das Du mich verdammt hast, entgegnet Iblis.

Und der Herr spricht: Geliebter, hast du es vergessen? Von allen meinen Merkmalen sind die wichtigsten: Ich bin der Erbarmer, der Barmherzige.

Omi hatte es geliebt. Das ist die erste und letzte Liebesgeschichte, sagte er zu meiner Mutter. Es ist die Erzählung, in der wir alle leben. Moses und Dschingis Khan und Marilyn Monroe und du und ich, meine Liebe, wir sind alle nur Mitspieler in dieser großartigen Geschichte. Iblis und Allah. Die Liebe macht uns zu Teufeln, die Liebe verbannt uns in die Hölle, die Liebe erlöst uns.

Ich wischte mir die Tränen aus den Augen. All die Jahre hatte ich schlechte Fernsehsendungen gesehen, statt seine Gedichte zu lesen – beinahe hätte ich geglaubt, dass Liebe vor Zorn und Kleinlichkeit gefeit war. Ich hätte all die Jahre ihn lesen sollen, ich hätte den frühen Mirza lesen sollen.

Ich blickte zu ihm. Er drehte den Löffel in den Händen, so dass sein Gesicht abwechselnd konvex und konkav aufblitzte. Wie jung er gewesen sein musste, als er *Iblis aur Aadam* schrieb. Er war noch ein Student, als er sich dem Kreis um den Dichter anschloss. Der Dichter zählte ihn zur »nächsten Generation«. Damals war Mirza ganz Feuer und Flamme, erklärte dem Dichter ständig, worüber er schreiben sollte, wo seine Verantwortung lag.

»Sie sind dort draußen«, hatte er einmal gezetert, während er mit erhobenem Zeigefinger im Esszimmer meiner Mutter auf und ab schritt. »Dort draußen sind sie, diese Männer des Krieges und der Politik, schreien etwas von ihrem Gott, bestehen darauf, dass jeder sich zu ihm bekennt, auf Arabisch, öffentlich und auf den Knien seine Liebe zu ihm erklärt, damit alle es sehen. Es ist obszön, Liebe so öffentlich zu machen.«

Es ist obszön, Liebe so öffentlich zu machen. Meine Mutter war im Raum gewesen. War das vor oder nach dem Vorfall in der Höhle am Strand gewesen? Es war mir jetzt nahezu peinlich, an diese Zeilen zu denken – zum ersten Mal erschien es mir ausgesprochen unverschämt, Omis Worte zu lesen, die nur für meine Mutter bestimmt waren. Ich kam mir vor, als wäre ich dabei ertappt worden, wie ich durch ein Schlüsselloch spähte, und ich konnte nur mir selbst die Schuld geben, wenn das, was ich sah, nicht meinen Erwartungen dessen entsprach, was meine Mutter und ihr Liebhaber hinter geschlossenen Türen sagen oder tun sollten.

»Trag mir ein Gedicht vor, Mirza. Bitte. Um der alten Zeiten willen.« Er schien erschrocken, und mir wurde klar, dass er ebenfalls an jene Tage gedacht hatte. »Mach schon. Trag mir ein Gedicht vor.«

»Na gut.« Er lehnte sich auf seinem Stuhl zurück. »Ich werde was Besseres machen. Ich werde es selbst vertonen.« Er griff in die Luft, als würde er Töne auf einem Sitar suchen, und dann begann er leise zu singen.

Ich schloss die Augen. Wie sehr ich das vermisst hatte. Der Dichter hatte seine eigenen Verse nie gesungen – obschon er keine Hemmungen hatte, mit großem Selbstbewusstsein und wenig Talent Arien zu schmettern –, aber manchmal sang meine Mutter seine Worte. Sie hatte eine beeindruckende Stimme, schämte sich nicht, ihre Rauchigkeit wirkungsvoll einzusetzen.

Mirzas Stimme war nicht beeindruckend, aber schön. Er sang klar und deutlich. »Subah kee shahadat …« Die Qual des Morgens? Es war ein absurd ungehemmter poetischer Augenblick. Ich öffnete die Augen. Er dirigierte mit der Hand unsichtbaren Luftverkehr, den Blick in die Ferne gerichtet.

Ich lehnte den Kopf an die Wand und horchte auf die Worte. Es war ein Gedicht über die Kindheit, über das Beerenpflücken mit Freunden, die gestorben sind. Nichts Bemerkenswertes daran. Nostalgie, Gefühlsüberschwang, Bilder von Rot, runde Beeren, deren Saft in jungen Mündern verspritzt, was dem Gedicht einen sexuellen Unterton verlieh, der – platt und irritierend – erneut aufgegriffen wurde, als in der verführerischen Frucht Maden lauern. Aber zwischen den Klischees fanden sich erstaunliche Bilder – der Junge mit Akne, der sich vorstellt, dass unter seiner Haut Beeren heranreifen; der Jüngste, der in eine Beere beißt und feststellt, dass darin ein Zahn steckt; die Jungen, die Beeren unter ihre Hemden stopfen und sich dann umarmen, rote Flecken, die sich auf ihren weißen Kameezes ausbreiten, als sie einander wieder loslassen.

Mirza verstummte. »Und wie lautet dein Urteil?«, sagte er.

»Du solltest heute ein viel besserer Dichter sein.« Ich meinte es nicht unfreundlich, und das schien er irgendwie zu verstehen.

»Ja«, sagte er und betrachtete seine manikürten Fingernägel. »Ich hätte längst ein Thema finden müssen. Heute gibt es ein paar wunderbare Stimmen in der Urdu-Dichtung. Ich gehöre nicht einmal zur zweiten Garde. Bist du auf dem Laufenden? In der Welt der Urdu-Verse?«

Ich schüttelte den Kopf. »All das ist mit ihm aus meinem Leben verschwunden. Ich lese nicht einmal mehr seine Gedichte, geschweige denn die Gedichte von anderen.«

»He.« Mirza schüttelte den Kopf. »Seine Schuld. Mein Scheitern, einzig und allein seine Schuld.«

»Das ist nicht fair.«

Mirza sah mich nicht an. »Ich bestreite nicht, dass er der beste Lehrer war, den man sich vorstellen kann. Aber sein Tod, Aasmaani. Sein Tod zeigte mir den Preis, den Dichter für ihre Integrität zahlen müssen. Ich habe diesen Preis aus der Nähe gesehen, jeden einzelnen zerschlagenen Knochen.«

»Du hast … du hast seine Leiche gesehen?« Das war es, was ich von Mirza hatte wissen wollen, als ich ihn anrief, und jetzt schien mir, als würde ich zum ersten Mal von Omis Tod erfahren. In diesem Augenblick schien es möglich – nein, unausweichlich –, dass diese Seiten alle Fälschungen waren und »bis zur Unkenntlichkeit zerschlagen« ein Ausdruck war, der »schwer verletzt« bedeutete.

Aber dann sagte Mirza ein Wort, das einzige, auf das ich gehofft hatte. »Nicht wiederzuerkennen.«

Ich stieß den Atem aus, den ich unwissentlich angehalten hatte. »Es könnte also auch jemand anders gewesen sein«, sagte ich, bevor ich mich bremsen konnte.

Mirza schüttelte den Kopf. »Seine Brieftasche steckte in seiner Tasche, voll gestopft mit den kleinen Zetteln, auf die er immer Gedichtzeilen notierte. Und ich konnte ... die Größe, seine Figur. Und sein Arzt hatte seine Unterlagen. Sie haben Tests gemacht. Er war es. Warum sollte er es nicht gewesen sein? Warum sollte jemand den Tod eines Dichters vortäuschen?«

»Der Arzt kam nur Wochen später ums Leben.«

Endlich sah Mirza mich an. »Aasmaani, meinst du nicht, dass deine Mutter und ich uns an jede Verschwörungstheorie geklammert hätten, die es nur ein bisschen wahrscheinlich erscheinen ließ, dass er noch am Leben war?« Er schaute auf seine Hände, drehte sie hin und her. »Ich habe ihn gesehen. Ich habe gesehen, was sie ihm angetan haben. Als die Familie ihn aus dem Leichenschauhaus holte – entfernte Verwandte, höchstens Cousins dritten Grades, denen er nichts bedeutete –, war ich dabei. Ich stand draußen und erzählte ihnen, ich wäre der uneheliche Sohn des Dichters. Sie glaubten mir. Sie hatten alle möglichen Geschichten über ihn gehört – sie hätten alles geglaubt. Ich durfte mit ihnen ins Leichenschauhaus und sie zur Beerdigung in ihr Dorf begleiten.« Er betrachtete noch immer seine Hände. »Ich ging ins Leichenschauhaus, und das Erste, was ich von ihm sah, war seine Hand.«

Ich legte meine Hand auf seine und drückte sie. Wenn ich ihm nur ein bisschen vertraut hätte, hätte ich ihm die Wahrheit erzählt.

»Ich habe deiner Mutter nie geschildert, wie er aussah. Ich wollte nicht, dass sie sich vorstellte, woran ich mich erinnern musste. Woran ich mich noch immer erinnere. Ich sah diese Hand, geschwollen, verfärbt …«

Omi. Oh Gott, Omi.

Er war es nicht. Atme, Aasmaani. Er war es nicht.

»… und diese Hand hatte die schönsten Worte unserer Zeit geschrieben. Und da wusste ich, dass ich nie den Mut haben würde, der Dichter zu sein, von dem er glaubte, dass ich es sein könnte. Und jetzt bin ich ein Schreiberling in mittleren Jahren. Und du, wenn man so will, das einzige Kind, das er hatte und das mit vierzehn mehr seiner Gedichte auswendig kannte als er oder ich oder deine Mutter, du bist ein Unterling bei einem Fernsehsender und weißt zu wenig über Ghaselen für einen fünfminütigen Beitrag.« Er setzte sich seitlich auf seinen Stuhl, streckte die Beine aus und blickte untröstlich auf seine Zehen. »Erzähl mir bloß nicht, dass ich der Einzige bin, der gelernt hat, dass Schweigen manchmal viel wert sein kann.«

Wenn sie nach Hause kommen, was werden sie sehen, wenn sie mich anblicken? Eine Versagerin, einen Feigling, ein kleinmütiges Geschöpf.

Ich drückte die Hand gegen die kalte Kante des Tisches und wandte mich Mirza zu. »Und was wurde aus deiner Liebesaffäre mit all den Dichtern, die in Gott verliebt waren?«

Er winkte ab. »Gott ist zum gefährlichsten Thema überhaupt geworden. Ich denke nicht einmal mehr an Ihn.«

»Willst du Ihn den Extremisten überlassen, ist das dein Plan?«

Ich hoffte, ihn aus seiner Niedergeschlagenheit reißen zu können, aber er schüttelte nur den Kopf.

Ich strich mit der Hand über die Glasplatte des Tisches. »Der Dichter hat nie gesagt, dass du über Gott oder Politik schreiben musst, um ein guter Lyriker zu sein. Er sagte, um ein guter Dichter zu sein –«

»– musst du gute Gedichte schreiben. Mehr nicht.«

»Musst du die Freiheit haben, auch in Zeiten des Krieges und der Barbarei –«

»– über die erste Liebe oder den Geschmack von Mangos oder den Anblick einer Schildkröte zu schreiben, die gerade Eier gelegt hat und über den Sand zurück ins Meer kriecht.« Er schlug die Hände vors Gesicht. »Aber darüber will ich nicht schreiben. Ich will über seinen Tod schreiben und wie er mich umgebracht hat, und ich habe zu große Angst, um es zu tun, und deswegen bleibe ich weiter tot.«

Mein Bruder, dachte ich. Mein Zwillingsbruder, mein Alter Ego, mein Bruder. Ich berührte ihn am Ärmel, und er blickte auf.

»Die vielen Gefühle.« Er brachte die Hände vor seinem Gesicht zusammen und beschrieb damit eine Weltkugel, seine Händen trennten sich am Nordpol und trafen sich am Südpol wieder. »Wie soll ich reagieren, wenn du mir gegenübersitzt und aussiehst wie das Mädchen, das du früher warst, und wie die Frau, die deine Mutter war, als ich sie kennen lernte und die Welt uns gehörte?« Er fuhr sich mit den Händen langsam über die fleischigen Wangen. »Damals war ich schön.« Er ergriff meine Hand und drückte meine Finger gegen das Gewebe und die Muskeln, bis ich darunter seinen kantigen Wangenknochen spürte. »Ich fühlte mich so zerbrechlich, nachdem ich den Leichnam des Dichters gesehen hatte.«

»Erzähl mir von der Beerdigung. Wer war dabei?«

Mirza machte eine Geste, die besagen sollte, dass er es

nicht wusste. »Es ging alles so schnell und leise vonstatten. Ich wusste nur davon, weil ich da war, als die Verwandten seine Leiche holten. Anweisung der Regierung vermutlich. Sie wollten nicht, dass es bei seiner Beerdigung zu Unruhen käme. Ich war der Einzige, der ihn wirklich kannte. Nicht einmal die Familie des Bruders des Schulmeisters wurde informiert. Und der Schulmeister und die Tante, die zwei einzigen Menschen im Dorf, die ihm etwas bedeutet hatten, waren tot. Ich war der Einzige, der trauerte. Es war schrecklich.«

»Und wer hat seine Gedichte verbrannt?«

Mirza zuckte zusammen. »Ich weiß es nicht. Handlanger der Regierung.« Dann sah er mich an, und ich erschrak über die Gier in seinen Augen. »Erinnerst du dich an sie? An irgendeins? Fragmente?«

Ich schüttelte den Kopf. »Nein, tut mir Leid, Mirza. Ich wünschte, es wäre so. Mama und ich haben versucht, uns zu erinnern. Aber er las sie uns nur ein- oder zweimal vor, nachdem er sie geschrieben hatte, und wir konnten uns nur daran erinnern, wie es war, ihn die Zeilen lesen zu hören, als die Tinte auf dem Papier noch nicht trocken war.«

»Ja. Mir ergeht es genauso. Deine Mutter hat mir erzählt, dass es ihr nicht gelang. Es ist der einzige Beweis für die Existenz Gottes, auf den ich hoffe – Worte wieder auferstanden aus Asche.«

»Wann hat sie es dir gesagt?«

»Hmm? Ach, ich weiß nicht mehr. Irgendwann nach dem Tod des Dichters. Ich habe es wirklich versucht, Aasmaani. Das musst du mir zugestehen. Ich habe immer wieder versucht, sie aus der Teilnahmslosigkeit zu reißen, in die sie nach seinem Tod versunken ist. Normalerweise hat sie aufgelegt, wenn sie meine Stimme hörte, oder sich geweigert, mich zu sehen, aber manchmal habe ich ein, zwei Sätze aus ihr herausbekommen.« Er schüttelte den Kopf. »Was für ein Verlust.«

»Die verbrannten Gedichte?«

»Deine Mutter.« Er berührte erneut seine schlaffen Wangen. »Ich habe immer gewusst, dass ich ein Feigling bin. Aber es gab viele Menschen, die sein Tod aufgerüttelt hat, die schrieben und demonstrierten und Widerstand leisteten gegen die Tyrannei, gegen die er gekämpft hat. Und ich hätte geschworen, dass deine Mutter in der ersten Reihe dabei wäre. Aber nein. Sie und ich waren die zwei, die ihn am meisten liebten, und wir waren die zwei, die ihn nach seinem Tod am spektakulärsten im Stich ließen.«

»Ich habe ihn auch geliebt.« In diesem Augenblick wusste ich, dass es die Wahrheit war, wie kompliziert diese Wahrheit auch aussehen mochte, wie vermischt mit Eifersucht diese Liebe auch gewesen sein mochte.

»Ja. Vermutlich hast du ihn geliebt. Es war schwer, es nicht zu tun.«

»Was hast du an ihm geliebt?«

Mirza sah mich an, als wäre ich wieder ein Kind und stellte eine Frage, die nichts so sehr bewies wie meine Ignoranz. »Ich liebte ihn. Das ist alles. Ich liebte ihn auf eine Weise, wie ich niemand anders geliebt habe.«

Ich fuhr den Ring auf der Untertasse nach und über den Boden der Tasse. »Und wer hat ihn gehasst, Mirza? Wer hat ihn genug gehasst, um ihm anzutun, was man ihm angetan hat?« *Hasst ihn genug, um ihn so viele Jahre gefangen zu halten?*

Mirzas Ausdruck zeugte von großer Erschöpfung. »Das ist es, was wir gern glauben würden, nicht wahr? Dass er aus irgendeinem großartigen Grund auf so brutale Weise sterben musste. Aus großer Angst. Aus großem Hass. Das ist die einzige Art, wie wir seinen Tod akzeptieren können. Wie oft spielst du ihn in deinem Kopf durch, Aasmaani? Was siehst du vor dir?«

Ich schüttelte den Kopf. »Was soll ich durchspielen? Was vor mir sehen?«

»Seinen Tod.« Er flüsterte jetzt. »Ich sehe ihn jeden Tag, sogar jetzt. Ich sehe ihn als vermeidbar.« Er strich das kleine Deckchen zwischen uns glatt. Seine Finger hatten immer noch etwas von ihrer alten Eleganz. »Ich sehe, wie ein paar rangniedrige Lakaien der Regierung ihn abholen, mit ihm eine Autofahrt machen, nur um ihm Angst einzujagen. So wie sie es die ganze Zeit mit Journalisten machen. Sein neues Buch mit Gedichten war fast fertig. Das war kein Geheimnis. Ein paar Gauner holen ihn ab, um sich ein bisschen mit ihm zu unterhalten. Ihn von einer Veröffentlichung abzubringen. Das war schon früher passiert. Er hatte ein paar Schläge abbekommen und eine Menge Drohungen, und er kam nach Hause und schrieb ein Gedicht darüber. Aber diesmal, diesmal lief es anders.« Er strich weiterhin das bereits glatte Deckchen glatt. »Ich glaube, er hat sie verhöhnt. Seine Zunge war eine Sense, wenn ihm nicht sein Mitgefühl in die Quere kam. Ich glaube, er hat sie verhöhnt. Er hat ihre Kleidung verspottet, ihren Beruf, ihren Wagen, ihre Männlichkeit. Ihr Aussehen. Ihre Versuche, ihm Angst einzujagen. Ihre Gewalttätigkeit. Und einer von ihnen nahm etwas Schweres in die Hand, etwas, womit man knüppeln konnte, und schlug ihn, nur damit er den Mund hielt. Und dann schlug er ihn noch einmal. Und wieder. Und hörte nicht mehr auf. Und wenn man nicht mehr aufhört, Aasmaani – ob man nun schlägt oder von etwas besessen ist oder lügt oder andere hintergeht –, irgendwann kann man nicht mehr aufhören. Man muss weitermachen. Immer weiter. Man schneidet seine Zunge heraus, bricht jeden heilen Knochen –«

»Mirza. Hör auf. Hör auf. Hör auf.« Ich nahm seine Hand und drückte sie fest. Er holte tief Luft, und einen Augenblick lang waren wir gleich, hatten nichts gemeinsam außer unseren Schmerz, hatten alles gemeinsam wegen unseres Schmerzes.

»Warum musste er so arrogant sein? Warum konnte er nicht so tun, als hätte er Angst? Sie hätten ihn gehen lassen. Wir wären alle noch heil. Der Dichter, deine Mutter, du, ich. Wir wären alle noch heil.«

»Vielleicht war es nicht so, Mirza.«

»Wie dann? Wie siehst du es?«

Ich schüttelte den Kopf. »Ich weiß nicht, was passiert ist.«

»Aber was stellst du dir vor?«

»Ich stelle mir nichts vor.«

Das Geräusch von Schritten. Der Kellner kam mit Mirzas Essen die Treppe herauf. Mirza winkte ihn fort.

»Du stellst es dir nicht vor? In all den Jahren hast du es dir nicht vorgestellt?«

»Nein.«

»Du hast Angst vor dem, was es deiner Mutter angetan hat?«

»Das heißt?«

»Das heißt, wenn das Nachdenken darüber sie in den Wahnsinn getrieben hat, könnte es dasselbe mit dir tun?«

»In den Wahnsinn getrieben?«

»Ja. In den Wahnsinn getrieben. Sich seinen Tod vorzustellen und zu wissen, dass es nicht passiert wäre, wenn sie nicht darauf bestanden hätte, nach Karatschi zurückzukommen. Wenn sie nicht darauf bestanden hätte, wegen dir zurückzukommen, dann wäre er nicht tot. Dass er nicht tot wäre, wenn ihr nicht gewesen wärt.«

Ich trank einen großen Schluck Kaffee. »Tja. Lady Macbeth kann auch nicht vergessen. Stellst du dir so ihre letzten zwei Jahre vor, Mirza? Jahre, in denen du sie kaum gesehen hast. Glaubst du, dass sie in einem weißen Nachthemd herumgeschwebt ist, schlaflos vor Schuldgefühlen, eine Kerze über ihren Kopf gehalten und geflüstert hat: Können alle Meere Arabiens dieses Blut von meinen Händen waschen?« Ich versuchte, die Kaffeetasse abzustellen, aber ich traf die Mitte der Untertasse nicht. Beim dritten Versuch gelang es mir.

Dann sah ich ihn an. »Sie kam nicht wegen mir zurück, Mirza. Ich war nie der Grund, warum sie blieben oder zurückkehrten. Und du auch nicht. Und das bringt uns um.«

»Ihre Schatten bringen uns um, Aasmaani. Die Schatten, in denen wir kauern. Sie fragten sich: Wie können wir die Welt verändern? Wie können wir es mit Diktatoren aufnehmen, ohne etwas zu opfern? Wie verhindern wir die Auslieferung des Landes? Und du und ich, ihre Erben, was fragen wir uns? Wohin ist Mama verschwunden? Hat meine Vaterfigur mich geliebt? Wir schauen auf unser kaputtes Leben, wir schauen auf das Chaos, in dem wir leben, und sagen: Sie haben uns im Stich gelassen. Wir sagen es, weil es viel leichter ist, als zu sagen: Wir haben sie im Stich gelassen. Himmel, Aasmaani, was ist das für eine Welt, in der wir leben? Wie konnten wir sie so werden lassen? Sie hätten das nie zugelassen.«

Die Wurzeln des Krieges stecken im Öl, deswegen arbeiten wir für eine Ölfirma. Die Stadt, die wir lieben, begegnet Menschen unseres Glaubens mit Misstrauen, deswegen verlassen wir die Stadt. Wir wehren uns nicht gegen Machtmissbrauch, wir machen nur klar, dass wir schlau genug sind, unsere Machtlosigkeit zu begreifen. Und irgendwie glauben wir, dass uns das bewundernswert macht.

»Mirza, das Leben geht weiter. Wie du gesagt hast. Sie machen weiter und weiter. Wieder *Macbeth*. Erinnerst du dich, Omi hat immer gesagt, der Schlüssel zum Verständnis von Macbeth ist, dass er nicht fortfährt zu töten, um die Macht zu behalten. Er tötet weiter, weil er dem Schwung des ersten Dolchstoßes in Duncans Herz folgt. Die Welt dreht sich weiter. Der Schwung ist stärker, als dass du oder ich dagegen ankämpfen könnten.«

»Schluss mit *Macbeth*. Ich glaube nicht einmal, dass der Dichter das Stück besonders mochte. Er hatte den Auftrag, etwas von Shakespeare zu übersetzen, und er entschied sich für das kürzeste Stück.« Er lachte unsicher. »Wir versuchen, die Dinge mit einem Sinn auszustatten. Warum wurde er umgebracht? Warum wurde sie so, wie sie wurde? Warum wählte er *Macbeth*? Wir wollen gute Gründe. Wir wollen immer einen guten Grund. Es war das kürzeste Stück. Deswegen. Nur deswegen. Ja. Ich habe aufgehört, an gute Gründe zu glauben, als der Dichter starb. Große und gute Gründe. Ich glaube nicht mehr an Größe. Und du? Woran glaubst du, Saminas Tochter, wenn du dich umsiehst in einer Welt, in der es nur noch eine Größe gibt, die Größe widerstreitender Arten von Extremismus? Was haben sie uns letztlich beigebracht, was in diesem stinkenden Saustall von Welt von Nutzen wäre?«

»Nichts.«

»Sag nicht ›nichts‹.« Seine Stimme bebte vor Zorn. »Es kann nicht nichts sein. Sag mir, was sie uns beigebracht haben.«

»Sie haben uns beigebracht, nur mit Worten zu kämpfen.

Die Worte eines einzelnen Dichters oder die Worte von Tausenden, die ihre Protestslogans schreien.«

Mirza gab ein Geräusch von sich, das ein Lachen gewesen wäre, hätte es nicht so völlig humorlos geklungen. Hier waren wir beide, Mamas und Omis Erben, und ertranken in Worten. Es standen uns Tausende davon zur Verfügung. Und ich vermutete, dass Mirza ebenso wie ich der Ansicht war, dass sie noch immer Recht hatten – Worte waren noch immer sowohl das Schlachtfeld als auch die schweren Geschütze. Mirza und ich sahen wie sie die Empörung infolge der Diskrepanz zwischen dem, »was ist«, und dem, »was behauptet wird«. Aber Mirza und ich würden nichts dagegen unternehmen. Wir würden nichts unternehmen, weil wir wussten, dass in unserer Weigerung, mit Bomben oder Lügen für Sprache zu kämpfen, unsere Niederlage begraben lag. Nein, es war nicht etwas so Großes. Wir wussten, wie man Stimmen zum Schweigen brachte. Wir kannten das beschämendste Geheimnis, das Omi und Mama unbedingt vor uns geheim halten wollten: Gewalt ist mächtiger als Sprache.

»Wir haben also verloren«, sagte ich.

»Wir sind verloren.« Mirza sah an mir vorbei aus dem Fenster, und ich wusste, dass er nicht die Lichter am Baum oder den Himmel betrachtete.

Wir saßen schweigend da, bis es unerträglich wurde. Und dann ging ich. Als ich losfuhr, sah ich seine Silhouette im Fenster. Er schaute noch immer hinaus, sah meine Mutter und den Dichter und sich selbst, die Version seiner selbst, die existiert hatte, als er sich noch für unzerbrechlich gehalten hatte.

Omi, wie wird dein Herz all das überleben, was hier in deiner Abwesenheit geschehen ist?

XVI

Am nächsten Tag war Eid. Trotz allem, was am Tag zuvor geschehen war, erwachte ich lächelnd. Falsch. Ich erwachte und verspürte zuerst so etwas wie Panik. Nachdem ich einen Monat lang vor Tagesanbruch aufgestanden war, kam mir das Erwachen bei helllichtem Tag wie ein Regelverstoß vor. Aber dann fiel mir ein: Der Ramadan ist vorbei, es ist Eid.

Eid war immer der Tag gewesen, an dem ich nur Dads und Beemas Tochter und Rabias Schwester war. Der Dichter wollte nichts mit Religion zu tun haben (»Je mehr ich sündige, umso mehr wird Gott mich in den Himmel holen wollen, wo er ein Auge auf mich haben kann«, sagte er in einem seiner eigensinnigen Interviews), und meiner Mutter erschien es falsch, Eid zu feiern, weil sie auch nicht fastete. An diesem Tag sah ich sie nie, auch wenn sie in Karatschi waren. Und so war Eid für mich der Tag im Jahr gewesen, an dem ich mich berechtigt sah, mich nicht als ihre Tochter zu fühlen und am Tisch Beemas Verwandte zu betrachten, die scharenweise zu uns zum Mittagessen kamen, und zu denken, dieser geballte gesunde Menschenverstand ist, abgesehen von einer technischen Kleinigkeit, meine Familie.

Jahr für Jahr folgte Eid in Dads und Beemas Haus einem Muster, das so unveränderlich und tröstlich war wie das Anwachsen des Mondes von einer Sichel zu einer Scheibe mit dunklen Meeren und Kratern. Wir erwachten früh – obwohl es spät schien im Vergleich zu den Wochen davor –, und jemand (für gewöhnlich Beema) hielt die Morgenzeitungen hoch, damit wir alle wussten, dass die Zeitungen wieder einmal das Ritual einhielten und prophetisch verkündeten, Eid würde »feierlich und festlich« begangen. Bald füllte sich das Haus mit den Gerüchen des Eid-Essens, und mein Vater reichte mir und Rabia Eis am Stiel, das er am Tag zuvor bei Sony Sweets gekauft hatte, und fuhr mit uns spazieren, damit wir Beema bei der Zubereitung des Festmahls nicht in die Quere kamen. Dad liebte es, Eid so zu feiern. Mit seinen Töchtern herumzufahren, alte indische Filmsongs im Radio zu hören und zum ersten Mal seit einem Monat in der Öffentlichkeit etwas zu essen. Er war stets zu sehr in die Musik vertieft, um sich zu unterhalten, und wer immer auf dem Beifahrersitz saß, war es bald müde, sich zu verrenken, um mit der anderen zu reden, und kletterte auf den Rücksitz.

Und dann sprachen Rabia und ich über die Leute, die wir auf den Straßen sahen. Männer, deren zerknitterten weißen Shalwar-kameezes man ansah, dass sie während des Morgengebets gekniet und sich niedergeworfen hatten; Frauen, die an den Ärmeln ihrer Bluse zogen oder am Ausschnitt, der etwas zu viel Haut frei ließ, weil ihre gehetzten Schneider sie erst spät am Vorabend und nicht sehr sorgfältig zusammengenäht hatten; Paare, die steif und schweigend in ihrem Auto saßen, weil sie sich gerade darüber gestritten hatten, welche Verwandten sie wie lange besuchen mussten; Parsen; Fahrer, die von hektischen Hausfrauen losgeschickt worden waren, um die eine fehlende Zutat für das Mittagessen in einer Stadt aufzutreiben, in der alle Geschäfte wegen des Feiertags geschlossen waren; Kinder, die sich über ihre Eltern ärgerten, weil sie spät dran waren und deswegen Besuche bei Verwandten auslassen mussten, die großzügig Eidi verteilten. Hin und wieder entdeckten wir jemanden, der in keine dieser Kategorien passte und einen Eindruck allgemeiner (im Gegensatz zu Eid-spezifischer) Unzufriedenheit vermittelte, und dann flüsterten wir: »Atheist.« Ich kannte über den Dichter jede Menge Atheisten, aber an Eid vergaß ich das und betrachtete die Ungläubigen wie fremdartige Kreaturen, über deren Gebrechen nicht laut gesprochen werden durfte.

Wir kehrten rechtzeitig zurück, um die vormittäglichen Besucher zu begrüßen. Jedes Jahr kam es unweigerlich zu einem Moment der Panik, wenn entfernte Verwandte, die nicht zum Mittagessen eingeladen waren, vorbeischauten, um uns Eid Mubarak zu wünschen, und den Anschein machten, als wollten sie länger bleiben, als für den Verzehr von Savaiyan und das Verteilen von Eidi (»Preisgeld für die Jugend«, nannte meine Mutter es) nötig war. Wenn die Spannung angesichts ihrer unbekannten Absichten unerträglich wurde, sagte Beema: »Ihr bleibt natürlich zum Essen«, und sie wurden rot, standen sofort auf, lehnten das Angebot ab und wollten gehen. Daraufhin wand sich Beema vor Verlegenheit, weil es schien, als wollte sie sie loswerden (und das wollte sie ja tatsächlich), und bat sie so inständig, doch zu bleiben, dass sie ganz verwirrt wurden und nicht mehr wussten, was das Protokoll von ihnen verlangte. Aber dann fiel ihnen Gott sei Dank wieder ein, dass sie woanders zum Essen erwartet wurden und nicht bleiben konnten, ohne zu beleidigen, wer immer sie eingeladen hatte. Wir waren über die Maßen erleichtert, die Verwandten verabschiedeten sich, und ein paar Minuten lang meinten wir, dass es unheimlich nette Leute waren, die wir nächstes Jahr unbedingt einladen sollten. Dann kamen die Gäste zum Essen – zwischen fünfzehn und zwanzig –, und alle plauderten und aßen stundenlang. Nachdem sie gegangen waren, sperrten wir das Tor von außen zu, damit es schien, als wäre niemand zu Hause, und schauten uns ein Video an, normalerweise eine Liebeskomödie, die Beema hatte auswählen dürfen zum Ausgleich für ihre Mühen bei der Essenszubereitung.

Da Beema dieses Jahr in Islamabad war, hatte Rabia die Verantwortung für das Familienessen übernommen, und ich lag noch im Bett und freute mich an dem Licht, das zwischen den Vorhängen hereinströmte, als ich sie die Verbindungstür aufstoßen und rufen hörte: »Smaani! Hilfe! Es gibt schon sechs Katastrophen, und eine davon betrifft die Tyrannin!« Die Tyrannin war eine Tante Beemas, und ich wusste sofort, dass die Katastrophe mit der drei Jahre zuvor von ihr gefällten Entscheidung zusammenhing, keine Treppen mehr zu steigen. Mit dieser Entscheidung ging die Entdeckung ihrer Liebe zu Eiscreme einher, und die muntere Bohnenstange hatte sich in einen großen lethargischen Fleischberg verwandelt und sorgte für Zwistigkeiten in der Familie, da die Männer regelmäßig erklärten, dass bei der nächsten Familienzusammenkunft jemand anders den Stuhl schleppen solle, auf dem die Tyrannin die Treppen hinaufgetragen zu werden wünschte. Rabias Wohnung befand sich im dritten Stock.

Ich stand lachend auf. Und ich lachte weiter den ganzen Morgen und frühen Nachmittag über, während ich Rabia und Shakeel bei der Zubereitung des Essens half, mit Beema und Dad telefonierte, die erzählten, wie Dad an einem Abend bei dem Versuch, einem Nachbarn die Prinzipien der Aerodynamik zu erklären, zwei Handys zerstörte, und die Verwandten empfing (die Krise wurde gelöst, indem sich die Männer dabei abwechselten, den Stuhl der Tyrannin zu tragen). Ich konnte meine gute Laune sogar bewahren, als sich alte Großtanten durch das Fehlen von Blutsbanden zwischen uns nicht davon abbringen ließen, mir einen Vortrag über meinen unverheirateten Familienstand zu halten. »Du könntest als Jungfrau sterben!«, sagte die Tyrannin und ergriff meine Hand. »Das ist einer Cousine von mir passiert. Und die arme Frau war verheiratet.« Alle Frauen ihres Alters nickten, manche von ihnen flüsterten sich gegenseitig hinter vorgehaltener Hand den Namen der toten Cousine zu, während die jüngeren Frauen ihre Verlegenheit zu verbergen suchten, die Onkel laut über Kricket und die neue Regierung zu reden begannen und Shakeel in sein Atelier lief, wo er in ein lautes Lachen ausbrach.

In meinem Leben gibt es auch diese Erzählung, dachte ich später am Nachmittag, als die Gäste gingen und meine gleichaltrigen Cousinen kichernd flüsterten: »Stirb bloß nicht als Jungfrau!« Es hat diese Erzählung schon immer gegeben. Und nur für diesen einen Tag wollte ich mich nicht von meiner anderen Vergangenheit als Geisel nehmen lassen.

Nebenan begann das Telefon zu läuten.

»Willst du nicht rangehen?«, fragte Rabia. »Während der letzten Stunden hat es alle fünfzehn Minuten geklingelt.«

Wieder einmal.

Ich ging in meine Wohnung und nahm ab. Keine Antwort, keine Anrufernummer. Ich steckte das Telefon aus und versuchte, das leise Flattern meines Herzens zu ignorieren, das jedes Mal einsetzte, wenn ich es klingeln hörte. Mittlerweile war ich dankbar, wenn ich abnahm und sich am anderen Ende jemand meldete, auch wenn die Stimme jemandem gehörte, mit dem zu sprechen ich gar kein Interesse hatte.

Am Nachmittag schlief ich lange. In meinen Träumen verfolgte mich das Geräusch des läutenden Telefons, obwohl ich in die ferne Vergangenheit zurückversetzt wurde und durch steinige Wüsten in einer Welt wanderte, in der Telefone noch nicht erfunden waren.

Ich vergaß den Traum, als ich erwachte, aber er fiel mir wieder ein, als ich am Abend zum Essen zu Shehnaz Saeed fuhr und im Geist die amüsanten Momente des Tages noch einmal durchging und feststellen musste, dass meine Entschlossenheit, über die Welt zu lachen, nahezu erschöpft war. Ich bog in die Chartered Accountants Avenue und sah im Rückspiegel, wie sich mir ein Motorrad näherte. In meinem Kopf hörte ich ein Telefon klingeln, erinnerte mich an den Traum, und mir wurde klar, dass das Motorrad mir schon seit zehn Minuten durch den dichten Eid-Verkehr folgte, seit dem Bar-B-Q-Tonite-Kreisverkehr in der Nähe meiner Wohnung, und mir wurde übel. Der Fahrer trug eine große dunkle Brille, und der Mann hinter ihm hatte sich einen Schal locker um den Oberkörper geschlungen, obwohl es eigentlich nicht kühl genug dafür war.

Der Verkehr kam zum Stehen, und das Motorrad hielt neben mir. Ich war auf allen Seiten von Autos umgeben. Der Mann mit dem Schal blickte zu meinem offenen Fenster herein und nahm langsam – unerträglich langsam – die Hand von der Schulter des Fahrers und langte unter seinen Schal.

Er formte mit den Lippen die Worte »Eid Mubarak«, kratzte sich mit der Hand unter dem Schal den Bauch, dann schlängelte sich das Motorrad weiter durch den Verkehr und verschwand in Richtung Gizri.

Ich biss mir auf die Lippe und zwang mich, weiterzufahren, und blickte nur in den Rückspiegel, wenn es der Verkehr unweigerlich erforderte. So erleichtert wie Wanderer in der Wüste die Beduinen grüßen, die Palmwedel und Ko-

kosnüsse bringen, grüßte ich ein paar Minuten später den Chowkidar vor Shehnaz Saeeds Haus, der das Tor öffnete.

Die Haustür stand offen, und als ich darauf zuging, sah ich Ed mit verschränkten Armen in der Eingangshalle stehen und die Bilder seiner Mutter betrachten.

Ich war absurd froh, ihn zu sehen. »Hallo, Fremder.« Ich ging zu ihm, nicht sicher, ob ich ihn umarmen oder auf die Wange küssen oder meine Arme um seinen Hals schlingen und abwarten sollte, was passieren würde.

Er drehte sich um, die Arme noch immer verschränkt, so dass alle drei Optionen körperlich schwierig zu bewerkstelligen gewesen wären. »Hallo, Aasmaani.« Weder lächelte er, noch ließ er irgendeine andere Regung außer Gleichgültigkeit erkennen.

»Tja, das ist eine peinliche Situation.« Er zuckte die Achseln. »Ich verstehe. Und sie wird mit jeder Sekunde schlimmer. Sollen wir höflichen Smalltalk machen? Wann bist du zurückgekommen?«

»Gestern.«

»Aha. Und wie war der Dreh?«

»Okay.«

»Freut mich. Und die zerklüftete Wildnis Pakistans hat dich eindeutig in Verbindung mit deinem inneren Heathcliff gebracht. Was ist das für eine Erfahrung?«

»Ach, hör in Gottes Namen auf damit.« Er ging ins nächste Zimmer und knallte die Tür hinter sich zu.

Ich hörte Schritte und wandte mich um. Die Frau, die mich damals zum Mittagessen mit Shehnaz Saeed eingelassen hatte, kam in dem gefliesten Flur auf mich zu. Heute trug sie weiße Kleidung, als hätte sie in einem Damespiel die Seite gewechselt. »Wenn er sich so verhält, heißt das, er möchte, dass Sie ihm folgen«, sagte sie.

»Vielleicht sollte ich ihn einfach in Ruhe lassen.«

Sie schüttelte den Kopf. »Schon als kleiner Junge hat er gemeint, dass er etwas möglichst Dramatisches tun muss, um Aufmerksamkeit zu erregen. Weil seine Mutter mit der Schauspielerei beschäftigt war.« Sie hob eine Hand, um eine Bemerkung zu unterbinden, die ich gar nicht machen wollte. »Ich lasse nichts auf sie kommen. Ihr Mann ist damals auf und davon, sie hatte kein Geld, was konnte sie also anderes tun als arbeiten? Aber mein kleiner Adnan« – sie deutete auf die Tür – »war zu jung, um das zu verstehen. Deswegen ist er von Bäumen gesprungen und hat sich die Beine gebrochen, damit sie zu Hause blieb. Sein Herz« – sie schlug mit der Hand leicht auf meine Brust – »ist so groß, dass er nicht weiß, was er damit anfangen soll.« Und dann grinste sie mich vielsagend an. »Vielleicht können Sie es ihm beibringen.«

Mit einer überraschend schnellen Bewegung öffnete sie die Tür und stieß mich hinein.

Es war ein Arbeitszimmer, dunkel, abgesehen von einem Strahler am Boden, dessen Licht auf einen großen Spiegel gerichtet war. Von dort fiel es auf die Bücherregale, das Sofa und Ed, der in einem Sessel saß und einen Millefioribriefbeschwerer in den Händen hielt. Hinter mir wurde die Tür geschlossen.

»Ist es wegen mir, oder bist du einfach nur schlecht gelaunt?«, fragte ich.

»Zurzeit ist zu viel wegen dir. Ich weiß nicht, wie das passiert ist. Ich kann nicht mehr aufhören, an dich zu denken.«

»Und das ist so schrecklich?« Während ich sprach, war ich zu ihm gegangen, und jetzt legte ich ihm die Hand auf die Schulter.

»Warum hast du mich angerufen?« Er schaute auf den Briefbeschwerer, den er in den Händen drehte, als wollte er das durchsichtige Glas von den eingeschlossenen blauen, grünen und gelben Blüten ziehen. »Ich hatte mich selbst gerade davon überzeugt, dass du nicht anrufen würdest, dass du mich vergessen hast. Dass es vorbei war, bevor es richtig angefangen hatte. Dann hast du angerufen. Und als ich deine Stimme hörte, Aasmaani, das war … wie der Augenblick im *Zauberer von Oz*, als Dorothy die Tür öffnet und die Welt aus Farben besteht. Erinnerst du dich noch an deinen Haiku? Wie erkannte sie Smaragdgrün, Rubinrot und Gelb, wo ihre Welt bislang nur aus Grau bestanden hatte? Sie hatte die Farben geträumt, deswegen erkannte sie sie. Und deswegen musste sie auch ins graue Kansas zurückkehren. Denn es gibt nichts Furchterregenderes, als den Traum zu betreten, den man sich am meisten wünscht. Wenn es nicht klappt, dann hat man nicht einmal mehr den Traum von den Farben, dann gibt es nur noch Grau.«

»Ist es wirklich so unmöglich zu glauben, dass ich dich nicht im Stich lassen werde?«

Er sah endlich zu mir auf. »Du hast es ja schon getan. Als mir klar wurde, dass du nicht meinetwegen angerufen hast. Du hast angerufen, um sicher zu gehen, dass du weiterhin diese verdammten Briefe von deinem geliebten Dichter kriegst. Wenn dir unser Geschäftsführer die Briefe gegeben hätte, hättest du ihn angerufen.«

Ich setzte mich auf die Armlehne des Sessels. »Kennst du die Geschichte von Merlin und Nimue?«

»Ja. Sie hat ihn in einen Baum eingesperrt.«

»Das ist eine Art, es zu sehen. Sie braucht etwas von ihm. Aber sie kann es nicht bekommen, wenn sie sich nicht in ihn verliebt.« Dann tat ich, was ich hatte tun wollen, seitdem ich Ed zum ersten Mal gesehen hatte. Ich fuhr mit den Fingern durch sein dichtes Haar. »Ich leugne nicht, dass es die Briefe des Dichters waren, die uns näher gebracht haben und die es absolut notwendig machen, dass du nicht aus meinem Leben verschwindest. Aber, Ed, glaubst du wirklich, dass ich hier sitzen und dem Geschäftsführer durchs Haar streichen würde, wenn er mir die Briefe übergeben hätte?«

»Nein. Er hat eine Glatze.« Er starrte mich finster an. Und dann – es war wie Alchemie – lächelte er. Er legte den Arm um meine Taille und zog mich auf seinen Schoß.

»Eid Mubarak«, sagte er. »Wie war dein Tag?«

»Es gab ein paar deprimierende Augenblicke, aber im Großen und Ganzen war er ziemlich schön.«

»Bin ich verantwortlich für die deprimierenden Augenblicke?«

»Für die meisten. Aber da ist auch eine Sache mit dem Telefon, die mir nicht ganz geheuer ist.«

»Was für eine Sache?« Er langte in mein Haar und löste das Band, mit dem ich es zusammengebunden hatte.

»Ach, ich weiß nicht. Wahrscheinlich nur ein Spinner. Ich bin paranoid. Ergebnis eines Vortrags von einem geachteten Journalisten, der mir geraten hat, mich nicht auf dem Radarschirm blicken zu lassen.«

»Ich komme nicht mehr mit. Wenn du dir jemals die Haare schneiden lässt, Aasmaani, werde ich heulend wie ein Irrer durch die Straßen laufen. Welcher Journalist, was für ein Radarschirm? Was hast du getan?«

»Nichts Nützliches.« Ich hielt eine Locke meines Haars über seine Oberlippe, um zu sehen, wie er mit einem üppigen Schnurrbart aussehen würde. »Außer man nennt es nützlich, dass ich Journalisten und Archivare und Schwestern von Ärzten und Gott weiß wen noch auf meine Versuche aufmerksam gemacht habe, herauszufinden, was mit dem Dichter passiert ist.«

Alle Verspieltheit verschwand aus seinem Gesicht, und er fasste mich an den Schultern. »Aasmaani, du dumme Person. Was hast du getan?«

Ich entzog mich seinem Griff und stand auf. »Sprich nicht in so einem Ton mit mir.«

»Was hast du getan?« Er stand ebenfalls auf.

»Nichts. Nichts, was mich weitergebracht hätte. Ich habe nach Antworten auf meine Fragen gesucht, mehr nicht.«

»Du hast was getan?« Er fasste mich erneut an den Schultern. »Ist dir noch nicht in den Sinn gekommen, dass die Leute vielleicht Recht haben? Dass wirklich mächtige Behörden in seinen Tod involviert waren?«

»Er ist nicht tot.«

Er schlug mit der Hand auf den Schreibtisch. »Was immer ihm vor sechzehn Jahren zugestoßen ist, Aasmaani, jemand – vielleicht eine Gruppe von Leuten – hat es geplant und ausgeführt und all diese Jahre geheim gehalten. Und du beschließt einfach, eines Morgens aufzuwachen und der Welt zu erzählen, dass du Nancy Drew bist.«

»He!«

»Komm mir nicht mit ›He‹. Diese Leute sind gefährlich. Und sie haben keine Skrupel. Mit wem meinst du, es zu tun zu haben, mit irgendwelchen unfähigen Gaunern aus einem Comic? Sie können dir wehtun. Sie können dich umbringen. Sie können mit dir tun, was sie mit ihm getan haben. Das mag dir egal sein, und ihnen ist es mit Sicherheit gleichgültig, aber mir ist es verdammt nochmal nicht egal. Hast du auch nur eine leise Ahnung, wie viel es mir bedeutet?«

Ich wusste nicht, was ich darauf sagen sollte. Ich stand da, sah ihn an und fragte mich, woher dieser furchterregende und furchtsame Fremde gekommen war.

Was für ein seltsames Leben ich doch gelebt habe, dachte

ich plötzlich. Manchmal fragte ich mich, wie mein Leben von außen betrachtet aussah, wie sehr es sich von anderen Leben unterschied. Aber hier war Ed, nahezu außer sich vor Panik, weil ich Fragen zum Tod des Dichters gestellt hatte – als ich seine Reaktion sah, kam ich mir albern vor, weil ich mich für kurze Momente wegen anonymer Anrufer und Männern mit Schals gesorgt hatte. Das war nichts. Verglichen mit den Dingen, mit denen ich aufgewachsen war, war das nichts. Ich war nichts. Bislang hatte ich noch nichts getan, was die Selbstgefälligkeit der Männer erschüttert hätte, die sich so sicher waren, genau zu wissen, was passierte, dass sie erst zuschlugen, wenn jemand eine Bedrohung darstellte. Ich stellte keine Bedrohung dar. Ich wusste trotz aller Absichten und Vorsätze nicht genauer, wie ich Omi finden sollte, als in all den Jahren, in denen ich ihn für tot gehalten hatte. Das war das Erschreckende. Und ich hatte keine Ahnung, wie ich die Suche beginnen sollte. Das war unerträglich.

»Du glaubst nicht wirklich, dass er noch am Leben ist, oder?«, sagte ich endlich.

»Oh Gott, Aasmaani.« Er trat einen Schritt zurück und bedeckte eine Gesichtshälfte mit der Hand. »Es ist mir egal, ob er lebt oder nicht. Er ist mir egal. Aber du. Du …« Er kam wieder näher. »Was ist, wenn er wirklich tot ist?«

Ich schüttelte den Kopf. »Nein. Er lebt. Das weiß ich. Und es ist wie ein Wunder.« Ich sprach langsam, als ich zum ersten Mal jemandem erklärte, was es für mich bedeutete, diese Seiten zu lesen. »Es ist … als würde man in einen Traum aus Farbe treten.«

»Ich verstehe.« Er zuckte die Achseln. Ich brauchte einen Augenblick, um zu begreifen, warum dieser Selbstschutzmechanismus ins Spiel gekommen war.

»Tut mir Leid, Ed.«

Er schüttelte den Kopf. Er war nicht rasiert, und ich konnte mir vorstellen, wie sich die Stoppeln auf meinen Lippen anfühlen würden, ihr Kratzen. »Wie ist es dir möglich, ihn nicht zu hassen? Den Dichter. Wie? Meine Mutter ... Alle, die sie je ... Immer habe ich ...« Er brach ab und holte tief Luft.

»Du hasst deinen Stiefvater?«

Ed winkte ab. »Diese Null? Wohl kaum. Ich habe all die anderen gehasst.«

»Oh.«

»Und ich habe sie gehasst, weil sie diese Beziehungen hatte.«

»Wir haben alle unsere Wunden, Ed. Zumindest hat sie dich nicht verlassen. Davon bin ich besessen. Vom Verlassenwerden.« Er stand da, die Hände in den Taschen vergraben, und ich sah den Jungen vor mir, der von einem Baum sprang und sich das Bein brach, um seine Mutter von allem anderen in der Welt abzulenken.

Und ich hatte Omis Postkarte vor Mama versteckt.

Zum zweiten Mal innerhalb von vierundzwanzig Stunden erkannte ich mich in dem Mann mir gegenüber wieder – bei Mirza hatte es dazu geführt, dass ich mir selbst Leid tat. Aber bei Ed war es komplizierter. Er war ein so intelligenter und fähiger Mann – ein Mann mit einem so großen Potential –, doch nicht in der Lage, die Narben aus seiner Jugendzeit als Zeichen von Verletzungen zu verstehen, die er überlebt hatte, statt als Beweise von Schmerzen, die ihm zugefügt worden waren. Und warum hatte er diese Narben? Weil er nicht die ganze Welt für seine Mutter gewesen war?

»Es geht mich ja nichts an, aber nur, weil sie Mutter war, hat sie nicht aufgehört, eine Frau zu sein.« War es nicht letztlich genau das, was ich mir von Mama gewünscht hatte? Dass sie meine Mutter und sonst nichts war? Erinnerte ich mich deswegen an all die Wochen und Monate, die sie mit dem Dichter verbracht hatte, und nicht an die Zeit, die sie bei mir war? Sie war sechsundzwanzig, als ich geboren wurde. Sechsundzwanzig Jahre alt: eine Mutter und eine wahnsinnig verliebte Frau – hatte sie damals schon gewusst, dass sie in ihrem Leben so häufig gezwungen wäre, sich zwischen diesen beiden Inkarnationen zu entscheiden? Wenn ja, dann ist es ein Wunder, dass sie nicht diesen Augenblick wählte, um aus der herzzerreißend komplizierten Lage zu verschwinden, in die ihr Leben im Augenblick meiner Geburt geriet.

»Denk mal drüber nach, Ed, sie war noch nicht einmal fünfundzwanzig, als dein Vater sie verließ. Was hätte sie deiner Ansicht nach tun sollen? Einen Eid ablegen, dass sie von nun an um deinetwillen zölibatär leben würde? Würdest du mit fünfundzwanzig Sex abschwören?«

»Bitte. Das kannst du nicht vergleichen –«

»Was? Ich kann die Bedürfnisse von Männern nicht mit den Bedürfnissen von Frauen vergleichen? Ed, bitte benimm dich nicht wie ein unerträglicher Idiot.«

»Warum sind die Dinge, über die du nicht hinwegkommst, akzeptabler als die Dinge, über die ich nicht hinwegkomme?«, fragte er.

»Ach, vergiss es. Du wolltest nicht, dass deine Mutter irgendjemanden neben dir hat. Etwas so Selbstsüchtiges habe ich nie verlangt.« Nein, es durfte noch andere Menschen in ihrem Leben geben. Aber ich wollte immer an erster Stelle stehen. Und warum auch nicht? Ich war ihr Kind und konnte mich nicht wehren. Aber das konnte ich selbst nicht glauben. Im Haus von Beema und Dad musste ich mich nur dagegen wehren, dass sie nicht da war.

Er schaute auf den Teppich, mit der Spitze seines Schuhs fuhr er das komplizierte Paisleymuster nach, und als er sprach, tat er es leise. »Aber ich hatte im Leben niemanden außer ihr. Keinen Vater, dem etwas an mir lag, keine Geschwister, keine Cousins und Cousinen und keine echten Freunde.« Er blickte auf. »Hast du denn keine Vorstellung davon, was für ein Glück du im Leben hattest? Ich habe jedes Recht, obsessiv zu sein. Du nicht. Warum verschwendest du dein Leben mit deiner Obsession? Weißt du nicht, wie wunderbar du sein könntest, wenn du dir selbst eine Chance geben würdest?«

Ich schüttelte den Kopf. »Ich weiß nicht, wen du siehst, wenn du mich anschaust.«

Er lehnte sich an den Schreibtisch und betrachtete mich von Kopf bis Fuß. Ich schob mir das Haar aus dem Gesicht. »Eine Frau, die keiner je verlassen würde.« Er trat einen Schritt näher zu mir. »Also lauf nicht weg, um einen Schritt vorwegzunehmen, den ich nicht machen werde.«

»Du bist nicht der erste Mann, der vom Rätsel Aasmaani fasziniert ist, Ed. Und du wirst auch nicht der Erste sein –«

»Du bist überhaupt nicht rätselhaft. Für mich bist du vollkommen transparent. Für jeden auf der Welt bist du aus einem anderen Stoff, Aasmaani. Bin ich möglicherweise der Superheld, dessen einziges Talent – dessen unvergleichliches Talent – darin besteht, bis auf deinen Grund zu sehen, bis in die Atome, aus denen du bestehst? Diese Supermacht wäre mir lieber als alle anderen Mächte der Welt, auch wenn mir nichts weiter versprochen wird als nur dein Anblick.«

Ich erinnerte mich an etwas. Omi hatte so über meine Mutter gesprochen. Mirza hatte ihn einst gefragt, ob er glaube, dass sich das Geheimnis ihrer Beziehung verflüchtigen würde, wenn er meine Mutter heiratete, und Omi hatte gesagt: »Es gibt kein Geheimnis – das ist das Schöne daran. Wir sind füreinander vollkommen erklärbar, und doch bleiben wir. Was für ein Wunder das ist.«

Die Paisleys waren eine Brücke zwischen uns über dem blauen Meer des Teppichs, jedes Paisley der Fußabdruck eines Gottes, der seine Geliebte suchte.

»Wirst du einen Umhang und Leggings aus Spandex tragen, SuperEd?«

»Wenn es sein muss.« Er lächelte. Ich wollte auf ihn zugehen, aber er hielt eine Hand hoch. »Versprich mir zuerst etwas. Versprich mir, dass du keine Fragen mehr über den Dichter stellen wirst. Versprich mir, dass du dich nicht in Gefahr bringst.«

»Ich weiß nicht einmal, wo ich anfangen soll zu suchen ...«

»Versprich es mir. Versprich mir, dass du keine Fragen mehr stellen wirst. Versprich es mir.«

»Ed, ich muss ihn finden. Auf welche Weise auch immer.«

»Dann vertrau ihm. Vertrau auf seine Briefe. Wenn du anfängst, Fragen zu stellen ...« Er sah sich um, als würde etwas im Raum den Satz für ihn beenden. Als das nicht geschah, fuhr er fort: »Ich will mir nicht vorstellen müssen, was sie dir antun könnten.«

»Ich muss bereit sein, etwas zu riskieren. Wenn genug auf dem Spiel steht, muss man bereit sein, etwas zu riskieren. Verstehst du das nicht?« Ich sprach mit der Stimme meiner Mutter, es waren ihre Worte.

»Aber was, wenn du sie auf den Plan rufst?« Er trat zu mir und nahm meine Hände. »Wenn sie aufgrund deiner Fragen misstrauisch werden und die Sache mit den Briefen herausfinden?«

»Ich weiß nicht, wie ich nicht dafür kämpfen sollte.«

Mama, wie lange schon hältst du dich in mir versteckt?
»Sprich nicht mit mir, als hätte ich eine Wahl. Ich muss tun, was ich tun kann.«

Sein Griff war nahezu schmerzhaft. »Wenn du dich selbst nicht schützen willst, dann schütze wenigstens ihn. Du musst es geheim halten. Wenn jemand erfährt, dass er noch am Leben ist …«

Ich lehnte den Kopf an seine Brust. Sein Herz hämmerte wie ein Kolben. Ich stellte keine Bedrohung dar, aber Omi. Wenn jemand herausfand, dass ich nachforschte, und die verschlüsselten Briefe entdeckte …

»Ja.«

»Was?«, sagte er.

»Du hast Recht.«

Er atmete aus und küsste mich auf den Kopf.

»Das heißt nicht, dass ich aufgebe, Ed. Ich werde nur meinen nächsten Schritt gut planen müssen.«

»Darf ich mit dir planen?«

»Eigentlich ist es nicht dein Geist, der mich interessiert, Spandex-Boy.«

Er schlang die Arme um mich und lachte. »Dito, Liebes.«

In dem schattigen Raum herrschte keine Düsternis mehr; das dämmrige Licht war eine weiche Farbe, vor der ich die Augen schließen konnte, um in die Dunkelheit zu reisen, in der alles durch Berührung, Geruch und Geschmack entdeckt wird. Zitrusduft in einer Meeresbrise, und das winzige Grenzland aus Haut zwischen Bartstoppeln und Lippe.

Und durch das Gehör. Ich hörte ein Geräusch. Eine Hand, die den Türknauf drehte.

Ed und ich wichen zurück, jeder ein paar Schritte auf der Brücke aus Paisleys, als die Tür geöffnet wurde und Shehnaz Saeed eintrat.

XVII

In dem Sari aus Chiffon und mit einem Diamantenarmband um das Handgelenk sah Shehnaz Saeed aus wie geschaffen für die Rolle des Stars, und man konnte glauben, dass das Rechteck aus Licht, in dem sie stand, nicht von den hellen Lampen im Flur stammte, sondern ihr schlichtweg folgte, wohin immer sie ging.

»Oh, da seid ihr ja. Ich dachte doch, dass ich deinen Wagen gehört habe. Eid Mubarak, Aasmaani.« Sie kam zu mir und küsste mich auf die Wange, dann blickte sie zu Ed und zog die Augenbrauen in die Höhe. »Störe ich?«, flüsterte sie mir ins Ohr.

»Du brauchst nicht zu flüstern.« Eds Stimme klang kalt, noch kälter als zuvor, als ich das Zimmer betreten hatte. Ich schaute ihn an und fragte mich, ob ich etwas versäumt hatte. Plötzlich war mir bewusst, dass ich die beiden zum ersten Mal gemeinsam sah.

»Und du brauchst nicht so gereizt zu reagieren«, sagte Shehnaz Saeed in dem Nicht-vor-den-Gästen-Tonfall, den anzuwenden Beema in meiner Jugend oft genug Grund hatte.

Ed nahm wieder den Briefbeschwerer und warf ihn demonstrativ beiläufig von einer Hand in die andere. »Du hättest ein paar Minuten früher kommen sollen. Wir haben über ein Thema gesprochen, zu dem du sicher viel zu sagen hättest.«

»Ja?« Sie schien nicht zu merken, dass es ein Köder war. »Worüber denn?«

»Mütter und Sex.«

»Ed!« Ich konnte nicht fassen, dass er es gesagt hatte.

Shehnaz Saeed blickte von ihm zu mir, ihre Wangen wurden rot. »Was hat er dir erzählt?«

Ich schüttelte den Kopf, stumm vor Entsetzen über die peinliche Situation.

»Ich habe ihr nichts erzählt, Mutter.«

Sie sah noch immer mich an, und wieder schüttelte ich den Kopf, diesmal, um den Wahrheitsgehalt seiner Aussage zu bestätigen.

Schließlich wandte sie sich wieder ihm zu und sagte mit schlichter Würde: »Aasmaani und ich sind im Wohnzimmer. Komm zu uns, wenn du erwachsen bist.« Sie legte mir die Hand auf den Arm. »Komm, Liebes.«

»Fass sie nicht an«, sagte Ed, seine Stimme immer noch eisig. »Sonst werde ich ihr alles erzählen, was sie nicht wissen soll, und dann wird sie dich selbst wegstoßen.«

»Ed, genug mit diesem Jekyll-und-Hyde-Spiel«, sagte ich.

Daraufhin nahm Shehnaz Saeed ihre Hand von meinem Arm und wandte sich an ihren Sohn. »Du wärst ein Dummkopf, wenn du mich zwischen dich und sie kommen ließest. Ich kann nicht ungeschehen machen, was ich getan habe oder wer ich bin. Erzähl's ihr. Na los. Ich schäme mich nicht. Und ich werde nicht zulassen, dass dein Schamgefühl deine Chance auf Glück ruiniert.«

Plötzlich blickte Ed drein, als ob er gleich weinen würde. »Tut mir Leid, Amma.« Er ging zu ihr und legte den Kopf auf ihre Schulter. »Entschuldige.«

»Mein Junge«, sagte sie und fuhr ihm übers Haar. »Mein kleiner Junge.«

Ich stand daneben und wünschte, sie versperrten mir nicht den Weg zur Tür, so dass ich mich einfach hätte hinausschleichen können. Mein Gott, Ed, weißt du, wie glücklich du dich schätzen kannst, dass sie da ist, um dir zu vergeben? Lass es zu. Tu dir einen Gefallen und lass sie dir vergeben. Für alles. Für alle Vorwürfe, alle Schmerzen, jeden Verrat, all die Arten, auf die du ihr nicht genügt hast.

»Aasmaani?« Shehnaz Saeed streckte die Hand nach mir aus. »Der schrecklich peinliche Moment ist vorbei. Kommt, lasst uns ins Wohnzimmer gehen.«

Zu dritt gingen wir in den Flur, und auf die magische Weise, auf die gute Laune in eine Familie zurückkehrt, die sich Sekunden zuvor am liebsten noch zerfleischt hätte, hatten Ed und seine Mutter den Arm umeinander geschlungen, und als sie sprachen, war es leichthin.

»Hast du Aasmaani vom Wörterbuchmann erzählt?«, sagte Shehnaz Saeed. »Aasmaani, hast du vom Wörterbuchmann in Multan gehört?«

Ich schüttelte den Kopf, und Ed und seine Mutter lachten.

»Erzähl du es ihr, Amma. Du machst das besser als ich.«

»Ich war nicht einmal dabei, als es passierte.«

»Macht nichts. Erzähl.«

Shehnaz Saeed blieb stehen und legte mir die Hand auf den Arm. »Ed war letzte Woche in Multan, um die Ramadan-Dokumentation zu drehen. Am Ende eines langen Tages entspannt er sich im Café des Hotels –«

»– und trinkt Instantkaffee.«

»Und trinkt Instantkaffee. Und herein kommt dieser aufgebrachte Mann mit solchen Hängebacken, dass ihn ein starker Wind davongetragen hätte. Er hat ein Buch in der Hand, mit dem er vor Ed herumfuchtelt wie ein Fanatiker mit dem Wort Gottes, bereit, schwarz auf weiß zu beweisen, dass es eine unverzeihliche Sünde ist, etwas anderes als Filterkaffee zu trinken.«

»Und er kommt zu mir, knallt das Buch auf den Tisch vor mir und schlägt es auf der Seite auf, die er mit dem Daumen eingemerkt hatte. Ich sehe, dass es ein Urdu-Wörterbuch ist. Und dann sagt er – Amma, erzähl du es.«

»Er sagt:« – ihre Stimme kreischte in einem abgehackten Rhythmus – »›Ich habe euer dreckiges Geheimnis herausgefunden. Ihr Fernsehleute mit eurer lockeren Moral. Warum ausgerechnet *Boond*, habe ich mich gefragt. Warum Regentropfen? Was ist das für ein Name? Und dann muss ich feststellen, dass ihr auf Kosten des Landes eure vulgären Scherze treibt.‹ Und er deutete auf die Definition von *Boond* und … Nicht einmal ich habe es gewusst, Aasmaani. Neben Regen und Blut – und daran dachte Kiran, als ihr der Name einfiel – heißt es auch noch –«

»Samen«, sagte ich.

»Du wusstest es?« Ed lachte.

»Natürlich. Der Radif eines frühen Ghasels des Dichters lautet ›boond‹. Es bedeutet übrigens auch noch ›gefleckte Seide‹.«

»Wir müssen einmal über seine Gedichte reden«, sagte Shehnaz Saeed. »Es wäre mir ein großes Vergnügen, mit dir darüber zu diskutieren.«

Und ich stellte mir vor, dass ich sie anrief, um zu sagen, dass ich kommen würde, um mit ihr über die Gedichte zu diskutieren, und dann würde ich Omi mitbringen. Ihre Miene!

Sie hatte vor uns das Wohnzimmer betreten, und Ed wollte ihr folgen, als ich nach seiner Hand fasste und sie fest drückte. Er sah mich nicht an, als könnte er meine Hoffnung nicht ertragen. Er glaubte nicht wirklich, dass Omi noch am Leben war, und ich wusste, als hätte er es mir eines Nachts ins Ohr geflüstert, so dass es den Weg in meine Träume gefunden hatte, dass er den Gedanken nicht ertrug, was es für mich bedeuten würde, wenn Omi doch tot wäre. Ed hatte die Sanftmut von Shehnaz Saeeds Charakter geerbt, aber als Konzentrat in seinem innersten Kern. Ich fuhr mit dem Daumen über seine Handfläche, und er sah mich an – ernst.

Einen Augenblick lang dachte ich, er würde etwas sagen, aber dann schüttelte er den Kopf, und wir gingen durch die Tür in den Raum mit dem Bukhara-Teppich, den Gandhara-Buddhas und der schlichten Eleganz, in den ich bei meinem ersten Besuch einen Blick durch die offene Tür geworfen hatte. An den Wänden hingen indische Landschaften und Paläste, Radierungen englischer Künstler aus der Kolonialzeit.

Shehnaz Saeed schaltete den Fernseher ein und stellte den Ton aus. Es waren noch ein paar Minuten bis zum Beginn von *Boond.* »Ich bin so nervös, dass mir ganz schlecht ist«, sagte sie und setzte sich auf ein cremefarbenes Sofa. »Früher war ich nie so nervös, wenn ich mich selbst gesehen habe.«

»Du wirst großartig sein.« Ed setzte sich neben sie. »Du bist Shehnaz Saeed. Wie solltest du nicht großartig sein?«

Sie blickte ihn überrascht und dankbar an.

Er kann tun und sagen, was er will, dachte ich, sie wird nie aufhören, ihn zu lieben. Er wird immer ihr kleiner Junge sein. An all seinen Fehlern wird sie sich, nicht ihm die Schuld geben. Diese Erkenntnis machte mich müde, und wieder dachte ich daran zu gehen. Aber Ed griff nach meiner Hand, vor den Augen seiner Mutter, als wollte er sagen: Jetzt gibt es kein Zurück mehr. Es ist offiziell.

Schwierig, aber die Sache wert – so hatte meine Mutter

einmal das Leben mit Omi beschrieben. Ich konnte mich dasselbe über mein Leben mit Ed sagen hören.

Als ich mich setzte, Eds Hand haltend, sah ich, wie Shehnaz Saeed uns kurz anschaute, und meinte Wehmut, aber keine Traurigkeit in ihrem Blick zu entdecken. Ich fragte mich, ob sie in die Männer, von denen Ed gesprochen hatte, verliebt gewesen war.

»Du willst also etwas über die Qualen des letzten Monats hören?«, fragte Ed. »Abgesehen vom Wörterbuchmann. Meine Mutter hat einen Teil der Geschichte schon gehört.«

»Ach, ich höre es mir gern noch einmal an. Hol deine Kamera, damit Aasmaani die Photos sehen kann.«

Ed nickte und verließ den Raum.

»Ich bin keine Mutter, die sich in die Beziehungen ihres Sohnes einmischt«, sagte Shehnaz Saeed, neigte sich zu mir und senkte die Stimme. »Ich werde also nur Folgendes sagen. Ich bin froh, dass du es bist. Ich bin froh genug, um dir einen Rat zu geben: Was du vorhin getan hast – mir den Rücken gestärkt, als er mich angegriffen hat –, tu das nicht wieder.«

»Ich habe dir nicht den Rücken gestärkt. Ich habe seine schlechten Manieren kritisiert.«

»Was auch immer. Ich war der Stolperstein in jeder Beziehung, die er hatte. Stolper nicht über mich, Aasmaani. Stoß mich aus dem Weg, wenn du musst, aber stolper nicht über mich. Ich habe es so satt, der Grund für seine Einsamkeit zu sein.«

»Du fühlst dich schuldig, oder?«

»Ich war nicht die Mutter, die ich hätte sein sollen.«

»Du hättest tun können, was meine Mutter getan hat. Mich fortgegeben zu jemandem, der mich besser erziehen konnte.«

Shehnaz Saeed richtete sich auf, nahezu beleidigt. »Samina hat dich geliebt.«

»Auf abstrakte Weise.«

»Auf schonungslose Weise.«

»Für sie war die Liebe zum Dichter eine Sucht. Die Liebe zu mir war nur eine Gewohnheit.«

»Was ist nur los mit euch Kindern? Versteht ihr denn nicht, dass Liebhaber für uns niemals dasselbe sein können wie ihr? Ihr nehmt nicht denselben Raum ein.« Sie hielt inne und zog die Augenbrauen hoch. »Das klang etwas zweideutig, nicht wahr?«

»Ich wollte es nicht sagen.« Ich lachte und deutete auf die Uhr. »Die Sendung fängt an.«

Ed kam mit einer Digitalkamera zurück. Er setzte sich neben mich, legte den Arm um meine Schulter und fing gerade an, mir die Bilder zu zeigen, als Shehnaz Saeed einen erwartungsvollen Schrei ausstieß. Ed schaltete den Ton ein. Shehnaz Saeeds Comeback begann.

Nach den ersten paar Minuten war klar, dass *Boond* die Kritiker nicht nach ihren Thesauren greifen lassen würde, wie es bei Kirans und Shehnaz' erster Zusammenarbeit geschehen war, die Journalisten »als Wunder, als Offenbarung und möglicherweise als Halluzination« beschrieben hatten.

Dennoch war *Boond* solide und absolut sehenswert, gelegentlich sogar mit großartigen Momenten. Die Tochter der Geliebten konnte tatsächlich spielen, und die einzige Enttäuschung war der Einst-führende-jetzt-hinterherhinkende-Mann, der unsicher wirkte, als ob er nur allzu gut wüsste, dass dies vielleicht seine letzte Chance war, seinen Ruf als einfühlsamer und differenzierter Schauspieler wiederherzustellen.

Und dann. Shehnaz Saeed trat auf und in eine Rückblende. Ich hasste Rückblenden in Fernsehserien – die Bilder weich gezeichnet, damit die Personen jünger aussehen –, trotzdem hielt ich den Atem an, weil das Licht sie in die Frau zurückverwandelte, an die ich mich als Lady Macbeth erinnerte. Die Rückblende erfolgte, als Shehnaz Saeed in Karatschi landete – wir erfuhren nicht, wo sie gewesen war –, und in ihrer Erinnerung kehrte sie zu den frühen Tagen ihrer Ehe zurück, ging mit Einst-Führendem den Strand entlang, eine anatomisch unwahrscheinliche Kugel unter ihrem Kameez verwies auf ihre Schwangerschaft. Es war die schlimmste Art Rückblende – dramatische Musik übertönte das Gespräch des Paares, während es barfuß über den Sand spazierte, Schatten fielen bedeutungsvoll auf ihren Weg wie verbrauchte Metaphern. Verglichen mit der leichten Atmosphäre im Rest der Episode, hätte diese Sequenz lächerlich sein müssen. Aber in der Szene geschah etwas Bemerkenswertes: Shehnaz Saeed. Ich konnte nicht glauben, dass Ed sie vor ein paar Minuten angefahren und sie trotz ihrer Würde schwach und müde gewirkt hatte.

Auf dem Bildschirm war sie bemerkenswert. Sie wandte sich von Einst-Führendem ab und hielt das Gesicht in die Brise, und ihre Miene verriet den Wunsch, das klischeehafte Glück zu verspüren, nach dem diese Szene verlangte, und ihre Unfähigkeit, die Sehnsucht nach mehr als diesem Familienglück aufzugeben. Und Einst-Führender, der bislang seinen Text heruntergeleiert hatte wie jemand, der es satt hatte, sein Talent zu vergeuden, begann, tatsächlich zu schauspielern. Er war wahnsinnig verliebt und träumte wider alle Hoffnung davon, dass auch sie in ihn verliebt wäre. Ein Echo ihres lange zurückliegenden Auftritts in *Macbeth* war zu spüren, nicht laut genug, um uns abzulenken, aber es reichte, um alles möglich erscheinen zu lassen – Königsmord, Wahnsinn, Liebe, Heimsuchungen.

Die Nebengeschichte der Verlobten von Einst-Führendem, die befürchtete, dass er noch immer in seine Ex verliebt war, nahm in dieser Szene neue Gestalt an. Die Verlobte hat Recht, dachte ich und sah zu, wie der Mann die Hand an den Kopf seiner Frau führte, um zu verhindern, dass ihr der Wind das Haar ins Gesicht wehte.

Wie konnte er nicht blind und auf ewig in sie verliebt sein? Nicht einmal ihre Lady Macbeth hatte mich so tief gerührt, und doch war sie nur über den Sand gegangen und hatte so getan, als würde sie rauchen, weil sie die Gewohnheit, die Hand an den Mund zu führen, nicht aufgeben konnte, obwohl sie aufgrund ihrer Schwangerschaft nicht mehr rauchte, und …

Ich richtete mich auf. »Was tust du da?«, sagte ich zu der Shehnaz Saeed, die in meiner Nähe saß.

Sie hatte nicht auf den Bildschirm, sondern auf ihre Hände geblickt, aber jetzt schaute sie mich an. »Ich sehe mich selbst nicht gern.«

»Nein.« Ich stand vom Sofa auf und deutete auf den Bildschirm. »Dort. Was tust du da?« In Weichzeichner wiederholte sie die Geste. Sie führte Zeige- und Mittelfinger an den Mund und ließ sie dort kurz verharren, mit geschlossenen Augen, deren Lider leicht zitterten. Dann drehte sie den Kopf zur einen Seite, ließ die Hand zur anderen Seite fallen und atmete langsam zwischen leicht geöffneten Lippen Rauch aus. Währenddessen ballten sich ihre Finger zu einer Faust.

»Das ist meine Mutter.« Ich hörte die seltsame Tonlosigkeit meiner Stimme. »Du hast die Figur zu meiner Mutter gemacht.«

»Was? Nein.« Sie blickte auf den Bildschirm, und die Worte blieben ihr im Hals stecken.

Ed schlug die Hände vors Gesicht und murmelte etwas vor sich hin.

Ich wusste, was als Nächstes geschehen würde. Shehnaz Saeeds Figur kehrte nach Karatschi zurück. Zurück zu ihrer Tochter nach all den Jahren der Abwesenheit. Sie spräche mit ihrer rauchigen Stimme, mit einem kaum wahrnehmbaren Lispeln, das man nur bemerkte, wenn man bei ihr aufgewachsen war, es jedes Mal gehört hatte, wenn sie meinen Namen rief. Jedes Mal, wenn sie »Aasmaani« sagte. Jedes Mal, wenn sie »Liebes« sagte.

Ich spürte meine Glieder kaum mehr, aber ich schaffte es, zur Tür zu gehen. Shehnaz Saeed sagte etwas, Ed sagte etwas, aber ich war mir nur der Fata Morgana bewusst, deren Hand gegen meinen Rücken drückte, so dass ich die Schultern gerade hielt, als ich, ohne mich umzublicken, ging.

XVIII

Mein Vater saß mir am Esstisch gegenüber und wärmte sich an einer Tasse Tee die Hände. Es war nicht besonders kalt – nicht an dieser sonnenbeschienenen Stelle mitten am Nachmittag –, und mir ging durch den Kopf, dass seine Art, die Tasse zu halten, eine Gewohnheit war, die er im kälteren Klima von Islamabad angenommen hatte. War das alles, was sich in seinem Leben verändert hatte, seitdem er weggegangen war? Die Art, eine Tasse zu halten?

Er war hier, weil Rabia ihm erzählt hatte, dass ich jemanden brauchte, mit dem ich reden konnte. Ich wusste es, obwohl man es mir nicht gesagt hatte. Nachdem ich nur ein paar Stunden geschlafen hatte, erwachte ich heute bei Tagesanbruch und hörte Rabias Telefon klingeln. Ich dachte, sie würde noch schlafen. Sie war lange aufgeblieben und hatte mich in den Armen gehalten, nachdem ich von Shehnaz Saeed zurückgekehrt war. Ihre Frage, was los sei, löste bei mir einen unerklärlichen heftigen Weinanfall aus, der mir das Fleisch von den Rippen zu ziehen schien, so dass sie verstummte. Sie hielt mich noch immer, als ich schließlich einschlief, erschöpft von der physischen Anstrengung des Weinens, und kehrte erst danach in ihre Wohnung zurück. Und als ich heute erwachte und das Telefon hörte, ging ich durch die Verbindungstür, um abzunehmen, damit sie und Shakeel weiter schlafen konnten.

Aber kaum war ich durch die Tür getreten, als ich hörte,

wie sie sich im Schlafzimmer meldete. »Warum hast du gestern Abend nicht zurückgerufen?«, sagte sie, und aus ihrem pubertären Tonfall schloss ich, dass sie mit Beema sprach. »Oh ... oh ... Wann bringst du sie nach Hause? ... Oh, Ma, ich weiß, dass du genug um die Ohren hast, aber hier ist es wirklich schlimm ... Ja. Ja. Sie redet nicht mit mir. Es ist schlimmer als je zuvor. Kannst du Nani nicht einen Tag allein lassen und herfliegen? Nur für ein paar Stunden ... Du willst Dad schicken?« Rabias Stimme klang ungläubig. »Was kann er schon tun?«

Aber hier war er, hielt sich an der Teetasse fest, als wäre es eine Boje, die ihn am Ertrinken hinderte, während er mit seiner Erstgeborenen sprach. Keine Zeitung, kein Fernseher, keine durchgebrannte Glühbirne, keine rostige Türangel, keine Beema oder Rabia zwischen oder neben uns, die die Tatsache verschleierten, dass wir uns wie immer nichts von Bedeutung zu sagen hatten. Als ich mit dreizehn zum Kricketfan wurde, beschloss Dad – der noch nie etwas für Sport übrig gehabt hatte –, dass auch er sich dieser nationalen Leidenschaft widmen sollte, damit er und ich wenigstens etwas gemeinsam hatten. Manchmal schien mir, dass der einzige Grund, warum ich mich trotz des bedauernswerten Zustands unserer Nationalmannschaft immer noch für Kricket interessierte, darin bestand, das Schweigen zwischen uns zu füllen. Ich vermutete, dass es ihm ebenso erging.

Er räusperte sich. »Deine Mutter lässt grüßen«, sagte er. Dann verstärkte er den Griff um die Tasse. »Ich meine Beema.«

»Ich habe nicht angenommen, dass du jemand anders meinst.«

»Nein, natürlich nicht.« Er blickte in seine Tasse. »Ich habe die Serie gesehen, bei der du ausgeholfen hast. Da war etwas Interessantes ...« Falls der Satz ein Ende hatte, verschwand es in der Tasse, die er zum Mund geführt hatte.

Hatte auch er Mama wiedererkannt? Und wenn ja, glaubte er, dass der Schauspieler *ihn* darstellen sollte? Einst-führender-Mann. Glaubte er, dass diese Figur auf ihm basierte? Nach der einen Sitzung mit dem *Boond*-Team hatte ich Beema erzählt, dass ich bei der Entwicklung von Shehnaz Saeeds Rolle mitgeholfen hatte, und sie hatte die Information zweifellos an ihn weitergegeben. Glaubte er, dass ich dabei mitgewirkt hatte, seine Ehe mit meiner Mutter zum Stoff für eine Fernsehserie zu verarbeiten, über die ganz Karatschi reden würde?

»Ich habe nur die ersten paar Minuten gesehen«, sagte ich. »Bei Shehnaz Saeed. Dann bin ich gegangen.«

Er nickte bedächtig. »Es war verrückt, nicht wahr? Ich hatte vergessen, dass sie das immer getan hat.«

»War da noch mehr? Nach der ersten Szene?«

»Mehr?«

»Hat sie die Figur weiterhin gespielt, als wäre es Mama?«

»Nein. Nein. Nur in dieser einen Szene. Deswegen hast du also geweint. Ich habe es mir schon gedacht.«

Ich wusste nicht, worüber wir noch reden könnten. Wir sprachen, wenn überhaupt, nur indirekt über meine Mutter. In den zwei Jahren nach Omis Tod, als sie beide unter demselben Dach lebten, waren sie immer ausgesucht höflich zueinander gewesen. Soweit ich mich erinnerte, ging er nie nach oben, und sie blieb überwiegend in ihrem Zimmer oder in Rabias und meinem Spielzimmer. Wenn sie nach unten kam – um im Esszimmer zu essen, statt oben von einem Tablett –, dann war es immer zum Mittagessen, wenn er bei der Arbeit war. Die seltenen Ausnahmen von dieser Regel, in den frühen Tagen, waren so anstrengend gewesen – keiner von beiden konnte vorgeben, sich in Gegenwart des anderen wohl zu fühlen –, dass vermutlich alle Haushaltsmitglieder erleichtert waren, als sie sich nicht wiederholten.

»Willst du darüber reden?«, sagte mein Vater.

»Worüber? Dass ich Mama vermisse? Ja – ich vermisse sie. Wir haben darüber gesprochen.«

»Hmm.« Er hielt einen Löffel mit Zucker schräg, so dass immer nur ein paar Körnchen in seine Tasse fielen.

»Es macht dir etwas aus, oder? Dass ich sie vermisse. Dass ich sie so sehr liebe, wie ich es tue. Du glaubst, dass sie es nicht verdient hat.«

»Meinst du, ich verstünde nichts davon, was es heißt, deine Mutter zu lieben und sie zu vermissen? Sie hat mir das Herz gebrochen, als sie mich verließ. Und wenn sie dabei etwas weniger brutal vorgegangen wäre, hätte ich sie vermutlich für alle Zeiten geliebt und vermisst.«

»Häuslichkeit oder Dildo?«

Seine Hand zuckte zurück, Tee ergoss sich auf das Tischtuch. »Das hat sie dir erzählt?«

»Nein. Ich … habe es zufällig gehört. Als der Dichter einmal mit ihr gesprochen hat.«

Er nickte, nahm die Brille ab und putzte sie geistesabwesend mit einem Papiertaschentuch, das er aus der Schachtel auf dem Tisch gezogen hatte, um den Tee aufzuwischen.

»Dad, das tut mir Leid. Es war grausam von ihnen. Du hast es nicht verdient.«

Er setzte die Brille wieder auf und drückte das Taschentuch auf den Teefleck. »Es war gut so. Wenn jemand dich so verlässt, dann verschwendest du keine Zeit damit, an Versöhnung zu denken. Wie auch immer. Es ist schon lange her. Ich will nur sagen, dass ich sie nicht grundlos liebte. Es gab immer allen Grund der Welt, Samina zu lieben. Wie sollte es mir etwas ausmachen, dass du sie liebst? Wie sollte ich etwas dagegen haben, dass du deine Mutter liebst?«

»Erzähl mir von euch. Wie es wirklich war.«

»Es war großartig. Es war perfekt.« Er lächelte über meinen überraschten Ausdruck. »Wir waren siebzehn. Während der paar Monate, die wir zusammen waren, bevor uns das Studium trennte, war es das Beste auf der Welt. Du weißt schon, die erste Liebe. Jeden Abend haben wir stundenlang miteinander telefoniert. Wir haben über alles gesprochen, über alles. Und wir haben eine idiotische Art von ›Feigling‹ gespielt. Ich bin mit dem Auto durch Karatschi gefahren, sie hat mir die Augen zugehalten, und ich habe ihr vertraut, dass sie mir sagt, wann ich fahren und bremsen soll. Einmal sind wir so von KDA bis nach Clifton gefahren. Hinterher hat sie mir erzählt, dass sie mich unterwegs über drei rote Ampeln hat fahren lassen. Danach haben wir dieses Spiel nie wieder gespielt.« Er schüttelte den Kopf, als könnte er nicht glauben, dass er wirklich über sich selbst sprach.

»Was ist passiert? Wie ist die erste Liebe gestorben?«

»Sie ging nach Cambridge. Ich blieb in Karatschi. Sie schrieb, dass es toll gewesen wäre, aber vorbei sei. Darauf lief es hinaus, auch wenn sie es freundlicher ausgedrückt hat. Als sie mit dem Studium fertig war und nach Karatschi zurückkehrte, war sie ein anderer Mensch. Und dann lernte ich deine Stiefmutter kennen, und sie und ich waren an dem Punkt, an dem wir, ohne darüber zu sprechen, wussten, dass etwas zwischen uns passieren würde. Und so hätte es auch sein sollen. Aber dann stürmte Samina eines Tages mit blitzenden Augen in mein Büro. Wir hatten uns seit Monaten nicht mehr gesehen und seit Jahren nicht mehr richtig miteinander geredet, und sie sagte: ›Also, willst du mir einen Heiratsantrag machen oder nicht?‹« Er lachte, stützte das

Kinn auf die Hand, und ich sah den verliebten Jungen, der er einst gewesen war. »Ich wusste von ihr und dem Dichter. Wer wusste es nicht? Aber sie wirkte … strahlend. Und ich lag im Clinch mit der Person, zu der ich gerade wurde – dieser verantwortungsbewusste, praktische Banker, der nicht einmal für fünf Sekunden ›Feigling‹ spielen würde, geschweige denn von KDA nach Clifton –, und sie war mein Ausweg.«

»Und da hast du Beema den Laufpass gegeben?«

Er wandte schuldbewusst den Blick ab. »Zu diesem Zeitpunkt waren wir noch nicht zusammen.«

»Erstaunlich, dass sie danach jemals wieder mit dir oder Mama geredet hat.«

»Tja, so ist Beema. Nachdem Samina mich verlassen hat, war sie unglaublich freundlich. Ich ging nur noch zu gesellschaftlichen Veranstaltungen, wenn ich dachte, dass ich sie dort treffen würde. Und dann rief mich Samina eines Tages an – sie war ungefähr im achten Monat – und sagte: ›Nun mach schon. Sie wird nicht ewig auf dich warten.‹ Und ich sagte: ›Was geht dich das an?‹ Darauf sagte sie: ›Technisch gesehen bin ich noch immer deine Frau. Ich darf mich in dein Leben einmischen. Außerdem wäre sie eine wunderbare Mutter für unser Kind.‹ Es war unheimlich und stimmte doch.« Er legte seine Hand auf meine. »Manchmal entdecke ich so viel von ihr in dir wieder. Deine Stimme, deine Augen, deine Sprachgewandtheit. Und das erinnert mich an die Samina, die ich liebte, an das Mädchen, das mir das Herz gestohlen hat. Also zum letzten Mal: Dass du sie liebst, stört und überrascht mich nicht im Geringsten.« Er nahm seine Hand von meiner und hielt sich wieder an der Tasse fest. »Aber wenn mich etwas an dir stört … Nein, nicht einmal stört. Es ist etwas, was mir hin und wieder zu denken gibt.

Nicht, dass daran etwas zu ändern wäre, oder ... Von den vier Elternteilen, die du hattest, bin ich derjenige, den du am wenigsten überschwänglich liebst, und manchmal wünschte ich, dem wäre nicht so.«

Ich berührte mit den Fingerspitzen seinen Handrücken. »Das tut mir Leid.« Und es stimmte. Es tat mir Leid, und ich schämte mich zutiefst.

Er schüttelte den Kopf, um mir zu erklären, dass ich mich nicht entschuldigen musste.

»Ich weiß nicht, ob das mit den vier Elternteilen stimmt. Ich glaube nicht, dass der Dichter ein zweiter Vater für mich war.« Ich meinte damit, dass ich keine Entsprechung zwischen Dads und Omis Positionen in meinem Leben sah. Väter waren effizient, wenn es um Finanzen und um das Verlegen von Leitungen ging. Ihnen mangelte es nicht an Gefühlen, sie drückten sie nur selten und verhalten aus. Und sie waren immer da. Das war ihre dauerhafteste Eigenschaft – ihr Dasein. Das war Dad, das waren Väter. Omi war nie so gewesen.

Aber mein Vater verstand die Bedeutung hinter meinen Worten nicht. Er steckte den Finger durch den Griff der Tasse und schwenkte sie langsam im Kreis. »Es ist kindisch und unreif, und meine Frau wäre entsetzt, wenn sie es mich sagen hörte, aber: gut.«

Ich blickte auf seinen Hals, den Körperteil von ihm, der zu einem wesentlich älteren Mann gehörte, und zum ersten Mal wurde ich mir seiner Sterblichkeit bewusst. »Du hast ihn gehasst, nicht wahr?«

Mein Vater nickte, den Blick auf die Tasse gerichtet.

»Weil du sie an ihn verloren hast?«

»Ich nehme an, das ist der Kern der Sache. Aber abgesehen davon missbilligte ich alles, wofür er stand.«

»Gedichte? Widerstand?«

»Ausschweifungen. Egoismus.«

»Ausschweifungen?«

»Die Nächte, die er mit seinen Künstlerfreunden bis zum Morgen aufblieb, Whisky trank und weiß Gott was trieb und über uns lachte, die wir für unseren Lebensunterhalt arbeiten müssen. ›Vertikale Leser‹ nannte er uns. Weil wir unsere Tage damit verbrachten, über Spalten von Zahlen zu brüten statt über Reihen von Wörtern.« Mein Vater fuhr mit der Hand durch die Luft, um Zeilen anzudeuten, und die Teetasse fiel zu Boden. Sein Gesicht war rot, als er sich vorbeugte, um die Scherben aufzuheben.

»Woher weißt du das?« *Wie hast du es geschafft, mir nicht das Gefühl zu geben, ich würde dich verraten, wann immer ich seinen Namen voller Zuneigung aussprach?*

»Weil ich dich einmal morgens auf dem Weg zur Arbeit bei deiner Mutter abgeholt und zur Schule gebracht habe. Du hattest in ihrem Haus übernachtet. Als ich vorfuhr, wurde im Nachbarhaus die Tür geöffnet, und seine Freunde stolperten heraus mit geschwollenen roten Augen und verabschiedeten sich lallend voneinander. Er stand da, und als er mich sah, sagte er: ›Das ist ein vertikaler Leser.‹ Weißt du, es ist wirklich nur gut, dass sie ihn nicht geheiratet hat. Ich glaube nicht, dass ich dich in einem Haus hätte übernachten lassen, in dem es so zugeht.«

»Nur gut, dass sie ihn nicht geheiratet hat?« Ich traute meinen Ohren nicht. »Nach allem, was sie nach seinem Tod durchmachen musste, nur weil sie nicht seine Frau war, sagst du so etwas?«

»So habe ich es nicht gemeint, das weißt du. Verdammt, Aasmaani, warum gibst du mir immer das Gefühl, dass ich dir nicht gerecht werde?«

Ich lehnte mich auf dem Stuhl zurück. »Sie haben nicht herumgesessen und über deinen Tag im Büro geredet. Die Akolyten. Darum ging es nicht. Sie redeten über Gedichte und Politik – mach das nicht« – er hatte die Hände vors Gesicht geschlagen –, »und was Sprache in einer zensierten und streng reglementierten Welt bewirken kann und was nicht. Manchmal bin ich abends hinübergegangen und habe ihnen zugehört, einfach nur zugehört. Dann bin ich zurück in Mamas Haus, wo sie mit ihren Freundinnen, ihren Mitstreiterinnen saß. Und sie haben darüber gesprochen, dass man Gesetze verändern, Schulen gründen und Lehrpläne entwickeln und sich an internationale Organisationen wenden muss. Ich bin von einem Haus zum anderen gegangen, habe zugehört, und es war mitreißend. Ich habe mich gefühlt, als würde ich brennen, als würde ich Feuer atmen und über Feuer gehen.«

»Und was ist dir davon geblieben?« Kaum hatte er es gesagt, ergriff er meine Hand. »Nein, tut mir Leid. So habe ich es nicht gemeint.«

»Nein?« Ich entzog ihm meine Hand.

»Siehst du, du glorifizierst die beiden noch immer. Ich bin sicher, dass es aufregend war, Aasmaani. Ich habe es manchmal in deinem Gesicht gesehen, wenn du einen Tag, ein Wochenende oder länger bei ihr gewesen bist. Du bist zurückgekommen, hast uns angesehen, deine andere Familie, wie wir darüber geredet haben, ein Video auszuleihen oder chinesisch essen zu gehen, und in deinem Gesicht stand die Frage: Und das ist alles? Zu mehr seid ihr nicht in der Lage? Ich sage dir etwas. Ich sage dir, wozu sie in der Lage waren und wir nicht: Wegzugehen.«

»Hör auf.«

»Du willst wissen, warum ich ihn gehasst habe? Deswegen. Weil er sie immer dazu gezwungen hat, sich zwischen ihm und dir zu entscheiden. Er hat sich immer wieder in Schwierigkeiten gebracht und musste das Land verlassen, oder er wurde verhaftet, und dann war sie weg. Puff! Einfach so. Und ich musste mit anhören, wie sich meine Tochter abends in den Schlaf geweint. Damals, als sie drei Jahre fort waren. Drei Jahre, Aasmaani. Warum? Weil es gefährlich gewesen wäre, wenn er zurückgekommen wäre. Und als sie zurückkehren wollte – sie rief mich sogar an, um mir zu sagen, mit welchem Flug sie käme –, hat er ihr eingeredet, dass sie sie verhaften würden, um an ihn ranzukommen. Er hat ihr sogar eingeredet, dass sie dich in Gefahr bringen könnte.«

»Nein.« Kaum hatte ich es gesagt, war sie da. Eine Erinnerung, die sich auf diese unerklärliche Art latenter Erinnerungen, die nur den richtigen Funken brauchen, um sich zu entzünden, einen Weg ins Bewusstsein gebahnt hatte. Ich stand auf, setzte mich wieder und versuchte, mich auf das Gesicht meines Vaters zu konzentrieren. Es war nicht Omi gewesen, der ihr eingeredet hatte, nicht zurückzukehren, sondern ich. Als mein Vater in mein Zimmer kam und mir erzählte, dass er mit ihr gesprochen habe und sie zurückkommen würde, rief ich sie an und sagte: »Komm nicht.« Es war nicht so, dass ich sie nicht hätte bei mir haben wollen. Aber wenn sie im Ausland war, fühlte ich mich sicher. Omi würde nicht verhaftet, sie würde bei Demonstrationen nicht geschlagen und verletzt oder nachts auf Nimmerwiedersehen abgeholt werden, wie es so vielen Menschen ergangen war, die sie und Omi kannten. Ich sagte: Bleib, wo du bist, ich komme dich im Sommer und im Winter besuchen. Ich sagte: Was, wenn sie mitten in der Nacht kommen und ich bin bei dir? Was wird dann aus mir? Ich sagte das, weil ich wusste, weil ich mir hundertprozentig sicher war, dass sie sich selbst, nie aber mich in Gefahr gebracht hätte – nicht meinen Körper, nicht meine Seele. Ich sagte: Mama, wenn du da bist, habe ich Angst.

Erst jetzt, als ich nur den Bruchteil der Gründe meiner Mutter hatte, aufzuspringen, wenn das Telefon klingelte, den Atem anzuhalten, wenn mir ein Motorrad zu folgen schien, zu wissen, wie es sich anfühlte, wenn man beobachtet wurde – erst jetzt, in diesen Momenten, wenn das klingelnde Telefon mich aufblicken und denken ließ, vielleicht ist es nicht Paranoia, vielleicht verfolgt mich jemand, kommt her und findet stattdessen Rabia –, erst jetzt begriff ich, was ich ihr aufgebürdet hatte, als ich sagte, stell dir vor, ich bin im Haus, wenn sie kommen und dich abholen.

Ich öffnete den Mund, um zu sagen: Dad, sie blieb um meinetwillen weg, als ich sah, dass er noch immer zornig war, und ich wusste, er würde glauben, dass ich nur Omi in Schutz nehmen wollte. Deswegen sagte ich: »Was hätte er deiner Meinung nach tun sollen? Mit dem Schreiben aufhören? Nette kleine Verse über Spatzen und Regenbogen schreiben? Hast du erwartet, dass er wegen mir das Schreiben aufgibt? Dad, ich war nicht einmal seine Tochter.« Ich hatte mein halbes Leben lang über all das nachgedacht, was mein Vater gesagt hatte. Aber ich hatte immer ihr Vorwürfe gemacht, nie Omi. Ich war nicht seine Tochter, sondern ihre. Und jedes Mal hat sie sich nicht für mich, sondern für ihn entschieden – das hatte ich bislang geglaubt.

Ich rieb mir die Oberschenkel, ich konnte nicht damit aufhören, konnte mich nicht zwingen, still zu halten.

Aber auch wenn du zurückkehren wolltest, Mama, und ich es dir ausgeredet habe, warum hast du es zugelassen? Ich war ein Kind. Wie konntest du mich für dich entscheiden lassen, wenn es nicht Entscheidungen waren, die deinen Wünschen entsprachen? Auch wenn du zurückkommen wolltest, ändert das nichts an der Tatsache, dass du fortgegangen bist. Das ist nicht normal. Mütter dürfen sich nicht gegen ihre Kinder entscheiden. Du warst nicht normal. Oh, hör auf, hör auf, hör auf.

Ich stand erneut auf und entfernte mich vom Tisch. Die Miene meines Vaters wandelte sich von leicht besorgt zu schwer besorgt. Nicht normal? Darauf würde ich nicht hereinfallen; sie hatte mir zu viel beigebracht, um so etwas zu glauben.

Als ich zwölf war und Mama an der vordersten Front der Frauenbewegung kämpfte, sagte die Mutter einer Freundin zu mir, dass ich meiner Mutter nicht nachtragen solle, wenn sie ins Gefängnis geworfen würde, statt zu Hause zu sein und sich um mich zu kümmern; sie würde sich zweifellos engagieren, so meinte die Frau, damit ich in einer besseren Welt leben könnte. Ich warf der Frau einen verächtlichen Blick zu und erwiderte, dass ich für den Mut meiner Mutter keine Entschuldigungen und Rechtfertigungen erfinden müsse, und wie könne sie es wagen zu behaupten, dass die Taten einer Frau nur von Wert wären, wenn sie mit ihren mütterlichen Instinkten zu tun hätten. Mit zwölf wusste ich genau, wie die Welt funktionierte, und dachte deswegen, ich könnte mich über die Fähigkeit der Welt hinwegsetzen, die Menschen zu zermürben mit ihren unerbittlichen Vorstellungen, wie sich Frauen zu verhalten hatten.

»Ich hatte dich und Beema und Rabia«, sagte ich zu meinem Vater. Dinge, die ich einst geglaubt hatte, fielen mir wieder ein. »Mama wusste das. Der Dichter hatte niemanden außer ihr. Ich meine, er besaß jede Menge Bewunderer, aber niemand außer ihr folgte ihm ins Exil oder zog um, nur weil er im Gefängnis war. Niemand außer ihr. Du kannst nicht von mir verlangen, ihr übel zu nehmen, dass sie zu ihm gehalten hat. Sie hat nicht zugesehen; sie ist ihm gefolgt und hat ihr Leben dem Diktat seiner Pläne untergeordnet. Sie hat zu ihm gehalten. Wäre es dir lieber gewesen, wenn sie mich jedes Mal, wenn sie fortgegangen ist, mitgenommen hätte?«

»Ach, Aasmaani, komm von deinem hohen Ross runter. Tu nicht so, als hätte es dir nichts ausgemacht, all das aufzugeben, was du aufgeben musstest. Und das auch noch im Namen so wichtiger Werte wie Freiheit und Poesie, die – das möchte ich hinzufügen – das Land auch nicht weitergebracht haben.«

Das war nichts, worüber ich nicht auch schon nachgedacht hätte. Die Vergeblichkeit, die absolute Vergeblichkeit all dessen, was Mama und Omi im Namen der Politik getan hatten. Aber sie wussten nicht, dass es vergeblich war, beharrte eine Stimme in meinem Kopf, die ich aus einer Zeit in meinem Leben kannte, als ich über Feuer gehen konnte, ohne dass ich mich verbrannte. Eine Stimme, die weder Schuld zuwies, noch jammerte, sondern an die Fakten erinnerte, so wie sie gewesen waren, bevor im Rückblick alles, was mit Mama zu tun hatte, die Form änderte. Ich schob meinen Stuhl zurück und ging ins Wohnzimmer, um Rabias Akte über meine Mutter zu holen. Mein Vater sah mir zu, wie ich in den Artikeln blätterte. Als ich den gesuchten fand, den ich eigentlich Dad hatte reichen wollen, konnte ich mich nicht davon losreißen; bislang war es mir immer nur gelungen, einen kurzen Blick darauf zu werfen.

Es war ein zwanzig Jahre alter Artikel aus einer ägyptischen Zeitung, der von einer Protestveranstaltung gegen die Hudood-Verordnungen berichtete. Eine Freundin aus Kairo hatte ihn mir geschickt, kurz nachdem meine Mutter verschwunden war, zusammen mit einer Notiz über die wichtige Rolle meiner Mutter bei der Vernetzung muslimischer Feministinnen auf der ganzen Welt; der Brief hatte zu sehr nach Kondolenzschreiben geklungen, deswegen hatte ich ihn gemeinsam mit dem Artikel in den Müll geworfen, aus dem Rabia sie rettete. Das bisschen Arabisch, das ich 1982 gelernt hatte, als meine Mutter und der Dichter von Kolumbien nach Ägypten zogen und ich sie während der Sommerferien besuchte, hatte ich vergessen, aber der Text war nicht das Wichtige an dem Artikel.

Meine Mutter steht im Mittelpunkt der zwei körnigen Schwarzweißphotos, die den Artikel illustrieren. Auf dem ersten ist sie umgeben von Polizistinnen, die mit Lathis bewaffnet sind. Sie hält sich mit beiden Händen an einer Stange fest, an der ein Spruchband befestigt gewesen war. Das Spruchband war entzweigerissen, und sie war getrennt worden von der zweiten Person, die die andere Stange gehalten hatte. Sie mussten sich an die Stangen geklammert haben, sie und die andere Frau, so dass das Band zerriss, als sie auseinander gedrängt wurden. Die Hälfte davon hing schlaff an Mamas Stange, und die Worte darauf waren nicht zu lesen. Eine Polizistin greift nach der Stange, die meine Mutter aufrecht hält und nicht als Waffe schwenkt. Eine zweite Polizistin hält ihren Schlagstock waagerecht. Der Photograph hatte den Moment erwischt, als die Polizistin den Arm zurückzog, nachdem sie meine Mutter auf den Bauch geschlagen hatte, und meine Mutter sich vorzubeugen begann, ihr Mund geöffnet, die Augen geschlossen, ihr Ausdruck merkwürdig heiter.

Auf dem zweiten Photo liegt sie am Boden, mehrere Freundinnen befinden sich neben ihr und wagen nicht, ihr auf die Beine zu helfen. Ein Polizist steht in eineinhalb Metern Entfernung. In der rechten Hand hält er einen Lathi, in der linken einen wesentlich längeren, leicht gebogenen Stock, mit dem er meine Mutter auf den Boden drückt, als wäre sie ein Tier. Aber sie lässt sich nicht unterkriegen. Sie hat den Kopf erhoben, sieht den Polizisten an und greift mit einer Hand nach dem Stock, um sich daran aufzurichten. Im Hintergrund gehen Männer vorbei, ohne sie eines Blickes zu würdigen.

Mama, woher hattest du diese Kraft? Und warum hat sie dich so vollständig verlassen, nachdem der Dichter angeblich gestorben war?

Mein Vater zog die Aktenmappe zu sich und zuckte zusammen, als er die Photos sah. Ich dachte, das wäre ein Zeichen von Mitgefühl für meine Mutter, aber er sagte: »Solange du solche Bilder anschaust, wirst du nicht zugeben, dass du Grund hast, wütend auf sie zu sein.«

Ich berührte den Bauch meiner Mutter mit dem Finger. Ich erinnerte mich an die Blutergüsse, die der Lathi hinterlassen hatte. Ich ging in ihr Zimmer, als der Dichter sie weinend einrieb. Als sie mich sah, stieß sie seine Hand weg und zog ihren Kameez herunter, um die dunkelroten Flecken auf ihrer Haut zu verbergen. Ich lief und schlang die Arme um sie. Der Dichter schnappte nach Luft, als mein Körper auf ihren prallte, aber sie fuhr mir mit der Hand durchs Haar und küsste mich auf den Kopf.

»Hallo, mein Allerheiligstes«, sagte sie.

Ich schaute von dem Photo auf und sah meinen Vater – so unverletzt, so sicher.

»Natürlich habe ich mir erlaubt, wütend zu werden.« Nachdem ich das gesagt hatte, spürte ich, wie sich mein Herz beruhigte. »Ich bin seit so langer Zeit wütend, Dad. Weil sie weggegangen ist. Nicht dafür.« Ich deutete auf die

Photos. »Deswegen bin ich nicht wütend. Wie kannst du nur wünschen, dass ich es wäre? Das, was ich seit meiner Kindheit immer gehasst habe, war die Forderung, dass ich deswegen wütend und beleidigt sein sollte. Niemand sagt: Sei wütend auf die Leute, die es notwendig machten, dass sie entscheiden musste, ob sie zu Hause blieb und mir bei den Hausaufgaben half oder auf die Straße ging, um gegen Gesetze zu kämpfen, die aus Vergewaltigungsopfern Ehebrecherinnen machen, die man zu Tode steinigen darf. Niemand sagt: Sei wütend auf deinen Vater und deine Stiefmutter und alle anderen, die sich nicht an diesem Kampf beteiligt haben, um ihre Bürde zu erleichtern.«

Mein Vater blickte drein, als würde er nicht glauben, dass ich meinte, was ich gerade gesagt hatte, weil es so absurd war. »Was? Jetzt bist du also wütend, weil Beema und ich nicht zusammengeschlagen und ins Gefängnis geworfen wurden? Weil wir dich und deine Schwester nicht allein gelassen haben, als ihr acht und zwölf wart?«

»Hör auf. Hör auf damit. Sie hat ihre Wahl getroffen. Ihr eine andere. Und es ist nur eine Frage der Perspektive, wer von euch mich im Stich gelassen hat. Auf einer abstrakten Ebene glaube ich, dass es keiner von euch getan hat. Aber manchmal ist es schwierig, das in meinem Herzen zu spüren.«

»In deinem Herzen nimmt sie so viel Platz ein, dass fast nichts für uns übrig bleibt – ganz zu schweigen von neuen Menschen.« Er sagte es so kleinlaut, dass ich unmöglich zornig werden konnte.

Ich blickte wieder auf seinen Hals und empfand eine so große Zärtlichkeit für ihn, dass ich beinahe laut aufgeschrien hätte. Lass uns diesen Raum verlassen, Dad, und uns irgendwo anders treffen, weit weg von all den Schatten, aus denen heraus wir uns ein Leben lang angespäht haben, und lass uns reden. Lass uns darüber reden, wer du bist, wer ich bin. Lass uns über den Heroismus reden, zu Hause bei deinen Kindern zu bleiben, und über den Heroismus, wegzugehen, um zu kämpfen. Lass uns über den Archäologen reden, der du gern gewesen wärst, und warum du die Geschichte in deinen Händen halten wolltest. Lass uns über den Verlust von Mama reden. Lass uns über die Freude reden, Ordnung in der Funktionsweise einer elektrischen Sicherung zu finden. Bis zu diesem Augenblick habe ich nicht gewusst, dass mein ordnender, wenn nicht geordneter Geist dein Geist ist.

»Wenn es dich tröstet, Dad, ich weiß, dass sie alles andere als vollkommen ist. Ich weiß, dass sie Fehler hat.«

Er riss die Augen vor Entsetzen so weit auf, dass sich meine Muskeln anspannten und ich über die Schulter schaute, um die Bedrohung anzusehen, die den Raum betreten haben musste.

»Fehler *hat*? Nach vierzehn Jahren sagst du immer noch, sie *hat* Fehler?« Er langte über den Tisch und ergriff mich bei den Ellbogen. »Aasmaani. Aasmaani, deine Mutter ist tot.«

Ich wusste, dass alle es seit Jahren behaupteten, aber zum ersten Mal hörte ich, dass jemand die Worte aussprach. Ich hatte gewusst, dass es eines Tages geschehen würde, und gedacht, ich wäre darauf vorbereitet, aber ich war es nicht. Ich wollte ihn schlagen, ganz einfach schlagen. Ich wollte den Mund schlagen, der diese Obszönität ausgesprochen hatte.

Ich stand auf. »Geh aus meiner Wohnung.«

»Nein.«

»Geh.«

Die Verbindungstür wurde geöffnet, und Rabia lief herein.

»Was ist passiert? Dad, was hast du zu ihr gesagt?«

Mein Vater schob seinen Stuhl zurück und stand langsam auf. »Etwas, was ich vor vielen Jahren hätte sagen sollen. Aasmaani, sie ist tot. Sie ist tot. Es gibt keine andere Erklärung. Sie ist tot.«

»Rabia, bring ihn raus.«

Aber Rabia nahm seine Hand in ihre. Das war der Verrat, auf den mich nichts vorbereitet hatte, und ich fühlte mich so einsam, dass mein Wille zu argumentieren sich in nichts auflöste.

»Liebes, sie war so unglücklich.« Dad fasste nach mir, aber ich wich zurück. »Sie sah keinen Ausweg mehr. Sie verließ das Haus und kam nie zurück. Sie wurde zum letzten Mal gesehen, als sie zum Meer ging. Sie ist nie mehr zurückgekehrt. Setz die Teile zusammen. Lass deinen Kopf tun, was er am besten kann. Setz die Teile zusammen.«

»Das habe ich. Aber du wirst es mir nachsehen, wenn ich nicht dieselben Stücke benutze wie du.«

Dad verschränkte die Arme. »Gut. Klär mich auf. Was ist mit Samina passiert? Sie ist noch am Leben – ja? Ja?«

»Dad, nicht«, sagte Rabia.

Unser Vater hob die Hand. »Schluss, Rabia. Du und deine Mutter habt es seit Jahren auf eure Weise versucht. Es hat nicht funktioniert.« Er wandte sich wieder mir zu. »Sprich, Aasmaani.«

»Dad, sie könnte ...«, setzte Rabia an und hielt dann inne.

»Ich könnte was?«

»Du könntest so werden, wie deine Mutter nach dem Tod des Dichters wurde«, sagte Dad. »Aber das wirst du nicht. Und wenn doch, werden wir einen Weg finden, dir zu helfen. Aber ich kann nicht mehr um den heißen Brei herumreden.« Sein Ausdruck verlor die Strenge. »Liebes, warum zwingst du dich, zu glauben, dass sie noch am Leben ist und sich von dir fern hält? Begreifst du denn nicht, dass dich das mehr verletzt, als es die Wahrheit je könnte?«

»Was weißt du von der Wahrheit? Du bist ein kleiner Mann mit einem kleinen Geist. Du kannst es nicht verstehen.«

»Hört auf. Beide«, bat Rabia.

»Erzähl mir, was ich nicht verstehen kann«, sagte Dad. »Na los. Erklär es mir.«

Ich griff nach meiner Handtasche, die über der Stuhllehne hing. Omis Briefe waren darin. Ich berührte die Tasche, als wäre sie ein Talisman. Wenn er noch am Leben war, dann war alles möglich.

»Dad, bald wirst du sehen, was für seltsame Dinge auf der Welt möglich sind. Dann wirst du es verstehen.« Ich ging an ihm vorbei in mein Schlafzimmer und verschloss die Tür hinter mir.

***

Jetzt gibt es nichts weiter zu tun, als zu warten.

Er steht mir gegenüber, der Fernseher, reflektiert das Zimmer in grauem Konkav. Ich komme mir vor wie ein wildes Tier, das sich mit diesem magischen Kasten erst vertraut machen muss und das Grau – in dem sich nichts regt, außer ich rühre mich – abziehen und darunter die Schichten farbiger Bilder finden möchte, die gestern so schnell vorüberzogen, dass sie den Eindruck ununterbrochener Bewegung vermittelten.

Die Speichellecker brachten das Fernsehgerät und den Videorecorder. Spät, spät am Abend. Ganz früh am Morgen, um genau zu sein. Ich erwachte und hörte sie im anderen Zimmer, und als ich nachsehen ging, was sie dort taten, sagten sie, ich solle mich setzen und etwas anschauen. Sie schalteten den Fernseher ein, und alles, was ich sah und hörte, waren grauweiße Flecken und statisches Rauschen. Ich hatte so lange keinen Fernseher mehr gesehen, dass mich sogar dieses Störbild faszinierte. Läuse, die auf dem Kopf eines Mannes in mittleren Jahren herumhüpfen, sagte ich zu den Speichelleckern. Ich musste mich setzen, und sie legten das Band ein. Ein einzelnes Wort auf Urdu tauchte auf dem Bildschirm auf. Das erste Wort auf Urdu in so langer Zeit. Und dann betrat mein alter Freund, mein alter Macbeth, ein Zimmer. Nein, vermutlich waren wir nie richtige Freunde. Ich übersetzte ein Stück, er spielte darin, wir sind uns ein-

oder zweimal begegnet. Aber er gehört zu meinem anderen Leben, und ich erkannte ihn mit einer Freude wieder, die unter normalen Umständen dem Wiederfinden eines lange verlorenen Zwillings angemessen wäre.

Und als mir klar wurde, dass es Karatschi war. Oh, dieser Augenblick. Was war es? Er sagte etwas. Er sagte: Das ist nicht Funland. Funland! Ich hatte seit Jahren nicht mehr daran gedacht, aber als er es sagte, erinnerte ich mich, dass ich mit Aasmaani dort war und sie dieses Karussell liebte, wie hieß es? Hurdy-Gurdy. Zeigt mir die Welt draußen, schrie ich die Bilder an. Ich hatte die passive Kunst des Fernsehens verlernt. Zeigt mir das Meer, bitte zeigt mir das Meer. Aber es waren nur Innenräume. Die Werbeunterbrechungen waren herausgeschnitten. Nie zuvor wollte ich so verzweifelt Werbung sehen. Was wird verkauft, wie wird es verkauft? Sechzehn Jahre des Lebens außerhalb der Welt, und plötzlich war ich gierig nach jeder Art von Wissen. Ich betrachtete die Mode. Die Frauen waren nicht von Kopf bis Fuß bedeckt, das war eine große Erleichterung. Die jüngeren Schauspielerinnen trugen sehr kurze Ärmel und Ausschnitte, die fast etwas enthüllten, und stromlinienförmige Shalwars, die nahezu als Hosen durchgehen konnten. Kameezes, die kürzer waren, als ich mich erinnerte, aber nicht so kurz wie in den Siebzigern. Und kompakte Frisuren. Gott sei Dank. Das hoch aufgetürmte Haar, das wir ertragen mussten, als ich zum letzten Mal an der Welt teilhatte, war einfach nur peinlich.

Wer hätte es jemals für möglich gehalten, dass ich Kleidung und Frisuren betrachtete?

Aber ich verstand nicht, warum ich das ansah. Und warum die Speichellecker herumstanden und mich beobachteten, als wollten sie später einen Bericht über meine Reaktionen verfassen. Ich verstand es nicht, aber ich sah weiter fern, und schließlich kam eine Außenaufnahme. Ein Flughafen. Groß und neu, aus Marmor und sauber. Oben auf dem Gebäude die Worte »Quaid-e-Azam International Airport« in großen Buchstaben.

Karatschi hat einen neuen Flughafen?, sagte ich zu den Speichelleckern.

Sie antworteten nicht, aber einer – der mir schon früher Zeichen von Sympathie entgegengebracht hatte – nickte kurz.

Dann vergaß ich sie. Vergaß alles.

Denn sie stieg aus einem Flugzeug, setzte den Fuß auf die Landebahn und schaute sich um, blickte, als würde sie einen Himmel sehen, den sie lange Zeit entbehrt hatte: Shehnaz. Fast bevor ich glauben konnte, dass wirklich sie es war, wandte sie den Blick dem Sonnenuntergang zu, und dann folgte ein Schnitt zu einem anderen Sonnenuntergang, und da war sie wieder, schwanger, am Strand.

Ich weiß nicht, warum ich keinen Herzinfarkt hatte. Shehnaz und die Wellen, Macbeth neben ihr, und ich sagte zu den Speichelleckern: »Stopp. Pause. Anhalten.« Sie sahen mich nur an, und ich stand auf, stolperte, fiel hin und kroch zum Recorder, meine Hände die Hände eines zitternden alten Mannes, als ich auf »PAUSE« drückte, um den Augenblick einzufrieren.

Ich legte die Hand auf den Bildschirm. Berührte das Wasser. Die Wellen nahe am Strand verneigten sich in einer Geste der Selbstauslöschung, den Bruchteil einer Sekunde von ihrer Vollendung entfernt. Ich berührte den Sand, zuerst, wo er nass war, dann, wo er trocken war. Ich berührte Shehnaz' Gesicht, ihre Schultern, die Wölbung ihres Bauches. Ich legte die Stirn an den Bildschirm, schlang die Arme um das Gerät und versuchte, den Geruch des Ozeans einzuatmen, den Duft ihrer Haut. Ich weiß, wie ich in den Augen der Speichellecker aussah: ein wimmernder alter Mann, der versucht, einen Fernseher zu lieben. Es war mir gleichgültig. Würde habe ich längst hinter mir gelassen.

Nach einer Weile löste ich mich von dem Gerät und drückte auf »PLAY«.

Und da warst du.

Bitte mich nicht, erneut zu durchleben, was ich empfand. Ich kann die Gefühle nicht in Worte fassen. Drei der Speichellecker blickten weg; sie konnten nicht mit ansehen, wie meine Emotionen über den Boden schwappten.

Süße, süße Folter, das war es. Bis zu diesem Augenblick war mir nicht klar, wie sehr mich mein Peiniger hasst. Seit fast siebzehn Jahren bin ich hier eingesperrt, und man sollte meinen, daran bestünde kein Zweifel. Doch seit geraumer Zeit glaubte ich, dass er mich für ein Haustier hält, nicht zahm genug, um aus dem Käfig gelassen zu werden, nicht interessant genug, um mich persönlich zu besuchen. Aber mich das ansehen zu lassen, während seine Speichellecker dabei zuschauen, wie ich heule und um mich schlage, und mir anschließend erzählen, dass es sich um eine neue Fernsehserie handle und sie mir jede Woche eine neue Folge bringen würden, solange sie liefe, aber wer wüsste schon, wie lange das wäre. Um all das zu tun, muss er mich abgrundtief hassen.

Wurde ich für seinen Geschmack zu bequem? Zu resigniert?

Oder täusche ich mich? Amüsiere ich ihn einfach nur? Der rebellische Dichter, der zu einem Fernsehjunkie wird.

Aber abgesehen davon, ist es mehr als nur ein bisschen unterhaltsam. Du und ich wissen natürlich, dass ich schon immer, auch als es um nichts Persönliches ging, eine schreckliche Schwäche für das Fernsehen hatte. Noch dazu auf niedrigstem Niveau. *Drei Engel für Charlie*! Ich liebte die Mädchen. Du konntest dich nie entscheiden, ob du sie gutheißen solltest oder nicht. Ich sagte: Warum darf der Feminismus nicht Dekolleté tragen? Wir standen in deinem Schlafzimmer. Du zogst drohend eine Augenbraue in die Höhe. Ich sagte: Willst du mir etwas an den Kopf werfen? Ja, sagtest du. Deine Hand wollte nach dem Kopfkissen greifen, aber dann langtest du nach oben – mit einer deiner raschen Bewegungen – zum Kragen deines Hemds, zogst den Kameez über den Kopf und warfst ihn nach mir.

Schnell!, sagte ich. Der Vorhang ist offen. Man kann hereinsehen. Bück dich. Ich zog dich aufs Bett. Du lachtest, und ich legte die Hand auf deinen nackten Bauch und spürte, wie die Muskeln sich darunter bewegten. Du legtest den Arm um meinen Nacken, als ich mich vorbeugte, um deine Schulter zu küssen, und als du sprachst, klang deine Stimme eindringlich. Liebe nie jemand anderen als mich, sagtest du.

Samina, bist du noch am Leben?

Sie haben mir gesagt, dass du tot bist. Die Speichellecker. Eines Morgens vor vielen Jahren. Es war dein Geburtstag, und es ist mir nie gelungen, dich so vollständig aus meinem Leben zu verbannen, dass du an diesem Tag nicht hier auftauchen würdest. Wochenlang denke ich nicht an dich, aber an jedem 8. Oktober bist du da, wenn ich erwache, schmiegst dich an mich, dein Bein über meinem Oberschenkel. Oh, dieses Glück.

Aber in jenem Jahr kamen die Speichellecker herein, ohne dass ich es bemerkte. Ich sang Puccini, schlug den Teig für ein Omelette und rief dir zu: Samina! Komm aus der Dusche, oder ich werde dich holen! Ich hörte Schritte in meinem Rücken und gestattete mir für einen Augenblick zu glauben, dass ich dein Shampoo riechen könnte. Aber als ich mich umdrehte, standen sie da. Einer sagte: Sie ist tot, reichte mir die neue Brille, um die ich seit langem gebeten hatte, und dann gingen sie wieder.

Seitdem haben sie kein Wort mehr darüber verloren und lassen sich nicht in ein Gespräch über dich verwickeln.

Meine Liebe, ich glaube, ich hätte deinen Tod mit Fassung ertragen. Ich glaube, ich hätte vor Schmerz geweint und dann vor Dankbarkeit für jede Sekunde, die ich mit dir zusammen war. Aber dieses Nicht-Wissen. Diese Unfähigkeit zu unterscheiden, ob er die Wahrheit sagte oder nur ein Spiel mit mir trieb. Manchmal tun sie das – Spiele spielen. Einmal erzählten sie mir, dass Indien und Pakistan Atomwaffen getestet hätten; einmal erzählten sie mir, dass die Berliner Mauer gefallen wäre; einmal erzählten sie mir, dass Atlantis entdeckt worden wäre; einmal erzählten sie mir, dass ein Schaf geklont und Dolly genannt worden wäre (der absurde Name verriet die Lüge sofort); einmal erzählten sie mir, dass jetzt Gehirntransplantationen möglich wären, und wollte ich nicht einen Spenderausweis unterschreiben, damit meine Gedanken nach meinem Tod weiterleben würden; einmal erzählten sie mir, dass Mandela nach neunundzwanzig Jahren hinter Gittern eine Legende und frei wäre und die Welt nicht enttäuscht hätte. Ha! Kannst du dir vorstellen, dass sie versucht haben, mir das weiszumachen?

All das und mehr erzählten sie mir; manches widerriefen sie, manchmal widerriefen sie den Widerruf, manches weigerten sie sich zu diskutieren.

Es ist mir einerlei, was in der Welt draußen geschieht. Aber sag mir, ob ich um dich trauern soll oder nicht. Früher schrieb ich, dass es bedeutungslos sei, ob du am Leben bist oder nicht, weil ich dich nie wiedersehen würde.

Es ist von Bedeutung, meine Liebe. Es ist von Bedeutung.

Wenn du tot bist, werde ich eine Hand voll Kidneybohnen nehmen und über jeder ein Gebet murmeln, bevor ich sie auf ein weißes Laken werfe. Ich werde sie mit einem Knoten darin verschließen und die Speichellecker bitten, sie in eine Moschee zu bringen. Sie werden es tun. Sie sind Männer, die Rituale respektieren. Dann werde ich in den Garten hinausgehen, den ich jetzt pflegen darf, eine Hand voll Erde nehmen und meine Nase mit dem Duft der Erde füllen. Ich werde die Augen schließen, mich auf den Boden legen und mir jedes Detail deiner Beerdigung ausmalen. Wer da war, wer mir half, deine Leiche zu tragen – oder nein, andere mögen dich zum Grab tragen, aber ich werde darauf bestehen, dich in die Arme zu nehmen und ins Grab zu legen. Dann werde ich die Hand voll Erde wieder auf den Boden werfen, sie verteilen und eine Blume darauf legen. Vierzig Tage lang werde ich jeden Tag zu dieser Stelle gehen und eine frische Blume darauf legen. Und wenn die Trauerzeit vorbei ist, wird es nie wieder einen 8. Oktober geben, an dem ich erwache und deinen Körper an meinem spüre, und in diesem Wissen werde ich Frieden finden.

Es ist so einsam hier ohne dich. Aber noch einsamer ist es, wenn du kommst und wieder gehst, und ich nicht weiß, ob es meine Einbildung war oder ein Gespenst.

XIX

Die über Kreuz gespannten Seile des Charpai kitzelten mich an den Knöcheln, als ich mich in den Schneidersitz setzte, die Füße unter den Oberschenkeln, um sie der Aufmerksamkeit der Moskitos zu entziehen. Mir gegenüber am splitternden Tisch beugte sich Ed über seinen Teller, seine Finger schwebten über dem Haandi-Huhn, dem Chapli-kakab, Daal und Raita, während er darüber nachdachte, welche Kombination er mit dem Naan aufnehmen sollte. Über uns funkelten mehr Sterne, als man in Karatschi je sehen könnte. Von jenseits der niederen Grenzmauer des Restaurants waren die Lastwagen auf der Autobahn zu hören. Eine Gruppe Männer und Frauen trat durch das Tor und wurde in das »Familienabteil« geführt, wo Ed und ich bislang die einzigen Gäste waren.

Es war zwei Tage nach Eid. Vor ein paar Minuten hatte ich beschlossen, an Wunder zu glauben.

Ich blickte hinunter auf die verschlüsselten Seiten in meinem Schoß und dann auf die entschlüsselte Version, die ich gerade auf die Rückseiten von fünf Speisekarten geschrieben hatte. Der Brief war heute in einem nicht frankierten Umschlag eingetroffen. Ed vermutete, dass jemand ihn durch den Briefschlitz im Tor geworfen hatte, obwohl niemand dabei beobachtet worden war. Er hatte mehrmals nachgefragt. Auf dem Umschlag befand sich ein Reifenabdruck, der nichts bewies. Als er aus dem Fitnessstudio nach

Hause gekommen war, war er darüber gefahren, ohne es zu bemerken. Nachdem er ausgestiegen war, sah er den Reifenabdruck auf einem weißen Rechteck, war näher gegangen und hatte die Handschrift erkannt. Er stieg wieder ins Auto und fuhr direkt zu meiner Wohnung, der Brief im Handschuhfach. Während der langen Fahrt zu diesem Restaurant hatte er mir nichts davon erzählt.

Wir sprachen während der Fahrt weder über Mütter noch Codes noch *Boond*, sondern über die gewöhnlichen Dinge in unserem Leben. Wir redeten über Musik, Filme, die Zeit in der Schule und auf der Universität, die verschiedenen Jobs, die wir gehabt hatten, die Leute, die wir gemeinsam kannten. Er erzählte mir, warum er Basketball Kricket vorzog. Ich sagte, er sei ein Dummkopf. Er schilderte, wie er in New York an Thanksgiving aufgewacht war, das Fenster geöffnet hatte und Federn in der Luft schwebten – ein unerklärliches Ereignis. Ich erzählte ihm, wie ich am Strand von Karatschi einen sterbenden Delphin gefunden hatte, seine dunkle Haut wie Gummi, seine großen Augen sanftmütiger als menschliche Augen. Erst als wir vor dem Restaurant vorfuhren, öffnete er das Handschuhfach und reichte mir den Umschlag.

»Ich will dabei sein, wenn du den Brief liest. Hast du was dagegen?«

Ich hatte überhaupt nichts dagegen. »Aber du musst still sein, während ich ihn entschlüssele. Schaffst du das?«

Er schaffte es mit erstaunlicher Geduld, fragte nicht einmal nach, als ich sagte: »Das kann nicht sein. Das kann nicht sein«, als die Buchstaben zu Wörtern wurden und die Wörter einen Sinn ergaben, und ich die entschlüsselte Version mehrmals lesen musste, weil ich Angst hatte, sie falsch zu deuten, bis ich sie schließlich akzeptieren konnte.

Ich legte die Speisekarten zwischen uns auf den Tisch. »Er hat die erste Folge von *Boond* gesehen.«

»Wa-?« Er sprach mit vollem Mund, aber das Fragezeichen am Ende war nicht zu überhören.

Ich deutete auf die Speisekarten. »Lies. Lies, Ed.«

Während er las, lehnte ich mich auf dem Charpai zurück und zog das Schultertuch fest um mich. Ed schob den Teller mit den Kababs zu mir, aber an Essen war nicht zu denken.

Es gab so viel anderes, was mich beschäftigte. Er hatte die Folge gesehen und würde noch mehr sehen, ja, das schien wichtig. Vermutlich war es wichtiger, als mir klar war. Meine Gedanken schweiften zu anderen Dingen. Als ich meinen Namen gelesen hatte, hatte sich mir fast der Magen umgedreht, so wie damals, als ich mit ihm Hurdy-Gurdy gefahren war. Ihm war immer schlecht, wenn er ausstieg. Und der Absatz über *Drei Engel für Charlie*. Liebe, Gelächter und Verlangen flackerten zwischen Mama und Omi auf und brachten meine Erinnerungen wieder ins Lot, die durch die früheren Seiten mit den Vorwürfen der Perversion stärker, als ich mir selbst hatte eingestehen wollen, erschüttert worden waren.

Ich schloss die Augen und ließ meine Gedanken wandern. Sie blieben am Ende des Textes hängen, wo mir der Atem gestockt hatte.

Aber noch einsamer ist es, wenn du kommst und wieder gehst, und ich nicht weiß, ob es meine Einbildung war oder ein Gespenst.

Ich kannte diese Einsamkeit genau, dieses zermürbende Gefühl der Verlassenheit, das noch schlimmer wurde, weil ich es allein tragen musste; alle anderen hatten sie vor Jahren aufgegeben. Mir war nicht klar gewesen, wie sehr ich mich nach einem Gefährten für meinen Schmerz gesehnt hatte, bis ich am Ende des Briefes zum ersten Mal eine Stimme hörte, die meine Träume verstand. Vor allem den Traum von der Meerjungfrau. Den Traum von einer Beerdigung ohne Leiche und die vorweggenommene Erlösung durch ein Ritual des Abschieds.

Ich öffnete die Augen. Der Himmel war nahezu unerträglich schön. Und erst jetzt stellte ich mir endlich die Frage, die ich mir die ganze Zeit nicht gestellt hatte: Wessen Leiche war vor fast siebzehn Jahren auf dem unbebauten Grundstück gefunden worden? Wer war der Mann gewesen, der bis zur Unkenntlichkeit entstellt wurde, nur weil er den gleichen Körperbau hatte wie der Dichter? Jemand ohne Bedeutung. Jemand, dessen Verschwinden keine Schlagzeilen machte, dessen Verwandte nicht einflussreich genug waren, um auf Nachforschungen zu bestehen. Hatte in all diesen vielen Jahren eine Frau darauf gewartet, dass ihr Mann nach Hause käme, war ein Kind aufgewachsen in dem Glauben, dass sein Vater es verlassen hatte? Wenn ich die Identität der Leiche herausfände, wäre es ein wohltätiger oder ein brutaler Akt, seine Verwandten aufzusuchen und ihnen zu erklären, dass er nicht mehr kommen würde, und wie er gestorben war?

»Das ist unglaublich.« Ed legte die Speisekarten auf den Tisch. »Und unheimlich.«

»Unheimlich?«

»Warum sollte ihm jemand Fernseher und Videorecorder bringen, nur damit er *Boond* sieht?«

»Um ihn mit dem Anblick meiner Mutter zu quälen. Ed, wie deine Mutter das gemacht hat, war unglaublich. Ich weiß nicht, ob du jemals gesehen hast, wie Mama geraucht hat, aber Shehnaz hat es so haargenau getroffen ...«

»Das heißt, wer immer den Dichter gefangen hält, kannte deine Mutter. Kannte sie so gut, dass er sie in der Darstellung meiner Mutter wiedererkannt hat.«

»Ja.« Es war ein Triumph. Der erste Hinweis auf die Identität desjenigen, der den Dichter gefangen hielt.

»Es passiert alles so schnell«, sagte Ed. »Es sind gerade mal achtundvierzig Stunden vergangen, seitdem die Sendung ausgestrahlt wurde.«

»Es gibt noch eine andere Frage. Wer immer es ist, warum hat er *Boond* aufgenommen? War es reiner Zufall? Er hat es aufgenommen, Shehnaz gesehen und beschlossen, es dem Dichter vorzuführen. Oder ...«

»Oder?«

Ich zuckte die Achseln. »Mir fällt kein ›oder‹ ein. Vermutlich war es so.« Ich log. Es gab durchaus noch eine andere Möglichkeit. Wenn Shehnaz Saeed etwas mit der Verschwörung zu tun hatte, dann wäre das die Erklärung. Wenn sie diese Szene so gespielt hatte, um sie dem Dichter zu schicken und ihn vor Sehnsucht nach meiner Mutter weinen zu lassen. Ich löffelte Daal auf meinen Teller und aß, nur damit ich etwas zu tun hatte.

»Was ist?«

Ich lächelte ihn an. »Nichts. Ich bin einfach überwältigt.« Wenn Shehnaz Saeed in der Sache steckte, wusste Ed nichts davon. Dessen war ich jetzt sicher. Ich war mir seiner sicher.

»Ich habe eine Idee«, sagte er. »Vielleicht ist es verrückt. Aber ich habe ganz eindeutig eine Idee.«

Er bedeutete dem Kellner, die Rechnung zu bringen. »Ich muss zu STD. Ich muss dort etwas tun. Du kannst den Rest des Essens mit nach Hause nehmen.« Ich winkte ab. »Tut mir Leid. Ich weiß, dass ich mich seltsam verhalte. Aber es gibt einen Grund dafür. Ich schwöre es. Morgen wirst du es begreifen. Oder auch nicht. Wenn ich es erst mal durchdacht habe, ist vielleicht nichts mehr übrig. Aber das glaube ich nicht. Ich glaube, dass ich sehr wohl etwas finden werde.« Er stand auf, hüpfte nahezu vor Aufregung.

Ich war mehr als froh, dass wir das Restaurant verlassen und keine Gespräche führen würden, in denen ich womöglich meinen Verdacht geäußert hätte. Lächerlich, ich benahm mich lächerlich. Beema hatte gesagt, dass ich ihr vertrauen könnte, und Beemas Instinkte waren verlässlicher als meine.

Obschon auch mein Instinkt mir sagte, dass ich ihr vertrauen konnte. In ihrer Gegenwart konnte ich mir nicht vorstellen, dass sie in ein Täuschungsmanöver involviert war. Nur wenn sie nicht da war, wenn ich die Beweise betrachtete und daran dachte, dass Ed seine Mutter als ein Wesen von überwältigendem Narzissmus beschrieben hatte, fragte ich mich, ob ihre Sanftmut nur gespielt war.

Wenn ja, dann spielte sie so gut, dass sie mich sogar jetzt noch überzeugte. Es fiel mir leichter zu glauben, dass Shehnaz Saeed manipuliert wurde, als sie ein Netz spinnen zu sehen, in dem sie, ihr Sohn und ich gefangen waren.

Ed zahlte, unterband meine Versuche, nach meiner Geldbörse zu greifen, und wir verließen das Restaurant. Während der Rückfahrt schwiegen wir beide; es war ein zerstreutes, aber angenehmes Schweigen. Meine Hand lag auf seiner Schulter, und wenn seine linke Hand nicht mit Schalten beschäftigt war, streichelte er meine Finger. Leise Musik schwebte aus den offenen Wagenfenstern – ich hatte den Sänger nie zuvor gehört, dessen Stimme bei jedem Stück die Grenze zwischen weich und einschläfernd zu überschreiten drohte, es jedoch nicht tat.

Als er vor meiner Wohnung vorfuhr, sagte ich: »Kommst du noch mit rauf?«

»Natürlich. Aber nicht heute Abend.« Er zog mich kurz

an sich und küsste mich flüchtig – auf der Einfahrt kamen Nachbarn auf uns zu, und selbst dieser kurze Kuss war riskant –, dann ließ er mich los und grinste wie ein Junge, der in einer fremden Küche einen Keks gestohlen hatte. »Frag mich morgen wieder. Vielleicht bin ich dann dein Held.«

»Eigentlich will ich nur ein Spielzeug«, sagte ich, stieg aus und blies ihm eine Kusshand zu.

Er fuhr mit einem Kreischen der Reifen davon, das ganz allein für die Nachbarn bestimmt war.

Ich lächelte, als ich die Treppe hinaufging und auf Rabia, Shakeel und Dad traf, dic herunterkamen.

»Wo warst du?«, beschwerte sich Rabia. »Dad fliegt in einer Stunde. Wir müssen zum Flughafen.«

Ich blickte meinen Vater schuldbewusst an. Nachdem ich mich gestern in meinem Schlafzimmer eingesperrt hatte, war ich stundenlang nicht mehr herausgekommen, und als ich es tat, weigerte ich mich, mit Dad über meine Mutter zu sprechen. Und so hatten wir während der letzten vierundzwanzig Stunden wieder über Kricket und Reparaturen im Haushalt geredet. Tagsüber hatte er mein schiefes Bücherregal begradigt, rostige Angeln geölt und an den Leitungen unter der Küchenspüle, die mir bislang keinen Grund zur Klage gegeben hatten, herumhantiert. Abends war er mit Rabia und Shakeel zu seinem Haus gefahren, um die Renovierungsarbeiten zu kontrollieren, und ich sagte, ich würde für uns alle ein Abendessen kochen. Aber dann war Ed gekommen, um mich zu entführen, und ich hatte eine Notiz hinterlassen: »Tut mir Leid. Habe frühere Verabredung vergessen. Mache es demnächst wieder gut.«

»Ich wusste nicht, dass du heute schon fliegst.«

»Wenn du möchtest, kann ich bis morgen bleiben«, sagte Dad.

»Nein. Nein. Du musst zu Beema zurück. Sie braucht dich.«

»Du kommst doch mit zum Flughafen, oder?«, sagte Rabia zu mir, ihr Tonfall war streitlustig.

Ich schaute immer noch meinen Vater an. Der junge Mann, der mit Mama auf den Straßen von Karatschi »Feigling« gespielt hatte. Eines Abends, als ich betrunken war, hatte ich mit Freunden von der Universität geplaudert und gesagt: »Nicht dass ich mir jemals vorgestellt hätte, wie ich gezeugt wurde, aber ich bin sicher, dass es reiner Zufall war. Meine Mutter muss im Dunkeln mit meinem Vater zusammengestoßen sein.«

Als Paar hatten sie keine Chance, das wusste ich schon immer. Aber seitdem ich am Vorabend mit Dad gesprochen hatte, konnte ich glauben, dass sie es beide – nicht nur er – eine Zeit lang nicht gewusst hatten. Und während dieser Phase wurde ich vielleicht gezeugt.

»Flughafenabschiede sind schrecklich«, sagte Dad. Er kam die Treppe herunter, bis er eine Stufe unter mir stand und wir gleich groß waren. Er umarmte mich. »Wir sind mit dem Thema noch nicht fertig. Wir machen bloß eine Pause.« Er küsste mich auf die Wange und ließ mich dann los. Am Fuß der Treppe drehte er sich noch einmal um. »Wenn sie noch am Leben wäre, würde sie es dich wissen lassen. Sie hat dich geliebt.«

Nachdem sie losgefahren waren, ging ich hinauf, setzte mich auf die niedrige Mauer aus Zement, die meinen Balkon umgab, und lehnte mich mit dem Rücken an die Hauswand. Die Temperatur war um einiges gesunken, und zwischen meinem kurzärmeligen Shalwar-kameez aus Baumwolle und der Luft aus Glas und Glitzer befand sich nur mein Schultertuch.

Ja, sie hatte mich geliebt. In den Jahren, die sie mit Omi zusammen war, hatte sie mich geliebt. Aber dann starb Omi, und sie brach mit dieser Gewohnheit. Ich konnte es Dad, Rabia und Beema nicht erklären. Ich konnte nicht sagen: Ihr wollt wissen, was meiner Meinung nach mit ihr passiert ist? In Ordnung. Okay. Folgendes: Sie erkannte, dass alles, woran sie geglaubt hatte, falsch war. Sie sah die Vergeblichkeit – ihres Engagements, der Demonstrationen, des friedlichen Widerstands, all der Dinge, die ihre Identität ausmachten. Deswegen beschloss sie, die Frau auszulöschen, die sie so lange gewesen war. Das geschah mit meiner Mutter. Sie warf ihre eigene Haut ab und wurde jemand anders, jemand ganz anders. Es dauerte, aber sie war geduldig und entschlossen. Mein Gott, sie war entschlossen. Sie ließ alles los, was sie an ihre Vergangenheit band. Alles, auch mich. Und als sie begriff, dass es ihr hier nicht gelingen würde, weil der Ort und wir alle zu viele Erinnerungen an die Frau hatten, die sie gewesen war, ging sie fort. Sie und der Dichter kannten so viele Menschen, die aus diesem Land spurlos verschwinden mussten. Sie wusste, dass es zu bewerkstelligen war. Und sie wusste auch, wie.

Ich könnte es meiner Familie nie erklären, weil sie alle nicht zugeben konnten, dass ein solch ungeheuerlicher Akt möglich war.

Sie machte sich keine Illusionen über die Brutalität ihrer Tat. Deswegen weinte sie, als Rabia sie mit ihrem Egoismus konfrontierte. Sie wusste genau, was sie tat, und ließ nicht locker. Deswegen kehrte sie auch nie zurück. Weil sie wusste, dass das, was sie tat, unverzeihlich war. Sie wusste es, bevor sie ging. Damals befand sie sich in einem komaähnlichen Zustand, lag im Bett, den Blick ins Leere gerichtet. Das waren die Tage, als das Entsetzen über ihre eigene Entscheidung sie lähmte. Sie wusste genau, was sie tat, und kannte den Preis, den sie von uns, die wir sie liebten, forderte. Und sie wusste auch, der Preis, den sie von sich selbst forderte, bestand darin, dass sie ihre Meinung nicht mehr ändern konnte. Sie konnte nicht zurückkommen und sagen: Verzeiht, was ich euch angetan habe, aber hier bin ich, und alles ist wieder in Ordnung.

Aber, Mama, du irrst dich: Du kannst zurückkommen. Und ich werde dir vergeben.

Ich zog das Tuch fester um mich, und zum ersten Mal in meinem Leben fragte ich mich, ob ich es wirklich könnte. Könnte ich ihr die Person verzeihen, zu der ich seit ihrem Verschwinden geworden war?

Würde ich ihr verzeihen, wenn sie nach den vielen Jahren, in denen sie nicht wegen mir zurückgekommen war, wegen Omi zurückkehrte?

Waren die Schuldzuweisungen zu einer Sucht, zum wichtigsten Merkmal meines Charakters geworden? Wenn sie zurückkäme, könnte ich dann das Gewicht meiner beständigen Vorwürfe im Zaum halten? Müsste ich jede ihrer Handlungen als Zeichen von Verrat und Im-Stich-Lassen interpretieren?

Fragen und keine Antworten. Mein Leben schien randvoll davon.

Aber Omi würde mir die Antworten geben. Er würde zurückkommen und mich lehren, das Mädchen zu sein, das ich hätte sein können. Er würde mich lehren, vorwärts zu gehen, statt alte Wunden zu umrunden. Er würde es mich lehren – und ich würde es an Ed weitergeben.

Es klingelte an der Tür, und ich lächelte. Dad war dafür berüchtigt, dass ihm auf halbem Weg zum Flughafen etwas Wichtiges einfiel, das er vergessen hatte.

Aber als ich die Tür öffnete, stand ein unbekannter Mann davor. Seine Hände waren viel zu klein für seinen Körper, und ich weiß nicht, warum ich mich deswegen bedroht fühlte.

»Sie leben allein«, sagte er.

Mit einer Schnelligkeit, die ich mir nicht zugetraut hätte, schlug ich die Tür zu und verriegelte sie.

Aus dem Flur drang kein Geräusch zu mir, aber als ich einen Schritt zurücktrat, sah ich in dem kleinen Spalt unter der Tür den reglosen Schatten seiner Füße. Dann folgte ein leises Klopfen. Er wusste, dass er sich nicht anstrengen musste, um sein Ziel zu erreichen.

»Madam«, sagte er leise. »Ich möchte nur, dass Sie sich das anschauen.«

Unter der Tür wurde ein Blatt Papier durchgeschoben und blieb vor meinen Füßen liegen.

Ich hob es auf. Zwischen Wortreihen befand sich das Farbphoto eines Mannes, der auf dem Boden lag, sein Kopf in einer Blutlache.

Ich wusste augenblicklich, dass sie Omis Briefe abgefangen und ihn umgebracht hatten. Und jetzt waren sie gekommen, um mir mitzuteilen, was sie getan hatten. Mehr brauchten sie nicht zu tun.

Die Legende unter dem Bild lautete: DAS KÖNNTEN SIE SEIN.

Die Stimme jenseits der Tür sagte: »Madam, es wird nicht lange dauern.«

»Ihr Dreckskerle.« Keine Angst, nur Wut.

»Madam?«

Und dann blickte ich wieder auf das Papier in meiner Hand. SECURE-CITY SECURITY stand oben auf der Seite.

Es war die Broschüre der privaten Sicherheitsfirma, die vor kurzem damit beauftragt worden war, unseren Wohnblock zu schützen. In einem Rundschreiben war der Besuch eines Firmenvertreters angekündigt worden, der sich mit jedem einzelnen Bewohner ins Benehmen setzen sollte.

Aus meinen Beinen war alle Kraft gewichen, und ich musste mich an die Wand lehnen.

»Madam?« Die Stimme klang jetzt besorgt.

»Tut mir Leid«, sagte ich. Meine Lippen fühlten sich taub an. »Bitte kommen Sie ein andermal wieder.«

»Entschuldigen Sie die Störung.« Schritte entfernten sich von der Tür. Dann hielten sie inne, und der Mann sagte: »Seien Sie unbesorgt, wir sind rund um die Uhr im Dienst.«

Wieder Schritte – zur Treppe, die Treppe hinunter.

Nur der Mann vom Sicherheitsdienst, sagte ich mir. Aber warum hatte er nicht nebenan bei Rabia und Shakeel geklingelt? Ich lehnte mich über die Balkonbrüstung und schaute hinunter. Zehn, zwölf Sekunden verstrichen. Er sprach zweifellos mit den Nachbarn unter mir. Aber dann trat er von der Treppe auf die Einfahrt, zündete sich mit seinen kleinen Händen eine Zigarette an und ging zum Tor.

Ich lief in die Wohnung und rief eine Nachbarin an.

»Der Mann vom Sicherheitsdienst?«, sagte sie. »Jede Menge von ihnen waren heute da. Zu mir kamen sie heute Nachmittag, als ich geschlafen habe, 9D haben sie heute Morgen um sieben geweckt. Was soll das? Warum berufen sie nicht eine Mieterversammlung ein und machen alles in einem Aufwasch?«

Das ist nichts Bedrohliches, sagte ich mir, als ich auflegte. Nichts daran ist bedrohlich.

Nachts lag ich wach und sagte mir diesen Satz immer wieder vor, und als ich schließlich einschlief, träumte ich, dass ich mich in trübem Wasser durch Pflanzengewirr kämpfte, vor mir eine Biegung des Flusses, die zu sonnenbeschienenem Wasser und fliegenden Reihern führte, wenn ich mich nur von den kleinen Händen befreien könnte, die mich festhielten.

XX

Als ich am nächsten Morgen STD betrat, herrschte eine nahezu mit den Händen greifbare Siegesstimmung. Telefone, E-Mails, Websites, Internet-Chatrooms, Zeitungen – alle Medien waren voll des Lobs für Shehnaz Saeeds Comeback. Und deswegen ging es heute – der erste Tag, an dem die meisten von uns nach den Eid-Feiertagen wieder arbeiteten – zu wie in einem Schulkorridor zwischen zwei Schulstunden. Alle Ängste der vergangenen Nacht erschienen mir jetzt absurd.

»Hast du es gesehen, yaar, diesen Augenblick? Oh mein Gott, dieser Augenblick.«

»Als Shehnaz …?«

»Ja, ja. Mann, wow.«

»Wer hat es aufgenommen? Ich muss das Ganze noch mal sehen. Dieser Blick, als sie ihre Tochter sieht.«

»Aufgenommen? Aufgenommen? Oh, ehmuk, wir arbeiten bei STD. Wir haben die Originalbänder.«

Und dann brach die Gruppe in nahezu hysterisches Lachen aus.

Wie hatte Shehnaz den Augenblick gespielt, als sie ihre Tochter wiedersah?

Eine Tür wurde geöffnet, und Kiran Hilal machte das Siegeszeichen. »Wir haben's geschafft!« Sie vollführte überraschenderweise ein paar anmutige Tanzschritte. Dann blieb sie mitten in einer Drehung stehen und wandte sich mir zu.

»Haben Sie eine Ahnung, warum Ed sich den Rohschnitt der zweiten Folge geholt hat? Er wird sich doch nicht einmischen wollen, oder? Angeblich ist er ein bisschen seltsam, wenn es um seine Mutter geht.«

Ich schüttelte den Kopf, zuckte die Achseln und lief los, um Ed zu suchen. Irgendwann in der Nacht war ich aufgewacht, und mir war zum ersten Mal in vollem Ausmaß klar geworden, was es für Omi bedeutet hatte, *Boond* zu sehen. Ich musste mich mit aller Kraft zusammenreißen, um Ed nicht anzurufen und nach seinem Plan zu fragen, sondern ihm stattdessen bis zum Morgen Zeit zu geben, wie er es sich erbeten hatte.

Als ich um die Ecke bog, sah ich Ed vor seinem Büro stehen und der Regisseurin von *Boond* nachsehen, die sich von ihm entfernte. Auf halber Länge des Flurs drehte sie sich um – als wäre ihr gerade eine Pointe eingefallen – und sagte: »Das ist Prostitution.«

»Nein, es ist eine Schachtel mit Kosmetiktüchern«, sagte Ed übertrieben geduldig, und die Regisseurin stürmte an mir vorbei.

Ed kam mir entgegen, fasste mich um die Taille und tanzte mit mir in sein Büro.

»Was?«, sagte ich lachend. »Was geht hier vor?«

»Product placement, Baby«, sagte er, schloss die Tür hinter sich, nahm eine Schachtel A-TISHOO-Kosmetiktücher von seinem Schreibtisch und drehte sie auf den Spitzen seiner Finger. »Am Tag, nachdem *Boond* gesendet wurde, rief ein alter Schulfreund von mir an, der in der Marketingabteilung der Firma arbeitet, die diese luxuriösen zweilagigen Himmelsfetzen produziert.« Er zog ein Kosmetiktuch nach dem anderen aus der Schachtel und warf sie in die Luft. »Und mein Freund sagte: ›Ed, yaar, erinnerst du dich noch, dass du uns gefragt hast, ob wir in *Boond* für unsere Produkte werben wollten, und ich nein sagte? Also, mea mucho culpa. Ist es jetzt zu spät? Können wir noch einsteigen? Wir zahlen den doppelten Preis.‹ Und ich sagte: ›Ali, yaar, ich glaube nicht.‹«

»Die Pointe, bitte.«

»Die Pointe sieht folgendermaßen aus. Gestern Abend, nachdem ich die entschlüsselten Seiten gelesen hatte, dachte ich – Product placement. Warum nicht? Statt für A-TISHOO einen Spot in den Werbepausen zu schalten, warum ihre Produkte nicht in jedem Haus und jedem Büro und auf dem Rücksitz jedes Wagens im *Boond*-Universum platzieren? Und die Leute bei A-TISHOO werden mit laufenden Nasen dafür zahlen.«

»Du hast Omis Brief gelesen und bist dadurch auf diese Idee gekommen, für STD Geld zu scheffeln?«

Er warf das letzte Kosmetiktuch nach mir. »Sei nicht albern. Schau dir das an. Es ist die letzte Szene der zweiten Folge, die in vier Tagen ausgestrahlt wird. Natürlich können wir nicht die ganze Folge neu drehen, nur damit ständig Schachteln mit Kosmetiktüchern im Bild sind. Aber wir können einen Anfang machen.« Während er sprach, schob er mich zu seinem Schreibtischstuhl und drückte eine Tastenkombination.

Eine Innenaufnahme tauchte auf dem Bildschirm auf. Ein Wohnzimmer, so geschmackvoll eingerichtet, dass es völlig unpersönlich wirkte. Einzig an einer auf einem Beistelltisch liegenden Zeitung erkannte man, dass es kein Ausstellungsraum in einem Möbelhaus war. Das Geräusch einer sich öffnenden Tür war zu hören. Dann betrat jemand, den die Kamera nicht zeigte, das Zimmer und legte etwas auf den Tisch. Die Gestalt drehte sich um und verließ den Raum wieder.

Die Kamera schwenkte auf den Tisch. Auf der Zeitung lag jetzt ein verblasstes Photo von Shehnaz Saeed, ihrem Ex-Mann und ihrer kleinen Tochter – Shehnaz' Augen waren ausgestochen.

Ed drückte auf eine Taste, und das Bild blieb stehen.

»Die Sache mit der schwarzen Magie?«, sagte ich.

»Vergiss es. Das ist die letzte Einstellung der Folge. Diese Einstellung bleibt stehen, während der Abspann darüber läuft. Verstehst du? Der Raum wird auch in weiteren Folgen benutzt. Sie können die Szene noch einmal drehen mit einer Schachtel Kosmetiktüchern auf dem Tisch. Sie kann fertig sein, bevor die Sendung ausgestrahlt wird.«

»Interessant. Eine Schachtel Kosmetiktücher in Folge zwei!«

»Das Interessante sind nicht die Kosmetiktücher, sondern die Tatsache, dass wir die Einstellung noch einmal drehen. Wir drehen die letzte Einstellung noch einmal, in der eine Zeitung auf dem Tisch liegt.«

Ich betrachtete die Zeitung genauer. Sie war auf der Lokalseite aufgeschlagen, auf der vor allem das Photo einer geborstenen Abwasserleitung zu sehen war.

»Aasmaani, du bist untypisch langsam. Es wird natürlich nicht mehr diese alte Zeitung rumliegen. Und wenn doch, werde ich hingehen, während sie drehen – von mir aus mit der Ausrede, dass das Logo der Schachtel mit den Kosmetiktüchern gut zu sehen sein muss –, und den Verantwortlichen für die Kulisse oder Requisite, oder was immer es ist, dafür bezahlen, dass er die heutige Zeitung auf den Tisch legt.« Er nahm die Morgenzeitung vom Schreibtisch und schlug das Kreuzworträtsel auf. »Auf dieser Seite.« Ich machte eine flehentliche Geste. Er seufzte und sprach langsam. »Folge zwei endet mit einer Einstellung, in der das

Kreuzworträtsel deutlich zu sehen ist. Es wird teilweise ausgefüllt sein. Ein paar Hinweise mit rotem Stift, die Aufmerksamkeit erregen. Hast. Du. Verstanden?«

Ich blickte von ihm zum Kreuzworträtsel zu dem roten Stift, den er mir hinhielt. Ich verstand.

Ich nahm den Stift.

»Etwas Einfaches«, sagte er.

Ich klopfte mit dem Stift auf meinen Handrücken, so dass die Spitze auftauchte und wieder verschwand. Etwas Einfaches. In zwei Reihen schrieb ich: JAZZ und FUGEN. Dann fügte ich an den ersten Buchstaben von FUGEN senkrecht das Wort FRASS an.

»Was sind Jazzfugen?«, fragte Ed, der mir über die Schulter geblickt hatte.

»Er wird es wissen. Omi wird es verstehen«, sagte ich und fuhr die Buchstaben noch einmal nach, damit sie klar und deutlich zu sehen waren. Ich schloss die Augen und lehnte mich zurück. Ich hörte nur das Zwitschern eines Spatzen draußen und meinen eigenen Herzschlag. Omi würde es wissen, Omi würde es verstehen. Und wenn ihm klar wäre, dass seine Worte nicht in der Stille verhallten, würde er anders schreiben. Er würde Hinweise geben, wo er festgehalten wurde. Wenn man sechzehn Jahre an einem Ort war, musste man irgendwelche Hinweise aufschnappen. Ein so schlauer, achtsamer Mann wie Omi hätte Hinweise aufgeschnappt. Er könnte mir sagen, wo ich ihn finden würde, und dann würde ich ihn nach Hause holen.

Ich würde ihn nach Hause holen. Er wäre wieder da. Gealtert, ja. Vielleicht zerbrechlich. An den Lärm der Stadt nicht gewöhnt, zweifellos. Am ersten Tag nach seiner Rückkehr würde ich mit ihm ans Meer gehen. Nur Omi und ich. Wir würden über den Sand zur Brandung gehen, träten abwechselnd in die Fußstapfen des anderen, so wie wir es getan hatten, als er noch auf den Zehenspitzen stehen musste, um in meine zu passen. Er würde ins Wasser waten, seine Finger – die geschwollen und gekrümmt wären von den vielen Malen, die die Speichellecker sie gebrochen hatten – knapp unter der Wasseroberfläche, und er würde mir winken, damit ich zu ihm käme. Und wenn sich die erste Welle vor uns auftürmte, würden wir beide laut schreien und in ihren Rachen tauchen, und wenn unsere Körper auf das Wasser träfen, in diesem Stich, in diesem Schlag, in diesem Purzeln und Taumeln wüssten wir, dass wir wieder am Leben sind.

Ich stand auf und legte Ed die Arme um den Hals. Er hob mich hoch und schwang mich herum.

»Ich werde mit ihm sprechen, Ed. Ich werde mit Omi sprechen. Mit meinem Omi.«

»Können wir auch über etwas anderes reden, bitte?«

Ich zog ihn am Ohr. »Mr Ed, Sie sind doch nicht eifersüchtig auf einen siebzig Jahre alten Mann?«

Ed ließ mich los, ich rutschte zu Boden und zerrte dabei an seinem Ohr. Wir schrien beide auf und starrten uns wütend an.

»Was?«, fragte ich.

Er nahm das Kreuzworträtsel. »Ich mache mich auf die Suche nach der Regisseurin, damit das erledigt ist.«

Ich hielt ihn am Ärmel fest. »Was? Was ist los?«

Er sah mich an und zuckte die Achseln. »Es ist nur eine Kleinigkeit. Eine winzige Kleinigkeit. Du wirst mich nie lieben, solange du von den beiden besessen bist.«

In diesem Augenblick liebte ich ihn ein wenig.

»Manchmal würde ich sie am liebsten verbrennen«, sagte er. »Wenn ich einen Umschlag in der Hand halte, bevor ich ihn dir gebe, möchte ich ihn am liebsten verbrennen.«

»Das darfst du nicht, du weißt, dass du das nicht darfst. Ed, versprich es mir.«

»Du brauchst kein Versprechen. Du weißt, dass ich es nicht tun werde. Ich kann es nicht.« Er sagte es, als würde er ein Urteil über sich fällen. Dann blickte er mich vorwurfsvoll an. »Obwohl du mir nicht sagst, was ›Jazzfugen‹ sind, werde ich sie nicht verbrennen.«

Ich ließ seinen Ärmel los. »Das ist der Schlüssel zum Code. Zwei Wörter aus dem Schlüsselsatz. Soll ich es dir erklären?«

Er küsste mich und hielt mein Gesicht in den Händen, und die Welt blieb stehen. Als er mich losließ, hatte sein Lächeln nichts Jungenhaftes.

»Nein«, sagte er. »Ich wollte nur, dass du es anbietest.«

Dann ging er mit dem Kreuzworträtsel los, um die Regisseurin zu suchen.

Ich holte tief Luft. Alle Teile fielen an ihren Platz. Ich ging in mein Büro, setzte einen Fuß vorsichtig vor den anderen. Plötzlich schien alles so prekär, es gab keinen Raum für Fehler. Fühlten sich so die Forscher, die nach verlorenen Schätzen suchten, wenn sie endlich die mit X auf der Karte gekennzeichnete Stelle fanden und wussten, dass es jetzt kein Zurück mehr gab? Überraschte es sie, dass sie statt der erwarteten Freude Angst empfanden?

In meinem Büro setzte ich mich und fuhr mit den Händen über die Risse im Stuhlleder. Heute war es kühl genug, um zum ersten Mal, seit ich bei STD arbeitete, auf den Ventilator zu verzichten, und ohne das Schwirren seiner Blätter fühlte sich das kleine Zimmer noch versiegelter an als gewöhnlich. Sechs Wochen. Es waren erst sechs Wochen vergangen, seit ich dieses Büro zum ersten Mal mit Ed betreten hatte.

War alles, was seitdem geschehen war, wirklich nur Zufall? Die Fragen, die mich hin und wieder irritiert hatten, konnten nicht länger beiseite geschoben werden. Die Botschaften des Dichters und ich waren in eine Welt der Reaktionen und Konsequenzen getreten. War es möglich, dass sich hinter dem Geschehen – die Briefe an Shehnaz, ihre Vermutung, dass sie verschlüsselt waren, das Kreuzen unserer Wege – kein ordnendes Prinzip verbarg? Merkwürdigere Dinge hatten sich zufällig ereignet. Aber es bestand auch die Möglichkeit, dass mit mir gespielt wurde. Was für ein Spiel wird mit meinem Leben gespielt, hatte der Dichter gefragt. Was immer es war, gehörte ich jetzt dazu? War ich auf dem Spielbrett platziert worden? Warum? Welcher Zweck steckte hinter seiner Gefangenschaft, was für ein Plan?

Aber auch wenn ich eine Figur in einem Spiel wäre, wie könnte ich anders handeln, wie könnte ich diese Gelegenheit ungenutzt verstreichen lassen? Wenn die Forscher wüssten, dass die Karte von einer boshaften Hand gezeichnet worden war, hinderte sie das daran, die Erde aufzugraben, um den Schatz zu bergen? Wenn auf der Kiste, die sie herausholten, »Eigentum der Pandora« stünde, brächten sie es dann noch über sich, sie in die Erde zurückzustellen, die Karte zu zerreißen und umzukehren?

Um ein Spiel zu verstehen, muss man den Geist verstehen, der es erschaffen hat. Trotz meiner detektivischen Arbeit war ich dem nicht näher gekommen als an dem Tag, an dem alles begonnen hatte. Während der letzten Wochen war es mir nur gelungen, gesehen zu werden, meine Nachforschungen zum Tod des Dichters öffentlich zu machen.

Jetzt kamen wir einer Lösung näher.

Ich schaltete meinen Computer ein und las meine E-Mails. Jede Menge Nachrichten mit dem Betreff *Boond*. Ich las ein paar, bevor ich sie alle löschte. Verspürten alle bei

STD das Bedürfnis, an Kollegen Mails zu verschicken, um die Meinung ihrer Freunde und Verwandten zur Sendung kundzutun?

Ich lehnte mich auf meinem Stuhl zurück. Wenn mein Leben eine beliebte Fernsehserie wäre, wie würde es dann weitergehen? Ich schickte dem Dichter mit Hilfe des Kreuzworträtsels eine Botschaft. Er wüsste, dass seine Texte zu mir gelangt waren. Er würde mir antworten. Details der Flora und Fauna, des Wetters. Er schriebe von einem kurzen, aber heftigen Regenschauer. Ich triebe einen Meteorologen auf. Mein Nachbar wäre zufälligerweise Meteorologe. Ich fragte ihn, wo hat es gestern geregnet, heftig und kurz wie eine große Leidenschaft? Er würde antworten, gestern gab es nur eine Wolke, hier über diesem Ort auf der Karte, dort hat es gestern geregnet. Ich erzählte niemandem davon und nähme keine Hilfe in Anspruch, aber ich fände diesen Ort, überlistete die Speichellecker und rettete den Dichter. Und irgendwo, weit weg, schlüge meine Mutter eine Zeitung auf und erführe von seiner Wiederauferstehung von den Toten. Daraufhin löste sich die Amnesie auf, unter der sie die letzten vierzehn Jahre gelitten hatte, und sie käme mit dem nächsten Flugzeug nach Hause.

Wäre das nicht das einzige Ende, das mich zufrieden stellen würde?

Ich wandte mich wieder dem Computer und den Mails zu. Eine der letzten Nachrichten stammte von meinem Vater.

In der Betreffzeile stand: Erinnerst du dich?

Ich öffnete die Mail. Sie bestand nur aus ein paar Sätzen und dem Link zu einer Website.

Das habe ich gerade gefunden. Zum ersten Mal, dass ich von dieser Seite erfahre. Mein Gott! Alles Liebe, Dad.

Ich klickte auf den Link, und der Audioplayer meines Computers wurde aktiviert.

Eine Stimme, die zu bemüht versuchte, entschlossen und vertrauenswürdig zu klingen, sagte: »Samina Akram, 2. Januar 1986, Karatschi. Im Gespräch mit Maulana Moin Haq.«

Die Stimme brach ab, und der Audioplayer lud die Sounddatei.

Ich war dort gewesen. Ich war im Publikum gewesen in einem Vortragssaal in Karatschi am 2. Januar 1986 und war Zeuge geworden, wie meine Mutter und der Maulana miteinander abrechneten – ein außergewöhnliches Zusammentreffen, das niemand für möglich gehalten hätte, und das nur stattfand, wie Omi sagte, weil beide, meine Mutter und der Maulana, von ihrer Fähigkeit überzeugt waren, den jeweils anderen in der Diskussion zu schlagen. Ich saß zwischen Omi und Beema in der ersten Reihe, und während der Moderator (die Bezeichnung amüsierte Omi über die Maßen) meine Mutter vorstellte, schnitten Omi und ich Grimassen, in dem Versuch, sie zum Lachen zu bringen, Beema dagegen zuckte bedauernd die Schultern. Als Omi sein Gesicht auf schauderhafte Weise verzog, war es der Maulana und nicht meine Mutter, der zu ihm blickte. Ich musste mich zusammenreißen, um beim Ausdruck auf seinem bärtigen Gesicht nicht laut herauszulachen, und wäre dabei fast vom Stuhl gefallen.

Ich rieb mir die Augen, und die Stimme meiner Mutter füllte den Saal. »Maulana Sahib, ist es zu viel verlangt, wenn ich Sie bitte, mich anzusehen, während ich spreche?«

Die sanfte Stimme eines Mannes antwortete: »Mohtarma, auch wenn Sie sich selbst und die Gesetze des Korans nicht genug achten, um in der Öffentlichkeit den Kopf zu bedecken, so achte zumindest ich Sie genug, um den Blick abzuwenden.«

»Die Gesetze des Korans?« (»Jetzt hat sie ihn!«, flüsterte Beema.) »Maulana Sahib, es ist mir zutiefst peinlich, einen so gelehrten Mann wie Sie daran erinnern zu müssen, was im Koran steht – und ich meine nicht Ihre Übersetzung, die ich mit Erstaunen und Verwunderung gelesen habe.« (Gelächter im Publikum.) »Im Koran gibt es, wie Sie sehr wohl wissen, zwei Verse, die Bezug nehmen auf die Kleidung der Frauen. Vers einunddreißig der Sure ›Das Licht‹ und Vers neunundfünfzig der Sure ›Die Verbündeten‹. In einem Vers wird das Wort ›khomoorehenna‹ verwandt, in dem anderen das Wort ›jalabib‹. In Ihrer Übersetzung übergehen Sie leider die Tatsache, dass ›khomoorehenna‹ sich von dem Wort ›khumar‹ ableitet, was schlicht ›Bedeckung‹ bedeutet und nicht ›Schleier‹. Es wird nicht spezifiziert, was bedeckt werden soll und wie. Und ›jalabib‹ bedeutet ›Hemd‹ oder ›Umhang‹. Wenn der Allmächtige das Wort ›hijab‹ hätte benutzen wollen, um eine vollständige Verschleierung des Kopfes anzuweisen, hätte Er es sicherlich getan. Ich bin sicher, dass Sie nicht nahe legen wollen, Sein Vokabular wäre mangelhaft oder ungenau.« (Leises Lachen im Publikum sowie ein paar laute Protestrufe.) »Nach einem genauen Studium des Textes ist klar ersichtlich, Maulana Sahib, dass Frauen auferlegt wird, in der Öffentlichkeit ihre Brust zu bedecken, was ich in Ihrer Gegenwart nur allzu gern tue.« (Lautes Gelächter, Omis heiseres Lachen ist nicht zu überhören.)

»Mohtarma, ich bin beeindruckt, dass eine Frau wie Sie sich die Zeit genommen hat, unser heiliges Buch zu lesen. Aber wie Shakespeare sagte« – und hier wechselte er unerwarteterweise in fließendes Englisch –, »›der Teufel kann sich auf die Schrift berufen‹. Ich könnte ähnlich warnende

Verse aus unserer Tradition zitieren, aber ich nehme an, dass ein Autor aus dem Westen wie Shakespeare bei Ihnen mehr Gewicht hat. Die genaue Definition von ›khumar‹ ist irrelevant – relevant ist der allgemein akzeptierte Gebrauch. Ich flehe Sie an, Ihr Gift nicht in den Reihen junger pakistanischer Frauen zu verspritzen. Wegen dieser auf Akten der Reinterpretation beruhenden Uneinigkeit in religiösen Dingen wurden im dreizehnten Jahrhundert die Tore von Ijtihad geschlossen –«

»Maulana Sahib, zwischen Reinterpretation und Lesen besteht ein Unterschied.« (Schallendes Gelächter, überwiegend von Frauen.) »Die genaue Definition eines Wortes ist nie irrelevant für die intendierte Bedeutung –«

»Die Einigkeit der Ummah ist von überragender Bedeutung. Jeder, der dagegen arbeitet, arbeitet gegen den Islam.«

»Und Sie wissen alles über die Einigkeit der Ummah, nicht wahr?« Ihre Stimme wurde tiefer, und als ich das hörte, wusste ich – so wie ich es vor fast siebzehn Jahren gewusst hatte –, dass der Spaß vorbei war. »Gestern Abend sprach ich mit einem Freund, Maulana, der gesehen hat, wie unsere Flugzeuge an die Grenze zu Afghanistan flogen. Flugzeuge voller Freiwilliger – junge Männer, fast noch Jungen –, die bereit sind, sich in den Trainingslagern ausbilden zu lassen, um mit den Afghanen und den Pakistanis gegen die Sowjets zu kämpfen. Flugzeuge voller Freiwilliger aus der gesamten muslimischen Welt. Aus Jordanien, Syrien, aus dem Sudan, Algerien, Ägypten –«

»Mohtarma, gerade noch saßen wir hier in Karatschi und sprachen über die religiösen Verpflichtungen der Frauen, und jetzt nehmen Sie uns mit auf eine Weltreise.« (Auch er erntete Gelächter.) »Bitte, schweifen Sie nicht vom Thema ab.«

»Das Thema waren Ihre Verpflichtungen gegenüber der Ummah. Sie machen aus dem territorialen Konflikt in Afghanistan eine Frage der religiösen Pflicht – Sie und Ihre Bettgenossen aus dem Westen – und salbadern über die ›Einigkeit der Ummah‹, während Sie diesen Jungen – diesen jungen, idealistischen, verwirrten, zornigen, gläubigen Männern, die bereit sind für eine Gehirnwäsche – die neuesten Waffen in die Hand drücken und ihnen das beste Kampftraining der Welt bieten und ihnen befehlen, die ungläubigen Sowjets von muslimischem Boden zu vertreiben. Der Boden kennt keine Religion, Maulana. Wenn Sie diese Jungen nicht mit Ihrem Ruf nach Einigkeit der Ummah behelligt hätten, wären sie vereinzelt, nicht ausgebildet und über die ganze Welt verstreut. Manche hätten zu den Waffen gegriffen, ja, und andere hätten ihren Schwestern Vorträge über Bekleidung gehalten. Aber manche hätten sich der Lokalpolitik zugewandt oder schlechte, aber leidenschaftliche Gedichte geschrieben. Oder vielleicht sogar sehr gute leidenschaftliche Gedichte.«

»Sie sind selbstverständlich Expertin für leidenschaftliche Gedichte.« (Stille. Sogar durch die Lautsprecher des Computers nahm ich die knisternde Spannung im Saal wahr.)

»Was passiert nach Afghanistan, haben Sie darüber nachgedacht? Wohin gehen sie als Nächstes, diese globalen Guerillas, mit ihrer Loyalität gegenüber der gemeinsamen Sache und ihrem Glauben an Gewalt als die effektivste Möglichkeit, es mit dem Feind aufzunehmen? Setzen Sie und Ihre amerikanischen Freunde sich jemals zusammen und sprechen darüber?«

Die Aufnahme war zu Ende.

Mama, wusstest du, als deine Stimme mit einer Kraft sprach, die uns alle sprachlos machte und Omi Tränen in die

Augen trieb – so wie sie jetzt mir Tränen in die Augen trieb, und das nicht nur aus Gründen später Einsicht –, dass es dein Schwanengesang war?

Nur fünf Tage später erfuhr sie, dass Omi tot war, und wir sahen diese Version von ihr – die Aktivistin, die Ikone und Frau mit grazia – nie wieder.

Ich verließ das Büro und fuhr ans Meer, meine Fenster geöffnet für den kühlen Winterwind. Ich fuhr an übrig gebliebenen Eid-Feiernden vorbei, an den Theylawallas, die Saft und Chaat und gerösteten Mais verkauften, an den Kamelen mit spiegelverzierten Decken über den Höckern, die sich jedes Mal verbeugten, wenn sie sich setzten oder aufstanden. Schließlich parkte ich vor der Mauer an einer relativ isolierten Stelle und atmete die salzige Luft ein.

Bisweilen machten Omi und ich einen Spaziergang hierher. Dabei erzählte er mir einmal, wie er als Kind nach Karatschi gekommen war. Nach dem Tod seiner Mutter, als der wohlhabende Landbesitzer, der sein Vater war, sich weiterhin weigerte, Omi als unehelichen Sohn anzuerkennen, nahm ihn der Schulmeister des Dorfes unter seine Fittiche und schickte ihn in die Stadt, wo Omi beim Bruder des Schulmeisters lebte und in die Schule ging, an der der Bruder unterrichtete. Während der ersten Tage im Haus des Bruders war Omi trotz der Freundlichkeiten, mit der alle im Haushalt ihn verwöhnten, todunglücklich und trauerte nach wie vor um seine Mutter. Nur der Neffe des Schulmeisters, der drei Jahre älter als Omi war, machte kein Theater um ihn, stattdessen ließ er ihn zwei Tage lang in Ruhe, und am dritten Tag forderte er ihn auf, sich hinten auf die Vespa seines Vaters zu setzen, und fuhr mit ihm durch die staubigen Straßen Karatschis bis an den Strand von Clifton – klares blaues Wasser und feiner Sand, bevor der Abfall und das Öl der Frachtschiffe die wilde Schönheit verschmutzten.

Mehr erzählte Omi nicht, aber es war genug. Er blieb stehen, blickte aufs Meer hinaus, suchte den Horizont von rechts nach links ab, und ich wusste, dass er mich in gewisser Weise bedauerte, weil ich so nahe am Meer aufgewachsen war und es deswegen als selbstverständlich betrachtete.

Dürfen wir wirklich nicht mehr von denen, die uns groß gezogen haben, erwarten? Als dass sie uns Erinnerungen hinterlassen, die wir lieben?

Meine Mutter gewann den Kampf gegen den Maulana, daran bestand kein Zweifel. Aber wozu? Sie war das Ventil, das uns gestattete, einen Teil unserer Frustrationen loszuwerden, als wir ihr zujubelten und behaupteten, dass auch sie eine Stimme der Nation wäre, eine Stimme, die sich Gehör verschaffen konnte. Aber was wurde daraus, außer einer Lektion für die Töchter im Publikum, die sie im Lauf der Jahre mühsam lernten? Die Lektion, dass Stimmen wie ihre ignoriert oder erstickt oder ausgemerzt werden konnten. Das mutige Leben meiner Mutter als politisch engagierte Frau war eine Lektion in Vergeblichkeit – und letztlich wusste sie das.

Das sagte ich mir seit langer Zeit. Aber jetzt hörte ich ihre Stimme und das Gelächter der Frauen in meinen Ohren widerhallen. Und plötzlich fiel der Lärm der Welt von mir ab, und ich befand mich in dieser Stille – dieser nahezu heiligen Stille –, die sich um sie aufgebaut hatte, Satz für Satz, während sie die Diskussion geschickt an den Ort führte, für den sie sie bestimmt hatte – an den Ort, an dem Rechenschaft gefordert wurde. Wie konnte ich das »nichts« nennen? Und wie konnte ich das Rauschen meines Blutes, das ich hörte, während sie sprach, negieren?

Warum musst du unbedingt an die Version von ihr glauben, an die du dich so verzweifelt klammerst?, hatte Rabia mich gefragt.

Darum. Ich schaute hinaus aufs Wasser. Das Sonnenlicht zeichnete einen Weg auf das Meer.

Darum. Einfach darum.

XXI

Es waren sechsundvierzig Stunden und siebzehn Minuten vergangen, seit die zweite Folge von *Boond* mit der Einstellung des gut lesbaren Kreuzworträtsels geendet hatte. Sechsundvierzig Stunden und siebzehn Minuten und kein Wort von Omi. Sechsundvierzig Stunden und achtzehn Minuten und ich starrte auf eine Vision aus Blau und Rot und gezackten Linien.

»Woran denkst du?«

Ich wandte den Blick von der Decke der Sadequain Galerie zu meinem Schwager, der eine Geste durch den großen Raum machte, als wäre er der Gastgeber einer Quizshow und der Saal der erste Preis. Vor nicht einmal fünfzehn Minuten war ihm telefonisch eine Einzelausstellung in dieser Galerie angeboten worden. Er war in meine Wohnung gelaufen und hatte darauf bestanden, dass ich ihn in die Galerie begleitete und dabei zuschaute, wie er vor Freude herumhüpfte, damit ich es Rabia beschreiben könnte, sobald sie von ihrem Wochenendausflug nach Islamabad zurück wäre.

»Macht es dir nichts aus, solche Konkurrenz zu haben?«, fragte ich ihn und deutete mit dem Daumen auf die wunderschön ausgemalte Decke.

»Dummes Mädchen. Sadequain ist kein Konkurrent. Er ist der Riese, auf dessen Schultern ich stehe. Vor einem seiner Bilder stand ich als Zwölfjähriger mit offenem Mund

und dachte: Mein Gott, so etwas ist möglich, man kann ein Mensch sein und so etwas malen.«

»Er starb als armer depressiver Alkoholiker, oder?«

Shakeel verlagerte das Gewicht auf die Fersen und blickte zur Decke empor. »Ja. Aber das radiert nicht eine Linie aus, die er gezeichnet hat.«

Als wir die Treppe hinuntergingen – nachdem Shakeel buchstäblich vor Freude durch die Galerie gehüpft war –, klingelte mein Handy.

»Wo bist du?«, sagte Ed. »Ich stehe vor deiner Wohnung und läute. Ich wollte dir einen Überraschungsbesuch abstatten.«

»Tja, dann befinden wir uns in einer schlechten O'Hara-Geschichte. Ich bin um die Ecke von deiner Wohnung und wollte bei dir vorbeischauen.«

»Ich kehre um. Ich gehe auf die Treppe zu. Ich stolpere beinahe über eine Katze. Ich sehe dich in ein paar Minuten bei mir.«

Shakeel grinste mich an, als ich auflegte. »Wir befinden uns in einer schlechten O'Hara-Geschichte«, säuselte er mit hoher Stimme und klimperte mit den Wimpern. Ich gab ihm einen Klaps auf den Hinterkopf, und er legte mir den Arm um die Schulter. »Wann lernen wir ihn kennen? Ich möchte den Mann sehen, dessen Name nur erwähnt werden muss, um meiner Schwägerin die Schamesröte ins Gesicht zu treiben. Ich mache es dir vor: Ed. Na bitte. Rote Bete Inqalab!«

»Ach, sei still und fahr mich zu ihm. Und nein, du kannst nicht mit reinkommen und auf ihn warten.«

Es dauerte nur ein paar Minuten, bis wir bei Ed waren, und erst als mir der Chowkidar öffnete und Shakeel davonfuhr, dachte ich daran, dass Shehnaz Saeed zu Hause sein könnte, und wenn dem so wäre, könnte ich ihr nicht länger aus dem Weg gehen.

Sie hatte mich angerufen am Tag, nachdem wir gemeinsam die erste Folge von *Boond* gesehen hatten, und da ihre Nummer auf meinem Display aufleuchtete, ließ ich sie auf den Anrufbeantworter sprechen. Sie hatte sich kurz gefasst: »Bitte ruf mich an.« Was ich nicht getan hatte. Und als ich es Ed gegenüber erwähnte, meinte er: »Das ist eure Sache. Wenn du nicht mit ihr sprechen willst, dann tu's nicht.« Ich wusste nicht, ob sie es während der letzten Tage versucht hatte, da ich das Telefon ausgesteckt hatte, als die anonymen Anrufe unerträglich wurden.

Wenn ich Glück habe, dachte ich, als ich die Haustür öffnete, kann ich es die Treppe hinauf in Eds Teil des Hauses schaffen, ohne ihr über den Weg zu laufen.

Aber das Glück war mir in einem Haushalt mit einem kläffenden Chihuahua nicht hold. Ich war erst ein paar Meter weit gekommen, als der Hund mich hörte und etwas anstimmte, was sich wie eine wahnsinnige Version von »O sole mio« anhörte.

»Wer ist da?«, hörte ich Shehnaz Saeed rufen, und da hatte ich keine Wahl mehr, als den eleganten Raum zu betreten, den ich vor neun Tagen auf so dramatische Weise verlassen hatte.

»Ed ist nicht da«, sagte sie.

»Ich weiß. Er ist unterwegs.« Ich fühlte mich ausreichend unbehaglich, um für das wirbelnde Hundefalsett zu meinen Füßen dankbar zu sein, beugte mich hinunter und streichelte ihn. Ich hoffte, das würde den Gesprächsball in Shehnaz Saeeds Hälfte des Platzes katapultieren, aber sie schwieg, und als ich es nicht länger ertrug, mir die Hand lecken zu lassen, richtete ich mich auf und sagte: »Tut mir

Leid, dass ich dich nicht zurückgerufen habe. Ich hatte viel zu tun. Mein Vater war da, und bei der Arbeit spielen alle verrückt.«

»Aasmaani, du musst nicht lügen. Ich verstehe es, wenn du wütend bist. Ed hat mir erzählt, dass du meine Entschuldigung nicht hören willst. Und es tut mir Leid, wirklich.«

»Das habe ich nicht zu Ed gesagt.« Die Vorderpfoten des Chihuahua kratzten an meinen Schienbeinen. »Director, ins Körbchen!«, befahl ich, und der Hund flitzte aus dem Zimmer.

»Deine Mutter mochte Chihuahuas auch nicht«, sagte Shehnaz Saeed.

Und wieder war es unmöglich, sich in ihrer Gesellschaft unwohl zu fühlen. Ich ging zum Sofa und setzte mich ihr gegenüber. »Warum hast du es getan? Meine Mutter imitiert.«

»Warum imitierst du deine Mutter?«

»Wann?«

»Ständig. Deine Gesten. Jetzt zum Beispiel. Wie du sitzt. Wie dein Arm auf der Sofalehne liegt und du den Kopf auf die Hand stützt. Da. Jetzt in diesem Augenblick.«

Ich legte den Arm an meine Seite. »Ich …«

»Nein, natürlich nicht. Du imitierst sie nicht. Du sitzt einfach nur. So sitzt du eben. Vielleicht hast du es von ihr abgeschaut. Vielleicht hast du es ihr irgendwann einmal nachgemacht, aber jetzt sitzt du eben einfach so.«

»Ich verstehe nicht, worauf du hinauswillst.«

»Die Frau, die ich in *Boond* spiele, raucht. Es ist wichtig für die Handlung. Sie raucht eine besondere Marke, die aus Guatemala oder Ecuador oder sonst einer Bananenrepublik importiert wird. Sie raucht diese Marke, seit sie ins College ging. In der dritten Folge weiß jemand, vor dem sie sich verstecken will, dass sie in seinem Büro war, weil er im Papierkorb eine Kippe dieser Marke findet. Sie ist also Raucherin. Als wir diese Rückblende drehten, in der sie schwanger ist, sagte die Regisseurin, in dieser Szene wird nicht geraucht, weil sie schwanger ist. Sie sagte, Shehnaz, tu so, als würdest du rauchen, wie in *Nashaa*, damit man sieht, dass sie es sich abgewöhnen will. Hast du *Nashaa* gesehen, Aasmaani?«

»Ja.« Es war ihr letzter Fernsehfilm, bevor sie aufhörte.

»Ja. Hier.« Sie stand auf und steckte ein Band in den Videorecorder. »Ich wollte es dir schicken, wusste aber nicht, ob es nicht alles noch schlimmer machen würde.« Sie drückte auf »PLAY«, und auf dem Bildschirm war eine junge Shehnaz Saeed zu sehen, die eine nicht vorhandene Zigarette rauchte, wie meine Mutter geraucht hatte.

»Ich habe es von ihr, von Samina. Als wir *Nashaa* drehten, ganz am Anfang, als ich mich in die Rolle einarbeitete, aß ich bei Samina zu Abend. Ihr waren die Zigaretten ausgegangen, und sie tat nur noch so, als würde sie rauchen. Und ich sagte: Kann ich mir diesen Manierismus ausleihen? Nimm ihn, sagte sie, und hat es mir noch einmal vorgemacht, damit ich es richtig hinbekam. Und nachdem ich es gelernt hatte, ist es mir in Fleisch und Blut übergegangen. So rauche ich Zigaretten, die nicht da sind. Ich denke dabei nicht mehr an deine Mutter, so wenig, wie du an sie denkst, wenn du den Arm auf die Sofalehne legst. Ich habe Gestik und Mimik von ihr gelernt, Aasmaani, Redewendungen und eine Art, mich aufzurichten, wenn ich meine Angst nicht zeigen will. Das und noch mehr habe ich von deiner Mutter abgeschaut. Aber mit der Zeit internalisiert man das Gelernte, und es wird zur Gewohnheit. Ich habe deine Mutter in *Boond* nicht nachgeahmt.« Sie deutete auf den Bildschirm. »Ich habe mich selbst nachgeahmt, wie ich vor vielen Jahren deine Mutter imitierte. Es tut mir Leid, dass ich nicht daran gedacht habe, dass es dich irritieren würde. Glaub mir, ich habe nicht im Traum daran gedacht.«

»Ich verstehe.« Ich blickte auf meine Hände. »Du hast gesagt, dass ich ihre Gesten übernommen habe.«

»Gesten, Sprachmelodien, ganze Sätze.«

»Wie zum Beispiel? Sag es mir.«

»Das würde dich nur verunsichern. Du bist eine eigene Person, Aasmaani. Aber manchmal verschlägt es mir den Atem, weil Samina aus deinen Augen schaut.«

Als sie den Namen meiner Mutter aussprach, schwang etwas in ihrer Stimme mit, das ich nicht benennen konnte.

»Du solltest nächste Woche einmal zum Abendessen kommen«, sagte sie, und ihr Tonfall wurde wieder munterer. »Mein Mann wird für ein paar Tage aus Rom kommen. Ich glaube, du wirst ihn mögen. Obwohl, nein, ich muss die Einladung zurückziehen, bis ich mit Ed gesprochen habe. Die beiden sind entweder höflich zueinander oder tun so, als wäre der andere Luft.«

Ich hatte fast vergessen, dass sie einen Mann hatte. »Warum verbringt er so viel Zeit in Rom?«

»Sein Freund lebt dort.«

»Oh.«

Sie knackte mit den Zähnen eine Erdnuss auf und blickte bemerkenswert zufrieden mit sich drein. »Fast genauso hat vor vielen Jahren deine Mutter reagiert. Schau mich nicht so mitleidig an, Liebes. Er ist ein lieber Mensch, steht in unverbrüchlicher Freundschaft zu mir und gibt mir Stabilität.« Sie machte eine Geste, die den opulent eingerichteten Raum umfasste. »Im Austausch dafür gebe ich ihm die Freiheit, mit der Liebe seines Lebens leben zu können, mit seinem Liebsten aus Universitätszeiten, der für seine Familie, da er sowohl Jude als auch männlich ist – eine schreckliche Kombination in diesen Breitengraden –, völlig inakzeptabel ist. Die Familie drohte, ihn zu enterben. Außerdem hatte seine Mutter jedes Mal fast einen Herzinfarkt, wenn er sagte, dass er lieber ohne Geld als mit einer Lüge leben würde, und er ist ein richtiges Muttersöhnchen. Deswegen hat er mich geheiratet und Mummy glücklich gemacht und sie davon überzeugt, dass man Homosexualität mit ein bisschen elterlicher Strenge und einem freundlichen Arzt, der gern die falsche Diagnose – Sodbrennen – stellt, kurieren kann. Danach konnte er so viel Zeit in Rom verbringen, wie er wollte. Auf ›Geschäftsreisen‹ mit David. Mach den Mund zu, Aasmaani, du schaust dämlich aus.«

»Aber …« Ich sah sie an, wie sie auf dem Sofa lag, und war unsicher, ob sie wieder ein Spiel mit mir spielte wie beim ersten Mal, als ich sie besucht hatte. »Aber du bist Shehnaz Saeed. Du hättest jede Menge Männer haben können, die dir finanzielle Stabilität geben und auch –«

»Sex?«

»Kurz gesagt.«

»Ja, tja, da liegt der Hase im Pfeffer.« Sie richtete sich auf.

Und mit einem Mal war es mir klar. Die anderen, hatte Ed sie genannt, und ich hatte mir keine Gedanken über das Fehlen einer Geschlechtsbestimmung gemacht.

»Du und Mama. Du warst verliebt in sie.«

Sie sah mich unverwandt an. »Ja.«

»Oh.« Ich lehnte mich auf dem Sofa zurück und versuchte, darauf zu reagieren. »Wann ist das passiert?«

»Warum?«, sagte sie plötzlich energisch. »Ändert der Zeitpunkt etwas an der Unnatürlichkeit des Gefühls?«

»Unnatürlich? Meinst du, dass ich so darüber denke? Shehnaz – Aunty –, meine Mutter hat keine bigotten Kinder groß gezogen.«

Daraufhin zog sie den Kopf ein und lächelte. Und ich lächelte ebenfalls, die Verachtung meiner Mutter für dumme Engstirnigkeit erfüllte den Raum.

Als Shehnaz Saeed wieder aufblickte, zeugte ihre Miene von nahezu greifbarer Erleichterung. »Wahrscheinlich fing es an, als wir uns kennen lernten. Zumindest scheint es mir jetzt unweigerlich so. Aber ich wurde mir dessen erst ein paar Monate nach dem Tod des Dichters bewusst.«

»Und wie hat sie …? Erging es ihr ebenso?«

Shehnaz Saeed lachte. »Es ist nett von dir, so zu tun, als wäre das möglich gewesen.«

»Also …« Ich spreizte die Finger. »Du bist eine begehrenswerte Frau. Und ich kann nicht so tun, als würde ich die Reichweite der … Interessen meiner Mutter kennen.«

»Du ähnelst ihr wirklich sehr. Ihre Art, mir auf sanfte Weise einen Korb zu geben, war: ›Meine Hormone sind zu sehr an *ihn* gewöhnt, als dass jemand anders in Betracht käme. Gleichgültig, welchen Geschlechts.‹«

»Und das hat dich nicht daran gehindert, sie weiter zu lieben?«

»Nein.«

Eine Weile saßen wir da und schauten vor uns hin. Dann setzte ich mich neben sie. »Danke.«

»Wofür?«

Ich lehnte mich zurück und holte tief Luft. »Dafür, dass du sie nach Omis Tod rückhaltlos geliebt hast. Ich dachte, das hätte niemand getan.«

»Ach, Liebes. Du hast es getan.«

»Wir wissen beide, dass das nicht stimmt.«

Shehnaz Saeed seufzte. »Sie hat es verstanden. Sie sagte, die Pubertät sei schlimm genug, ohne mit einer Mutter zurechtkommen zu müssen, die mit der Welt nicht mehr fertig wird. Und zudem mit einer Vaterfigur, die brutal ermordet wurde.«

»Sie hat mit dir über mich gesprochen?«

»Natürlich hat sie das.« Sie legte mir die Hand auf den Kopf. Es war die liebevolle Geste meiner Mutter, aber ich wusste, dass Shehnaz Saeed diesmal nicht eine Geste nachahmte, die sie meiner Mutter abgeschaut hatte und jetzt unbewusst einsetzte. »Sie hat mit allen über dich gesprochen. Du warst ihr das Liebste auf der Welt.«

»Der Dichter war ihr das Liebste auf der Welt.« Trotz allem schmerzte diese besondere Wunde noch immer.

Ihre Hand glitt von meinem Kopf. »Sie waren ein mythisches Paar«, sagte sie. »Der Dichter und die Feministin. Sie betraten einen Raum, und die Menge teilte sich vor ihnen. Das Meer hätte sich für sie geteilt, wenn sie es gewollt hätten. So empfanden wir es, alle, die ihr Publikum waren.« Sie blickte auf ihre Fingernägel, schob die Haut an einem Nagel zurück und entblößte einen winzigen Halbmond zwischen Haut und Nagellack.

»Erzähl mir mehr«, sagte ich. »Erzähl mir von ihr. Erzähl mir von dir und ihr.«

»Bist du sicher, dass du es auch hören willst?«

»Warum nicht?« Und dann wusste ich es: Ed. Die anderen, hatte er gesagt. »Wegen deines Sohnes, nicht wahr? Er hat es unnatürlich genannt.«

»Denk deswegen nicht schlecht von ihm. Wenn es andere Männer in meinem Leben gegeben hätte, wäre er nicht glücklicher gewesen. Und ich bin sehr schlecht damit umgegangen. Erst mehrere Jahre nach meiner Scheidung konnte ich mich der Wahrheit über mich selbst stellen, und dann schämte ich mich, Aasmaani. Ed war so ein sensibles Kind. Ich glaube, sein starkes Schamgefühl hat er von mir. Und natürlich habe ich es ihm nicht direkt gesagt. Ich habe gelogen und es verheimlicht. Ließ ihn bei Cousins, die er nicht mochte, übernachten. Ich weiß nicht einmal, wann und wie er es herausgefunden hat – aber eines Tages, als er in der Pubertät war, hat er es mir an den Kopf geworfen. Du bist keine richtige Frau, hat er gesagt.«

Ich sah ihn vor mir. Und ich wusste, dass er sich danach dafür gehasst hatte.

»Die größte Wut hatte er wegen deiner Mutter. Er glaubte, wir hätten etwas miteinander, und ich habe es nie richtig gestellt.«

»Aber warum hast du ihn etwas Falsches denken lassen, wenn er deswegen so wütend wurde?«

»Weil es ihn nichts anging. Das habe ich von Samina gelernt – dass es niemanden etwas anging und niemand das Recht hatte, mir deswegen Fragen zu stellen und Antworten zu fordern. Sie war es, die mich schließlich dazu gebracht hat, meine Schamgefühle abzulegen. Auch mein Mann hat mir dabei geholfen, aber Samina war es, die den letzten Hauch Scham von mir nahm und ihn davonblies.«

»Wie?«

»Eines Abends monologisierte ich gequält vor mich hin. Über Verlangen und Identität und was wir uns selbst und anderen eingestehen und wie wir wissen, ob das Unterdrücken von Verlangen Repression ist oder gute Manieren. Ich konnte nicht mehr damit aufhören. Und als ich schließlich innehielt, um Luft zu holen, zuckte Samina die Achseln und sagte: ›Mir haben Mangos noch nie geschmeckt. Die Leute behaupten, ich wäre keine gute Pakistani, aber ich habe Mangos noch nie gemocht. Nichts dagegen zu machen, und ehrlich gesagt, ich weiß nicht, warum ich es überhaupt versuchen sollte. So wie ich die Sache sehe, erweitere ich damit nur die Vorstellung der Menschen, was es heißt, Pakistani zu sein.‹ Und damit war das Thema für sie erledigt.«

Mama. Immer eine Frau, die sofort auf den Kern der Sache zu sprechen kam.

»Manchmal frage ich mich«, fuhr Shehnaz Saeed fort, »ob ich sie genug geliebt habe, um sie wirklich selbstlos zu lieben. Wenn sie ihre Depression überwunden und in Betracht gezogen hätte, mit jemand anders zusammen zu sein, und dieser andere wäre nicht ich gewesen, hätte ich das akzeptieren können?«

»Jetzt sind wir wieder bei der Depressionsgeschichte, die eine so hohe Zustimmungsquote erhält, dass sie nie aus dem Programm genommen wird.«

»Du glaubst nicht, dass sie unter einer Depression litt?« Sie sah mich an, als hätte ich gerade behauptet, die Erde wäre eine Scheibe.

Ich zuckte die Achseln. »Sie hat ihren Charakter verändert.«

»Sie hat was?«

»Nichts. Nichts. Vergiss es.«

»Den Charakter verändert?« Ich wusste nicht, ob sie mich ignorierte oder ob ich nicht laut genug gesprochen hatte. »Das ist vermutlich eine interessante Ausdrucksweise. Obwohl es vielleicht eher eine Frage ist, ob dein Charakter dich verändert, oder? Oder die einzelnen Teile nicht zusammenhalten oder ein Teil die anderen dominiert. Trotz der großen Fortschritte, die die Wissenschaft in den letzten fünfzehn Jahren gemacht hat, wissen wir immer noch so wenig darüber.«

»Mhm.«

Shehnaz Saeed ging zum Bücherregal und holte einen Arm voll Bücher heraus. »Hier. Nimm sie mit nach Hause. Lies sie.« Sie breitete die Arme aus und ließ sie aufs Sofa fallen. Staub stieg aus den Kissen auf. Ich blickte auf die Titel. *Leben mit der Depression*, *Chemische Vorgänge im Gehirn*, *Was können wir tun?*, *Virginia Woolf: Tagebücher und Briefe.*

Ich schaute sie mit hochgezogenen Augenbrauen an. »Virginia Woolf? Also bitte.«

Sie setzte sich wieder. »Manchmal, gegen Ende, sah ich sie tage- oder wochenlang nicht, weil sie nicht einmal mehr ans Telefon gehen oder aus dem Bett aufstehen konnte. Vormittags, während du in der Schule warst, ging ich zu euch und setzte mich neben ihr Bett und erzählte ihr etwas, oder ich sagte nichts und saß einfach nur da. Manchmal kam sie zu mir und weinte. Deine Stiefmutter und ich überzeugten Samina, professionelle Hilfe in Anspruch zu nehmen. Aber wir kannten uns nicht aus. Wir sahen ein Schild, PSYCHOTHERAPEUT, und brachten sie hin. Ohne etwas über den Mann zu wissen. Es war ein Albtraum. Er erzählte ihr, dass sie verspätet unter Schuldgefühlen leiden würde, weil sie so viele Jahre eine außereheliche Beziehung gehabt hätte. Es war einer ihrer besseren Tage, und sie sagte zu ihm: ›Doktor, dann wird sich mein Zustand leider noch verschlimmern. Weil ich es wieder tun werde, und diesmal vielleicht sogar mit einer Frau.‹«

»Da hast du es. Sie hat sich über ihn lustig gemacht. Und über den gesamten Vorgang. Weil sie wusste, dass es keine Depression war. Sie wusste, dass sie keine professionelle Hilfe brauchte.«

»Es war eine ihrer Gnadenfristen. So nannte sie sie. Sie wusste, dass sie nie sehr lange dauerten.«

Ich hatte diese Zeiten ganz besonders gehasst. Diese Augenblicke. Tage, manchmal Wochen, wenn sie wieder ihr altes Selbst und die Samina der grazia war. Ich verstand nicht, was sie dann tat, was mit ihr geschah, was sie geschehen ließ. Und deswegen erinnerten mich diese Tage stets daran, was ich verlieren würde, wenn sie sich wieder in die selbst auferlegte Dunkelheit zurückzog.

Glühend. Lodernd. Mit diesen Worten beschrieben wir sie. Sie sollte die olympische Fackel sein, das Feuer, das nie erlosch. Ich hätte mich selbst in die Flammen geworfen, nur um sie am Brennen zu halten, aber über diese Macht verfügte ich nicht. Und deswegen erfüllte es mich während der letzten zwei Jahre mit Angst, wenn sie erneut zu strahlen begann.

»Das war das Grausamste. Uns daran zu erinnern, wie sie gewesen war, wie sie sein konnte.«

Shehnaz Saeed schloss für eine Weile die Augen. »Es war, als würde man zusehen, wie wunderschöne, zerbrechliche Schmetterlingsflügel sich entfalten. Es konnte nur kurzlebig sein.«

Ja, glaub das nur, dachte ich. Hör nicht auf, sie ohne Zorn zu lieben. Ich werde es nicht sein, die dir die Wahrheit sagen wird.

»Darf ich dich etwas fragen?«

»Natürlich«, sagte sie. »Alles.«

»Warum hast du mit der Schauspielerei aufgehört? Doch nicht, weil du weitere Kinder haben wolltest, oder?«

»Ich weiß nicht, wer diese Geschichte in die Welt gesetzt hat. Ich habe öffentlich keinen Grund genannt. Ja, vermutlich hat es so angefangen. Die Leute brauchen Gründe. Wenn man ihnen keinen gibt, suchen sie sich einen. Ich habe einfach aufgehört. Ganz einfach.«

»Dann ist es also reiner Zufall, dass es ein paar Monate nach dem Tod des Dichters war? Kein weiterer Zusammenhang?«

Sie stand auf und ging zum Fenster. Draußen war es jetzt dunkel. Sie zog die schweren Seidenvorhänge zu. »Mir wurde eine Rolle angeboten, für die ich Karatschi mehrere Wochen hätte verlassen müssen. Ich wollte sie nicht allein lassen. Und ich war gerade frisch verheiratet – er hat das Haus auf meinen Namen eingetragen – und besaß genug Geld. Danach haben mich die Ereignisse einfach überwältigt.«

»Du hast aufgehört zu spielen, damit du bei meiner Mutter sein konntest?«

»Ja. Aber halte das nicht für ein Opfer. Ich habe viel davon gehabt.«

»Erzähl mir noch was. Ich weiß, wie schwierig es war, damals um sie zu sein.«

»Schwierig war die Eifersucht, zumindest am Anfang. Bevor ich begriffen habe, wie eine Depression sich auswirkt. Schwierig war die Zeit, als ich dachte: Warum kann ich dich nicht daran hindern, vor Schmerz wahnsinnig zu werden? Warum hat er solche Macht über dich, sogar im Tod?«

Als ich sie das sagen hörte, war es, als würde ich in einem Familienalbum blättern und auf den Gesichtszug von mir stoßen, den ich am meisten hasste, aber bei jemand anderem, der sich absichtlich der Kamera zuwandte, in einem Winkel, der diesen besonderen Zug betonte. Und dabei wunderschön aussah.

»Und dann? Hast du damit leben gelernt?«

»Ich habe gelernt zu verstehen, was sie durchmachte.« Sie deutete auf die Bücher neben mir. »Was für seltsame Wesen wir Menschen sind. Wir klettern auf Berge, tauchen im Meer, finden heraus, wie wir diesen Planeten verlassen können – aber das letzte Forschungsgebiet, das unbekannte Land, das noch geheimnisvoller ist als der Tod, befindet sich hier.« Sie tippte mir auf den Kopf. »In uns drin. Wir benutzen nur zehn Prozent unseres Gehirns, und diese Zahl ist hoch, verglichen mit dem kleinen Teil, den wir verstehen. Wir halten es für einen Teil von uns, und das ist es auch, aber es kontrolliert uns auch. Es ist schlauer als wir, viel schlauer. Immer ein paar hundert Schritte voraus. An manchen Entscheidungen lässt es uns teilhaben, andere führt es einfach aus, ohne dass wir davon erfahren, obwohl sie unser gesamtes Leben bestimmen.«

»Die Tyrannei des Charakters«, flüsterte ich.

»Tyrannei. Ja, das ist ein gutes Wort. Die Ausübung von Macht – Repression, Autoritarismus, Manipulation sind fehlgeschlagene Metaphern für die Art und Weise, wie unser Gehirn mit uns interagiert. Das war die große Ironie im Leben deiner Mutter: Sie kämpfte gegen die externen Tyrannen, aber nicht gegen den internen.«

»Warte. Wie war das?«

»Der Tod des Dichters hat es ausgelöst. Etwas in ihrem Hirn. Etwas, was sie aufgefressen hat. Und nachdem es ausgelöst war, hatte es nichts mehr mit dem Dichter zu tun. Das war es, was ich verstehen musste. Du musst es auch verstehen, Aasmaani. Du musst den Tyrannen in ihr verstehen.«

»Woher willst du wissen, dass du nicht nur eine Geschichte erfindest, die erträglich ist?«

»Liebes, deine Mutter das durchmachen zu sehen, hatte nichts Erträgliches. Gegen Ende sagte sie sogar: ›Ich würde alles dafür geben, glauben zu können, dass es dabei um den Tod geht. Ich würde alles dafür geben, wenn ich etwas hätte, woran ich es festmachen könnte. Wenn es eine Ursache gibt, kann ich damit fertig werden. Wenn es einen Grund gibt, gibt es auch einen Ausweg.‹ Aber sie konnte es nicht glauben – dass es einen Ausweg gibt.« Jetzt hatte sie Tränen in den Augen.

»Du erzählst dir eine Geschichte, ich erzähle mir eine andere. Wie auch immer, Mama ist für uns beide verloren. Ist es wirklich wichtig, wie wir zu diesem Schluss kommen?«

»Es ist nicht der Schluss, Aasmaani, es ist der Anfang, von dem aus wir lernen müssen, ohne sie zu leben. Sie hat sich nicht umgebracht, weil du nicht Grund genug gewesen wärst, um am Leben zu bleiben – nicht deswegen. Und sie hat dich auch nicht für den Dichter verlassen. Das sind nicht die Gründe. Das musst du akzeptieren. Sie hat sich zwei Jahre lang deinetwegen an ein unerträgliches Leben geklammert. Nicht meinetwegen – das wusste ich immer. Nicht meinetwegen, sondern wegen dir hat sie das getan. So lange, bis sie es einfach nicht mehr tun konnte.«

Ich stand auf. Ich war nicht einmal wütend auf sie, weil sie meine Mutter als Selbstmordopfer sah. Wenn das das Allheilmittel war, das sie brauchte, um mit Mamas Verschwinden fertig zu werden, dann sollte sie es haben. »Ich muss jetzt wirklich gehen.«

Vor dem Tor drückte jemand auf die Hupe. »Das ist Ed. Er ist zurück. Bitte, geh nicht. Er wird es mir nicht verzeihen.«

Ich nickte. »Hasste er meine Mutter? Wenn er glaubte, dass ihr eine Affäre hattet ...« Die Ungeheuerlichkeit dessen, was er mir verheimlicht hatte, begann mir erst jetzt aufzugehen.

»Oh nein. Überhaupt nicht. Er hat sie angebetet. Er hasste mich dafür, dass ich eine trauernde Frau angeblich verführt hatte. Oder hat mich damals dafür gehasst. Aber es ist wirklich komisch. Manchmal gibt es so etwas wie Symmetrie in der Welt. Erst neulich, nachdem er einen Abend bei dir war, kam er in mein Zimmer und sagte: ›Amma, ich fange an, die Liebe zu verstehen.‹« Sie stand auf, umarmte mich und küsste mich auf die Stirn. »Dafür danke ich dir. Geh jetzt hinauf und warte auf ihn. Erzähl ihm so viel oder so wenig über unser Gespräch, wie du willst. Ich rate dir zu Ersterem. Und, Aasmaani, nimm diese Bücher mit und lies sie.« Sie deutete noch einmal auf den Bücherstapel auf dem Sofa. »Um mehr bitte ich dich nicht.«

Ich umarmte sie, ohne zu antworten, und lief die Treppe in den zweiten Stock hinauf. Vor der ersten Tür links blieb ich stehen. Sie führte in einen begehbaren Wäscheschrank. Ich lachte leise und öffnete die zweite Tür, die in ein Fernsehzimmer führte. Dann überlegte ich es mir anders und betrat durch die dritte Tür sein Schlafzimmer.

Es war ein langer Raum. Das Bett stand neben dem Fenster, das auf den Garten hinausging. Am anderen Ende befand sich ein eingebauter Schrank und ein Schreibtisch mit einem Laptop darauf. An der Längsseite standen Bücherregale. Ich ging zum Nachttisch. Eine Lampe, ein Exemplar von Rafael Gonzales' *Regenschirme*, das zu lesen ich ihn gedrängt hatte, ein gerahmtes Photo eines sehr jungen Ed, der seine Mutter umarmt. Ich öffnete *Regenschirme*. Ein Lesezeichen fiel heraus. Ich hob es auf und sah, dass es ein Photo von mir war, das er zwei Tage zuvor aus meiner Wohnung mitgenommen hatte. Wir hatten bei mir die zweite Folge von *Boond* gesehen, danach lange geredet, bis ich auf dem Sofa in seinen Armen eingeschlafen war. Am nächsten Morgen erwachte ich im Bett; auf dem Kissen lagen Raat-ki-rani-Knospen, die meine Träume mit Gärten und Mondschein erfüllt hatten.

Die Tür wurde geöffnet, und Ed kam herein. Er sah mich, lächelte und reichte mir einen Umschlag.

* * *

Samina, wenn sich die Hoffnung auf unsere Schultern setzt und unseren seit langem ans Gebeugtsein gewöhnten Gliedern ihre Flügel anbietet und wir sie abweisen, wie soll uns da vergeben werden?

Das ist eine Metapher, die ich einst höchst präzise auf Urdu zustande gebracht hätte. Gebeugte Glieder gibt es nicht. Können Arme sich beugen? Du würdest mir diesen sprachlichen Ausrutscher nicht durchgehen lassen. Ein Vogel muss ein Vogel sein, bevor er Hoffnung sein kann, würdest du sagen, und das zu Recht. Und über was für einen Vogel sprechen wir? Über den watschelnden Geier mit seiner gebeugten Haltung oder einen Specht mit seinem spitzen Schnabel, der auf deine antiken Möbel einhackt? Eine Nachtigall!, würde ich antworten. Oh Gott, bitte nicht schon wieder dieses Klischee. Du würdest die Augen verdrehen.

Ich sitze hier im nachlassenden Licht und erinnere mich an die Freude zu schreiben, während du schliefst, dein Atem mein einziges Metronom.

Heute, für diesen Augenblick, kann ich den Gedanken verbannen, dass du nicht zu mir durch das Kreuzworträtsel gesprochen hast. (Woher hast du von Frass erfahren? Nimmt der mitfühlende Speichellecker alles mit, was ich schreibe? Als er es zum ersten Mal tat, war ich empört, aber dann begann ich es als einen Akt der Nächstenliebe zu verstehen. Wenn alles, was ich schreibe, auf meinem Tisch liegen bliebe, wüsste ich, dass du es nicht lesen kannst. Indem er es mitnahm, schuf er die Illusion, dass meine Worte dich vielleicht irgendwie erreichen. Es war eine Illusion, an die ich nicht wirklich zu glauben wagte.) Heute kann ich den Gedanken verbannen, dass nicht du zu mir gesprochen hast. (Niemand sonst kann es sein. Niemand sonst wusste von den Jazzfugen.)

Aber heute muss ich auch an all das denken, was ich dir während der letzten Wochen geschrieben habe. All die Worte, die womöglich zu dir gelangt sind. Es waren Grausamkeiten darunter. Wenn ich die Möglichkeit hätte, würde ich die Seiten zurücknehmen und verschlingen, Buchstabe für Buchstabe. Da das nicht in meiner Macht steht, lass mich stattdessen Folgendes sagen …

Durch mich, Samina, hast du die Liebe gefunden. Solltest du mir während der vielen Jahre meiner Abwesenheit treu gewesen sein, wärst du der Liebe untreu gewesen. Ich bin jetzt konservierte Erinnerung für dich, und Liebe ist keine Gurke – sie wird nicht besser, wenn man sie einlegt. (Das ist ein Scherz – so schlecht sind meine Metaphern noch nicht.) Wenn die Speichellecker Frauen wären oder meine Begierden anders strukturiert wären, hätte vielleicht eine von ihnen einen Platz in meinem Herzen, in meinem Körper und in meinem Geist gefunden.

Liebe! Liebe tief und leidenschaftlich! Liebe töricht!

Wenn du kannst.

Wenn du nicht kannst, erinnere dich, woran ich mich jetzt erinnere, woran ich mich so oft erinnere: Samina, wir haben gelebt.

Wir waren der Phönix und das Feuer, der Flug zur Sonne und das Strahlen am Ende. Auch wenn Dornen uns stachen, so waren sie doch von Yggdrasil gepflückt.

Nur die Sprache der Legenden wird unserem Leben gerecht.

Wenn ich für den Rest meiner Tage hier bleiben muss, wenn sie mir alle Bücher, Stift und Papier wegnehmen – die Jahre, die ich mit dir verbracht habe, können sie mir nicht nehmen. Mit dir und Aasmaani.

Mein Gott, Aasmaani.

Sie muss jetzt eine Frau sein.

Hat es uns schon vergessen, dieses brillante, brillante Kind?

JAZZFUGEN. FRASS. So simple Botschaften können unser Leben verändern. Vielleicht wirst du mich nie finden, Samina. Ich weiß nicht, wo ich bin. Aber das soll dich nicht schmerzen. Deine Worte sind zu mir gelangt, so viele Jahre später. Das Schlimmste, was ich fürchtete, war, dass du aufgehört hättest, mich zu lieben. Ich weiß jetzt, dass dem nicht so ist. Das genügt. Ich habe nur noch wenig Leben in mir, aber du hast mir genug gegeben, um die mir verbliebenen Tage voll Freude zu leben.

Verbring nicht den Rest deines Lebens mit der Suche nach mir. Ich kann mir nur zu gut vorstellen, dass du es tun und dabei deine eigene Chance auf Glück zerstören würdest. Lege diese Seite weg und umarme jemanden, der nah genug ist, um umarmt zu werden.

Wer immer es sein mag, ich bin damit einverstanden. Mag Shehnaz es sein.

Sie hatten Recht, die Dichter, die Raqeeb neu deuteten. Nicht nur eine Rivalin in der Liebe, sondern infolgedessen auch eine verwandte Seele, ein Alter Ego, die einzige, die versteht, was es heißt, in Liebe zur Geliebten entbrannt zu sein.

Ich habe gesehen, wie sie dich im Lauf der Jahre immer wieder betrachtete, und ich wusste genau, was es bedeutete, denn habe ich dich nicht genauso betrachtet?

Als du sie kennen lerntest, während der Proben zu *Laila*, sagtest du: Wie ich höre, können Sie ihn vortrefflich imitieren.

Ja, sagte sie und nahm eine Strähne deines Haars zwischen Zeigefinger und Daumen, so, wie ich es ein paar Minuten zuvor getan hatte. Ihr blicktet euch in die Augen, und kurz bevor du lachtest und dich abwandtest, sah ich eine Möglichkeit darin aufblitzen, an die du nie zuvor gedacht hattest.

Wie gut sie dich kennen muss, wie vertraut ihr euch sein müsst, dass sie dich in diesen herzzerreißenden Szenen so gut nachahmen kann. Und jetzt hilft sie dir, mir Botschaften zu schicken, obschon die Vorstellung, dass ich zurückkommen könnte, sie umbringen muss.

Habe ich Recht?

Vermutlich. Überraschend ist, dass ich nicht eifersüchtig auf Shehnaz bin, sondern nur eine große Zärtlichkeit für sie empfinde, den Wunsch, mit ihr zu sprechen, im Mondschein rührselig zu werden, während wir über dein bezauberndes Wesen reden. Du würdest bei so einem Gespräch nicht zugegen sein wollen, du würdest solche Sentimentalitäten nicht gutheißen. Aber Shehnaz würde sich daran ergötzen. Ja, wenn es einen Raqeeb geben muss, dann soll Shehnaz es sein.

Oh, Geliebte, ich empfinde nur Zärtlichkeit für dich.
Deine Augen, dein Mund, dein Geschmack.
Samina, was für ein Glück wir hatten.

XXII

Ich schaute aus Eds Schlafzimmer in den Garten. Entlang der Begrenzungsmauer wuchs eine Bougainvillea, allerdings nicht so hoch, dass man die Palmen im Nachbargarten nicht mehr gesehen hätte. Ein Junge kletterte auf eine Palme, den Shalwar bis über die Knie aufgerollt. Ich beobachtete ihn, bis er zwischen den Wedeln in der Dunkelheit verschwand. Sekunden verstrichen, dann fiel eine grüne Kokosnuss – ich wusste es, auch wenn ich es nicht sah – in ein Paar Hände, die unten warteten.

Kokosnussdiebe. Manche Vergehen sind überaus charmant.

Ich nahm die Seiten und las den letzten Satz, als wäre es ein Gebet.

Nljbfl, yln mect cbf Gpecwx ybt klvvcf.
Samina, was für ein Glück wir hatten.

Vor meinen Augen hatte er ihren Namen in Asche geschrieben. Alles, was ich schreibe, kann auf ein Wort reduziert werden. Und was war dieses eine Wort für ihn? Es war zu Musik gewordene Sprache. Samina. Darin verschmolzen die Timbres von Liebe, Eifersucht, Wut, Freundschaft, Bewunderung, Leidenschaft, Schmerz und Anbetung zu einer einzigen Stimmlage. Diese Eigenschaften existierten nicht nebeneinander, sie wetteiferten nicht um Vorherrschaft, bildeten keine getrennten Erzählungen, die seinen Versuch, eine Definition für sie zu finden, vereitelten. Er war zu klug, um es überhaupt zu versuchen.

Omi. Mein Raqeeb, mein Rivale, mein Vater, mein Zwillingsbruder.

Sie liebte dich, immer. Du hast Recht.

Und ich, was ist mit mir?

Dann, eine Erinnerung:

Ich habe die Arme um meine Mutter geschlungen. Ich hatte sie angeschrien, weil sie nicht zu der Protestveranstaltung nach Lahore gefahren ist. Meine Schreie haben sich in Tränen aufgelöst. Sie fährt mir übers Haar.

»Glaub bloß nicht, ich würde die Schrecken der Pubertät nicht kennen, Aasmaani. Eines Tages werden wir ein Glas darauf heben, du und ich, weil wir diese fürchterlichen Zeiten in unserem Leben überlebt haben.«

Ein Glas womit, Mama?

Ein Glas mit Luft, Liebes. Wir werden Heiterkeit trinken.

Ed stand von seinem Stuhl auf und kam zu mir. »Bist du fertig?«, fragte er.

Liebe tief und leidenschaftlich. Liebe töricht.

Ich streckte ihm die Hand hin, und als er sie nahm, zog ich ihn an mich und küsste ihn lange. Alles andere konnte warten.

»Aasmaani.« Ich berührte sein Gesicht; es war heiß. »Wenn du in dieser Stimmung bist, weil du das gerade gelesen hast, dann kann ich nicht. Ich will das nicht ausnutzen.«

»Natürlich willst du das nicht, Ed. Du hast nichts auszunutzen, wenn du der Verführte bist.«

Er lachte, legte sich aufs Bett und hielt mich fest. »Und du kannst nicht jemanden verführen, der dich so begehrt wie ich.«

Ich setzte mich auf und zog meinen Kameez aus. »Wir können die ganze Nacht über Definitionen streiten, oder wir können uns etwas anderes einfallen lassen, um uns die Zeit zu vertreiben.«

»Okay. Was ist Ginkgo Biloba?«

Ich legte mich auf ihn. Mit einer Befriedigung, die tief aus meinem Inneren aufstieg, spürte ich, wie seine Finger über mein Rückgrat strichen. »Eine Figur aus *Herr der Ringe*?«

Ich spürte in dieser Nacht nicht, wie sich die Erde bewegte. Ich spürte nicht, wie sich die Grenzen des Universums auflösten. Kein Klischee traf zu. Ich empfand Hingabe. Nicht sexuelle Hingabe – wir gingen auf Nummer sicher, waren uns der Eigenheiten körperlichen Verlangens und zugleich der Fremdheit des anderen Körpers nur allzu bewusst; wenn wir uns von den Neigungen früherer Liebhaber leiten ließen, folgten Katastrophen, die nur durch Humor zu bewältigen waren. (»Du hast das bestimmt in guter Absicht getan, Ed, aber tu es nie wieder«, sagte ich einmal.) Aber schließlich klappte es, und obwohl sich die Erde nicht bewegte und sich das Universum nicht auflöste, war ich bewegt und aufgelöst, und danach dachte ich: Die Liebe ist eine Fuge, Thema und Antwort, Improvisation; zum ersten Mal verstand ich, dass es kein Euphemismus war, Sex einen Liebesakt zu nennen.

Und das war die Hingabe – ich gab mich, während ich in Eds Armen lag, Phantasien über die Zukunft hin. Ich gab mich der Vorfreude hin, uns kennen zu lernen – jeden Muskel, jeden Nerv, jede Narbe, jede Art von Narbe, auch die, die wir nicht von allein sahen, sondern der andere uns zeigen musste. Ich hatte keine Eile, es bestand keine Notwendigkeit, uns zu beeilen, jede neue Entdeckung sollte ein Vergnügen sein. Aber eines Tages würde ich schließlich feststellen, dass ich keine Geheimnisse mehr vor ihm hatte. In keiner meiner vergangenen Beziehungen hatte ich auch nur einmal gedacht, dass der Mann, mit dem ich zusammen war, alles über mich wissen würde, was es zu wissen gab.

Unser Schweiß kühlte ab, wurde kalt, und wir schmiegten uns unter der Decke aneinander. Seine Finger lagen auf meinem Haar, und er atmete im langsamen Rhythmus des Schlafs. Ich wollte in seinen Armen liegen bleiben, dort einschlafen.

Wann immer ich bei meiner Mutter war, schlief der Dichter in seinem Haus. Auch in Kolumbien und Ägypten hatte er sein eigenes Schlafzimmer. Was für merkwürdige Verneigungen vor der Konvention. Als ob es mir etwas ausgemacht hätte. Ich hatte geglaubt, es wäre eine Kleinigkeit, wenn sie getrennt schliefen. Aber jetzt, als Ed sich bewegte und sein Mund meine Schulter berührte, dachte ich: Omi, es tut mir Leid. Mama, es war nicht nötig.

Ich blickte auf meine Armbanduhr. Rabia wäre bereits aus Islamabad zurück, und normalerweise hätte ich sie längst angerufen, damit sie sich keine Sorgen machte, weil ich spät nach Hause kam. Die Fallstricke der Familie. Ich stand auf, zog mich an und nahm Eds schnurloses Telefon. Mein Handy hatte ich in Shakeels Wagen vergessen. Ein weiterer Grund für Rabia, sich Sorgen zu machen. Ich ging hinaus auf den Flur. Es war unheimlich still. Die Fensterläden warfen Schatten auf den Boden vor mir. Wenn ich auf den Schatten träte, wäre ich zwischen den Schlitzen gefangen.

Ich wählte die Nummer von Rabias Handy, und sie meldete sich nach dem ersten Läuten.

»Aasmaani, wo bist du?«

»Entschuldige. Ich habe die Zeit vergessen. Ich bin bei Ed.«

Eine Weile herrschte Schweigen am anderen Ende, und dann schob Rabia alle nahe liegenden Fragen beiseite und sagte: »Willst du dort noch länger bleiben?«

Am liebsten hätte ich gelacht. Shehnaz Saeed mochte mir erzählt haben, dass sie in meine Mutter verliebt gewesen war, aber sie würde es als schrecklichen Verstoß gegen die Etikette betrachten, wenn ich am Morgen mit Ed zum Frühstück erschiene. Wahrscheinlich wäre es auch mir so peinlich, dass ich kein Wort herausbrächte.

»Ich habe kein Auto hier.«

»Um diese Uhrzeit könntest du sowieso nicht allein fahren«, sagte sie. »Kann dich dein Ed nicht nach Hause bringen?«

»Er schläft.«

Nach einer Pause sagte sie: »Okay, wir sind auf dem Weg vom Flughafen nach Hause.« Ich hörte die Geräusche des spätabendlichen Verkehrs im Hintergrund. »Wir holen dich ab. Soll ich anrufen, wenn wir da sind?«

»Du wirst das ganze Haus wecken. Wie lange wird es dauern, bis ihr hier seid? Ich komme runter.«

Drei Minuten. Ich legte auf und ging zurück ins Schlafzimmer.

»Ginkgo Biloba«, flüsterte ich in Eds Ohr, als ich mich hinunterbeugte, um seinen Hals zu küssen.

Ich sah mich nach Stift und Papier um, um ihm eine Nachricht zu hinterlassen, fand aber stattdessen nur seinen Laptop auf dem Schreibtisch am anderen Ende des Zimmers. Ich öffnete ihn, drückte auf die Leertaste, und der Computer erwachte zum Leben. Er hatte ihn nicht heruntergefahren, und sobald der Computer aus dem Winterschlaf erwacht war, tauchte ein blauer Bildschirm auf und wartete darauf, von weißen Buchstaben gefüllt zu werden.

Ich wandte mich zu Ed um und sah ihm beim Schlafen zu, während meine Finger auf die Tasten drückten. Sein Atem mein einziges Metronom.

Ed, ich liebe dich, ist das nicht komisch?

Prägnant, aber zutreffend.

Ich blickte wieder auf den Bildschirm.

Dort stand: Ca, bwk pbczc abwk, bnv aln fbwkv xijbnwk?

XXIII

Ed, ich liebe dich, ist das nicht komisch?

Ca, bwk pbczc abwk, bnv aln fbwkv xijbnwk?

Ed, ich liebe dich, ist das nicht komisch?

Ich blickte auf den Satz, mein Gehirn zu eingestimmt darauf, den Code zu entschlüsseln, um an dem Gelesenen zu zweifeln, obwohl ich wusste, dass es nicht sein konnte, dass dort nicht stehen konnte, was ich glaubte, dass dort stand.

Ich schrieb: Mama.

Jljl, tauchte auf dem Bildschirm auf.

Die Speichellecker kamen heute wieder, schrieb ich.

Abc Nocbwkcppcwxct xljef kcevc ybcact, schrie mir der Bildschirm entgegen.

Die Jungen vom

Abc Defgcf hij

Ich hob die Finger von der Tastatur. Jetzt hörte ich nur noch meinen eigenen abgehackten Atem.

Ein schwaches Licht fiel in den Raum. Ich schaute auf das Bücherregal an der Wand, und bestimmte Bücher lenkten meinen Blick auf sich. *Morte d'Arthur. Urdu-Lyrik: Eine Untersuchung. William Shakespeare, Gesammelte Werke* – goldene Buchstaben, schwarzer Einband.

Meine Hände schwebten in der Luft, auf halber Höhe zwischen der Tastatur und meinem Gesicht. Ich senkte sie – was große Konzentration erforderte – auf den Tisch zu beiden Seiten des Laptops. Mein Zeigefinger berührte einen Stift, der unter einem Blatt Papier lag. Ich nahm ihn in die Hand, schraubte die Kappe ab. Ein Kalligraphiestift. Ich erinnerte mich an die krakelige Handschrift des Dichters auf der Postkarte, die er meiner Mutter aus Kolumbien geschrieben hatte. Keine Schnörkel, keine geschwungenen Linien. Die Ästhetik der Sprache lag für ihn in ihrem Klang, nicht in ihrem schriftlichen Erscheinungsbild.

»Ich verstehe es nicht«, flüsterte ich.

In der Stille des Zimmers waren die Worte zu hören. Ed bewegte sich. Ich sah zu ihm. Er fasste nach mir, fand mich nicht und setzte sich im Bett auf.

»Oh«, sagte er und lächelte ein wunderschönes verschlafenes Lächeln. »Da bist du.«

»Ich wollte dir etwas sagen, Ed, aber ich glaube, du weißt es schon.«

Er lächelte noch einmal, legte sich hin und schloss die Augen. »Ich liebe dich auch, Aasmaani.«

»Ich wollte dir sagen, dass die Jungen vom Hafen quälende Jazzfugen spielen und mein myoper Ex den ockerfarbenen Winter ›Herbst‹ nennt.«

Einen Augenblick lang rührte er sich nicht, aber dann warf er die Decke zurück, lief nackt durch das Zimmer und knallte den Laptop zu.

»Ein bisschen spät, finde ich.« Ich stand auf, mein Gesicht Zentimeter von seinem entfernt. »Ich … ich verstehe es nicht, Ed, ich kann es nicht verstehen, aber ich glaube, du musst mir die Wahrheit erzählen, und ich werde wissen, wenn du lügst.«

»Oh Gott, Aasmaani.« Er nahm mein Gesicht in die Hände, fuhr zärtlich mit dem Daumen über meinen Kieferknochen. »Warum musstest du das tun?«

Ich wusste nicht, wie ich ihm antworten sollte, außer wahrheitsgemäß. »Ich wollte dir eine Nachricht hinterlassen. Ich habe zuerst den Computer gesehen und danach erst den Stift.« Ich runzelte die Stirn, versuchte zu verstehen, wich vor ihm zurück. »Bist du einer der Speichellecker?«

Er blickte mich todtraurig an. »Nein, natürlich nicht. Das ergäbe keinen Sinn.«

Wenn die Menschen, die wir begraben haben, in unser Leben zurückkehrten, würden wir sie dann erkennen oder wäre unser Gehirn sich ihres Todes und ihrer körperlichen Auslöschung so gewiss, dass es uns veranlasste, sie zuerst anzusehen, dann wegzublicken und zu denken: Ich kann diese Person nicht anschauen, die mich an das erinnert, was ich verloren habe? Als ich vor Ed stand – der Computer, der Stift, die Bücher an den Rändern meines Sichtfeldes –, gestattete ich mir nicht, zu sehen, was ich sah, ich ließ nicht zu, dass diese Informationen die Gewissheit zunichte machten, die ich während der letzten Wochen aufgebaut hatte. Vermutlich hätte ich jede Lüge geglaubt, die Ed mir erzählt hätte, wäre sie nur annähernd plausibel gewesen.

Er sagte: »All die verschlüsselten Seiten, die du gelesen hast, habe ich geschrieben.«

Ich wartete darauf, dass er lachte. Ich wartete darauf, dass er sagte: »Und wenn du mir das abkaufst, kann ich dir auch noch eine Wolke verkaufen.« Ich wartete, und während ich wartete, wurde mir klar, dass ich die unausweichliche Erkenntnis, dass er die Wahrheit sagte, vielleicht nicht überleben würde.

»Bitte, tu das nicht.« Ich erkannte meine Stimme nicht wieder.

»Ich liebe dich, Aasmaani. Ich habe es getan, weil ich dich liebe.«

»Was sagst du da, Ed? Ich verstehe nicht, was du sagst.«

Er ließ die Hände sinken. »Du solltest sie nicht sehen, das ist das Lächerliche daran. Die erste Botschaft. Die Speichellecker kamen heute wieder. Sie war nicht für dich bestimmt. Ich habe sie für meine Mutter geschrieben.«

»Ich verstehe nicht.«

»Ich kannte den Code, Aasmaani. Deine Mutter musste ihn am Ende nicht mehr geheim halten. Eines Abends war sie zum Essen hier und ich auch. Ich studierte damals, ich habe nicht hier gelebt, aber –«

»Ed. Bitte. Keine Belanglosigkeiten.«

»Sie hat uns den Code erklärt. Sie hat uns den Satz gesagt. Den Satz mit den Jazzfugen. Ich ging und schrieb ihn auf. Und habe ihn all die Jahre behalten. Ich dachte, meine Mutter würde ihn ebenfalls aufheben. Bis ich dich kennen lernte, kannte ich keinen Unterschied zwischen Liebe und Obsession.« Er hob eine Hand, um mich zu berühren, und ließ sie wieder fallen. Ich roch ihn noch an mir.

»Zieh dich an, Ed.«

Er ging zum Schrank, und ich sah schweigend zu, wie er eine Jeans und ein T-Shirt anzog.

»Warum hast du die Briefe geschrieben?«, sagte ich schließlich.

»Seit Jahren wollte ich, dass meine Mutter wieder auftritt. Ich wusste, dass auch sie es wollte, aber Angst hatte, den ersten Schritt zu tun. Ich dachte, also gut, sie braucht einen Grund, um ja zu sagen, nachdem sie so viele Jahre nein gesagt hat. Ich habe mir den Job bei STD besorgt, kam nach Hause und sagte: Amma, genug mit dem Rückzug, okay? Und sie sagte nein.« Er zupfte etwas von seinem T-Shirt. »Ich war so wütend. All die Jahre dachten die Leute, sie hätte aufgehört, weil sie Mutter war. Das stimmt nicht. Sie hat wegen Samina aufgehört.«

Er sah mich an, als hinge alles von meiner Reaktion darauf ab.

»Ich weiß.« Ich zuckte die Achseln. »Konventionelle Mütter werden überschätzt.«

Er nickte. »Ich wünschte, ich hätte deine Einstellung. Wirklich. Ich war wieder zurück in Karatschi, arbeitete in einem Fernsehstudio, und sie sagte nach den vielen Jahren wieder nein, da dachte ich: Wenn Samina hier wäre und dir sagt, du sollst wieder auftreten, dann würdest du es sofort tun. Es war mir wichtig, das zu beweisen, ich wollte den Beweis haben, den Beweis, wie wenig sie mich im Vergleich zu ihr liebt. Deswegen erwähnte ich eines Tages beiläufig den Code. ›Ach, erinnerst du dich noch an den Abend, als Samina uns erzählte ...‹ Und ein paar Wochen später habe ich ihr die verschlüsselte Botschaft geschickt. Nur vier Zeilen mit einem absurden Begleitschreiben. ›Treten Sie wieder auf und ich schicke mehr.‹«

»Und sie war einverstanden, in *Boond* mitzuspielen?«

»Nein. Sie dachte, es wäre ein verrückter Fan, und ignorierte den Brief. Sie konnte den Code nicht entschlüsseln und glaubte nicht, dass deine Mutter noch am Leben war. Und ich kam mir blöd vor, dass ich ihn ihr geschickt hatte.« Er fuhr sich mit den Fingern durchs Haar. »Damit hätte es sein Bewenden haben sollen. Ein paar Wochen später stieg diese Schauspielerin aus, und Kiran Hilal kam zu mir und sagte: Ich glaube, deine Mutter sollte die Rolle übernehmen. Wir tun uns alle gegen sie zusammen. Eine ganze Truppe kam zum Abendessen – Kiran, die Regisseurin, frühere Schauspielerkollegen, die Kostümbildnerin, der Toningenieur. Die Leute, mit denen sie früher zusammengearbeitet hat. Und alle sagten: Komm schon, Shehnaz, mach's. Und sie sagte: Nein und nein und nein und vielleicht und möglicherweise, und dann um vier Uhr früh sagte sie: Okay, ich mach's. Okay.«

»Aber sie behielt den verschlüsselten Brief.«

»Ja, sie behielt ihn. Und als sie hörte, dass du bei STD bist, muss sie sich gefragt haben: Was, wenn es doch der Code von Samina und dem Dichter ist? Und sie hat ihn dir geschickt. Und als du mir sagtest, du müsstest mit ihr sprechen, weil sie dir eine Kalligraphie geschickt hat, war mir klar, was sie getan hatte, und ich nahm an, dass du ihn lesen konntest. Und dann ging es nur noch um dich.«

Er ging zum Schreibtisch, an dem ich lehnte, und schaltete die Lampe darauf an. Das führte dazu, dass ich ihn kaum mehr sah, da er hinter dem gelben Lichtschein stand und ich direkt hineinschauen musste, um ihn überhaupt noch zu sehen. Ich holte mit der Hand aus, die Lampe fiel zu Boden, die Glühbirne zerbrach. Ed rührte sich nicht, obwohl Scherben auf seinen Füßen lagen.

»Es war überwältigend. Du gingst durchs Büro, hast Witze gemacht, warst geistreich und stilvoll, und doch war da etwas. Die gleiche Leere, die ich auch in den Augen deiner Mutter gesehen habe. Sie war da, immer. Ich habe die Leute nach dir ausgefragt, und alle sagten: Was immer du tust, rede nicht über Samina mit ihr. Weißt du, dass du in dem Ruf stehst, eiskalt zu werden, wenn sie erwähnt wird?«

»Wie es scheint, gibt es viel, was ich nicht weiß.«

»Hör auf, hör auf. Sei wütend, aber nicht so.«

»Sag mir nicht, was ich tun soll. Sprich weiter.«

»Ich wollte, dass du mit mir redest, einfach nur redest, über irgendwas. Wir haben so viel gemeinsam, worüber wir reden könnten. Aber du hast mich behandelt, als wäre ich

Luft. Mein Gott, war ich wütend. Ich dachte: Pass auf, Mädchen, ich bring dich dazu, zu reagieren.« Endlich hob er die Füße, schüttelte die Scherben ab, nahezu anmutig, und stellte sich ein Stück neben das Glas. »Aber stattdessen habe ich mich in dich verliebt.«

Ich hatte mich so daran gewöhnt, ihn zu berühren. Nicht erst heute Abend. Bis jetzt war mir nicht klar gewesen, wie oft ich es tat, auch wenn ich nur die Finger auf sein Handgelenk legte oder ihn spielerisch auf die Schulter schlug. Ich musste die Arme verschränken, weil ich nicht wusste, was ich sonst damit tun sollte. Vermutlich hätte ich ihn geschlagen, nur um körperlichen Kontakt mit ihm zu haben. Seine Hände waren zu Fäusten geballt, vielleicht aus dem gleichen Grund.

»Als mir meine Mutter erzählte, dass du sie gebeten hast, dir weitere Nachrichten zukommen zu lassen, wurde mir ganz schlecht. Und dann sind wir uns auf der Treppe bei STD über den Weg gelaufen und haben gelacht, und irgendetwas ist passiert …«

Das Funken, das Prickeln.

»Ich wollte dir die Wahrheit sagen. Dass ich den Brief für meine Mutter geschrieben hatte, dass es mir Leid tut, wenn ich dich aufgeregt habe. Ich habe eine kleine Rede einstudiert, um es dir zu erklären, und ich bin in dein Büro gegangen, um dich zum Kaffeetrinken einzuladen, und dabei hätte ich es dir erzählt. Aber du hast mich mit diesem leeren Blick abblitzen lassen. Du hast überdeutlich gemacht, dass dir das, was auf der Treppe passiert war, diese Verbindung, die ich gespürt hatte, nichts bedeutet. Und ich wollte etwas tun, von dem du dich nicht mit diesem ausdruckslosen Blick abwenden konntest, dieser Blick, der mir sagte, dass ich nichts für dich bin. Und da dachte ich: Ich schreibe noch einen Brief. Mit der Stimme deiner Mutter konnte ich nicht schreiben. Ich konnte Saminas Stimme nicht zu Papier bringen, sie nicht einfangen. Mit dem Dichter war es anders. Seitdem ich von der Affäre zwischen deiner und meiner Mutter wusste, war ich irgendwie fasziniert von ihm –«

Ich öffnete den Mund, um die Sache richtig zu stellen, und schloss ihn wieder, ohne etwas zu sagen.

»Ich hatte alle Interviews mit ihm, seine Gedichte, seine Briefe an Rafael Gonzales, die veröffentlicht worden waren, als Gonzales den Nobelpreis bekam. Und ich kannte Geschichten über ihn, die deine Mutter uns erzählt hatte. Wie er mit dir Hurdy-Gurdy gefahren war und dass er wegen seiner Pfirsichallergie ins Krankenhaus musste. Mit seiner Stimme konnte ich schreiben, das wusste ich.«

»Nein. Nein, das ist nicht möglich. Warum lügst du, Ed?«

»Aaasmaani, zum ersten Mal lüge ich nicht.«

»Ich kenne seine Stimme. Ich kenne sie. Niemand sonst hat diese Stimme. Niemand sonst schreibt solche Sätze.«

Er blickte mich unglaublich mitleidig an. »Deswegen war es ja so einfach.« Er nahm ein Buch vom Tisch. *Rafael Gonzales, Briefe.* »Hast du sie gelesen?« Ich schüttelte den Kopf. Beema hatte mir ein Exemplar geschenkt, aber ich hatte es nicht gelesen, weil ich wusste, dass es mich nur schmerzen würde. Hundertfünfzig Seiten füllte der Briefwechsel zwischen Omi und Rafael – der schöne, zottelhaarige Rafael war der einzige von Omis Freunden, den Mama während der letzten Jahre ihres Lebens nicht abwies; Rafael, der Monate, bevor Mama verschwand, nach Karatschi kommen wollte, um sie zu besuchen, aber einen Schlaganfall hatte, der ihn für die letzten zehn Jahre seines Lebens halbseitig lähmte.

»Der Dichter schrieb über alles. Gedichte, Politik, Essen,

seine Kindheit, deine Mutter – immer wieder über deine Mutter. Es war eine Freundschaft, wie sie zwischen Männern selten ist.« Ed schlug das Buch bei einer markierten Seite auf und hielt es mir hin. »Jede Satzkonstruktion, jede literarische Anspielung, jeder Wechsel im Tonfall, die du in den verschlüsselten Seiten gelesen hast, sind hier drin. Ich nahm den Inhalt des einen Satzes und zwang ihn in die Form eines anderen. Ich nahm eine Geschichte, die deine Mutter mir erzählt hat, und verwandelte sie in eine Geschichte, die er Rafael geschrieben hatte. Schau, schau hier.« Meine Augen folgten seinem Finger, der sich über die Seite bewegte. *Mirza tauchte auf, ein Funke vor der aschenhirnigen Umgebung.*

»Worte tauchten auf, hell leuchtend vor der staubbedeckten Umgebung«, sagte ich. Die Zeile aus dem zweiten verschlüsselten Brief fiel mir augenblicklich ein.

»Ja. Verstehst du? Ich habe ihn nur imitiert. Die Unverwechselbarkeit seiner Stimme machte es einfach. Das, und dein Wunsch zu glauben.«

»Ich verstehe es nicht«, sagte ich wieder.

»Ich weiß.« Wir lehnten beide am Schreibtisch, unsere Hände gefaltet, ohne uns anzusehen, ohne uns zu berühren. »Ich wollte, dass du aufwachst. Nein, nein, das stimmt nicht. Als du mich wie Luft behandelt hast, Aasmaani, fühlte ich mich machtlos und wertlos. Das hat so etwas wie Wahnsinn in meinem Gehirn ausgelöst. Ich dachte, du wirst mich nicht ignorieren, du wirst mich nicht wie Abschaum behandeln. Ich werde Bedeutung in deinem Leben haben.« Er löste seine Hände voneinander und betrachtete seine Handflächen, als suchte er zwischen den Linien dort nach einer Erklärung. »Ich habe nicht gerade logisch gedacht.«

»Sprich weiter.«

»Und dann habe ich den nächsten Brief geschrieben. Ach, hier.« Er zog eine Schublade auf, und ich sah ein Stempelkissen und Poststempel aus unterschiedlichen Distrikten Pakistans. »Als ich mein Büro bezog, gab mir der Geschäftsführer eine Schachtel mit Büromaterial, darunter diese Poststempel. Ich weiß nicht, wofür er sie benutzt hat. Wahrscheinlich für etwas Zwielichtiges. Aber egal, jedenfalls warf ich den zweiten Umschlag hier durch den Briefschlitz, und als meine Mutter ihn fand, sagte sie dem Fahrer, er solle ihn dir bringen, aber der Idiot gab ihn stattdessen mir. Ich nahm ihn mit ins Büro, unsicher, was ich damit tun sollte. Mir wurde schließlich klar, dass ich mich auf ein verrücktes Unterfangen eingelassen hatte. Ich nahm den Umschlag und wollte ihn unten in den Reißwolf werfen. Aber unterwegs schaute ich bei dir vorbei, und du hast ihn gesehen.«

»Und dich dazu gebracht, ihn mir zu geben.«

»Ja. Ich war krank vor Schuldgefühlen. Deswegen bin ich an diesem Abend zu dir gekommen. Um es dir zu erzählen. Zu erklären. Und dann konnte ich es nicht. Weil es bedeutet hätte, dass wir uns nicht wiedersehen würden.«

Wir schwiegen beide und dachten an jenen Abend.

»Ich konnte dir die Wahrheit nicht sagen. Ich konnte nicht einmal sagen, dass er unmöglich diese Seiten geschrieben haben konnte. Ich war nicht in der Lage dazu. Und dann ging es weiter.«

»Die Dinge gehen immer weiter.«

»Ja.«

»Wie lange wolltest du weitermachen, Ed?«

»Der heutige Brief sollte der letzte sein. Ich dachte, vielleicht – ich hatte es noch nicht richtig geplant –, vielleicht werde ich dir einen Brief von einem Speichellecker geben, in dem steht, dass der Dichter friedlich im Schlaf gestorben ist.«

»Ich sollte ihn wieder verlieren?«

»Ich hätte dir darüber hinweggeholfen. Es tut mir Leid, Aasmaani. Es ist außer Kontrolle geraten. Ich konnte dich weder weiter anlügen, noch dir die Wahrheit sagen.«

»Ein Brief von den Speichelleckern, und es wäre vorbei gewesen? Das hast du wirklich geglaubt?«

Er hob in einer Geste der Verzweiflung die Hände. »Ich wusste, dass ich eine Möglichkeit finden musste, es zu beenden. Ich wusste nur noch nicht genau, wie.«

»Das Kreuzworträtsel. Warum, Ed? Warum die Phantasie intensivieren, indem du mich glauben machst, ich könnte mit ihm sprechen?«

»Ich musste. Um deinetwillen. Wie sonst hätte ich dich davon abhalten sollen, in aller Öffentlichkeit nachzuforschen? Du hast mich in Panik versetzt, als du mir erzählt hast, dass du das tust.« Er nahm endlich meine Hand. »Ich liebe dich nahezu seit dem Moment, als wir uns kennen gelernt haben. Ich wusste sofort, dass zwischen uns etwas passiert, etwas, was ich nicht kontrollieren oder beenden konnte. Du kennst mein Herz, Aasmaani. Du hast mein Herz, es schlägt in deiner Brust, mein kaputtes, obsessives Herz.«

Ich drückte seine Hand. Ich wollte ihn küssen, damit er nicht weitersprach, ihm die Worte wegküssen, aber er sah mich so intensiv an, dass ich mich nicht bewegen konnte.

»Und die Briefe waren die einzige Möglichkeit, Zutritt zu deinem Leben zu erlangen. Als Botenjunge.«

»Du hättest nicht der Botenjunge sein müssen. Du bist du, das reicht. Du musst nicht von einem Baum springen und dir das Bein brechen, damit jemand bei dir bleibt, weißt du das denn nicht?« Aber noch während ich es sagte, wusste ich, dass es nicht stimmte. Ich war so erfahren darin, Menschen zu verlassen. Ed war jetzt bei mir, weil er die empfindliche Stelle gefunden hatte, die Wunde und nicht Panzer war.

»Seien wir ehrlich. Der einzige Weg in dein Leben war als Merlin, der die Informationen hatte, die du brauchtest. Der eine Brief tut mir Leid – der über die Perversionen deiner Mutter. Ich war so wütend, als ich ihn schrieb. Aber die anderen, Aasmaani, waren nicht grausam, oder? Als ich das viele Unglück in deinem Leben sah, wusste ich, dass ich die Briefe benutzen konnte, um dir das Leben zu erleichtern. Eigentlich wollte ich dich nur glücklich machen. Allein konnte ich es nicht. Aber mit der Stimme des Dichters. Der heutige Brief sollte der letzte sein. Du hättest ihn immer wieder lesen können und gewusst, dass er und deine Mutter etwas hatten, was ihnen niemand nehmen kann. Ich wusste es selbst nicht, bis ich dich traf. Ist das nicht merkwürdig? Du und die Briefe, ihr habt mich neu geschrieben. Mich zu jemandem gemacht, der versteht, was Liebe ist, und das ist ein Segen. Vor zwei Tagen haben wir zusammen *Boond* gesehen, und als du in meinen Armen eingeschlafen bist, wusste ich, dass ich dich nicht länger täuschen konnte. Ich musste dem ein Ende setzen. Das wurde mir klar, während du schliefst. Ich habe mir den Inhalt des Briefes ausgedacht – dein Atem mein einziges Metronom.«

Ich lächelte. »Das ist das erste Detail, das nicht stimmt. Es wäre mir früher aufgefallen, wenn ich darüber nachgedacht hätte. Er schrieb nicht, wenn sie schlief. Er schrieb morgens, nachdem sie gemeinsam gefrühstückt hatten.« Und dann sah ich vor mir, wie Omi am Schreibtisch saß. Ich sah ihn, weil ich die einzige Person auf der Welt war, die sein Arbeitszimmer betreten durfte, wenn er schrieb. Ich saß da und las ein Buch aus seiner Bibliothek – Elizabeth Bishop und Mir waren zwei unserer Lieblingsautoren – und lernte ihre Wortkombinationen lieben, bevor ich verstand, was sie bedeuteten.

Ich entzog Ed meine Hand.

Während er sprach, war ich seiner Geschichte gefolgt, Ed, der konfliktreiche Held in ihrem Zentrum. Es war seine Geschichte, der ich zuhörte, auf die ich mich konzentrierte, die Kamera zeigte ihn in Großaufnahme. Warum hatte es so lange gedauert, bis ich dachte, was ich sofort hätte denken sollen?

»Omi ist vor sechzehn Jahren gestorben.« Ich wich einen Schritt von ihm zurück.

»Aasmaani?«

Ein Hammer sauste nieder, dahinter steckte das ganze Gewicht eines erwachsenen Mannes. Ein Knochen splitterte. Omi rief: »Samina!« Der Hammer wurde gehoben und schlug erneut zu. Ein anderer Knochen brach. Sie zogen ihm die Zähne, einen nach dem anderen. Bearbeiteten seine Knochen wieder mit dem Hammer. Schlugen seinen Körper zu Brei. »Samina. Samina.« Jeden Tag nach seinem Tod musste meine Mutter es sich vorstellen. Tagtäglich konnte sie nicht anders, als es sich vorzustellen. Sie schnitten ihm die Zunge heraus. Er hörte nicht auf, ihren Namen zu sagen. Samina. Ihre Fäuste auf seinem Gesicht, seiner Nase, seinen Wangenknochen. Blutergüsse breiten sich auf seinem Gesicht aus wie Flüsse, die Eis schmelzen, gehen ineinander über und werden eine blaue Masse. Bald ist nur noch die Form zu erkennen, die sein Mund bildet. Samina. Meine Liebe. Samina.

Ich kniete am Boden. Ed neben mir, er sagte etwas, aber ich hörte ihn nicht, weil ich so laut schrie. Dann wurde die Tür aufgerissen, und Beema rannte herein, hinter ihr Rabia,

Shakeel und Shehnaz Saeed. Beema nahm mich in die Arme, zog mich an sich und ließ mich erst wieder los, als ich keine Stimme mehr hatte, und dann hob Shakeel mich hoch, und als er mich hinunter und zum Auto trug, dachten sie, ich hätte aufgehört zu schreien, aber ich hatte nicht aufgehört. Ich hörte sehr lange Zeit nicht auf zu schreien.

XXIV

Die um ihre Toten trauern können, haben es leicht.

Ich saß vornübergebeugt auf dem Bett im Gästezimmer von Dad und Beemas Haus in Islamabad und starrte auf die roten Stäbe des elektrischen Heizlüfters. Wenn ich lange genug darauf schaute, brannte sich das Bild in meine Netzhaut, und wenn ich dann die Augen schloss, sah ich nur noch diese Stäbe. Nicht Omi, nicht Flüsse, die Eis schmolzen, nicht meine Mutter, die in diesen Flüssen ertrank.

Ich hatte nie wirklich um Omi getrauert. Das wurde mir klar an dem Tag, als Beema meine Sachen packte und mich fortbrachte aus Karatschi, fort von Ed und Shehnaz Saeed, in die grüne unwirkliche Stille von Islamabad. Dass er aus meinem Leben geschieden war, hatte ich betrauert, aber nicht, wie er gestorben war. Und jetzt, da ich diesen schmerzhaften Prozess abzuschließen versuchte, trauerte ich um den Omi der verschlüsselten Briefe. Um den Mann, der den Speichelleckern »Frass!« zugeschrien hatte, der mit Shehnaz Saeed im Mondschein rührselig werden und über die Frau sprechen wollte, die sie beide liebten, der vom »Pfirsichsaftmund« meiner Mutter sprach, der sich fragte, ob ich ihn schon überragte. Ich trauerte um ihn und erinnerte mich daran, dass der Mann, um den ich weinte, nie existiert hatte, und ich fand keine Worte, um meinen Verlust auszudrücken.

Und Ed. Ich versuchte mir einzureden, dass der Ed, den

ich liebte, ebenfalls nie existiert hatte, aber ich wusste, dass es nicht stimmte. Ich hatte Ed vor allem wegen der Schmerzen geliebt, die er mit sich herumtrug, und die Geheimnisse, die er mir an jenem Abend in seinem Zimmer enthüllt hatte, linderten die Schmerzen nicht – im Gegenteil. Und die Stimme, die ich für Omis Stimme gehalten hatte, die Stimme, die ich liebte, das war Eds Stimme.

Ein Schatten fiel über die roten Stäbe. Ich blickte auf und sah Beema in der Tür stehen.

»Schläfst du jemals?«, fragte sie.

»Vermutlich. Mir fehlen jeden Tag ein paar Stunden. Und du?«

Sie hob die Schultern ein wenig und ließ sie wieder sinken, bevor daraus ein Achselzucken wurde. Die Ärzte konnten nichts mehr für ihre Mutter tun, und wir hatten sie zum Sterben nach Hause geholt. Beema saß Stunden am Stück neben ihrem Bett und hielt ihre Hand. Sie bewegte sich nur, wenn jemand die Tür öffnete, um ein wenig frische Luft hereinzulassen, und dann strich sie die Gänsehaut ihrer Mutter glatt, obschon die alte Frau nichts mehr davon mitbekam. Wenn ich sie sah, verspürte ich manchmal Neid.

Beema ging zum Heizlüfter und hielt die Hände nah an die roten Stäbe, ihr Rücken mir zugewandt. »Du solltest dich nicht aufgeben. Du solltest nicht beschließen, dass es dir niemals wieder gut gehen wird.«

Ich schwieg, und eine Weile später sagte sie: »Was er dir angetan hat, ist unsäglich, und wenn ich ihn je wiedersehen sollte, werde ich ihn wahrscheinlich umbringen. Aber ein Teil von mir ist ihm nahezu dankbar.«

»Ed?«

»Du bist uns und dir selbst seit langem entglitten, Aasmaani. Ich kann mich nicht erinnern, dass ich mir jemals keine Sorgen um dich gemacht hätte. Und du hast immer nur gesagt: Mir geht's gut, mir geht's gut.«

»Jetzt weiß ich, dass es mir nicht gut geht, und hilft mir das irgendwie?«

Sie richtete sich auf und wandte sich mir zu. »Kämpfe um dich. Mein Gott, Kind, du hast so jung so viel durchgemacht. Es ist ein Wunder, dass du noch aufrecht stehen kannst. Vermutlich bist du stärker als wir alle.«

Stark? Ich konnte kaum mehr aus dem Bett aufstehen.

Später, vielleicht zwei Minuten später, vielleicht zwei Stunden später, verließ Beema das Zimmer. Ich hörte sie draußen etwas flüstern, und dann sagte mein Vater mit einer Stimme, die laut durch die Stille der Nacht drang: »Das musst du ihr zugestehen.«

»Das haben wir von Samina auch gesagt.« Beemas Stimme bebte vor Zorn. »Um Himmels willen, tu etwas. Ich weiß nicht, ob ich das noch länger ertrage.« Und dann tat sie etwas, was sie neben dem Bett ihrer Mutter nicht tat: Sie weinte. Ich wollte Mitgefühl empfinden, Scham, aber ich hatte nichts mehr in mir, sosehr ich es auch versuchte.

Vermutlich schlief ich irgendwann ein. Mein Körper zumindest, während mein Geist erbarmungslos fortfuhr, Bilder zu produzieren – Hämmer, Flüsse und ein Rinnsal aus Blut, als ein Rasiermesser durch die Zunge des Dichters schnitt. Vielleicht schlief ich auch nicht. Vielleicht schloss ich nur für eine Weile die Augen, und als ich sie wieder aufschlug, war es Tag, und neben meinem Bett stand mein Vater mit einem Buch in der Hand.

»Das hat deiner Mutter gehört«, sagte er, legte das Buch neben mich und ging.

Es waren die Gesammelten Werke des Dichters. Das Buch, das nach seinem Tod auf ihrem Nachttisch gelegen hatte und das ich nicht in die Hand nehmen konnte, ohne ihren Schmerz mit aufzunehmen. Oder meinen Schmerz.

Ich schlug es auf. Blätterte zum Inhaltsverzeichnis. Blätterte weiter. Immer weiter.

Und da war er, erstand auf aus den Seiten.

So viele Gedichte riefen Erinnerungen an Omi wach, wie er sie vortrug, wie er meiner Mutter zuhörte, die sie sang, wie er darüber sprach. Hier war er unflätig, dort witzig, hier zärtlich, dort leidenschaftlich. An manchen Stellen klang er haargenau wie der Mann, der über Frass und Speichellecker geschrieben hatte, an anderen klang er völlig anders, eine Stimme, die nicht zu imitieren war. Vor allem in den Gedichten über meine Mutter hörte ich diese unnachahmliche Stimme. Was mich am meisten erstaunte – und was ich vergessen hatte –, war nicht seine Meisterschaft der Form oder die Komplexität und Präzision seiner Gedanken, nicht einmal seine außergewöhnliche Sensibilität für den Klang jeder Silbe. Was mich am meisten erstaunte, war die Größe seines Herzens. Er war ein Mann gewesen, der angesichts von Exil, Gefängnis, Verrat und Verlust seine Fähigkeit zu staunen nicht verlor. In den Gedichten über das Gefängnis sieht er durch das Gitter vor dem Fenster Sternschnuppen, jeder Peitschenschlag erinnert ihn an die Unsicherheit der Tyrannen, und das Gerücht, dass er exekutiert werden soll, ist Grund für ihn, um den Henker zu weinen.

Während ich las, stellte ich überrascht fest, dass ich viele Gedichte noch auswendig kannte, so dass ich, wenn ich umblätterte, die nächste Zeile voraussah. Ich entdeckte das Mädchen, das zu werden ich einst versprochen hatte, in den Seiten dieser Sammlung. Das Mädchen, das seine Gedichte kannte, das ihm zuhörte, während er mit Mirza über Gott stritt, mit meiner Mutter über Lyrik, mit Rafael über politische Verantwortung. Das Mädchen, das fraglos glaubte – und das verdankte ich ihm und meiner Mutter –, dass man für bestimmte Dinge auf der Welt kämpfen muss, gleichgültig, was es kostet, weil der Preis für das Nicht-Kämpfen auf jeden Fall höher ist. Das Mädchen, für das er gekämpft hätte, das Mädchen, für das meine Mutter gekämpft hätte. Das Mädchen, für das ich kämpfen musste.

Ich blieb den ganzen Tag im Bett liegen und las mich durch die dreihundertzwölf Gedichte. Nach der letzten Zeile des letzten Gedichts blätterte ich um und fand in der Klappe des Umschlags ein Blatt dünnes blaues Papier.

Ich glaubte zu wissen, was es war, bevor ich es entfaltet hatte und die verschlüsselte Schrift sah, oben das Datum – 28. April 1979. Der Brief war verfasst ein paar Tage, nachdem General Zia Omi hatte verhaften lassen.

Ich las die ersten drei Worte des Briefes, und einen Augenblick lang war es Ed, der mir schrieb. Dann las ich weiter, und es war niemand anders als der Dichter, der zu Mama sprach.

Vergib mir, Geliebte, aber dein letzter Brief war so absurd, dass ich eine Ecke davon abreißen und unter meine Zunge legen musste, während ich schlief, wohlwissend, dass sie meine Träume mit bellenden Katzen füllen würde, mit Sonnen, die im Zickzack um die Planeten kreisen, und mit siamesischen Zwillingen auf Stelzen, die versuchen, einander die Schnürsenkel zu binden.

Du machst dir Sorgen, schreibst du, weil ich im Gefängnis sitze.

Meine schöne Gefängniswärterin, warum wünschst du mir die Gleichgültigkeit der Freiheit? Die Gitter, die Mauern, die Wächter, die im Gefängnishof auf nicht autorisierte Schatten schießen – meinst du, ich wüsste nicht, wer sie sind? Meinst du, ich wüsste nicht, dass du dafür verantwortlich bist? Du nimmst das Metaphorische immer so buchstäblich, und ich kann nicht leugnen, dass es dieser Tage Augenblicke gibt – insbesondere zu den Essenszeiten –, in denen ich wünschte, es wäre anders. Ich weiß, was ich zu dir gesagt habe – ich bin ein Gefangener deines Herzens, werde festgehalten vom Graugrün deiner Augen, und wenn du mir den Schlüssel der Freiheit hinhältst, wird er vor Verlangen schmelzen, sobald meine Finger deine berühren, um ihn entgegenzunehmen.

Samina, das war figurativ gesprochen.

Also, ich habe tatsächlich nicht damit gerechnet, in dieser Zelle aufzuwachen, und anfänglich war ich zugegebenermaßen etwas irritiert. Aber jetzt, da ich die Metapher genauer studiert habe – wurde sie konkret oder ich zu einer Abstraktion? –, kann ich nicht umhin, dich zu deiner Tat zu beglückwünschen. Hier bin ich nichts anderes als der Mann, der dich liebt. Alles andere entfällt. Liebe und Trennung und Sehnsucht – das sind die Phasen meiner Tage. Die Sonne geht in der ersten auf, in der zweiten unter, und Dunkelheit umfängt mich in der dritten.

Ich denke an Qais im Exil, der so hingerissen ist von seiner Liebe zu Laila, dass die Liebe sich nur noch mit sich selbst beschäftigt, unwillig, den Blick lange genug von sich zu wenden, um das Objekt der Liebe zu sehen, das durch die Wüste wandert. Das Objekt meiner Liebe, denkt Qais, würde die Wüste durch die Berührung ihrer Füße ergrünen lassen, es kann nicht diese vernünftig beschuhte Frau sein, die nur Schatten erschafft, wohin immer sie den Fuß setzt, ihre Kleider schweißnass von der Wanderschaft. Und wenn ich an Qais denke, bekomme ich Angst – denn wie kann die Frau in meinem Kopf tatsächlich existieren, wie kann es eine solche Liebe tatsächlich geben? Das ist die einzige Angst, die ich hier habe. Das Einzige, was sie mir antun können, Samina, ist, dich zu einer anderen Frau zu machen als die, die du, wie ich glaube – nein, wie ich weiß –, wirklich bist.

Ich werde nicht für immer hier sein, ich verspreche es. Alle Metaphern müssen hin und wieder Luft schöpfen. Wenn ich die Trennung nicht länger ertrage, wenn ich alles gelernt habe, was Abwesenheit mich über Verlangen lehren kann, werden die Mauern schimmern, und ich werde aus dem Trugbild treten, in deine Arme, und mich in dir verlieren und wiederfinden.

Umarme Aasmaani so fest wie möglich von mir. Bitte sie, dir die Metaphern zu erklären, wenn du wieder einmal mit deiner Neigung zum Wortwörtlichen zu kämpfen hast – sie versteht sie besser, als wir beide es uns vorstellen können.

Für immer und ewig dein, vollkommen.

Aashiq

Aashiq.

Der Name, der ihm bei der Geburt gegeben worden war und den niemand außer meiner Mutter später noch benutzte. »Das ist kein Name, er bezeichnet, was ich für Samina bin«, sagte Omi. »Niemand sonst kann mich so nennen. Ich bin ihr Aashiq, ihr Geliebter.«

Ich drehte den Kopf, damit meine Tränen nicht die bereits verschmierten Worte noch weiter verschmierten. Jetzt hatte ich die Antwort auf die Frage, die ich mir die ganze Zeit gestellt hatte: Wie hatte Ed es gemacht? Auch wenn man seine Obsessivität, seine Intelligenz, den Briefwechsel mit Rafael, den er besaß, in Rechnung stellte, wie war es ihm möglich gewesen, Omi in den Briefen auferstehen zu lassen, da er den Mann überhaupt nicht gekannt hatte? Und jetzt wusste ich es: Er hatte es nicht getan.

Wenn ich die Briefe ernsthaft unter die Lupe genommen hätte – wenn ich mir wirklich die Bedingungen, unter denen der Dichter angeblich schrieb, angesehen und die Dinge, die er auffälligerweise ausgelassen hatte, bedacht hätte –, ich hätte es sofort gewusst. Wie oft hatte ich nach Erhalt des ersten Briefes an Laila und Qais gedacht, an Iblis und Allah, an die Sufis und ihre Deutung der Hölle? Dennoch war es mir nicht in den Sinn gekommen. Selbst als ich las, wie er Merlin und Nimue zu seiner bevorzugten Liebesgeschichte erklärte – an dem Tag, an dem ich Mirza traf und mich erinnerte, wie sehr der Dichter *Iblis und Aadam* geliebt und dass er gesagt hatte: »Das ist die erste und die letzte Liebesgeschichte, und wir leben alle darin« –, selbst da ließ ich die Einsicht nicht zu, dass ich Lügen las.

In allen seinen Gedichten ist das der Tropus, auf den er immer wieder zurückkommt: Die Abwesenheit Gottes ist die Hölle, ist Gefängnis. Und die Abwesenheit intensiviert die Liebe, bis der Gefangene in Sehnsucht brennt. Manchmal ist der abwesende Gott eine Frau, manchmal ist es die Demokratie, manchmal ist es der Traum von der Jugend. Aber stets ist die Trennung der Katalysator, um eine neue Ebene der Liebe zu erreichen.

Jedes Mal, wenn er verhaftet wurde, wenn er und meine

Mutter getrennt wurden, verwandte er in seinen Briefen – halb scherzend, halb zärtlich – diese Metapher. Zum Teil, weil er davon überzeugt war, zum Teil, weil er alles tat, um ihr Schmerz zu ersparen. Dieses große Herz hätte nie von gebrochenen Fingern oder von erlöschender Liebe geschrieben, nicht wenn die geringste Möglichkeit bestand, dass sie es lesen würde.

Wie hatte ich nur so blind sein können?

Ed hatte es gewusst. Ed hatte gewusst, dass seine besten Helfer bei diesem Betrug nicht die Briefe an Rafael oder seine Erinnerungen an die Geschichten meiner Mutter waren. Sein bester Helfer war mein Wunsch zu glauben. Warum hatte ich mich so schnell überzeugt, dass die Briefe echt waren? In welchem Moment war diese Entscheidung gefallen? Ich neigte mich vor, bis mein Kopf auf der Rückseite des Buches auflag, als wäre es eine Gebetsmatte. Es war beim Archivar gewesen, als ich die Zeitungsausschnitte las, die beschrieben, wie Omi gestorben war. Stell dich dem, sagten mir die Artikel, oder überzeuge dich, dass er nicht gestorben ist. Und ich hatte die zweite Option gewählt. Ich zog ein unmögliches Leben einem unerträglichen Tod vor.

Genauso, wie ich es mit Mama getan hatte.

Ich hob den Kopf und legte das Buch weg.

Meine Mutter hatte an einer schweren klinischen Depression gelitten. Sie hatte zwei Jahre damit gelebt, bis sie sich umbrachte, weil sie den Glauben an eine Genesung verloren hatte.

Ich sagte es mir vor, zuerst stumm, dann laut. Die Worte schienen keine Bedeutung zu haben.

Ich stand auf und ging ins Wohnzimmer, wo Dad einen Apfel sorgsam in Achtel schnitt; neben ihm auf dem Tisch lag ein Buch, das ich als eines aus dem Paket wiedererkannte, welches Shehnaz Saeed in der Woche zuvor mit einem Kurierdienst geschickt hatte.

»Mama hat sich umgebracht, weil sie depressiv war und nicht glaubte, dass sich ihr Zustand wieder bessern würde«, sagte ich.

Dad nahm seine Brille ab und schaute zu mir auf. »Ja.«

Ich setzte mich neben ihn aufs Sofa. Er nahm einen Apfelschnitz von seinem Teller und reichte ihn mir. Er schien darauf zu warten, dass ich weitersprach, aber ich wurde überwältigt von einem merkwürdigen Gefühl der Flachheit, als hätten sich alle Metaphern verflüchtigt, und übrig geblieben waren nicht reduzierbare, nicht widerlegbare Fakten.

»Warum konntest du es nicht akzeptieren?«, fragte er schließlich, nicht ohne zu zögern. »Hast du gemeint, wenn du dich ihrem Tod stellen musst, dann würdest du reagieren, wie sie auf den Tod des Dichters reagiert hat?«

Ich schüttelte langsam den Kopf.

All die Dinge, die meine Mutter während der ersten fünfzehn Jahre meines Lebens getan hatte und die Außenseiter als Beweis dafür interpretierten, dass sie eine schlechte Mutter war – wenn sie nicht da war, wenn sie dem Dichter in eine andere Stadt oder ein anderes Land folgte, jede Schulaufführung, die sie versäumte, weil sie im Gefängnis oder auf einer Demonstration war –, hatte ich ihr damals schon vergeben, ich hatte sie verstanden, ich war sogar stolz darauf gewesen. All diese Dinge konnten als Zeichen ihrer Stärke gedeutet werden – Stärke ihrer Liebe, ihrer Zielgerichtetheit, ihres Glaubens an meine Fähigkeit zu verstehen, warum sie keine normale Mutter sein konnte. Ich verzieh ihr all ihre Stärken. Aber ihren Zusammenbruch konnte ich nicht hinnehmen, weil er in meinen Augen ein Zeichen von Schwäche gewesen wäre – und Schwäche hätte ich als Verrat empfunden.

»Ich war nicht willens zu akzeptieren, dass sie ein Mensch war, Dad. Ich war nicht willens zu akzeptieren, dass auch sie zerbrechen konnte.«

Und das war es – so eine Kleinigkeit, und doch hatte sie jeden Aspekt meines Lebens beherrscht. Es war die Schlussfolgerung, mit der ich angefangen hatte, als ich versuchte, ihr Verschwinden zu verstehen – und von dort hatte ich mich zurückgearbeitet, meine Konzepte der Welt immer wieder neu interpretiert, damit die Schlussfolgerung plausibel schien. Die Dummheit dessen, was ich tat, sah ich nicht einmal, als meine einzige Möglichkeit, den Mythos aufrechtzuerhalten, den ich mir geschaffen hatte, darin bestand, die Dinge über Bord zu werfen, die ihr teuer gewesen waren – ihren Glauben an politisches Engagement und ihre Liebe zu mir.

»Meinst du, sie hätte dich im Stich gelassen, als sie sich umbrachte?« Er hielt meine Hand, als er mir die Frage stellte.

Wieder schüttelte ich den Kopf. Ich hatte zu lange das Opfer ihres Mangels an Liebe gespielt, hatte mich selbst damit beschnitten. Es wäre einfach, weiterzumachen, von einer Erzählung des Verlassenwerdens zur nächsten zu gehen – aber als ich die Augen schloss, um die alte, vertraute, nahezu tröstliche Geschichte einzulassen, sah ich vor mir, wie Ed einen verschlüsselten Brief an seine Mutter schrieb, um sie glauben zu machen, dass die Frau, die sie liebte, noch am Leben war; die beabsichtigte Grausamkeit war zweischneidig und zerriss ihm das Herz, während er zusah, wie es ihres zerriss.

»Ich glaube, Shehnaz hatte Recht. Letztlich ging es ihr nicht um den Dichter oder mich oder jemand anders. Es ging um die eine Minute, die fünf oder zehn Minuten, in denen sie mit absoluter Gewissheit glaubte, dass sie es einfach nicht mehr ertragen konnte.« Es schien jetzt schon unmöglich, diese Wahrheit so lange geleugnet zu haben.

»Weißt du was?«, sagte Dad. »Sie war wirklich die mutigste Frau, der mutigste Mensch, den ich kenne.«

Ich lächelte ihn an. »Wirklich?«

»Wirklich.« Er tippte auf den Rücken des Buches, das er las. »Ich habe auch über sie nachgedacht. Und ich bedauere mehr, als ich sagen kann, dass ich nicht früher versucht habe, sie zu verstehen.«

Ich drückte seine Hand. »Ich hätte sie gern gekannt.« Und weil ich verlegen war, fügte ich hinzu: »Ich möchte dich kennen.«

Dad legte mir den Arm um die Schulter, nur ein ganz klein wenig unsicher. »Fangen wir so an. Deine Mutter und ich unterhielten uns, kurz bevor sie starb. Sie saß eines Abends im Garten, als ich von der Arbeit nach Hause kam, und sie sagte: ›Ich muss dir etwas beichten. Als wir „Feigling“ gespielt haben, von KDA nach Clifton, habe ich dich angeblich über drei rote Ampeln fahren lassen. Das war gelogen. Ich ließ dich anhalten, wenn die Ampel nur auf Gelb schaltete.‹ Und ich sagte: ›Samina, ich habe dich nicht geliebt, weil du rote Ampeln ignorierst. Ich habe dich geliebt, weil ich wusste, dass ich dir vertrauen konnte, wenn du mir die Augen zugehalten hast.‹ Sie hatte Angst, über gelbe Ampeln zu fahren, Aasmaani. Sie war kein unzerbrechliches mythisches Geschöpf. Sie war ein Mensch, vollkommen zerbrechlich und absolut außergewöhnlich.«

Ich legte den Kopf auf seine Brust. »Ich vermisse sie«, sagte ich und weinte endlich, weil sie tot war.

Vielleicht fing vor dem Fenster kein Vogel an, ein herzzerbrechend schönes Lied zu singen. Aber wenn ich mich an diesen Augenblick erinnere, dann war es so.

XXV

Das war im Januar. Jetzt ist April. Ich bin wieder in Karatschi, und gestern habe ich Ed gesehen.

Er saß in dem Café, in dem ich mich mit Mirza getroffen hatte und in das Ed mich einladen wollte, als er beschloss, mir die Wahrheit zu sagen, obwohl ich nicht wirklich weiß, ob er es auch getan hätte.

Ich fuhr an dem Café vorbei, als ich Eds Wagen davor sah, und ich musste einfach anhalten.

»Du siehst schrecklich aus«, sagte ich, als ich eintrat und ihn allein dasitzen sah, aber es war gelogen.

Er schien zu schrumpfen, als er meine Stimme hörte. Er blickte von seiner Kaffeetasse auf. »Du nicht.«

»Ed, ich möchte nur, dass du weißt, falls du dir nicht sicher bist, dass das, was du getan hast, unverzeihlich war.«

Er blinzelte zustimmend. »Aber du hast es überlebt, wie du alles überlebst, Aasmaani. Wohingegen ich die zwei Menschen verloren habe, die mir jemals etwas bedeutet haben. Dich und meine Mutter. Wie es scheint, will sie auch nichts mehr mit mir zu tun haben. Es soll dir eine Freude sein.«

Trotz allem tat er mir ungeheuer Leid. Ich dachte daran, wie ich in seinen Armen gelegen und geglaubt hatte, wir hätten eine gemeinsame Zukunft, und es wäre abermals gelogen, wenn ich behaupten würde, es hätte mir nicht zutiefst Leid getan, dass sich die Dinge nicht so entwickelt hatten, wie ich es in den wenigen Augenblicken gewünscht hatte, als Ed und ich einander und Erfüllung fanden.

»Ich verdanke dir viel«, sagte ich.

Er blickte mit einem verzerrten Lächeln auf, als wartete er auf die Pointe.

»Ich meine es ernst. Was du getan hast, ist unverzeihlich –«

»Das hast du schon klar gemacht.«

»Aber es hat mich auch veranlasst, all die anderen Dinge in meinem Leben anzuschauen, die ich für unverzeihlich gehalten habe. Und all die Gründe, die ich habe, andere Menschen um Verzeihung zu bitten. Du gehörst zu diesen Menschen.«

Einen Augenblick lang verschoben sich seine Mundwinkel nach oben. Und dann sagte er: »Aber du kannst mir nicht verzeihen.«

»Ich kann dir nicht vertrauen. So sehr ich dich auch noch liebe.«

Er öffnete den Mund, aber ich schüttelte den Kopf, und er lächelte traurig und schaute in seine Kaffeetasse. Mehr hatten wir uns nicht zu sagen, und wir wussten es beide.

Ich gehe am Strand entlang. Langsam. Der Sand ist mit Silber durchschossen, und ich weiche den Klumpen getrockneten Tangs aus. Auf dem Sand liegt eine Träne. Ich hebe sie auf, vorsichtig, um sie nicht zu zerdrücken. Ein durchsichtiger Tentakel kommt heraus. Er streckt und windet sich, sucht etwas, das ihm dabei helfen wird, am Leben zu bleiben. Ich trage sie zum Wasser, das sie angeschwemmt hat, und lege sie auf die Wellen.

Ein Junge auf den Felsen am Ende des Strands ruft etwas, seine Stimme verloren im Wind. Er hebt zwei Holzstücke hoch, als wären sie ein Gewehr, und pumpt das Meer voll mit unsichtbaren Kugeln. Man sieht seinem Gesicht an, dass er hingerissen ist vom falschen Glanz der Gewissheit.

Ich gehe näher, bis ich ihn hören kann. Er ruft keine Worte, sondern stößt ein Triumphgeheul aus.

Haben sie so geschrien, die Männer, die Omi erschlugen?

Nach siebzehn Jahren gab es keine Möglichkeit mehr, herauszufinden, wer sie gewesen waren. Es waren keine Männer, die Spuren hinterließen. Und meine erbärmlichen Versuche, sie aufzuspüren, haben sie nicht im Geringsten beunruhigt. Die anonymen Telefonanrufe stammten alle von einem einsamen Mann bei STD, der seine Tage damit verbrachte, Frauen anzurufen und aufzulegen, sobald sie sich meldeten. Manchmal ist die Welt so traurig und so sinnlos.

Das war es, was sie taten, Omi und Mama: Sie verliehen der Welt einen Sinn, wenn sie sinnlos erschien.

Es stimmt natürlich, dass ich eine weitere Geschichte erfinde für mich, eine weitere Version von Mamas, Omis und meinem Leben. Aber wenn unsere Wahrnehmung der Welt nur ein Synonym ist für die Geschichten, in denen wir uns am wohlsten fühlen, die uns am sinnvollsten erscheinen, dann bin ich willens, diese Geschichte für meine Welt festzuhalten. Und ich bin entschlossen, sie zu verbreiten.

Ich stehe in Kontakt mit einer Konkurrenzfirma von STD und biete meine Dienste an, um für eine Dokumentation über die Frauenbewegung in Pakistan zu recherchieren, die anlässlich des zwanzigsten Jahrestages der Einführung der Hudood-Verordnungen gesendet werden soll. Anfänglich waren die Verantwortlichen der Firma nicht begeistert. Es wäre ein direkter Angriff auf die religiösen Parteien in der Provinz Frontier, sagten sie. Nun ja, erwiderte ich, ich hätte auch noch andere Pläne. Als sie weiterhin zögerten, rief ich Shehnaz Saeed an, und sie erklärte sich bereit, den Text der Sendung zu sprechen und mit ihnen über zukünftige Projekte zu diskutieren. Danach zögerten sie nicht mehr.

Und Shehnaz hat noch etwas für mich getan, etwas Bemerkenswertes. Gestern schickte sie mir ein Video, das sie bei einer Party 1983 gedreht hatte, und darin sind für eine kurze Weile Omi und Mama deutlich zu sehen. Sie stehen etwas entfernt voneinander, und er betrachtet sie, als hätte er noch nie etwas so Schönes gesehen. Sie redet mit dem Journalisten, der mich bei STD vor meinen Nachforschungen gewarnt hat, und die Kamera hält sie mitten im Gespräch fest.

»Es geht nicht um einen endgültigen Sieg«, sagt Mama. »Aber das Land muss an alle Bestandteile seines Charakters erinnert werden. Und das tun wir, wenn wir Widerstand leisten, so wie es Dichter, Künstler, Tänzer und Musiker und« – sie schaute zur Kamera und lächelte –, »tu nicht so, als würdest du nicht hoffen, dass ich es sage, Shehnaz – und Schauspielerinnen tun. Wir erinnern die Menschen daran, dass auch er zu ihrem Erbe gehört und, wichtiger noch, zu ihrer Zukunft. Seid so und nicht wie die Geschöpfe der Tyrannei.«

»Warum sollten sie zuhören, wenn die Geschöpfe der Tyrannei an der Macht sind?«, fragt der Journalist.

Mama und Omi lächeln sich an, als wäre die Unterhaltung auf ein privates Terrain gestolpert, das sie beide längst hinter sich gelassen haben. »Es stimmt, dass in konkreten Kämpfen die Tyrannen die Oberhand haben, was Taktik, Waffen, Ruchlosigkeit anbelangt. Mit unseren Mitteln des Protests versuchen wir, die Kämpfe auf ein abstraktes Schlachtfeld zu verlagern. Wir wollen die Tyrannei zwingen, sich mit Worten zu verteidigen. Sie mit der öffentlichen

Meinung, mit Urteilen des Obersten Gerichts, mit Diskussionen und Lehrplänen schwächen. Wir müssen in die Medien, in die Presse, unsere Ansichten von Piratensendern verbreiten lassen. Wir dürfen nicht weniger tun, als wir tun können, und denk dran, die Geschichte überlebt uns. Vielleicht werden erst unsere Enkel auf uns deuten und sagen, sie haben den Samen gesät für das, was wir jetzt ernten.« Sie blickt wieder zu Omi.

»Was wird Aasmaani über uns sagen, wenn wir nicht mehr sind?«, sagt er, lächelt sie an und ignoriert alle anderen. »Das ist der wahre Test.«

Ich rief Shehnaz an, um ihr für die Erinnerung an ihr Leben zu danken und ihr zu sagen, wie gerührt ich war von den paar Augenblicken, in denen sie wieder lebten und sich aneinander freuten. Aber bevor ich etwas erklären konnte, begann sie wegen ihres Sohnes zu weinen.

»Finde einen Weg, ihm zu verzeihen«, sagte ich. »Um deinetwillen.«

»Kannst du ihm vergeben?«

»Nein. Aber du bist seine Mutter. Das ändert alles.«

Rabia beobachtet mich aus der Ferne. Sie lässt mich nicht aus den Augen, seitdem ich letzte Woche nach dem Begräbnis von Beemas Mutter aus Islamabad zurückgekehrt bin. Sie weiß nicht, ob sie sich darauf verlassen kann, dass es mir gut geht.

Mir geht es nicht gut, aber mir geht es besser. Manchmal wache ich nachts noch schreiend auf, weil ich von Omi geträumt habe. Ich vermisse Ed. In Momenten, wenn ich am wenigsten damit rechne, weine ich unkontrolliert, und ich weiß, ich weine um Mama. Aber ich spüre auch, wie sich der Schmerz langsam beruhigt und zu einem Teil meines Wesens wird, der mich nicht zerstört.

Es klingt so einfach. Nichts davon war einfach. Aber irgendwie bin ich tatsächlich stark genug, es zu ertragen. Und ich weiß, was für eine bemerkenswerte und unverdiente Gabe das ist.

Rabia ruft meinen Namen. Ich hebe die Hand, um ihr zu bedeuten, dass ich gleich kommen werde. Eins bleibt mir noch zu tun, ein Ritual.

Ich entferne mich ein Stück vom Wasser. Der Sand ist nass und hart. Ich schreibe den Namen meiner Mutter in den Sand. Haben sie und Omi sich wirklich in einer Höhle geliebt, als jemand sie beobachtete? War Ed dieser Jemand? Was war in den vielen Sätzen, die er über sie schrieb, Wahrheit und was war Erfindung, was war seine Deutung? Alle diese Worte sind mit meinen Erinnerungen an sie verschmolzen, und ich weiß nicht, ob ich sie je wieder voneinander werde trennen können.

Mit dem kleinen Plastikspaten, den ich dabeihabe, grabe ich das Stück Sand mit dem Namen meiner Mutter darauf aus.

Manchmal verließ sie das Haus und ging zum nächsten Strand. Zu Fuß dauerte es nicht länger als zwanzig Minuten, aber wir rieten ihr stets, dass sie nicht allein gehen sollte. Sie entgegnete, dass sie noch niemals belästigt worden sei. Als sie zum letzten Mal gesehen wurde, ging sie die Straße entlang zum Meer. Es herrschte Monsun, keine Saison, um an den Strand zu gehen, keine Saison, um auch nur einen Zeh ins Wasser zu stecken. Die Unterströmung kann einen so weit hinaustragen, dass man nie wieder zurückkommt.

Sie kam nie wieder zurück.

Ihre Abwesenheit war Beweis für ihren Tod. Sie liebte mich zu sehr, als dass sie mir gestattet hätte, sie für tot zu halten, solange sie noch lebte. Diese Erkenntnis, diese Gewissheit ist nachhaltig und unerschütterlich. Sie verdanke ich Ed.

Hat sie sich ins Meer gestürzt oder sich einfach davontragen lassen? Hat sie am Ende gekämpft und versucht, an den Strand zurückzugelangen? Ich werde es nie erfahren. Ich weiß nicht einmal, welche dieser Optionen mir lieber wäre.

Ich nehme den Block aus Sand in die Hände und wate knietief ins kalte klare Wasser. Die helle Frühlingssonne wirft ein silbernes Netz zwischen den Horizont und mich. Ich beuge den Rücken und senke die Hände ins Meer. Ihr Name und der Sand verströmen zwischen meinen Fingern, lösen sich in den Wellen auf und werden davongetragen.

Dank

Ich möchte dem Arts Council für ein Stipendium in der Santa Maddalena Foundation danken – und Beatrice Monti della Corte für ihre außergewöhnliche Gastfreundschaft in Santa Maddalena.

Kamila Shamsie

KARTOGRAPHIE

Roman

Welches ist der Moment, in dem alles in einer Freundschaft sich verändert?

Raheen und Karim sind von Geburt an Seelenverwandte. Sie beenden füreinander die Sätze, träumen Rücken an Rücken, verspotten und hänseln einander. Sie lieben »ihr« Karatschi, die korrupte, aufregende Millionenstadt. Als Kinder zweier eng miteinander verknüpfter Familien wachsen sie heran – Raheens Vater war mit Karims Mutter verlobt, bis er aus ethnischen Gründen die Verbindung löste. Dieser Vorfall blieb indessen nicht so folgenlos, wie es anfangs schien. Das lange gehütete Geheimnis vertreibt die Heranwachsenden aus der von Unruhen erschütterten Stadt. Karims Familie wandert nach London aus, Raheen studiert in den USA. In einem Sommer kommen sie in Karatschi wieder zusammen – ihr Verhältnis irgendwo zwischen einer zerbrechlichen Freundschaft und einer schicksalhaften Liebe.

»Eine eindringliche Spurensuche in der so blutigen wie schwierigen Geschichte Pakistans. Psychologisch subtil, erzählerisch voller Opulenz.« *Emma*

»Aus jeder Zeile dringt die Liebe zu einer Stadt, die man vor lauter Geheimnis und einstiger Mondänität am liebsten gleich besuchen würde.« *WDR*

BERLIN VERLAG